Prince of Dreams
by Lisa Kleypas

火の鳥と幾千の夜を

リサ・クレイパス
琴葉かいら[訳]

ライムブックス

PRINCE OF DREAMS
by Lisa Kleypas

火の鳥と幾千の夜を

主要登場人物

エマ・ストークハースト……………………………………………貴族の娘。動物愛護活動家
ニコラス・アンゲロフスキー……………………………………イギリスに追放されたロシア貴族
アダム・ミルバンク……………………………………………………貧しい貴族。エマの恋人
ルーカス（ルーク）・ストークハースト卿………………エマの父親
アナスタシア（タシア）・イヴァノフナ・ストークハースト……ルーカスの後妻。ニコラスの遠戚
ウィリアム・ストークハースト…………………………………ルーカスとアナスタシアの長男
ザッカリー・ストークハースト…………………………………ルーカスとアナスタシアの次男
ミハイル・アンゲロフスキー……………………………………ニコラスの弟。故人
オリバー・ブリクストン………………………………………………アメリカの製造業者
シャーロット・ブリクストン………………………………………オリバーの妹

第1部

奇妙な出会いだった。応接間に人が集い、
中身のないおしゃべりが飛び交う中、
ひそかにといってもいいくらいに、相手のことを知りもしないうちから、
結びつきを感じた。
やがて、魂が似通っていることに気づいたが、
それは唇から気まぐれに転がり出る情熱的な言葉ではなく、
知性に反応する知性と
垣間見えるひそかな思考からだった。

――カロリーナ・パヴロワ

1

一八七七年、ロンドン

「誰かを待っているのか？」

木の葉のざわめきだけが聞こえる静かな庭園に、男性の声が響きわたった。喉の奥から発せられる柔らかなロシア訛りが、心地よく耳をくすぐる。エマが苦笑交じりに振り返ると、暗がりからニコラス・アンゲロフスキー公爵が姿を現した。

黄金色の肌、金色の筋が混じる髪、思いがけず残酷な行動に出るところは、人間より虎を思わせる。ここまで見事に美と危険を兼ね備えた男性は見たことがない。過去のある出来事のせいで、エマがニコラスを怖れても不思議はなかった。だが、危険な生き物の扱いならお手のものだ。傷つきたくなければ、恐怖心を表に出さなければいい。

エマは背筋から力を抜き、幾何学式庭園内の人目につかない場所にある石のベンチの上で、ゆったりした姿勢をとった。「あなたを待っていたわけじゃないのは確かよ」歯切れよく答える。「ここで何をしているの？」

ニコラスはほほえみ、暗がりで白い歯が光った。「散歩をしたくなってね」

「散歩ならよそに行ってくれるとありがたいんだけど。人と二人きりで会う約束をしてるから」

「誰とだ？」ニコラスはポケットに両手を入れ、エマの周囲をうろつき始めた。

「あっちに行って、ニコラス」

「教えてくれ」

「あっちに行って！」

「ここはわたしの地所なんだから、君に命令される筋合いはないよ」

エマの数メートル手前で、ニコラスは足を止めた。背が高く、エマが見下ろさなくてすむロンドンでも数少ない男性だ。大きな手と足に、引き締まった力強い体格をしている。顔は影に覆われ、目だけが黄色く輝いていた。

「わたしは子供じゃない。立派な大人よ」

「そうだな」ニコラスは静かな声で言った。エマの全身に視線を這わせ、簡素な白のドレスに包まれた細い体に目をやる。顔はいつもどおり化粧っ気がない。髪はひっつめているが、元気よく縮れた毛が顔や首のまわりで躍っている。髪は何とも美しい赤毛で、ブロンズの輝きを放っていた。

「今夜の君はきれいだ」ニコラスは言った。

エマは笑い声をあげた。「おせじはやめて。わたしはせいぜい〝魅力がある〟止まりだって自分でもわかってるんだから。頭をヘアピンだらけにして、息が止まるほどひもで肋骨を締めつけても効果はないの。男性みたいに、ブーツと膝丈ズボン《ブリーチズ》で楽に動き回るほうがよっぽどいいわ。きれいになれないなら、頑張るだけ無駄よ」

ニコラスは反論しなかったが、その意見には賛成できなかった。エマの独特の魅力には、最初から惹かれるものを感じていた。強くしなやかな女性で、帆を高く掲げた船のような美しさがある。頬は優美な曲線を描き、唇はふっくらしていて、鼻梁に黄金色のそばかすが散っている。手足の長い、ほっそりした体つきで、身長はヒールのないスリッパを履いても一八〇センチはあった。ニコラスと五センチほどしか変わらない。エマの手足が自分に巻きつき、体がぴったり重なり合うさまを、ニコラスはよく想像していた。

自分たちはお似合いなのだ。どういうわけか誰も気づかないようだが、ニコラスには何年も前からわかっていたことだった。初めて会ったときから、と言ってもいい。当時、エマは生意気な、ひょろ長い手足とぼさぼさの赤毛をした爆弾のような少女だった。二〇歳になった今も、どこまでも開けっぴろげな性格で、秘密主義のニコラスとは正反対だ。エマを見ていると、ロシアの女性が思い出される。魂に炎を燃やす女性……ここ七年間で知り合ってきた、冷淡なヨーロッパの女性とは似ても似つかなかった。

ニコラスの視線に気づき、エマは顔をしかめてみせた。

「容姿がいまいちなことは気にしてないわ。わたしが知ってる限り、きれいっていうのはすごく不便なことだもの。ねえ、本当にもう行ってちょうだい。あなたが周りをうろついていたら、どんな男の人も寄ってこなくなっちゃうわ」

「誰を待っているのか知らないが、どんな男が相手でも長くはもたないよ」

とたんにエマはむっとした顔になった。「今回の人は違うわ」

「絶対に長続きしない」ニコラスは言い、ついそのまま問いかけた。「男が寄ってきても、君はそのたびに追い払う。どうしてだ？」

髪の色と同じくらい、エマの顔が真っ赤になった。唇がきゅっと結ばれる。痛いところを突かれたのだ。エマが社交界デビューしてから、今年で三年目のシーズンとなる。すぐにでも結婚しなければ、結婚市場では負け組と見なされ、あとはオールドミスへの道をまっしぐらだ。

「結婚しなきゃいけない理由がわからないのよ」エマは言った。「誰かに所有されるっていう概念が好きじゃないの。だからわたしは女らしくないって言われるんだろうけど」

「君はすごく女らしいと思うよ」

エマの鳶《とび》色の眉がぴくりと上がった。「褒めてくれてるの？　それともばかにしてるの？　あなたが言うと、どっちなのかよくわからないわ」

「エマ、わたしは君をばかにしたりしない。ほかの人のことはばかにしても、君だけは」

エマは信じられないというふうに鼻を鳴らした。

ニコラスは前に進み、庭の角灯に優しく照らされた場所に入った。

「さあ、わたしと一緒に屋敷へ戻るんだ。今夜の主催者として、遠い親戚として、お目付役もつけず君をここに置いていくわけにはいかない」

「わたしたちの間につながりがあるような言い方はやめて。あなたはわたしの継母《はは》の親戚っていうだけで、わたしとは何の関係もないのよ」

「姻戚関係はある」ニコラスは言い張った。

それを聞いて、エマはほほえんだ。自分たちが気安い間柄でいられるのは、その姻戚関係のおかげだということはわかっている。だからこそ、ファーストネームで呼び合い、お目付役がいないときも二人きりで話ができるのだ。「おおせのままに、公爵さま」

「わたしの絵画コレクションを見て回るというのはどうかな」ニコラスは提案した。「壁に聖像《イコン》を飾った部屋があるんだ。楽しんでもらえると思うよ。ほとんどが一三世紀のノヴゴロドのものでね」

「絵には興味がないし、気が滅入るような古いイコンなんて見たくないわ」エマはニコラスに疑わしげな目を向けた。「どうしてイコンを持ってるの？　宗教画を集めるような人にはとても見えないけど」

「イコンはロシア人の心の窓なんだ」

エマの口元に、あざけるような笑みが浮かんだ。

「あなたに心があるとは思えないわ」

「近くで見たことがないからだろう」ニコラスは一歩、また一歩と進み出て、エマの白いドレスの裾に足が触れるところまで近づいてきた。

「何してるの？」エマはたずねた。

「立つんだ」

一瞬、エマは動けなかった。ニコラスが自分にこんな言い方をしたことはない。彼は手袋をはめていない手を両脇に垂らしてゆったりと立っているが、この計算された落ち着きには見覚えがあった。攻撃態勢に入った猫だ。エマは不安な思いで立ち上がった。めいっぱい背筋を伸ばしたせいで、鼻が触れ合いそうになる。

「ニコラス、何がしたいの？」

「君のお友達の話がもっと聞きたい。その男は君を腕に抱くのか？　愛の言葉をささやくのか？　キスをするのか？」腕をつかまれ、ニコラスの手のひらの熱が薄い絹の袖を通して伝わってくる。

エマはぎょっとして、喉の奥から小さな声をもらした。心臓が痛いくらいに打ち始める。ニコラス・アンゲロフスキーに触れられ、胸がつきそうなほど近くに立つことになるなど、想像もしていなかった。エマが体を引きはがそうとすると、彼は手に力を込めた。

「ニコラス、お遊びが終わったら、手を放していただけるとありがたいんだけど。あなたとはユーモアのセンスが合わないみたい」

「遊んでいるわけじゃないよ、ルイシュカ」ニコラスはエマの体に腕を回し、抱き寄せた。

当惑して息をのんだエマに、こう説明する。「〝かわいい赤毛さん〟という意味だ」

「わたしはかわいくないわ」抜け出そうともがきながら、エマは言った。ニコラスは抵抗するエマをやすやすと押さえつけた。彼の身長はエマよりやや高いくらいだが、体重は二倍だ。筋肉質で骨太で、肩幅は教会の扉ほどもあるように思える。

ニコラスはあえぎながら抗議するエマには取り合わず、相変わらず静かな声で続けた。

「君の赤毛と白い肌は、スラヴ人と言っても通用する。瞳はバルト海のようだ……こんなにも濃い青は見たことがない」

エマは大声を出して助けを呼ぼうかと考えた。ニコラスの意図がわからない。自分にどうしろというのだろう？　ニコラスにまつわるさまざまな噂が思い出される。彼は過去に、裏切りと殺人に関わり、反逆罪に問われている。帝国政府に楯突いた罪で、ロシアから永久追放されたのだ。その危険な雰囲気を刺激的だと感じる女性は多いが、エマは違った。

「放して」エマは息を切らして言った。「あなたのゲームにつき合う気はないの」

「それはどうかな」

ニコラスはエマを、まるで人形か子猫のように軽々と抱き上げた。エマを思いどおりにすることを楽しみ、自分の力を誇示しようとしているのがわかる。エマは頭をのけぞらせた。目を閉じる。いつ唇が重ねられてもおかしくない。息を止め、そのときを待つ……。

ニコラスの片方の腕の力がゆるみ、手が喉元に上がってきて、軽く愛撫された。親指があごの下の脈打つ部分をなでる。思いがけず軽やかなその感触に、エマの体はびくりと反応した。震えるまつげを上げてニコラスを見る。目の前に顔があった。「いつか君にキスをする」ニコラスは言った。「でも、今夜はやめておくよ」

　エマは怒りに任せ、勢いよく体を離した。数メートル下がってから、長い腕を胸の前で組む。

「お客さまのところに戻って主人役を務めたらどう？」ぴしゃりと言った。「屋敷に戻れば、あなたのそばにいたくてたまらない女性が大勢いるでしょう」

　ニコラスは角灯の明かりの下から動かなかった。髪はきらめき、唇は笑みにゆがんでいる。エマは腹を立てながらも、そのみだらな美しさに目を留めずにはいられなかった。

「わかったよ、エマ。楽しんでくれ……お友達の腕に抱かれることを」

「そうするわ」ニコラスが立ち去ったのを見届けるまで、エマはその場から動かなかった。やがてベンチに戻って腰かけ、長い脚を投げ出した。ニコラスのせいで動揺していた……が、どういうわけか失望もしていた。

〝いつか君にキスをする〟……ニコラスはからかっていただけだ。そうに決まっている。自分は男性が熱を上げるようなタイプの女性ではない。子供同士のパーティではいつも、そこにいる誰よりも背が高いことで、にきび面の男の子たちにばかにされていた。社交界デビューしても、独身男性は誰もが目の前を素通りし、近くにいるかわいらしく小柄な娘に声をかけた。エマは一七歳にして壁の花となった。父親が大金持ちという魅力がありながら。

　けれど、そんなエマの前にもようやく求婚者が現れた。エマはアダム・ミルバンク卿と恋をしていた。数カ月前に社交シーズンが始まって以来、ひそかに交際を続けている。アダムのことを思うと、じれったさに心臓が早鐘を打った。もう来ていてもいい頃だ。どうしてこんなに遅れているのだろう？

アンゲロフスキー邸の庭園はいくつもの空間に分かれていて、生垣や花壇、木立がそれぞれの仕切りとなっている。ニコラスは背の高いヨーロッパイチイの生垣の裏に隠れ、エマがいる空間の周りを回っていた。見晴らしの良い場所を見つけると足を止め、謎の求婚者が現れるのを待つ。

エマは見られていることも知らず、ベンチの上でそわそわしていた。赤い癖毛をなでつけ、何度も脚の位置を変えて、できるだけ短く見せようとしている。やがてその行為の無意味さに気づいたらしく、あきらめたように姿勢を崩した。コミカルなその動きに、ニコラスは笑みをこぼした。エマは立ち上がってスカートを払い、ニコラスに横顔を向けて背筋を伸ばした。すらりとした長身と丸い胸のふくらみを、ニコラスはうっとりと眺めた。エマはベンチの周りをうろうろし、生垣のスイカズラの小枝をぽきりと折った。

木の葉が静かにそよぐ庭に、男の声が響いた。「エマ！」

エマは振り返り、小枝を落とした。まぶしいほどの笑みが顔に広がる。

「遅かったじゃない」責めるように言い、男に走り寄った。男の腕の中に体を投げ出し、顔にキスの雨を降らせる。

「怪しまれないように抜け出さなきゃいけなかったから」若い男は笑いながら言い訳を試みた。「何があっても僕が君のところに来ることはわかっているだろう」

「部屋の反対側にあなたの姿を見かけるたびに、腕の中に飛び込みたくなったわ」

「すぐに一緒になれるよ」

「すぐってどのくらい？」エマはじれったそうにたずねた。

「もうじきだよ。ほら、キスをするからじっとして」男は縮れた毛に覆われたエマの頭を両手でつかみ、唇を重ねた。

そんな恋人同士を、ニコラスは目を細めてじっと見ていた。男はこちらに背を向けている。ニコラスはじりじりしながら反対側に回った。低く垂れ下がる枝を押しのけ、視界を確保する。

男がわずかに後ろに下がったので、顔に明かりが当たった。アダム・ミルバンク卿だ。とたんにニコラスは肩の力を抜いた。「これはいい」声を押し殺し、心からそう言った。エマがこそこそしている理由がようやくわかった。ミルバンクは貧しい子爵だ。つまり、財産目当ての男なのだ。エマの父親であるストークハースト卿が、一人娘をミルバンクのようなしたたかな一文なしと結婚させるはずがない。二人は会うことを禁じられているのだろう。ニコラスはきびすを返して舞踏室に向かった。満足のあまり、喉を鳴らしたいくらいだった。ミルバンクなら簡単に追い払える。エマを手に入れる妨げになるものは、何もないのだ。

エマはアダム・ミルバンクの首に両腕を絡めた。彼の香りを吸い込み、上着の中で両手を組んで、触れ合える喜びを堪能する。アダムは二四歳の美男子で、少年っぽさが魅力だった。「毎日あなたのことを好きになるわ」エマは言い、ベルベットのような茶色い目をのぞき込んだ。「いつもあなたのことばかり考えているの」

アダムはエマの頬を優しくなでた。「エマ・ストークハースト、僕は君の魔法にかかっているよ」彼はエマにじっくりキスをした。唇は温かく、腕は華奢な背中に回されている。アダムが顔を上げたとき、二人とも息が切れていた。「すぐにパーティに戻らないと」彼は言った。「もちろん、別々にだ。僕たちのことは誰にも気づかれてはいけない。そんなふうに顔をしかめないでくれよ。こうするしかないってことは、君もわかっているはずだ」

「アダム、このままじゃいつまで経っても状況は変わらないわ。あちこちで一〇分ずつ会うだけ……こんなのいや。お互いの気持ちはわかってるんだから、一緒にお父さまのところに行きましょうよ。結婚を許してもらえなければ、駆け落ちすればいいんだし」

「だめだよ、エマ」とたんにアダムは険しい顔つきになり、なだめるように言った。「〝駆け落ち〟なんて言葉、二度と口にしないでくれ。君にとって家族がどれだけ大事かはわかってる。僕のせいで君とお父さんを引き裂くようなことはしたくないんだ」

「でも、お父さまは絶対に許してくれないわ」

「そのうち折れてくれるよ」しわの寄ったエマの額に、アダムはそっと口づけをした。「エマ、僕は気が長いほうなんだ」

「わたしは違うわ」エマは神経質に笑った。「あなたには気が長いという美点があっても、わたしにはないの」

「お継母《かあ》さんに話してみてほしい」アダムは提案した。「お継母さんを味方につけることができれば、お父さんも僕のことを考え直してくれるかもしれない」

「そうね」エマは考え込むように言った。継母のタシアは優しい姉のような存在で、エマの悩みには必ず共感を示してくれる。「お父さまの気持ちを変えられるのはタシアしかいないわ。でも、もし失敗したら――」

「成功させなきゃいけないんだ。エマ、お父さんの賛成を取りつけるのがどれだけ大事なことか、わかってほしい。反対されたままでは、絶対に結婚はできないんだ」

エマは驚いて体を引いた。「絶対に？　どうして？」

「生活費のあてがなくなる」

「でも、わたしたちが一緒になることに比べたら、お金なんてたいした問題じゃないわ」

「それはけっこうなご意見だけど、君は何不自由なく育ってきただろう？　金がない暮らしが想像できないんだよ。それに、持参金がなければ、動物園を手放さなきゃいけない。動物たちをよその動物園や個人に売らなきゃいけないんだ」

「いやよ」エマはぞっとして言った。「あの子たちはひどい扱いを受けることになるわ。そんなことはさせられない」エマは長年、ストークハースト家の地所内に作った動物園に、さまざまな種類の迷子になった動物、けがをした動物を保護してきた。馬、熊、狼、犬、猿、アジアの虎もいる。「みんなわたしが頼りなのよ……特別な世話をしないと、ほとんどが死んでしまうの」

「じゃあ、ご家族の同意が必要だってことはわかってくれたね？」

「ええ」エマはしぶしぶうなずいた。本当はアダムに父親のもとに行ってもらいたかった。父親に面と向かって、お嬢さんと結婚させてくださいと言ってほしかった。それは期待できない。かわいそうなアダムは口論が嫌いだし、誰もがそうであるように、エマの父親を怖れている。

それは仕方のないことだ。エマの父親であるルーク・ストークハースト卿を前にすると、たいていの人は縮み上がってしまう。父から見れば、娘にふさわしい男などいない。数カ月前、ルークはアダムに、エマに近づくなときっぱり言った。アダムは震え上がり、言い返すことができなかった。それどころかすごすごと引き下がり、おかげで面倒な状況になってしまったのだ。

エマは顔をこわばらせた。「タシアに話してみるわ。何とかして、わたしとあなたの結びつきを理解してもらう。そうすれば、結婚を許すようお父さまを説得してくれるはずよ」

「いい子だ」アダムはにっこりし、エマにキスをした。「エマ、君が先に舞踏室に戻ってくれ。僕はここで二、三分待ってから行く」

エマはためらい、未練たっぷりにアダムを見つめた。

「アダム、わたしのこと、愛してる？」

アダムの引き締まった体に引き寄せられ、エマは息が止まりそうになった。

「大好きだ。僕にとって、君は世界一大切なものだよ。心配はいらない……僕たちを引き裂くものは何もないから」

エマは円形の舞踏室の中で継母を見つけた。金箔と彫り細工と鏡に飾られた舞踏室は、豪華な洞穴のようだ。タシアはワインを飲みながら、友人たちの気安いおしゃべりに笑顔を向けていた。二五歳の人妻というより、一〇代の少女のように見える。親戚であるニコラス・アンゲロフスキーの魅力を形成しているのと同じ、謎めいた雰囲気があった。二人とも生粋のロシア人だが、やむをえない事情でイギリスに永住することになっていた。

エマは継母に近づいていき、脇に引っぱった。

「お継母《ベルメール》さま」せっぱつまった口調で言う。「大事な話があるの」

タシアが驚いた様子はなかった。彼女に隠し事をするのはほとんど不可能なのだ。読心術が使えるのではないかと思うこともある。「ミルバンク卿のことね？」

「誰に聞いたの？」

「誰にも。何カ月も前から気づいていたわ。舞踏会や夜会であなたが姿を消すたびに、ミルバンク卿もいなくなるんだもの。二人でこっそり会っているのね」タシアはエマにたしなめるような目を向けた。「お父さまの目を盗んで行動することには賛成できないって、いつも言ってるでしょう」

「だってしょうがないじゃない」エマは後ろめたそうに言った。「お父さまがアダムに、わたしに近づくなって理不尽なことを言うから」

「お父さまは、あなたが誰かに利用されるのがいやなの。特に、財産狙いの男性には」

「アダムは財産狙いなんかじゃないわ！」

「周りにそういう印象を与えているのは確かよ。去年のレディ・クラリッサ・エンダリーとの一件もひどい話――」

「そのことなら、本人に説明してもらったわ」エマはぎくりとして言った。自分とつき合い始める前、アダムは若い女相続人と駆け落ちをしようとして捕まったのだ。激怒したエンダリー家は、アダムを殺しかねない勢いで脅しつけ、娘をさっさと裕福な老男爵と結婚させてしまった。「あれは間違いよ。誤解だったの」

「エマ、お父さまもわたしも、あなたのお相手はあなたを大事にしてくれて、あなたにふさわしい――」

「お金がある人でしょう」エマはさえぎった。「要するにそういうことなのよ。あなたもお父さまも、アダムの家が大金持ちじゃないことが気に入らないんだわ」

「じゃあ、もしあなたが一文なしだったら？」タシアは穏やかにたずねた。「それでもアダムはあなたと結婚したいと言うかしら？　もちろん、お金だけが目当てではないでしょう……でも、理由の一つではあるはずよ」

エマは顔をしかめた。「どうしてみんな、わたしを心から愛する男性もいるんだって思ってくれないの？　みんなが考えているほど、アダムはわたしの財産のことは気にしていないわ。あの人はただわたしを幸せにしたいだけなの！」

　タシアの視線は思いやりにやわらいだ。

「エマ、あなたがアダムを愛していて、彼も同じ気持ちだと信じているのはよくわかるわ。でもね、アダムが勇気を出して、『ストークハースト卿、どうかエマに近づいてはいけないというお言葉を考え直してください。僕がどれだけエマを大切にし、愛しているかを証明させてほしいんです』と言いに来れば、お父さまだってアダムのことを見直してくださるはずよ。でも実際には、アダムはこうやってあなたをこそこそ連れ出して――」

「お父さまを怖がっているからって、アダムを責められる？」エマは低く鋭い声で言った。「わたしには絶対に無理！　お父さまを人食い鬼だと思っている人は大勢いるんだから！」

　タシアは笑い、青灰色の目を動かして、人ごみの中にいる肩幅の広い夫の姿をとらえた。

「わたしも昔はそうだったわ。今は考えを改めたけど」

　タシアの視線に気づいたのか、ルークは振り返って彼女を見た。ただの美男子というには印象が強烈で、力強く男らしい顔立ちに、鮮やかな青い目をしている。左手があるはずのところに銀の鉤手《かぎて》がついているため、それを見て面食らう人もいる。その昔、屋敷が大火事になったとき、エマと妻を助け出そうとして火傷《やけど》を負い、左手を失ったのだ。結局、エマは助かり、妻は亡くなった。エマは時々、母親のいる家庭で育っていたら、自分はどんなふうになっていただろうと思うことがある。だが、実際には愛情深く、横暴で、過保護な父親がいただけだった。

妻と娘が並んでいるのを見て、ルークはおしゃべりの輪から抜け、二人のほうに歩き始めた。

「あなたにはお父さまのような男性がふさわしいわ」近づいてくるルークを見ながら、タシアはつぶやいた。「愛する者のためなら何でもする。自分の命さえ投げ出す人よ」

「そんな人、お父さま以外にいないわ」エマは悲しげに言った。「その基準を満たす相手じゃなきゃいけないと言われたら、わたしは誰とも結婚できない」

「あなたにふさわしい人は見つかるわよ。すぐには無理かもしれないけど」

「一生かかっても無理だわ。一応言っておくけど、わたしを必死に追いかける独身男性の大群なんて存在しないのよ」

「あなたが家族に見せているのと同じ顔を見せれば、独身男性の大群にも追いかけられるはずよ。あなたには自然な温かさと愛嬌があるのに、男性のそばだと彫像みたいに固まってしまうんだもの」

「好きでそうなってるわけじゃないわ」エマはため息をついた。「でも、ベルメール、アダムの前では違うのよ。あの人といると、自分は特別だと……きれいなんだとさえ思えるの。お願いだからわかってちょうだい。あなたからお父さまを説得して、アダムをうちに招待する許しをもらってほしいの」

タシアは不安げにエマの腕をなでてうなずいた。

「できることはやってみるわ。でも、あんまり期待しないで。ルークは反対するに決まってるから」

そばに来たルークは、笑顔こそ二人に向けていたが、視線はタシアの全身に注いでいた。一瞬、二人きりの世界に入り込んだように見える。こんなにも情熱的に愛し合っている夫婦はそういるものではない。最初の妻が亡くなったあと、ルークは再婚しないつもりでいたが、タシアと出会った瞬間から彼女のとりこになった。結婚後、タシアはウィリアムとザッカリーという二人の黒髪の息子を産んだ。エマは時々、固く結びついたその輪から自分だけ外れている気分になる。もちろん、彼らが仲間に入れようと頑張ってくれていることはわかっていた。

「楽しんでるか？」ルークはタシアにたずね、黒いアイシャドウに縁取られた猫のような目を見つめた。

「ええ」タシアはそっと答え、ルークの黒のイブニングジャケットの幅広の下襟を直した。「でも、あなたはまだ自分の娘にダンスの申し込みをしていないわ」

エマは慌てて口をはさんだ。「父親としかダンスができないくらいなら、壁の花になるほうがましよ。それから、わたしのためにパートナーを見つけるのもやめてちょうだい、お父さま。義務でダンスをしたい男性なんていないんだから」

「リンドン卿という若者を紹介したいんだが」ルークは言った。「頭が良くて、気が利いて――」

「その方ならお会いしたことがあるわ」エマはそっけなく言った。「犬が大嫌いなのよ」

「そういう男はいるだろう」

「わたしはいつも何かの動物の毛か、犬や馬の匂いにまみれてるんだから、そういう人とはやっていけないと思うの。お父さま、結婚相手を探してくるのはやめて。何だかこのごろ、お父さまが怖くなってきたわ」

ルークはにっこりし、エマのカールした鮮やかな赤毛を軽く引っぱった。

「わかったよ」タシアのほうを向く。「奥さま、ちょっとよろしいですか?」

二人はダンスフロアに向かい、ルークはほっそりした妻を腕に抱いた。ワルツのリズムに身を任せると、夫婦は二人きりで話ができるようになった。

「どうしてエマは誰とも交流しようとしない?」ルークはたずねた。「今夜は殻に閉じこもっているように見える」

「特定の男性にしか興味がないのよ」

ルークの顔に苦々しげな色がよぎった。

「まだアダム・ミルバンクとつき合っているのか?」むっつりとたずねる。「あの問題は解決したつもりでいたのに」

タシアはほほえんだ。「ルーク、あなたが会うことを禁じたからといって、二人の気持ちが収まるわけじゃないのよ」

「とにかくあの気骨のない財産狙いとは結婚させたくない。あいつじゃなければごろつきでもいいくらいだ」

「そんなことを声に出して言わないで」タシアは注意し、形の良い眉をひそめた。「縁起でもないわ」

ルークは突然笑顔になった。「まったく、ロシア人は本当に迷信深いな。わたしは思ったことを言ったまでだ。ミルバンクほど義理の息子にしたくないやつがほかにいるか？」

一人残されたエマは壁際に歩いていき、壁に寄りかかった。いらだたしげにため息をつく。舞踏会を抜け出すか、せめてアンゲロフスキー邸の中を散策したかった。この屋敷には、ロシアの古い財宝や、壮麗な絵画、凝った彫り模様の施された家具、宝石にびっしり覆われた高価な羽目板が至るところにある。ニコラスはこれらすべてと使用人の一団とともに、イギリスに渡ってきたのだ。

ニコラスの屋敷は美術館のようだった。息が止まるくらい贅沢で、威圧的で、陰鬱な雰囲気に満ちている。中央ホールを取り巻くように一五本の金の柱がそびえているが、最後の一本は、偶数は縁起が悪いというロシアの迷信に基づいて足されたものだ。青と金色の小柱が並ぶ巨大な階段が、繊細な弧を描いて二階と三階に続いている。紫がかった灰色の壁は、床まで伸びる豪華なステンドグラスで彩られていた。

屋敷はロンドンの西、テムズ川の両岸にまたがる五万エーカーの耕作地の中心に建っている。ニコラスは三年前にこの屋敷を買い、自分好みに内装を施した。公爵にふさわしい豪華な屋敷だが、ロシアに所有していた邸宅に比べればきっと小ぶりなのだろう。ニコラスは流刑の際、財産の一〇分の一のみ持ち出すことを許されたが、それだけでも三〇〇〇万ポンドはあったという話だ。ニコラスはヨーロッパ有数の富豪で、花婿候補として圧倒的な人気を誇っている。それほどの財産を持っていればかなり幸福なはずだが、エマの目にはまれに見る不幸な人として映っていた。欲しくても手に入らない何かがあるのだろうか？　何か満たされない欲望を秘めているのだろうか？

さりげなくとげを含ませた声に、エマの思考は中断された。

「ねえ見て、レジーナ、お友達のエマがいつもどおり壁際に立っているわ。名所案内の札がまだ掛けられていないのが驚きね……〝レディ・エマ・ストークハーストがダンスの誘いを待って何千時間も過ごした地〟って」

声の主はレディ・フィービー・コタリーで、隣にいるのはその友人、レディ・レジーナ・ブラッドフォードだった。フィービーは今シーズンきっての人気者で、金髪と輝かんばかりの美貌、立派な家柄、高額の持参金の三拍子が揃っていた。悩みといえば、押し寄せる求婚者の群れから誰を選ぶかということだけだ。

自分が二人をぶざまに見下ろす巨人になった気がして、エマは落ち着かない気分でほほえんだ。二人は肩を丸め、壁に背中がぴったりつくほど後ずさりする。

「こんばんは、フィービー」

「この人が場違いに見える理由がわかる気がするわ」フィービーはレジーナに言った。「我らがエマちゃんは、舞踏室より納屋の庭にいるほうが落ち着くのよ。そうでしょう？　エマ」

エマは喉が締めつけられるのを感じた。舞踏室を見わたすと、アダムが友人たちとおしゃべりをしているのが目に入った。遠くにいるアダムの存在を励みに、わたしはあの人に愛されているの、だからこの子たちに意地悪を言われても気にならない、と自分に言い聞かせる。それでも、やはり傷ついた。

「本当に健康的で素朴な娘って感じよね」フィービーは喉を鳴らすように言い、攻撃の手を強めてきた。「すごく個性的。男性が群がってきてもおかしくないのに。あなたの飾らない魅力にどうして誰も気づかないのか、さっぱりわからないわ」

エマは返事をしようとしたが、いつのまにかニコラス・アンゲロフスキーが隣に立っているのに気づいてぎょっとした。目をぱちくりさせ、感情のうかがい知れない彼の顔を見上げる。

「約束どおり、そろそろダンスを踊ってもらえないかな、ご親戚」ニコラスは落ち着いた声で言った。

ほかの二人同様、エマは一瞬口がきけなくなった。舞踏室の豪華絢爛な雰囲気の中、地味な黒と白の夜会服に身を包んだニコラスは、現実離れした輝きを放っていた。険しい顔立ちが光に照らされて、絶妙な曲線や角度の一つ一つが際立ち、目はきらめく黄色の泉のようだ。まつげの先は金色でとても長く、目尻で絡まっている。

自分の嫌味を聞かれていたことに気づき、フィービー・コタリーは狼狽して口をぽかんと開けた。「ニコラス公爵」息を切らして言う。「何てすてきな夕べなんでしょう……すばらしい主催者ぶりですわ！　わたし、今夜は本当に楽しんでいますの。何もかも非の打ちどころがありません。音楽も、花も――」

「喜んでいただけて光栄です」ニコラスは冷ややかに口をはさんだ。

エマは必死に笑いを嚙み殺した。ニコラスが〝光栄〟などと言うのは聞いたことがなかったが、この場では効果的だった。

「エマを〝ご親戚〟とお呼びになっていましたよね？」フィービーはたずねた。「お二人がご親戚だったとは知りませんでした」

「遠い姻戚よ」ニコラスの口元に薄く浮かんだ笑みを無視し、エマは説明した。

「さあ、踊ろう」ニコラスはそううながし、腕を差し出した。

「でも、公爵さま」フィービーが不満げに言った。「わたしとは一度、ブリムフォース家の舞踏会で踊ってくださったきりです。あの夜をもう一度というのはいかがでしょう？」

ニコラスは考え込むようにフィービーの体を見下ろし、華奢な足にたどり着くと、再び視線を上げて言った。

「レディ・コタリー、わたしのほうは一度でじゅうぶんだよ」エマに腕を取らせ、ダンスフロアにエスコートする。フィービーは言葉を失って立ちつくし、レジーナは面白がるような顔をした。

エマはニコラスのおじぎに応えてひざを曲げ、手を取らせた。後ろめたそうにほほえんで、ニコラスに目をやる。

「ありがとう。フィービーをたしなめた人を見たのは初めてよ。恩に着るわ」

「では、一つ貸しができたということだな」

ニコラスはエマのウエストに片方の腕を回し、なめらかにワルツを踊り始めた。エマは彼のステップに難なくついていき、二人の長い脚はぴたりと息の合った動きを見せた。エマは驚き、しばらく黙り込んだ。こんなにもうまく誰かと踊れたのは初めてだった。まるで空を飛んでいるように、白いドレスの裾がひるがえって二人の周りを舞い、エマの脚はそれ自体が命を吹き込まれたかのようだ。脇によけて二人を眺めるカップルもいた。エマは注目されるのは苦手だった。顔が赤くなってくる。

「リラックスして」ニコラスに小声で言われ、エマは彼の手を握りしめていることに気づいた。

「ごめんなさい」エマは慌てて手の力をゆるめた。「ニコラス……どうして今までダンスに誘ってくれなかったの？」

「声をかけていたら、誘いに乗ってくれたか？」

「乗らなかったでしょうね」

「だから誘わなかったんだ」

エマは自分の体を抱く男性を興味津々に見つめた。ニコラス自身が楽しんでいるのかどうかはわからない。その顔には何の表情も浮かんでいなかった。長身の男性にしては、とても軽やかに動く。体は筋肉とばねでできているようで、まるで猫だ。温かな男性の肌と白樺の石鹸の匂いが混じり合った快い香りが漂ってくる。息からはほのかに、砂糖を入れた紅茶の匂いがした。

黄金色の肌が糊《のり》の利いた白い襟の中に消えていく部分に、傷の先端がのぞいている。エマは思わず肩に視線を落とした。七年前、瀕死の状態でイギリスに来たときのニコラスを思い出したのだ。エマは継母のあとをつけて病床に行き、彼をつぶさに観察した。あのときのニコラスの姿が忘れられない。痩せ衰え、顔色が悪く、顔を上げるのもやっとだった。そして、いくつもの傷……。傷は胸と手首に、醜い地図のように広がっていた。あれほどの傷を見たのは初めてだった。ニコラスは力を振り絞り、痩せた指でエマの髪を一筋つかんだ。〝これだ〟彼は穏やかな声で言った。〝ロシアの民話に、死にかけた王子を救う少女の話があるんだ……少女が魔法の羽根を持ってくる……火の鳥のしっぽの羽根だ。火の鳥の羽根は赤と金の中間の色……君の髪のような……〟

エマは軽蔑したように体を引いたが、ニコラスの奇妙な言葉に好奇心が湧き起こった。あとでタシアに、あの人はどうしたのか、なぜあのようなけがをしているのかとたずねた。〝ニコラスは拷問を受けたの〟タシアは静かに答えた。〝そのあと、反逆罪で母国から追放されてしまったのよ〟

〝けがで死ぬの？〟

〝死ぬほどのけがはしていないわ。でも、心の傷はもっとひどいでしょうね〟

エマはニコラスに同情しようとしたが、しばらくしてあきらめた。彼がいくら自分の犯した罪に苦しんでいようとも、傲慢すぎて哀れむ気にはなれなかったのだ。

そこまで考えて、エマははっと我に返った。自分たちが、舞踏室の端に立つアダム・ミルバンクの前でワルツを踊っていることに気づいたのだ。アダムは驚いたようにエマを見ていた。これをどう思われているのだろう？　ニコラスにリードされてフロアを進みながら、エマの背筋はこわばり、動きがぎこちなくなった。アダムのもとに飛んでいって、なぜこんなことになったのか説明したい！

「お友達が見ているようだな」ニコラスが言った。

鋭く言い当てられ、エマはぎくりとした。「残念ながら、そのようね」

「多少の嫉妬は恋愛のじゃまにはならない」

「あなたはさぞ詳しいんでしょうね。女性をベッドに連れていくのはお手のものなんでしょう？」

ニコラスは面白がるような顔をした。

「ルイシュカ、君は口を慎むということを知らないのか？」

「怒ったの？」

「いや」

「わたしだって礼儀正しく控えめにふるまおうとすることはあるわ。でも、そんなのは三〇分も続かなくて、すぐにいつもの自分に戻ってしまうの」エマはそわそわと体をひねり、花に覆われた壁のくぼみ《アルコーブ》にいる楽団をちらりと見た。エマが身動きしたせいで、ニコラスのステップが乱れた。「このワルツはそろそろ終わってもいいんじゃない？　いつまで続けるつもりかしら」

「楽しくないのか？」ニコラスはステップの乱れを直し、リズムを取り戻した。

「こんなに大勢の人に見られていたら楽しくないわ。あなたは慣れているかもしれないけど、わたしは緊張しちゃうの」

「では、楽にしてやろう」ニコラスはエマを舞踏室の端に引っぱっていき、ウエストから腕を離した。おざなりな動きで、エマの手を口元に持っていく。「踊ってくれてありがとう。君はパートナーとして最高に魅力的だ。お友達との幸運を願っているよ」

「あら、幸運なんていらないわ」エマは自信たっぷりに答えた。

「それはどうかな」

ニコラスはおじぎをし、大股で歩き去った。世界中の幸運をかき集めたとしても、エマの思いどおりに事が運ぶことはない。彼女がほかの男と一緒になることはありえないのだ。エマが自分のために、自分のためだけに存在することは、最初からわかりきっている……そろそろ自分のものにしてもいいころだろう。

ミルバンク家は、ニコラスが最も軽蔑するヨーロッパ貴族の典型だった。減る一方の資金源に頼った暮らしをし、怠惰あるいはプライドからそれを補填《ほてん》する努力をせず、子供たちを裕福な相手と結婚させることしか考えていない。仕事をするにしても、せいぜい銀行や法律事務所、保険会社で名ばかりの地位に就く程度だ。先細りする財産に必死にしがみついているため、投資で利益を上げることもない。

ロンドンのミルバンク邸の玄関に立ったニコラスは、かすかに驚いた顔をした執事を冷静に見つめ返した。

「ミルバンク卿にお会いしたい」そう言って名刺を差し出す。

執事は名刺を受け取ると、即座に体勢を立て直した。

「かしこまりました、公爵さま。ミルバンク卿はご在宅のはずですが、わたしの勘違いかもしれません。玄関ホールでお待ちいただけますか？」

ニコラスはこくりとうなずき、屋敷の中に入った。無表情のままホールを見わたして、端がすり切れた階段の絨毯と、磨かれてはいるがすり減っている木製の家具に目をやる。空気中には黴《かび》と腐敗の匂いが漂っていた。想像どおり、屋敷は今すぐ修繕する必要があった。

二分ほど経つと、執事が戻ってきた。ニコラスと目を合わせずに言う。

「公爵さま、申し訳ございませんが、わたしの勘違いでした。ミルバンク卿はご在宅ではないようです」

「そうか」ニコラスはしばらく沈黙が流れるままにし、表情のない執事の顔に射るような視線を向けた。執事は体をこわばらせ、額に汗をかいていた。「ミルバンク卿がここにいることはわかっている」ニコラスは静かに言った。「もう一度行って、ビジネスの話があると言ってくれ。時間は取らせない」

「かしこまりました、公爵さま」磨かれた靴で大理石の床にすり傷を残しそうな勢いで、執事は一目散にその場を去った。

やがて玄関ホールにアダム・ミルバンクが姿を現した。

「ニコラス公爵」用心深い笑みを浮かべて言う。「いったい何のご用なのか、見当もつかないのですが。ビジネスの話、ですか？」

「個人的なビジネスだ」

二人は値踏みするような視線を交わした。ニコラスの冷ややかな表情に潜む嫌悪を感じ取ったのか、ミルバンクはとっさに後ずさりした。ニコラスの記憶にあるより、ミルバンクは若く見えた。人に好感を与える顔立ちで、子犬のような茶色い目をしている。

「客間で何か召し上がりますか？」ミルバンクはためらいがちに申し出た。「紅茶とトーストでも？」

紅茶とトースト。イギリスではよくある申し出だ。むしろ気前がいいほうだろう。この国では、客に軽食がふるまわれるとは限らない。ロシアでは、敵だろうと味方だろうと、知り合いはごちそうでもてなす習慣になっていた。伝統的なロシアの〝おつまみ〟が並ぶテーブルが懐かしく思い出される。皿に盛られたピクルスやキャビア、サラダ、バターつきパンを、冷えたウォッカを飲みながらつまむ……。思わずため息がもれそうになった。ここイギリスを永住の地としたものの、母国とかけ離れた文化に心からなじむことはできなかった。

「ありがとう、けっこうだ」ニコラスは言った。「時間は取らせない。ストークハースト家のことで話があって来たんだ。特に、その中の一人のことで」わざと言葉を切り、ミルバンクの顔がこわばるのを眺める。「エマとの関係を終わらせてほしい」

穏やかな茶色の目が驚きのあまり見開かれた。「い、意味がわからない。ストークハースト卿の頼みで、娘に近づくなと警告しに来られたのですか？」

「ばかなことを言うな」ニコラスは言った。「それならストークハースト卿はわたしに頼まず、自分で言いに来るだろう」

ミルバンクはわけがわからないというふうに頭を振った。

「では、ご自分の意志で来られたと？　理由は何です？」

「君が知る必要はない」

ミルバンクははっとした。「昨夜、あなたがエマと踊っているところを見ました。いったいどういうことです？　あなたが彼女に個人的な興味を持っているはずもないし」

「どうしてだ？」

「エマのような娘にあなたが望むものはないでしょう。持参金は必要ないでしょうし」

ニコラスは黄褐色の眉を上げた。「エマには金しか魅力がないと思ってるのか？」

「そうは言っていません」アダムはすばやく答えた。

ニコラスは無表情を保ったが、声には軽蔑がにじんだ。

「社交シーズンはもうすぐ終わる。例年どおり、結婚相手をつかまえられなかった女相続人が何人か残るはずだ。そういう女性なら、喜んで君と結婚してくれるよ。金が欲しいのなら、その中から一人選べばいい。エマ・ストークハーストからは手を引いてくれ」

「そういうわけにはいかない！」怒りか恐怖、あるいは両者が混じり合った激しい何かに、アダムはあごを震わせた。「僕はエマとのチャンスに賭ける。彼女を愛しているんだ。この家から出ていけ。そして二度と来るな」

ニコラスは唇をゆがめ、冷ややかな笑みを浮かべた。ミルバンクがどんなにもっともらしい演技をしようと、その裏には偽りと嘘、ごまかしが潜んでいるのが透けて見える。

「君はわかっていないようだな」小声で言う。

「威嚇しているつもりなら――」

「エマのことで君に選択権はない。これからは家を訪ねるのも、手紙を出すのも、人目を忍んで会うのもなしだ。エマに会おうとすれば、無駄に苦しむことになる」

「脅迫するつもりか？」

ニコラスは笑みを消し、恐ろしいほど真剣な口調で言った。

「自分を身ごもった母親までも呪うくらい、君の人生を悲惨なものにしてやるよ」

怒りが充満し、二人の間の空気が重く張りつめていくのを、ニコラスは冷静に待った。ミルバンクが苦悶し、欲望と恐怖の間で葛藤するさまが興味深い。ミルバンクはペテン師にしては意気地がなく、エマと彼女の金は欲しくても、自分の身を危険にさらす覚悟まではできていないのだ。

ミルバンクは真っ赤になった。「あんたがどれだけ他人の人生をぶち壊してきたかは聞いている。どんなに凶暴で……残酷な人間であるかも。エマを傷つけるようなことがあれば、殺してやる！」

「誰も傷ついたりしない。君がわたしの望みに逆らわない限りは」

「なぜこんなことをする？」ミルバンクはしゃがれた声で問いかけた。「エマに何をするつもりだ？　それくらい、僕にも知る権利がある！」

「エマ・ストークハーストに関して、君にはもはや何の権利もない」ニコラスはこの上なく優雅におじぎをし、その場を去った。狼狽と怒りに体を震わせるアダム・ミルバンクを残して。

エマは陽気に口笛を吹きながら、テムズ川沿いにあるロンドンのストークハースト邸に足を踏み入れた。六月の朝はまだ涼しく、ハイド・パークで力いっぱい馬を走らせることができる。エマの馬は美しいが神経質な二歳馬で、今日はなかなか言うことを聞いてくれなかった。馬を走らせたせいで頬が上気し、汗をかいたエマは、玄関ホールに入るとすぐに丈の短い乗馬服のジャケットのボタンを外した。

「エマお嬢さま」執事が小さな銀の盆を差し出した。封をされた手紙がのっている。「先ほどこれが届きました」

「ありがとう、シーモア。いったい誰……」小さなきっちりした文字に目が留まり、エマの声はとぎれた。アダムからだ。エマは興奮に胸を高ぶらせ、すばやく執事を見た。「お父さまかタシアはこの手紙のことを知っているの？」

「お二人ともごらんになってはいません」シーモアは答えた。

エマは最高の笑顔を作ってみせた。「二人に言う必要はないと思うんだけど、どう？」

「エマお嬢さま、お二人をだますということでしたら――」

「まさか、違うわよ。誰にも嘘をつく必要はないの……ただ、質問されるまでは何も言わないでって言ってるの。だめ？」

シーモアは短く、ほとんど聞こえない程度にため息をついた。「わかりました」

「すてきな人、大好きよ！」エマは仰天顔の執事に腕を回し、荒々しく抱きしめると、一人きりで手紙を読むために階段を駆け上がった。

自室のドアに鍵を掛け、ベッドに身を投げ出す。スカートとブーツについた土がぼろぼろと刺繡入りリネンに落ちたが、そんなことは気にならなかった。茶色の封蠟を破り、手紙を開く。指先で最初の数語をそっとなぞった。

愛しいエマへ

君をどれだけ愛しているか、それを表す言葉が見つかればと思う……。

エマはいったん読むのを中断し、手紙を唇に押しつけた。「アダム」ささやくように言う。目に喜びの涙が込み上げてきた。ところが、手紙を読み進めるにつれ、口元からは笑みが消え、顔からは血の気が引いていった。

数カ月前に君と知り合い、この腕に君を抱く喜びを感じられるようになったおかげで、僕の人生はすばらしいものになった。だから、僕たちがいかなる関係も結べないと悟った今は、深い悲しみ……いや、苦しみに襲われている。お父上は決して僕たちの結婚を許してはくれない。君に苦難と犠牲の人生を強いるくらいなら、自分が幸せになる夢をあきらめることを選ぶ。愛しい人よ、わがままを通したい気持ちはやまやまだけど、僕の名誉にかけて君を手放すことにした。しばらく国を離れるつもりだ。帰りがいつになるかはわからない。僕を待たないでくれ。いつか、お父上が望む形で君を幸せにしてくれる人が見つかることを、心から願っている。最後に、またね、とは言わない。さようなら、永遠に。

草々

アダム

エマは頭が真っ白になったが、その空白から恐ろしい痛みが湧き出し、自分をのみ込もうとしているのはわかった。

「いやよ、耐えられない。ああ、神さま……」エマは体を横向きにし、手紙を胸に押しつけて、呼吸を整えようとした。涙は出てこない。あまりのつらさに泣くこともできなかった。

「アダム……別れる必要なんてない……待ってくれるって言ったじゃない。あなたは……」

喉がひくひくと動く。肺に勢いよく空気が流れ込んできて初めて、エマはそれまで自分が息を止めていたことに気づいた。

「アダム」あえぐように言ったきり黙り込み、自分はこれから感情というものが抱けるのだろうかと、絶望的な思いにとらわれた。


ルークは暖炉の前の敷物に座り、暖炉の炎を見つめていた。その胸にタシアが後ろ向きにもたれかかっている。二人は一つのグラスからブランデーを飲み、同じ味のする口で時々キスをした。二人のプライベートスイートに付属するその居間は、黄金色の光に包まれていた。

「子供たちはどこだ？」ルークはたずねた。

タシアは洋梨形のグラスの中でブランデーを回し、クリスタルの縁をそっと傾けて、ルークに次の一口を飲ませた。「男の子たちは子供部屋で遊んでいるわ。もうすぐお風呂の時間……そろそろ上に行ったほうがよさそうね」

「まだいい」ルークの大きな手がタシアの腕をつかんだ。「この時間が夜の中で一番好きなんだ。君を独り占めできる」

タシアは笑い、夫のあごの下のひげのはえていない柔らかな部分に鼻をすり寄せた。

「本当にわたしが行って子守を手伝わないと、あの子たちはそこらじゅうにお湯をまき散らすわ。エマの様子も確かめたいし。あの子、一日中部屋に閉じこもっているのよ。夕食はコックに持っていかせたけど、手をつけたかどうか」

ルークは軽く顔をしかめた。「ミルバンクのことで悩んでいるんだろう」

「でしょうね」

「あいつのことはもうあきらめたと思っていたよ。さっさと終わらせる方法はないものかな？」

「あなたは報われない恋に苦しんだ経験がないみたいね」タシアはそっけなく言った。

「君のときに経験したよ」

「まさか！　わたしを愛していると言い出した二日後には、ベッドに潜り込んできたわ」

「あれは人生で最も長い二日間だった」

実感のこもったその口調に、タシアは笑い声をあげた。ブランデーを脇に置き、ルークのウエストに腕を回す。筋肉質の背中に軽く両手を置いた。

「あれからはほぼ毎晩一緒にいるわね」

「ニコラス・アンゲロフスキーにじゃまされるまではな」ルークはむっつりと言った。

「しいっ」タシアはルークの唇に自分の唇を押しつけた。「あのことは全部忘れて、許すっていう話になったはずよ。もう七年も前のことだもの」

「忘れることはできないよ」

「許してもいないようね」細められたサファイヤのような目を見つめ、タシアはゆっくり首を振った。「ルーク、あなたはわたしが知っている中で二番目に頑固な人だわ」

「二番目？」

「僅差でエマが勝っていると思うの」

ルークは体を前に倒し、にんまりした。「ストークハースト家の血だ」タシアに諭《さと》すように言う。「この家の人間は、どうしても頑固になってしまうんだ」

タシアはくすくす笑い、ルークのキスから逃れようと顔をそむけた。

「何でもストークハースト家の血で片づけるのね！」

ルークが体重をかけてタシアを押し倒し、喉になまめかしく唇を這わせると、彼女はルークの下で身をくねらせた。「頑固で、とても情熱的だ……今からそれを見せてやろう」

「証拠ならじゅうぶん見せてもらってるわ」笑いながら、タシアは言った。

性急にドアがノックされ、二人の戯れは中断された。ドアのほうを向いたタシアの目に、上下逆さまのエマの長身が飛び込んできた。タシアは夫から体を離し、もぞもぞと座り直した。「エマ……」エマの顔を見た瞬間、言葉がとぎれた。その顔は青白く張りつめ、何か恐ろしいショックを受けたかのようだった。ルークもエマの表情に気づいたらしく、問いかけるように娘の名前を呼んだ。

「じゃましてごめんなさい」エマは冷ややかに言った。

「どうしたの？」タシアは心配になってたずねた。「何かあったの？　動揺しているみたい

――」

「大丈夫よ」エマは手を開き、くしゃくしゃになった紙をルークの足元に放った。暖炉の赤と金色の炎が、ちらちらと紙に光を投げかける。「さぞかし満足でしょうね、お父さま」

ルークは引きつった娘の顔を見つめたまま、黙って手紙を拾い上げた。

「読んで」エマはそっけなく言った。「アダムからよ。わたしとの結婚はきっぱりあきらめたって。しばらく国を離れるそうよ。お父さまのせいで、わたしは誰とも結婚できなくなったの」頬の筋肉が激しく痙攣《けいれん》した。「お父さまのことは一生許さない。わたしが愛されるたった一度のチャンスを奪ったんだから」

ルークは困ったような顔になった。

「アダム・ミルバンクはお前のことを愛していなかったんだよ」静かに言う。

エマの唇が苦々しげにゆがんだ。

「そんなこと、どうしてお父さまにわかるの？　愛してくれているかもしれないじゃない？本物の愛かもしれないじゃない？　自分は間違っていないって自信を持って言いきれる？お父さまはとても気高くて、とても賢くて……非の打ちどころがないから、人の心が読めるし、一目見ただけで相手のことがわかるのよね！　絶対に間違うことがないっていうのは、さぞかし気分のいいことでしょう！」

ルークは何も答えなかった。

「わたしを結婚させたくないのね」エマの口調は激しさを増していった。「自分の思いどおりにできる操り人形みたいな人じゃないとだめなんでしょう？　お父さまは誰に対してもそう――」

「いいかげんにしなさい」タシアが割って入った。

苦悶に満ちたエマの目がタシアに向けられた。

「まさか、わたしがお父さまを傷つけたとか思ってないでしょうね？　相手の言葉に傷つくのは、その人のことを愛しているからよ。でも、お父さまが愛する数少ない人間の中に、わたしは含まれていないわ」

「それは違う」ルークはしゃがれた声で言った。「エマ、わたしはお前を愛している」

「本当に？　誰かを愛するっていうのは、その人の幸せを願うことだと思ってたわ。まあ、お父さまはご自分の考える愛を貫いてちょうだい。わたしには今後いっさい必要ないけど」

「エマ――」

「お父さまなんか大嫌い」

感情の高ぶりに、エマは体を震わせた。部屋は沈黙に包まれ、エマはきびすを返して出ていった。

2

最初に動いたのはタシアだった。ルークの手からそっと手紙を取り上げ、黙って読む。ルークは座ったままうつむいていて、何を考えているのかはわからなかった。

読み終えると、タシアはうんざりした声を出し、手紙を脇に置いた。

「メロドラマじみた文面ね」にべもなく言う。「まるで自分たちが悲運な恋人同士みたいな言いようだわ。もちろん、悪いのは全部あなた。アダムは〝僕の名誉にかけて〟エマと別れると言いながら、自分たちを引き裂いたとあなたを責めているの」

ルークは顔を上げた。血の気が引き、口元がこわばっている。

「わたし以外に責める相手はいないものな」

「あなたは良かれと思うことをしただけよ」

妻が即座にかばってくれたことで、ルークの目には温かな光が浮かんだが、すぐにうんざりしたように頭を振った。

「エマの言うとおりだ。ミルバンクがあの子を愛しているはずがないと、頭ごなしに決めつけなくてもよかったんだ。でも……」言葉を切り、顔をしかめる。「あの男は寄生虫だということで、君と僕は意見が一致している」

「エマ以外の誰が見てもそうだと思うわ」

「エマが傷つくことになるとわかっていて、あいつとの交際を認めろというのか？　ああ、強情な娘をどう扱ったらいいのかさっぱりわからない！　わかっているのは、あの子はミルバンクにはもったいないということだけだ。あいつがエマを利用するのを黙って見ているのは耐えられなかった」

「ええ、当然だわ」タシアは優しく言った。「それだけあなたはエマのことを愛しているの。メアリーだって自分の娘をあんな男と結婚させたくないに決まってるわ」

先妻の名前を出されたことで、ルークは動揺したようだった。うなり声をあげて顔をそむけ、炎を見つめる。「メアリーが亡くなってから長い間、エマには寂しい思いをさせてしまった……娘のためを思えば、すぐに再婚するべきだったんだ。あの子には女親が必要だった。母親なしで育つことでエマがどんな思いをするのか、考えてやればよかった。なのに、わたしは自分のことばかり――」

「あなたのせいじゃない」タシアは強い口調で言った。「それに、エマが大嫌いと言ったのは本心からじゃないわ」

ルークは乾いた笑い声をあげた。「だとしたら、たいした演技力だな」

「アダムに別れを告げられたことで腹を立てて、傷ついているの。一番手近な攻撃対象があなただったというだけ。エマが落ち着いたら、わたしから話してみるわ。あの子は大丈夫よ」タシアは小さな両手でルークのあごを包み、自分のほうを向かせた。彼女の青灰色の目は愛情に満ちていた。「確かに、子供の頃のエマは母親を必要としていたかもしれない」ささやくように言う。「でも、あなたがほかの人と再婚しなくてよかった。勝手な言い分だけど、わたしはあなたが待っていてくれたことが嬉しいの」

ルークは丸みを帯びたタシアの肩に顔を寄せ、その感触に心落ち着くものを感じた。

「わたしもだ」くぐもった声で言う。タシアはにっこりしてルークの黒髪をなで、こめかみの白髪を特にていねいになぞった。世間では、ルークは力強く自信に満ちていて、感情を表に出さない男性だと思われている。だが、タシアに対してだけは、疑念や感情をあらわにし、心に秘めた思いを打ち明けるのだ。

「愛してる」タシアはルークの耳元で言い、耳たぶに舌先で触れた。

ルークはタシアの唇を探り当てて、飢えたようにキスをし、強く体を抱きしめた。

「神さま、タシアを与えてくれてありがとう」そう言うと、タシアを絨毯に押し倒した。

ロンドンの社交シーズンが正式に終わると、ストークハースト家——家族、使用人、動物たち——は、広い田舎の領地に戻った。サウスゲート館は、整然とした村を見下ろす大きな丘の上に建っている。ノルマン人の要塞だった古城の廃墟を改築したロマンティックな邸宅だ。そびえ立ついくつもの小塔と、煉瓦とガラスから成る凝った正面のデザインは、まるでおとぎ話の舞台そのものだった。一家は次のシーズンが始まるまで、悪臭漂う湿っぽいロンドンを離れ、ここでゆったり過ごすことになる。時折ハウスパーティを開き、友人や親戚の家を訪問し、夏の収穫を祝う催しに参加するのだ。

エマはほとんどの時間を、緑豊かな田舎の地で一人馬を飛ばすか、サウスゲート館から四〇〇メートルほど離れた動物園で作業をするかして過ごした。動物の世話に追われているおかげで、アダムのことを考えずにすむのはありがたかった。日中は筋肉痛になるまで働き、夜は疲れて眠った。だが、自分が失ったもののことは、いつも心に引っかかっていた。二度とアダムに会えないという事実は、なかなか受け入れられるものではなかった。

一日の中で最悪なのは、夕食の時間だった。家族と一緒にいることに耐えられず、できるだけ早く食事をすませてテーブルを離れた。父親に対してこれほど腹を立てたのは初めてだった。自分が孤独を感じているのは、すべて父親のせいだと思った。これから一生一人で眠らなければならないのも、父親のせいだった。父は何度か謝ろうとしてきたが、エマは頑として許さなかった。エマにしてみれば、二人が以前のように親しい間柄に戻ることはありえなかった。決して修復できないまでに、何かが壊れてしまったのだ。

アダムがエマの持参金を狙っていたという父親の言い分もわからなくはなかったが、そんなことは問題ではなかった。確かに、アダムは財産に魅力を感じていたし、本人もそのことを隠そうとしなかった。だが、愛してくれてもいたのだ。二人一緒なら、幸せな人生が送れていただろう。その可能性が消えた今、エマが誰かと結婚することはない。結婚しているという事実を作るためだけに、男やもめの太った年寄りや、ぼんやりした退屈な男と一緒になるつもりはなかった。

自分はもはや、結婚市場では何の価値もない。社交シーズンが来るたびに、若くてきれいな娘が次々と出てきて、まともな独身男性はみんな持っていかれてしまう。父もタシアも、誰の目にも明らかなエマの欠点を見ないふりをしていた。アダムが最後の望みであることを理解してくれなかった。

「お姉さま、動物は結婚するの？」ある日、エマの六歳の弟ウィリアムが、チンパンジーの檻《おり》を掃除する姉を見ながらたずねた。檻に住む老チンパンジーのクレオは、革のように硬い指でウィリアムの黒髪をすき、いもしない虫を探していた。できるだけ風が入ってくるよう、建物の扉は開けっ放しにしてある。

エマは手を止めて熊手の柄に体重をかけ、ウィリアムに向かってほほえんだ。

「いいえ、人間のような結婚はしないわ。でも、中には同じ相手と添い遂げる動物もいるの。狼とか、白鳥とか」

「〝添い遂げる〟ってどういうこと？」

「あなたのお父さんとお母さんがしているようなことよ。二匹の動物が一生、お互いを大事にすること」

「お猿さんは添い遂げるの？」ウィリアムはしつこく触ってくるクレオの手を押しのけ、表情豊かなその茶色い目をのぞき込んだ。チンパンジーは口をすぼめて、何よ、と言わんばかりに声をあげ、再びウィリアムの髪に手を伸ばした。

「いいえ」エマはそっけなく答えた。「お猿さんにはそこまで相手を区別する力はないの」

「虎は？」

「虎もよ」

「でも、人間は添い遂げるよね」

「たいていの人は」エマはうなずいた。「それができる状況ならね」

「それができなかったら、オールドミスになるんだ。お姉さまやクレオみたいに」

エマは笑いながら、服にくっついたわらをつまみ上げた。「まあ、そんなところよ」

突然、新たな声が会話に割り込んできた。

「君のお姉さんはまだ若いし、きれいだから、オールドミスにはならないよ」

エマとウィリアムが振り返ると、まぶしいくらい陽光が当たる戸口に、ニコラス・アンゲロフスキーが立っていた。値踏みするような目でチンパンジーを見て、こう言い添える。

「クレオはちょっと違うみたいだけどね」

クレオはキーキー、ブーブーと声をあげ、ウィリアムはニコラスのもとに嬉しそうに駆け寄った。魅力と神秘性が絶妙に混じり合ったニコラスには、誰もが夢中になってしまうのだと、エマは皮肉な気持ちで思った。

「ニコラス公爵！」ウィリアムは息を切らして言った。「こんにちは《ズドラーストヴィチェ》！」

「ズドラーストヴィチェ、ウィリアム」ニコラスは言い、しゃがんでウィリアムと目の高さを合わせた。ウィリアムが完璧な発音でその言葉を繰り返すのを聞いて、にっこりする。

「見事なアクセントだよ。お母さんの教育がいいんだな。ロシア人の血が入っている子じゃないと、君みたいにきれいな発音はできない」

「僕、ストークハーストの血も入ってるよ」ウィリアムは誇らしげに言った。

ニコラスはウィリアムの黒い頭越しにエマを見た。

「強力な組み合わせだな。違うか？」

エマはニコラスに冷たい視線を向けた。ニコラスはたまにサウスゲート館を訪れるが、中国産のキャラバンティーを何杯も飲み、早口のロシア語でタシアと話をするだけで、動物園に来たことはない。ここはエマだけの場所で、呼んでもいないのに勝手に入ってこられては困るのだ。「ニコラス、何の用？」

ニコラスはにやりと笑った。

「そういえば、君の動物コレクションを見たことがないなと思ってね。見せてもらいに来た」

「今は作業中よ」エマはぶっきらぼうに言った。「わたしが動物に餌をやったり、糞をかき集めたりしているのを見物するよりも、もっと楽しい遊びはいくらでもあるはずだわ」

「そうとも限らない」

エマは唇をへの字にした。「じゃあ、勝手にして」

チンパンジーの檻から汚れたわらをかき出し、新しいわらと取り替える。それが終わると、中に入るようクレオを身振りでうながした。

「クレオ、中に戻って。ほら」チンパンジーは激しく頭を振り、歯をむいた。「ええ、わかってるわ」エマは檻を指さして言った。「あとで遊んであげるから。あとでね」

チンパンジーは怒ったようにうなりながら、おもちゃが積まれた小山から布人形を拾い上げた。しなやかで小柄な体は一瞬のうちに、針金製の檻の壁に取りつけられたはしごを上っていった。てっぺんまで行くと、とまり木に腰かけ、顔をしかめてエマたちを見下ろす。エマは檻の扉を閉め、弟のほうを向いた。

「ウィリアム、そろそろおうちに帰る時間よ」

「クレオと一緒にいちゃだめ？」ウィリアムはせがむように言い、名残惜しそうにチンパンジーを見上げた。

「いつも言ってるじゃない、わたしが一緒じゃないときは、動物の近くに行っちゃだめだって。クレオのところには、夕方また来ましょう」

「わかったよ、お姉さま」

ウィリアムが行ってしまうと、エマはニコラスのほうを見た。濃い色の乗馬用ブリーチズと、黄褐色の肌が際立つ白いシャツを身につけている。今日は、髪が金色よりは茶色に近い色に見えた。軽く汗ばんでいるため、肌がつやつやと輝いていて、貴金属で作られた彫像のようだ。濃いまつげに縁取られた黄金色の目が、フィラメントのごとくきらめいている。

アダムが去ってから初めて、エマは心の中で怒り以外の何かがうごめくのを感じた。緊張と混乱と自意識が交じり合った何かだ。自分がニコラスを見つめていることに気づくと、エマは向きを変えて金属製のバケツを持ち上げた。鉄製の大きな流しに向かい、水が安定して出てくるまでポンプを動かす。

ニコラスが近寄ってきて、ポンプの柄に手を伸ばした。「手伝おう」

「けっこうよ」エマは慌てて言い、ひじでニコラスを押しのけた。「自分でできるから」

ニコラスは肩をすくめて一歩下がり、エマが流しで作業する姿をじっと見つめる。汗がしみたシャツの下で、引き締まった肩の筋肉が張りつめていた。ぴったりした灰色のズボンが、ヒップから太ももにかけてのすらりとしたラインを際立たせている。ニコラスの頭に一瞬、ロンドンの舞踏会で見たエマの姿が思い浮かんだ。あのときは涼しげな白のドレスを着て、髪をひっつめていた。今のほうがずっといい。力強く、てきぱきとしていて、体を動かしたせいで顔が上気している。こんな女性はどこにもいない。農民のように働く貴族の女性など、見たことがなかった。動物の世話など使用人にさせればいいのに、どうして自分でやっているのだろう？

「ズボンをはいている女性を見る機会はめったになくてね」ニコラスは言った。「というより、これが初めてかもしれない」

エマはすばやく体を起こした。警戒するような目でニコラスを見る。「びっくりした？」

「そんなことではびっくりしない」ニコラスはうっとりとエマの全身を眺めた。「君を見ていると、チュッチェフの詩の一節を思い出すよ……〝美女の顔は春の空気に赤らんだ〟」からかわれているのだと思ったらしく、エマはニコラスをにらみつけ、流しに向き直った。

「詩は好きじゃないの」

「じゃあ、何を読むんだ？」

「獣医学の手引書と新聞」エマは流しから重いバケツを持ち上げ、その重労働に息が乱れた。

ニコラスはとっさにバケツに手を伸ばした。「わたしが――」

「慣れてるから」エマはぶっきらぼうに言った。「手をどけて」

ニコラスは両手を上げ、ふざけて降参の身振りをした。「もちろん」

エマは鳶色の濃い眉をひそめた。近くにある別のバケツを指さす。

「手伝ってくれるのなら、あれを持ってきて」

ニコラスはその言葉に従い、手早く袖をまくり上げた。バケツには五キロほどの新鮮なくず肉が詰まっている。血の匂いが鼻に広がり、持ち上げる前に一瞬躊躇《ちゅうちょ》した。

「吐き気がする？」エマはなじるように言った。「こんな作業、あなたの沽券《こけん》に関わるんじゃない？」

ニコラスは返事をしなかったが、エマの言うとおりだった。今までこの種の労働をする必要に迫られるどころか、そんな可能性すらなかった。上流社会の男性の例にもれず、運動といえば、乗馬や狩猟、剣術、拳闘くらいだった。

バケツの柄をつかんで持ち上げると、血の匂いはますます強くなった。濃く甘辛い匂い……。手に力が入り、脳裏にある記憶がよみがえって動きが止まった。暗い、胸の悪くなるような光景……。ニコラスは記憶を振り払おうとしたが、それは赤潮のように押し寄せてきた。

血がにじみ、胸を流れていた。背中には鞭の跡がつき、手首を縛る粗縄が皮膚に食い込んでいる。帝国政府の尋問官、ピョートル・ペトロヴィッチ・ルヴィムが、ニコラスの顔にそっと指を這わせ、噴き出した塩辛い汗がニコラスの目に入らないようにした。ルヴィムの拷問の腕は悪魔のように鮮やかだったが、それを楽しんでいるようには見えなかった。

〝もういいだろう？〟ルヴィムは静かにたずねた。〝そろそろ白状したらどうだ？　公爵さま〟

〝わたしは何もしていない〟ニコラスはしわがれ声で言った。

それが嘘であることは誰もがわかっていた。ニコラスは殺人を犯していた。皇帝《ツァーリ》お気に入りの相談役、サムヴェル・シュリコフスキーを殺したのだ。だが、証拠は何も出てこなかったため、政府はニコラスを反逆罪で逮捕した。保守派と改革派がせめぎ合う動乱の時期にあっては、ツァーリに対する危険はそこらじゅうに潜んでいた。人一人無期限で監禁するのに、証拠はいらない。疑惑があればじゅうぶんだった。

一週間にわたりニコラスは、毎日ルヴィムを始めとする政府の役人から、かろうじて死なない程度の苦痛を与えられてきた。もはや正気を保ってはいられなかった。ニコラスは痛みにあえぐ獣と化し、いずれこの苦悶が終わり、墓に秘密を持っていける時をひたすら待ち続けていた。

ルヴィムはため息をつき、ほかの役人たちに言った。〝もう一度鞭を持ってこい〟

〝やめろ〟裸体をぶるぶる震わせながら、ニコラスは言った。鞭打ちにはもう耐えられなかった。焼きつくような衝撃が皮膚を貫き、骨に響く……。その間ずっと、耳元で質問され続けるのだ。〝暴力革命主義者に同調するのか？　ツァーリの政策に賛成か？〟皮肉なことに、ニコラスはこれまで政治とは何の関わりもなかった。自分の土地と家族にしか関心がなかったのだ。

ルヴィムは石炭が入ったくぼみから熱い火かき棒を引き出し、ニコラスの顔の近くに掲げた。〝公爵さまは鞭よりこっちをお望みかな？〟

上り立つ熱気に、ニコラスの体は激しく震え始めた。うなずいて顔を上げると、あごから汗と涙が滴り落ち……。

「どうかした？」エマがたずねた。ニコラスのむき出しの腕に目をやると、彼女の顔から表情が消えた。

ニコラスは身をこわばらせた。視線がニコラスの顔に戻ってくる。「まあ」小さな声で言った。

ニコラスは身をこわばらせた。シャツの袖はつねに手首のところでボタンを留め、外すことはない。それが、どういうわけかエマの前では、隠すことを忘れてしまうようだった。だが、エマはそれを見たところで驚きはしないはずだ。子供の頃すでに目にしているのだから。

ニコラスはゆっくり息を吐き、無理やり肩の力を抜こうとした。

「今日はいらいらしているようだな」何気なさを装って言う。「何か怒らせるようなことをしてしまったかな？」

ニコラスの気持ちを読み取り、エマは建物の外に向かった。傷のことに触れずにいてくれたので、ニコラスはほっとした。「最近、男性全般に腹を立てているの」彼女はつんとして答えた。

「ミルバンク卿にふられたから？」

「ふられたわけじゃないわ、引き離されたの。それに――」エマは突然振り返り、そのせいでバケツの縁から水がはねた。「どうして知ってるの？　ああ、まさか、ロンドンで噂になってるの？　ゴシップ好きの人たちの耳に入ったのかしら？」

「噂にはなっている」

「もう」エマは顔を赤らめた。「まあいいわ、人に何を言われようと気にしない。勝手にすればいいのよ」自分をかばうように肩を丸める。「アダムが悪いわけじゃない。お父さまが現代のチンギス・ハンみたいにふるまったせいよ。アダムはわたしと別れて、自分の人生を歩むしかなくなったの」

「ミルバンクは君の相手としてはひ弱すぎる」

「何も知らないくせに」

「本当に君を求めるなら、君のために闘うべきだった」

「アダムはそんなことをするほど野蛮じゃないもの」エマは言い訳がましく言った。

「野蛮じゃない？」ニコラスはその言葉を繰り返し、エマの目を見つめた。「君は野蛮じゃない男がいいのか？」

とたんに、エマの目が苦笑気味にきらめいた。汚れの筋がついたシャツとズボンに目をやる。「ええ、そうよ。わたしがあまりに野蛮だから、自分とバランスがとれる人が必要なの。そう思わない？」

「思わない」ニコラスはそっと言った。「必要なのは、君に好きなだけ野蛮なふるまいをさせてくれる男だ」

エマは笑みを浮かべたまま、頭を振った。「それはさぞかし見ものでしょうね」

ニコラスはエマについて隣の建物に入った。錆色の狐が、大きな檻の中をすばやく行ったり来たりしている。毛並はつやがあって健康的だが、動きはぎこちなく、飛び跳ねているかのようだ。眉をひそめて見ていると、狐には左前脚がないことがわかった。

「プレスト（〝きわめて速く〟を意味する音楽用語）って名づけたの」エマは言った。「足が速くて機敏だから」

「機敏なのに、脚を失ってしまったのか」

狐はすばしっこい動きで、エマが水をなみなみと注いだ容器に飛びついた。数回水をなめたあと、エマのほうに向き直る。エマがポケットの奥から卵を取り出す様子を、黒っぽい目を輝かせて見つめた。

「プレスト、ごちそうを持ってきたわ」エマは誘惑するように言った。ゆで卵の殻をむき、檻の格子の間に突き出す。狐は期待に体を震わせながら近寄ってきた。

「この子は罠にかかっていたの」エマが慣れた手つきで卵を落とすと、狐はそれを受け取った。よだれを垂らしながら、二口でごちそうをたいらげる。「雨風にさらされて、出血多量で死にかけていたわ。罠から逃げようとして足がちぎれたの。あのときわたしが見つけていなかったら、どこかの淑女の外套の飾りか、マフに――」

「お願いだから」ニコラスはていねいに言った。「演説なら君が所属しているクラブでしてくれ。動物の友達、とかいう名前の」

「王立動物の人道的待遇協会《RSHTA》よ」

「ああ、それだ」

エマが振り返ってにっこりしたので、ニコラスは不意を突かれた。こんなにも茶目っ気たっぷりに、雲間から差し込む陽光のようにほほえむ女性は、この世に二人といない。

「わたしの動物園を見たいなら、演説を聞かなきゃいけないのよ、ニッキ」

ロシア語の愛称で呼ばれ、ニコラスは少し驚いた。自分をそう呼ぶのは、数人の幼なじみくらいだ。その名がエマの口から、歯切れのいい英語のアクセントで出てくるのは、妙な感じだった。突如、この飾らない笑顔から、子供みたいに澄んだ目から逃れたいという衝動に駆られる。だが、始めたことは最後までやり遂げなければならないと考え、その場に留まって、仕掛けた罠に慎重にエマをおびき寄せることにした。

「演説をする意味がわからない」気づくと、ニコラスは言っていた。「動物が提供してくれる製品の代わりを見つけるまでは……食卓に出す肉も含めてね」

「わたしは菜食主義者だもの」ニコラスがその言葉を知らないことを見て取ると、エマは説明を加えた。「肉をいっさい食べない人っていう意味よ」ニコラスの表情を見て笑い声をあげる。「驚いたみたいね。ロシアに菜食主義者はいないの？」

「ロシア人の食事に欠かせないものが三つある。骨を強くし、血を赤くしてくれる肉。腹を満たしてくれる濃い色のパン。人生を楽しくしてくれるウォッカ。ロシア人に緑の草がのった皿を出したら、牛にやってしまうだろうね」

エマにひるんだ様子はなかった。「草ならわたしにちょうだい」

「ドゥシェンカ、君の思想は極端な気がするよ」ニコラスは楽しい気分になりながら、エマを見つめた。「いつ肉を食べるのをやめたんだ？」

「一三歳か、もう少しあとか、そのくらい。ある日の夕食の最中に、周りの人たちのおしゃべりを聞きながら、目の前にある雌鶏のローストを見たとき、死体を解体している気分になったの……小さな肋骨、筋肉、脂肪、皮膚……」そのときのことを思い出したのか、エマは顔をしかめた。「席を立って自分の部屋に戻ったけど、長い間吐き気が収まらなかったわ」

ニコラスはにっこりした。「変わった人だ」

「よく言われる」エマはニコラスについてくるよう身振りで示し、二人は隣の建物に続く小さなドアに向かった。歩きながら、エマは横目でニコラスを見た。「さっき、わたしのことをロシア語で呼んだわよね。何て言ったの？」

「ドゥシェンカ」

「どういう意味？」

「そのうち教えてあげるよ」

その答えに、エマは眉根を寄せた。「今夜タシアにきくわ」

「やめたほうがいい」

「どうして？　悪い言葉なの？　悪口？」

ニコラスが答える前に、二人は隣の建物に入った。格子のはまった窓から風と光がたっぷり入っているにもかかわらず、猫の刺激臭が鼻を刺す。だが、巨大な縞模様の動物がエマを目指し、鉄格子のほうに近づいてくるのを見ると、臭いのことなど忘れてしまった。赤みがかったオレンジ色の豊かな毛皮に太い黒の縞が入った、立派な虎だ。首と背中にかけて、長い毛が集中して生えている。こんなにも大きな、二五〇キロはありそうな虎を見たのも、虎をここまで近くで見たのも初めてだった。

「子虎のとき、あなたが連れてきたのを覚えてる？」

「もちろん」ニコラスは静かに言った。この虎は、これまで自分がエマに贈った唯一のプレゼントだった。エマが一二歳のときのことだ。異国の動物を展示したぼろぼろの店で病気の子虎を見つけ、エマのために買ってきたのだ。それ以来、虎の姿は見ていなかった。

エマは格子のそばにしゃがみ、赤ん坊に話しかけるような優しい声を出した。

「マンチュー、こちらはニコラス公爵よ」

虎は近くに座り込み、喜びのあまりうっとりしているのか、目を半開きにした。壁には穴が空いていて、日光浴をしたいときは外の檻に出られるようになっている。浅い水槽に浸かっていたせいで、虎の脚と腹は濡れていた。

「きれいな子でしょう？」エマは母親のように誇らしげに言った。「この前足の大きさを見て。ネコ科の動物の中でも、虎が一番人間を殺してきたのよ。どんな動きに出るのか、まったく予測がつかない動物なの」

「すごいね」ニコラスはそっけなくうなずいた。エマが檻の格子の間から手を入れ、虎の首をさすったのを見て、息が止まりそうになる。

「マンチューが生まれたアジアでは、虎は生まれ変わりの象徴なの」エマは虎からニコラスへと視線を移した。「あなたたちはよく似てるわ。もしかしたら、前世は虎だったのかもしれないわね、公爵さま」

「手を入れるんじゃない」その声は穏やかだったが、どこか険があり、エマと虎は揃っていぶかしげにニコラスを見た。

エマはさらに奥に腕を差し入れ、虎の首を強くさすった。

「覚えてるでしょう、この子には鉤爪がないの」エマは言った。「最初の飼い主に引っこ抜かれてしまったのよ。マンチューは自力で獲物を捕まえられない。かわいそうに、一生自由の身にはなれないのよ」

哀れみと愛情のこもった目でマンチューを見つめる。虎はゴロゴロと甘えるように喉を鳴らし始め、子供が母親を見るような愛情深いまなざしをエマに向けた。エマが腕を引っ込めるまで、ニコラスの体ははっきりとわかるほどこわばっていた。

「心配しないで」エマは言った。「マンチューはわたしのことを友達だと思ってるから」

「午後のおやつだと思ってるかもしれない」ニコラスは肉片の入ったバケツを持ち上げた。

「これはこいつにやるんだな？」虎は顔を上げ、警戒するような目ですばやくバケツを見た。エマは立ち上がり、ニコラスの手からバケツを取った。血の滴るくず肉を、慣れた動きで檻の中に振り入れる。

「召し上がれ《ボナペティ》、マンチュー」虎は喜んで喉を鳴らし、食事にありついた。「ああ、怖い」エマは顔をしかめて笑った。「肉食動物に囲まれてるわね」ズボンで手を拭き、ニコラスに笑いかける。「公爵さま、手が汚れるのはどんな気分？　あなたには新鮮な体験だと思うけど」

ニコラスはゆっくりエマに近づいた。

「エマ、君はわたしを餌づけしようとしてるんだな」ほっそりした手首をつかみ、手を持ち上げて手のひらを見つめたあと、そっと裏返した。

エマの顔から笑みが消え、恥ずかしさに身がすくんだ。手は赤みがかっていて、たこができている。指は長くて細いが、爪は容赦なく短い三日月形に切ってあった。指先から手首にかけて白い傷がいくつもあるが、大半が引っかき傷か歯形だ。普段から手入れの行き届いた女性と接しているニコラスには、さぞかしおぞましく見えるだろう。

「淑女の手じゃないでしょう？」エマは言った。

ニコラスは透けるように細く青い血管を親指でなぞった。「女性の手だよ」

エマは戸惑い、手を引き抜こうとした。

「わたしをどうしたいの？　どうしてここに来たの？」

ニコラスの手に力が入った。「君といると楽しいからだ」

「そんなことあるはずがないわ」

「どうして？　君は頭がいいし、面白いし……それに、すごくきれいだ」

「何て傲慢でいやな人なの」エマはかっとなって言った。「からかうのもいいかげんにして！」

「君は本気で自分のことをそんなふうに思っているのか？　わたしはからかってなどいない」エマの癇癪《かんしゃく》にはお構いなしに、ニコラスはもう一方の手首を取った。「わたしの赤毛さん」ささやくように言う。「古いロシア語では、〝赤い〟と〝美しい〟は同じ単語で表されるんだ」

エマはつかまれた両手をぐいと引いた。「何をするつもり？」

「いつか君にキスをすると言っただろう。約束は守るたちでね」

ニコラスに強くつかまれ、引き抜こうとしたエマの手の筋肉は張りつめた。

「手を放してくれないと、顔を殴りつけるわよ。言っておくけど、身長はほとんどあなたと変わらないんだから！」

ニコラスはいとも簡単にエマを近くの壁に押しつけた。肩が壁板にぶつかり、軽い音をたてる。

「まったく同じではない」彼はエマに覆いかぶさり、彼女の腕を両脇で押さえつけた。「それに、体重はわたしのほうが倍くらいある」

「お、お父さまに言いつけるわ！」この言葉は過去に何度か使ったことがあるが、そのたびに魔法のような効果を発揮した。エマの父親のことは、誰もが怖れているのだ。

「ほう？」ニコラスの目は楽しげにきらめいた。「それは面白そうだ」

間違いを犯したことに気づき、エマは顔をそむけた。ばかにしてやればよかったのだ。笑い飛ばして、冗談はやめてと言えばよかったのだ。なのに、かっとなってしまった。それでは、ニコラスは面白がる一方だ。

ニコラスは手を放して身を乗り出し、自分の体でエマを壁に押しつけた。三つ編みをゆっくりと自分の手に巻きつけ、エマの顔が上を向くよう引っぱる。唇が、エマの唇の真上をさまよった。熱い息が唇にかかり、柔らかな落ち着いたリズムを感じると、エマの体は震え始めた。自分の声とは思えない、くぐもった声が言う。

「何をするつもりか知らないけど、さっさとすませてちょうだい。まだ作業が残ってるんだから」

その瞬間、勢いよく唇が重ねられ、始まったときと同じく一瞬で終わった。ニコラスは顔を上げ、金色のまつげに縁取られたあの目でエマを見下ろした。暴力的なキスに、唇がひりひりする。ためらいがちに唇をなめると、砂糖と紅茶の甘さがかすかに感じられた。

「もう気がすんだでしょう」震える声で言う。

ニコラスの顔つきが、いつもより鋭くなったように見えた。その顔はエキゾチックで、厳しく落ち着いた雰囲気は東洋人ぽく思える。「まだ終わっていない」

エマは慌ててニコラスを押しのけようとした。ニコラスの腕が巻きついてきたので抵抗したが、やがて彼の力に押しつぶされてしまった。ニコラスは再び顔を近づけ、それまでの男性との記憶を吹き飛ばすほど力強いキスをしてきた。村の少年との手探りで甘いファーストキスのことも、アダム・ミルバンクとの優しい抱擁のことも、二度と思い出せなくなりそうだった。ニコラスはそのすべてを奪い取って、獣のような情熱でエマに焼き印を押し、それ以外のものが入り込む余地を残さなかった。何もかもが急激に変わりゆくそのスピードに、エマはめまいを覚えた。ニコラスはもはや、エマの人生の周縁をうろつくぼんやりと魅力的な存在ではなくなった。突如として現実味を帯び、これまでは考えられなかった形で意識させられるようになったのだ。

背中で大きな手が指を広げて、背筋をなぞり下ろしていき、ヒップにたどり着いた。エマはシャツとズボンの下にシュミーズと薄いリネンのズボン下しかつけていなかった。コルセットも、芯も、レースもない。体のラインをごまかし、守ってくれるものは一つもなかった。胸の柔らかさも、ウエストの曲線も、ニコラスにはそのまま感じられるはずだ。心の中で羞恥と興奮がぶつかり合い、彼に寄り添う体がふらふらと揺れた。ニコラスに腕を回して力強くそばに引き寄せ、美しい髪に指を絡めたくてたまらない。衝動との闘いに体が震えた。ニコラスの体に触れている部分は、どこもかしこもうずいている。胸、脚、腹……。その手で体に触れてもらいたい……ああ、その……。

ニコラスの唇は唐突に離れ、エマは不満げに小さなうめき声をもらした。手が彼のシャツの合わせ目に入り込み、目的もなくそこをつかむ。ニコラスがロシア語で何やらつぶやくと、吐息がエマの髪から頭皮に染み入った。エマの手はニコラスの肩の上に収まった。目を開けて彼の肩の向こうを見ると、マンチューが黄色い目でまばたきもせずこちらを見つめ、けだるそうにしっぽを振っているのがわかった。エマはニコラスからぱっと手を放し、そわそわと自分のシャツとベルトをつかんだ。

ニコラスは後ろに下がり、表情のない目でエマを見つめた。

「何か困ったことがあったら」静かな口調で言う。「わたしを頼ってくれればいい。エマ、君と友達になりたいんだ」

「友達なら、あ、あなたにはじゅうぶんいると思うけど」

ニコラスは親指で、エマのつややかな鳶色の眉をなでつけた。

「君みたいな人はいない」

「友達同士はあんなふうにキスしたりしないわ」

ニコラスはエマの頬を人差し指で軽くはじいた。

「エマ、子供みたいなことを言うんじゃない」

その言葉にむっとして、エマはめいっぱい気取った声を出した。

「わたしたちが友達になったところで、何の得があるのかしら？」

あごの下に指がすべり込んできたので、エマは体をこわばらせた。唇を触れ合わさんばかりにして、ニコラスは答えた。

「たぶん、そのうちわかるよ、ルイシュカ」

そして、エマから離れた。ニコラスがその場を立ち去るまで、エマは薄目を開け、壁にもたれていた。

エマはその週ずっと、なぜニコラスが訪ねてきたのか、なぜあのような態度をとるのかということで、頭がいっぱいだった。ニコラスの意図が理解できない。自分との情事をもくろんでいるはずはなかった。ロンドンには彼をベッドに誘いたがっている美女が大勢いるのに、わざわざ変わり者のイギリス人貴族の娘を求めるはずがない。それに、友達になりたいという言い分を信じるほど、エマも愚かではなかった。ニコラスは数えきれないほどの貴族や知識人、芸術家、政治家と交流があり、誰もが彼の合図一つで飛んでくる。どんな種類の友人にも不自由していないのだ。

あの出来事は彼の気まぐれだったのだと結論づけた頃、ニコラスは再びやってきた。エマは自室の窓辺にあるクッションのついた腰掛けに座り、朝日を浴びながら小説を読んでいた。足音が聞こえ、ウルフハウンドの血を引いた雑種である飼い犬のサムソンが、期待するように顔を上げた。

タシアが戸口に現れ、こぶしでドア枠をたたいた。「エマ」妙な声音で言う。「ニコラスが来ているわ」

手元で本が揺れた。エマは驚きもあらわにタシアを見上げた。

タシアは穏やかに続けた。「一緒に乗馬をしないかと言っているけど」

押し寄せる混乱の嵐に、エマは跳び上がって部屋中を歩き回りたい気分だった。だが、窓のほうを向き、遠くの一点を見つめた。「どうしよう」

ニコラスと二人きりになることを考えると、落ち着かなかった。何を言ってくるのだろう？　ニコラスの望みは？　またキスをするつもりだろうか？

「ルークはいい顔をしないと思うわ」タシアはためらいがちに言った。

エマは顔をしかめた。「もちろんそうでしょうね！　お父さまはわたしが独り身のまま、誰ともつき合わないことを望んでいるんだもの。お父さまがロンドンでの会合から戻ってきたとき、何を言ってこようと知ったことではないわ。わたしは自分がやりたいようにする。あと五分で行くってニコラスに伝えてちょうだい」

「それはちょっとお父さまに厳しすぎるわよ」

「お父さまがわたしに厳しすぎないことなんてあった？」エマは立ち上がって衣装だんすの前に行き、一番上の引き出しを開けて乗馬用の手袋を探した。

「お目付役が必要だわ」

「どうして？」エマはばかにしたように言った。「ニコラスは親戚じゃないの？」

「厳密には違うわ。姻戚にしても遠すぎると言われてしまえばそれまでよ」

「わたしがニコラスと乗馬をしたところで、醜聞になる可能性はゼロだと思うけど。ニコラス・アンゲロフスキーがいきなり人参頭のオールドミスに興味を持っただなんて、まともな神経の持ち主は誰も信じないもの」

「あなたはオールドミスじゃないわ」

「でも、ロンドンの人気者でもない」エマはタシアに背を向けたまま、引き出しの中を探り続けた。

タシアが小さくため息をつくのが聞こえた。

「エマ、いつになったら家族に腹を立てるのをやめてくれるの？」

「そっちがわたしの人生にいちいち干渉してくるのをやめたときかしら。わたしも動物園のかわいそうなあの子たちみたいに、檻に閉じ込められている気分だわ」

エマが断固として背を向けたままでいると、やがてタシアが立ち去る足音が聞こえた。エマはサムソンをにらみつけた。サムソンは困惑したように毛むくじゃらの顔をしかめ、口の端からだらりと舌を垂らしている。

「そんな顔でこっちを見ないで」エマは不満そうに言った。「タシアはいつだってお父さまの味方なんだから」サムソンは相変わらず、好奇心に耳をひくつかせながらエマを見つめている。そして、突然仰向けになり、前脚を伸ばして腹をかいてほしいとせがんだ。

反抗心と怒りは一気に静まり、エマはくすくす笑いながらサムソンに近寄った。

「おばかなワンちゃん。おばかな子」

そばにしゃがんで短い爪で粗い毛の中をかくと、サムソンは嬉しそうに鼻を鳴らして身をよじった。エマは深いため息をついた。

「ああ、サムソン……これまでどれだけ悩み事を聞いてもらったかしらね？　あなたはわたしの親友よ」サムソンの長い耳をなで、せつなげに語り続ける。「どうしてわたしもタシアみたいに、何があろうと落ち着いていられないのかしら。あの人はつねに感情をうまく抑えているわ。わたしの感情はいつも手に負えなくなって爆発してしまうのに。フィービー・コタリーの言うとおりね。わたしは舞踏室よりも納屋の庭にいるほうが合っているの。ありがたいことに、動物と接するときは、立ち回りのうまさとか、洗練されたふるまいとか、行儀の良さとかは関係ないもの。ただ相手を愛すれば、向こうもこっちを愛してくれる。サムソン、そうよね？」

犬が湿った鼻を手のひらに押しつけてきたので、エマは寂しそうにほほえんだ。

「アダムのわたしへの愛情も、時が経てば消えていったのかもしれない。相手が誰だろうと、わたしがいい奥さんになれるとは思えないもの。愛情だけじゃだめなんだものね。女は従順で、献身的で、きれいで、夫に尽くすことが求められる……なのに、わたしは不細工だし、お行儀が悪いし……」

エマは自分の体に目をやり、ズボンとブーツ、白いシャツといういつもの服装に顔をしかめた。馬に乗るときは、男物の服装でまたがるほうが好きだった。そのほうがずっと快適だし、もちろん馬も制御しやすい。だが、どういうわけか今日は、異様なブリーチズ姿をニコラス・アンゲロフスキーに見せたくない気がした。

エマは衣装だんすの前に戻って、つやつやした板張りの扉を開け、服の山をかき分けて青い乗馬服を見つけ出した。しゃれた仕立てのジャケットとブロードのスカートは、目の色に合う藍色に染められている。たんすのさらに奥を探ると、山高の黒いシルクハットに合う薄い青色のベールが見つかった。

エマは振り返り、こちらを見ているサムソンにほほえみかけた。

「ニコラス公爵が待っているの。サムソン、どう思う？　淑女みたいな格好をしてあの人を驚かせるっていうのは？」


たとえエマの服装に驚くか喜ぶかしていたとしても、ニコラスの様子からそれをうかがい知ることはできなかった。彼は大ホールにある八角形の石のテーブルの端に浅く腰かけ、自然で優雅な雰囲気をまとっていた。片手に乗馬鞭を持ち、淡い黄褐色のブリーチズと磨かれたブーツに軽く打ちつけている。ホールの天窓から日光が降り注ぎ、髪が金色にきらめいて見えた。大階段を下りてくるエマを見る目は傲慢な光を放ち、自分たちの間には秘密があるのだと言わんばかりだ。確かに、秘密はある。そのことを思うと、エマは突如不安になった。ニコラスはどういうわけか、キスされたことをエマが誰にも言わないと確信しているのだ。

もちろん、エマも誰かに言うことは考えた。だが、そんなことをしても何にもならない気がした。それに、父がそのことを知れば、ニコラスを叱りつけようとするだろう……それはあまりに屈辱的だった。

エマが近づくと、ニコラスはほほえんだ。「来てくれて嬉しいよ」

「退屈してたの」エマはそっけなく返した。「気晴らしになるかと思って」

「ほかに魅力的なお誘いがなかったみたいでよかった」ニコラスの口調は明るく、陽気とも呼べるものだった。

その態度は、エマと乗馬ができることを喜んでいるように見える。悦に入っていると言ってもいいくらいだ。エマは疑わしげに目を細めた。

「ニッキ、何をたくらんでいるの？」

「君に気晴らしを提供することだよ」ニコラスは誘うように腕を曲げた。

エマはそのうやうやしい仕草を無視した。

「自分の馬屋に行くのに、エスコートしてもらう必要はないわ」あとをついてくるよう、ニコラスに身振りで示す。「それに、今日はわたしに指一本でも触れたら、腕をへし折ってやるから」

ニコラスはにっこりし、エマの早足に合わせて歩きだした。

「ご忠告ありがとう」

エマが選んだのはしなやかでエネルギッシュな栗毛の馬で、ニコラスが連れてきた黒の雄馬と相性が良かった。気難しい性質の雄馬が落ち着いてからは、二人が駆る馬は見事なバランスで動いた。ニコラスの乗馬には非の打ちどころがなかった。我慢強く、鞭は馬の制御に必要なときしか使わない。だが、彼が雄馬を支配するさまには、互いの意思がせめぎ合っている様子が見られた。上下関係をはっきりさせなければ気がすまないのか、男性はたいていこのような乗り方をする。一方、エマは自分の馬を対等なパートナーとして扱っていた。協力し、意思を通わせたほうが、馬は命令をよく聞いてくれるからだ。

エマとニコラスはサウスゲート館が建つ大きな丘を下り、活気あるふもとの村の外れにやってきた。よく晴れた暖かい日で、気持ちのいいそよ風が吹いている。二人は小川を渡り、サウスゲートの境界であるオークの森を抜けて、広い緑の牧草地を横切った。ニコラスの雄馬は難なくエマの栗毛の馬を追い抜き、エマは馬の歩調を落として、笑いながら負けを認めた。

「片鞍じゃなければ、本気で競走できるのに」ニコラスに向かって叫ぶ。

ニコラスは手綱を引いて雄馬を止め、エマにほほえみ返した。

「エ、エ、エメリア、君みたいに馬に乗る女性は見たことがない。まるで燕《つばめ》が飛んでいるみたいだ」

「それって、わたしのこと？」

ニコラスはうなずいた。「何代か前の祖母がエメリアという名前だった。君の名前に似てるし、似合うと思って」雄馬でエマのまわりを回る。「ちょっと散歩しないか？」

「いいわよ」ニコラスが手を差し出す前に、エマは難なく馬から降りた。

ニコラスも鞍からするりと下り、わがままな子供に対するように舌打ちをした。

「ルイシュカ、君は自立しすぎだ。たまに男性の腕を取るのが、そんなに罪なことか？　馬から降りるときや階段を上るとき、誰かに助けてもらうくらいいいじゃないか」

「助けはいらない。誰にも頼りたくないの」

「どうして？」

「頼るのが当たり前になってしまうから」

「それがそんなにいけないことか？」

エマはいらいらして肩をすくめた。

「自分でやったほうがうまくいくのよ。ずっとそうだったわ」

二人は草をはむ馬をオークの老木の枝の下に残し、その先に広がる牧草地を歩き始めた。草は青々と茂り、野生の花々に花粉を運ぶ蜜蜂のブンブンという羽音が聞こえる。ニコラスが自分の隣を、獲物を狙う猫のように優雅に歩く光景に慣れることができず、エマはちらちらと彼に目をやった。これまで生きてきて、こんなにも行動の読めない男性は見たことがない。初めて会ったときのニコラスは、エマの家族を混乱に陥れていた。誰もが彼を憎んだ。だが、その後いつのまにか、ニコラスは一家の生活に入り込んできた。ストークハースト家は両手を広げて彼を迎え入れているわけではないが、少なくとも客として許容はしている。

「わたしたちがこんなふうに二人きりで散歩をしているなんて意外だわ」エマは感想を述べた。

「どうして？」

「まず、お父さまはあなたを好きじゃないし、わたしの家族はあなたを信用していないし、わたしが知っている誰もがあなたは危険人物だと言っているから」

「わたしは危険ではない」ニコラスは唇に笑みを浮かべて言った。

「噂では危険人物だとされているの。悪党、裏切り者、人妻を誘惑する……冷血な殺人者だと言う人もいるくらいよ」

ニコラスはしばらく黙っていた。やがて、草を踏む鈍い足音に交じって、低い声で答えが返ってきた。「すべて事実だ。最後のも。わたしがロシアを離れたのは、人を殺したからだ。ただ、〝冷血〟というのは事実とはかけ離れているが」

エマはつまずきそうになり、驚いた目でニコラスを見つめた。彼の顔に表情はなく、黄褐色のまつげが三日月形に目を覆っている。いったいなぜ、そんなことを教えてくれたのだろう？　エマの心臓は乱れた鼓動を刻み始めた。ニコラスは歩き続け、エマは不安を抱えたまついていった。やがて、木の柵で仕切られた荷馬車道に出た。道は日陰になっている。

ニコラスは足に力を入れ、道の真ん中で立ち止まった。エマに自分のしでかしたことを打ち明けるリスクは計算済みだった。いずれエマも知ることになるだろうから、それなら自分の口で言ったほうがいいと考えたのだ。額にじんわりと汗がにじみ出し、抑えた動きで汗をシャツの袖口で拭う。「詳しく聞きたいか？」

「たぶん」エマは遠慮がちに言ったが、その冷静さの裏に強い好奇心が潜んでいるのが感じられた。

「わたしが殺したのは、サムヴェル・シュリコフスキーという男だ」ニコラスは言葉を切り、ごくりとつばをのみ込んだ。帝国政府の尋問官五人から二週間にわたる拷問を受けても、決して口にしなかった言葉だ。気のせいだとはわかっていても、突然傷跡が焼けつき、うずくような感覚にとらわれる。ぼんやりと手首をこすり合わせながら、何とか話を続けた。「シユリコフスキーはサンクトペテルブルクの県知事で、ツァーリお気に入りの相談役だった。やつとわたしの弟ミハイルは、愛人関係にあった。ミハイルが関係を終わらせようとすると、シュリコフスキーは怒りのあまり我を忘れ……弟を刺し殺したんだ」

「まあ」

エマは驚いて口をぽかんと開けた。ニコラスの弟が男性を愛する人だったうえ、その愛人に殺されたという事実が、なかなかのみ込めなかった。口調が何気ないぶん、告白の内容がますます衝撃的に思える。性や殺人に関わる事柄が、エマの前で話題にされることはまずない。タシアが母親らしく道徳を説くときくらいだ。

「ミハイルはわたしのすべてだった」ニコラスは言った。「あいつのことを気にかけている人間はわたしだけだったんだ。わたしには責任があった。ミハイルが殺されたあと、わたしは……」言葉を切って頭を振る。金色の筋が混じる茶色の髪の上で陽光が動き、火の粉が降ってきたように見えた。「弟を殺した犯人を見つけ出してやるという思いだけに支えられて、息をし、食事をし、生きていた」

ニコラスは徐々に、自分が話をしていることを忘れていった。記憶の波が押し寄せ、あたりの景色がぼやけていく。目は開いていたが、何も映していなかった。

「最初、わたしはタシアが犯人だと思った。君も覚えていると思うが、わたしはロシアからイギリスまでタシアを追ってきて、殺人の償いをさせようとした。だが、そのうち弟を殺したのはシュリコフスキーだとわかって……わたしが自分の手でやらない限り、正義の鉄槌が下されることはないと悟ったんだ」

「どうしてしかるべき機関に任せなかったの？」

「ロシアでは、政治が何よりも優先されるんだ。シュリコフスキーはツァーリのお気に入りの側近だった。あの男がミハイルを殺した罪で刑を受けることはないとわかりきっていた。有力者だったから」

「だから自分で復讐したのね」エマは淡々とした口調で言った。

「証拠はいっさい残さないよう注意したが、それでも疑いはかけられた。そして、逮捕されたんだ」とたんに言葉が喉に引っかかった。エマに言えないこと、言葉にできないこと、心の奥底に渦巻くことが多すぎる。ニコラスは苦心して、いつもの冷静な表情を装った。「政府はわたしから自白を引き出そうとした。殺人罪が無理なら、反逆罪でもいいと。わたしは何も言わなかったから、流刑になった」

　ニコラスは沈黙し、踏み固められた地面を見つめた。額にかかる湿った髪が風にそよぐ。ロシアからの追放は、拷問よりも、死よりもつらかった。人生の源そのものから切り離されたのだ。どんなに世間の非難を浴びていた犯罪者も、愛する祖国から追放されれば哀れみの対象となる。そういう人間は、ロシアでは〝ネシュチャストニェ〟と呼ばれる。〝不運な人〟という意味だ。ロシアは偉大なる母で、子供たちは母の冷たい空気と暗い森、大地と雪の大いなる腕に支えられている。ニコラスの精神の一部は、サンクトペテルブルクを永遠に追われたときに枯れ果てた。時々、自分がまだロシアにいる夢を見て、耐えられないほどの郷愁とともに目覚めることがある。

「どうしてわたしに話してくれたの？」ニコラスのわびしい思考をさえぎるように、エマが言った。「あなたは理由もなく何かをする人じゃないわ。どうしてわたしに知ってほしいと思ったの？」

ニコラスはエマを見つめ、その真剣な顔に皮肉な笑みを向けた。

「友達は秘密を打ち明け合うものだろう？」

「わたしが誰にも言わないってどうしてわかるの？」

「ドゥシェンカ、それは君を信用するしかない」

エマはニコラスをじっと見つめた。「シュリコフスキーを殺したことを後悔してる？」

ニコラスは首を横に振った。「後悔はしない主義でね。それで過去が変わるわけじゃない」

「あなたは道徳を欠いた人だわ」青い目でニコラスの目を見つめたまま、エマは言った。

「怖いと思うのが普通よね。でも、わたしはそうは思わない」

「何と勇敢なんだ」エマの虚勢に興味を引かれ、ニコラスはからかうように言った。

「むしろ……わたしもあなたと同じ立場だったら、同じことをしたかもしれないと思うわ」

ニコラスが答えを返すより先に、手首にエマの手が触れるのを感じた。自分が話をしながら無意識に胸の傷をさすっていたことに気づき、ニコラスは凍りついた。エマのほっそりした指の下でニコラスの手がこわばる。彼女の顔に哀れみはうかがえなかった。こちらに向けられたその顔には、奇妙にも許しの表情が浮かんでいる。ニコラスのことを、自分の性質をどうすることもできない野蛮な動物だと思っているかのようだ。

「では、わたしが殺人を犯したことを責めないのか？」ニコラスはぶっきらぼうにたずねた。

「わたしはあなたを裁く立場にはないもの。でも、あなたがなぜそうしたのかは理解できる」手袋をはめていないエマの手が、ニコラスの手に軽く触れた。「ニッキ、このことは誰にも言わないわ」

ニコラスは動けなかった。突如震えるほどの感情に襲われ、筋肉がこわばる。エマの感触が、エマの言葉が、なぜ自分にこれほどの力を及ぼすのかわからなかった。わかるのはただ、彼女を抱きしめ、傷つけ、キスしたいということ……この場でエマを地面に押し倒し、赤毛をほどいて、農民の娘のように野外で奪いたいということだった。だが、ニコラスは後ろに下がり、エマの手から自分の手を引き抜いた。感じのいい、親しみのこもった口調で答える。

「エメリア、君を信じるよ」

エマはぎこちなくほほえみ、再び歩き始めた。スカートがほこりっぽい道の上の土やわだちをかすめる。ニコラスはポケットに手を突っ込み、エマと歩調を揃えて歩いた。エマの反応は予想外だった。告白をあっさり受け入れすぎているような気がする。極度の箱入り娘のため、現実の人生を小説と混同しているのだろう。思ったよりずっと世間知らずなのだ。かわいそうなおばかさん、と琥珀色のまつげ越しにエマを見ながらニコラスは思った。どうしてそんなふうに、わたしに簡単につけ込まれるような態度をとるんだ？

「明日も会ってくれるかい？」ニコラスはたずねた。

エマは下唇を嚙み、ためらっていた。「いいえ」しばらくしてそう言った。「週末までロンドンに行ってるから」

「社交行事か？」

「実は、ＲＳＨＴＡの会合があるの。最近制定された動物保護法について発表することになっていて」

「家族も一緒に行くのか？」

エマは表情をこわばらせた。「いいえ。家族は誰もわたしの運動に興味がないし、もし興味があったとしても、連れていきたいとは思わないわ」

「そうか」ニコラスは穏やかに言った。「つまり、お父上とはまだ仲直りしていないわけだな？」

エマはうなずいた。「お父さまはわたしの生涯の恋人を追い払ったのよ。誰かにそんなことをされたら、あなただってすぐに許したりはしないでしょう？」

「だろうな。でも、わたしは誰も必要としていないが、君は……恋人と家族を一度に失ったんだ」ニコラスはエマの反応を見守ったが、彼女は上手に感情を隠していた。そこでタイミングを計り、注意深く狙いを定めて、再び穏やかな声で言った。「独りでいるのは耐えがたいものじゃないか？　空虚、静寂、強いられた孤独……宮殿も監獄に変わってしまう」

エマは青い目を見開き、いぶかしげにニコラスを見つめた。足元から注意がそれたせいで、深いわだちの縁につまずく。ニコラスはとっさに手を伸ばし、エマの体を支えた。エマに抗議する隙を与えず手をつかみ、曲げた腕にかけさせる。口元を自然とほころばせ、上気したエマの顔を見つめた。

「人の助けは受け入れればいいんだ。どうせ頼りになるのはそのときだけなんだから」


ＲＳＨＴＡの年次総会は、ロンドンのコヴェント・ガーデン近くにある講堂で開かれることになっている。古いホテルを改築したその小さな建物は、競売会場や書店、出版社が並ぶ通りに建っていた。エマはよろい戸が半分下りた窓から筋状に光が入る部屋を見回し、二〇〇人ほど集まった会員との間に絆のようなものを感じた。会員は大半が中年男性で、マホガニーの椅子に背筋を伸ばして腰掛けた痩身の人もいれば、小さな四角い座面からはみ出さんばかりに太った人もいる。女性の姿もちらほら見えたが、一番若い人でもエマの二倍ほどの年齢だった。

　全員が同じ動機でここにいるわけではない。エマのように動物の安寧を心から案じる者もいれば、単に流行の政治活動に加わりたいだけの人もいる。だが、全員が一丸となってこの重要な大義に取り組むことができるのなら、動機の違いは問題ではない。

　誰かの視線を感じ、エマは列の右のほうに目をやった。ほっそりした顔に活気ある黒っぽい目をした若い男性が、少し離れた席に座っていた。控えめに笑みを交わしながら、エマはその男性の名前を思い出そうとした。ミスター・ヘンリー・ダウリング。いや、ハリーだったかもしれない。一度か二度、話をしたことがあった。確か出版社に勤務しているはずだが、彼の最大の関心事はコリー犬だ。イギリスでも一流のコリーのブリーダーとして知られている。愛嬌のある鋭い顔つきは、狐のプレストを思わせた。エマは思わず笑いそうになり、慌てて目をそらした。だが、向こうは相変わらずこちらを見ていたので、頬がじんわりと熱くなった。

総会は進行し、何人かがスピーチをした。会員がメモを取ったり、スピーチの用意をしたりしているため、かさかさという紙の音があちこちで聞こえた。誰かが脚を組み替えるたびに、椅子がキーキーと音をたてる。スピーチの途中で時折、意見や情報の補足説明を求める声があがった。四人目が終わり、エマの番が回ってきた。会長のクロールズ卿が動物保護法の手引についての報告を求めると、エマの口はからからになった。

一瞬にして会場が静まり返ったような気がした。エマは分厚い紙束を盾のように両腕に抱え、慎重な足取りで前方に歩いていった。興奮と緊張で胃がひっくり返りそうだ。自分を守るように肩を丸め、紙束を握りしめて、目の前にずらりと並ぶ顔を見つめる。声が震えていないことに、自分でも驚いた。

「皆さま、動物保護法の手引の改訂案をお持ちしました。当協会の有力な役員の方々から、役に立つ賢明なお知恵を拝借して書き直したものです。この手引で問題がないようでしたら、印刷にかけ、市民に配布されることになります」

会場の前方に座っていた老紳士が声をあげた。

「改訂版の内容を説明してくださるのかな？」

エマはすばやくうなずき、肩から少し力を抜いた。

「はい。今回の手引には、動物虐待の申し立ての手続きについて、より詳しい説明が書かれています。告発を成功させるには、犯罪がなされたときにしかるべき証拠を集める必要があります。市民は路上で動物が虐待されていることはよく知っています。馬が鞭や棍棒、シャベルで打たれたり、家畜が市場に連れていかれる途中で虐待されたり、野良犬や野良猫がいじめられたりするさまは、誰もが目にしたことがあるはずです。大勢の人がそうした残酷な光景に胸を痛めていますが、それをどうやって阻止すればいいのかわかりません。この手引には、犯罪かどうかを判断するためのガイドラインと、適切な機関に通報するための手続きが載せてあります」

驚いたことに、ミスター・ダウリングが質問した。

「レディ・ストークハースト、科学実験の分野に関してはどうでしょう？　その手引では生体解剖の実施については触れられていますか？」

エマは無念そうに首を横に振った。

「医学界と科学界は生体解剖、すなわち生きた動物を解剖する行為は、知識向上のために実施する必要があると主張しています。ですが、実際には生体解剖が成果を上げているという証拠はなく、何千匹もの動物が残酷で痛ましい死を遂げているだけです。この問題についても手引で触れたかったのですが、現時点ではガイドラインがいっさいありません。科学実験のうちどれが必要なもので、どれが責め苦を与えているだけなのか、わたしたちには知る術《すべ》がないのです。いかがでしょう、RSHTAの会員が委員会を立ち上げ、この状況を調査するというのは……」

話の途中だったが、エマは会場の後方の何かに視線を奪われた。見慣れた金色のきらめきと、黒っぽい服に包まれた男性の人影……ニコラス・アンゲロフスキーだった。これほど離れたところからでも、目と髪の黄金色が鮮やかに見える。エマはたちまち混乱した。自分の提案にクロールズ卿が同意し、動議が出されて可決されたのも、ほとんど気づかないくらいだった。必死の思いでニコラスから視線をそらす。近くで待っている協会の書記に原稿を渡した。同じ列の男性たちが礼儀正しく立ち上がる中、自分の席に戻っていく。

総会はそれから一時間続いた。エマは集中することができず、目の前の椅子の背をじっと見つめていた。ニコラスを振り返りたくなる衝動は、何とか抑えることができた。彼がここに来たのは、何か自分に用があってのことだ。そうでなければ、わざわざこんなところまで追ってくるはずがない。不安と怒りが心の中で絡まり合った。でも……同時にかすかな喜びを感じているのは気のせいだろうか？　ニコラスは美しく力のある男性だ。たった数分間でも彼の気が引けるなら何でもするという女性は大勢いる。そんな男性が、ここで自分を待っているのだ。

クロールズ卿の閉会の言葉で総会が終わると、参加者は立ち上がって帰り支度を始めた。列の端まで行ったところで、エマはミスター・ダウリングと一緒になった。黒っぽい目の奥に笑みがにじんでいる。

「レディ・ストークハースト、すばらしいお仕事ぶりを称えるために、手引にあなたの名前を入れるようクロールズ卿に提案してみようと思うのですが」

「あら、そんな」エマはまじめに言った。「ありがたいお話ですけど、わたしはたいしたことはしていません。それに、称えていただこうなんてこれっぽっちも思っていませんわ。わたしはただ、動物たちを助けたいだけですから」

「ぶしつけな言い方ですが、あなたは魅力的なだけでなく、控えめな方でもあるのですね、レディ・ストークハースト」

戸惑いと喜びが入り交じり、エマは下を向いた。

ミスター・ダウリングは再び口を開いたが、今度はためらっているような口調だった。

「レディ・ストークハースト、もしよろしければ――」

「ご親戚」穏やかなロシア訛りが、二人の会話をじゃました。「ここで会えるとは嬉しいね。でも、君はお目付役を連れてきていないようだ。わたしが家まで安全に送り届けよう」

エマはさっと顔を上げ、ニコラスをにらみつけた。お目付役をつけるという基本的なエチケットをエマがたびたび無視していることを、彼はよく知っている。それは、変わり者として生きる利点の一つだった。ここはお互いを紹介するところだと気づいたエマは、腕組みをしてぶっきらぼうに紹介を始めた。

「ニコラス・アンゲロフスキー公爵、こちらはミスター・ダウリングよ」

二人の男性は短く握手をした。ニコラスはミスター・ダウリングに肩を向け、顔合わせが終わったことをぶしつけに示した。「エメリア、今日の君はすてきだ」

ミスター・ダウリングはエマの目を見ながら、あたりをうろうろした。エマはすまなそうにほほえんだ。

「ごきげんよう、レディ・ストークハースト」ミスター・ダウリングはおずおずと言った。

「あなたと……ご家族に幸あらんことを」

この金髪のロシア人の分類は〝家族〟でいいのかといぶかしむように、ちらりと不安げにニコラスを見る。一吹きの煙が消えるように、ミスター・ダウリングはその場を去った。

エマはニコラスをにらみつけた。「ここでいったい何をしているの？」

「動物保護に関心があってね」ニコラスは穏やかな笑みを浮かべた。

「何言ってるの。この会は関係者以外立ち入り禁止よ。どうやって入ってきたの？」

「会員資格を買ったんだ」

「会員資格は売り物じゃないわ。書類に記入して面接を受けて、そのあと委員会で投票――」エマは唐突に言葉を切った。「賄賂を使ったのね」

「寄付をしたんだ」ニコラスは訂正した。

エマはいらだたしげに笑った。

「あなたにお金で買えないものはないのかしら？　次は何をお望み？」

「君を家まで送り届けたい」

「ありがとう。でも外に馬車を待たせてあるから」

「勝手ながら、お引き取り願った」

「図々しい人」エマは冷ややかに言い、ニコラスが差し出したひじに手をかけた。「いつも自分の思いどおりにするのね？」

「だいたいいつも」周囲の好奇の視線には構わず、ニコラスはエマを建物の外にエスコートした。「エメリア、君が演説している姿は良かったよ。知性を隠そうとしない女性はすてきだ」

「それでロンドンまでわたしを追ってきたの？　わたしがすてきだから？」

エマの傲慢な物言いに、ニコラスはほほえんだ。「君に興味を持っていることは認めるよ。それが男として責められることか？」

「責めはしないわ。でも、すごく怪しいと思ってる。だって、あなたのことだもの。腹に巨大な一物があるのは間違いないでしょう」

ニコラスは喉を低く震わせ、楽しげに笑った。縁石までエマを連れていくと、そこには豪華な漆塗りの馬車が待ち受けていた。四頭のつややかな黒毛の馬が引いているが、それは世界最高峰の馬車馬、オルロフだった。黒の仕着せを着た背の高い従僕が二人、脇に控えている。

エマはニコラスの先に立って馬車に乗り、黒に見えるほど濃い赤紫色のベルベットのクッションに身を沈めた。車内にはつややめく貴重な象眼細工の木板がふんだんに使われている。窓は金とクリスタルに縁取られ、ランプは宝石で飾られていた。裕福な家に生まれたエマも、ここまで贅沢な馬車に乗ったことはない。ニコラスが向かい側に座ると、馬車は魔法のようになめらかに動き出し、でこぼこのロンドンの路上を進んでいった。

　エマはつかのま圧倒され、ニコラスがロシアで送っていた生活のこと、そのすべてを捨てなければならなかったことに思いを馳せた。

「ニッキ」唐突にたずねる。「ご家族には会っているの？　ご家族がこっちに来られたことは？」

　ニコラスは表情こそ変えなかったものの、その質問に戸惑っているのが感じられた。

「来ていない……来てほしいとも思わない。わたしが国を離れたとき、すべてのつながりは断ち切られたから」

「でも、血のつながりは別だわ。お姉さまと妹さんがいるんじゃない？　タシアがいつか、あなたには四人か五人――」

「五人だ」ニコラスはそっけなく言った。

「恋しくはないの？　会いたいとは思わない？」

「いや、恋しくはない。実際には他人みたいなものだったから。ミハイルとわたしは姉妹とは別に育てられたんだ」

「どうして？」

「それが父の方針だったから」ニコラスの顔に苦笑の色がよぎった。「わたしたちは君の動物園の動物みたいなものだった。みんな檻に入れられ、父の思うままにされていた」

「お父さまのことが嫌いだったの？」

「父は血も涙もない悪党だった。一〇年前に死んだが、悲しんだ人間はこの世に一人もいなかったよ」

「お母さまは？」エマはおそるおそるたずねた。

ニコラスは頭を振ってほほえんだ。「家族のことはあまり話したくないんだ」

「わかるわ」エマはつぶやいた。

ニコラスは自嘲的な調子を崩さずに言った。

「いや、君にはわからないよ。アンゲロフスキー家はクズの集まりで、世代を追うごとに悪化している。もとは仲の悪いキエフの王族で、そこに野蛮な農民の血が混じり、さらにモンゴルの戦士の血が加わった。長旅の精力剤として、馬の生き血を飲むことをいとわないような連中でね。そこからは悪化する一方……わたしがそのいい例だ」

「わたしを怖がらせようとしているの？」

「わたしに幻想を抱かないよう警告しているんだ。〝悪い木は悪い実を結ぶ〟というわけだ。君も覚えておいたほうがいい」

エマは青い目を躍らせて笑った。「聖書を引用するなんて、タシアみたいね。あなたが信心深い人だなんて思ってもいなかったわ」

「信仰はロシア人の生活のあらゆる部分に入り込んでいる。それを避ける術はないんだ」

「教会には行っているの？」

「子供の頃に行ったきりだ。弟とわたしは、天使は教会の天蓋のてっぺんに住んでいると思っていて、二人で天に向かって祈っていた」

「祈りは通じたの？」

「いや」ニコラスはそっけなく言い、肩をすくめた。「でも、わたしたちの何よりの才能は忍耐力……神がロシア人に授けてくれた贈り物だ」

馬車は青果や魚、中古品を売る露店が並ぶ粗悪な市場を通り過ぎた。街路に騒がしい人だかりができているため、馬や馬車は速度を落としている。あたりには、どなり声と動物の鳴き声が入り交じった異様な騒音が響いていた。

馬車が止まったので、エマは身を乗り出して窓の外を興味深そうに見た。

「通りで何かあったみたい。たぶん、けんかか何か」

ニコラスは馬車の扉を開け、地面にひょいと飛び下りた。御者にここで待っているよう命じ、人ごみに向かっていく。エマは騒音を聞きながら、一、二分待った。おそらく、二台の馬車が衝突したか、誰かが街路に飛び出してきたのだろう。苦しげな馬かロバの鳴き声が聞こえ、エマは胸が痛んだ。その声に痛みと恐怖が交じっているのは、すぐにわかった。もう一分たりとも待っていられない。エマが馬車から飛び下りたとき、ニコラスがいかめしい顔をして戻ってきた。「何があったの？」エマは不安げにたずねた。

「たいしたことじゃない。中に戻れ。二、三分もすれば通れるようになるから」

エマは表情のないニコラスの目を見つめたあと、彼の脇をすり抜けて走り出した。

「エマ、戻ってこい――」

鋭く命じる声を無視し、エマはどよめく群衆の中に飛び込んでいった。

3

混み合う交差点の真ん中で全方向からの交通を遮断していたのは、煉瓦を積み過ぎた荷馬車だった。あばらが浮き出て背中が曲がり、やつれきった年老いたロバが、荷馬車を引いてゆるやかな丘を上らされている。飼い主はハムのような腕をした太った小男で、長い鎖でロバを打っている。哀れなロバは血まみれになって脚を引きずり、目をぐるぐる回していた。

エマがＲＳＨＴＡに提出した手引の原稿には、従うべき手順が箇条書きにされていた。犯罪者と目撃者の名前、犯罪の詳細、傷の状態を書き留めて……。だが、ロバのみじめな鳴き声を聞いていると、手順など頭から吹っ飛んでしまった。雷に打たれたように怒りが全身に走り、エマは人ごみをかき分けて進んだ。

「やめて！　今すぐやめないと殺すわよ！」

突如現れた燃え立つような赤毛の女性に驚き、数人が慌てて道を空けた。首の太い男は鎖を振り回す手を止め、エマを見上げてにらんだ。「てめえの知ったことじゃないだろ！」

エマは男を無視して、怯えたロバに近づいていった。上下に動く頭に身を寄せてなだめていると、ロバは逃げ場を探す子供のようにエマの腹に鼻を押しつけた。驚きと感嘆の声が人ごみを走る。

ロバの飼い主が心を動かされた様子はなかった。

「俺の家畜から離れろ」脅すように腕を振り上げて吠え立てる。「この丘を上がれなきゃ、こいつは地獄行きだ」

「あなたを逮捕してもらうわ」エマは叫び、震えるロバの首に腕を回した。「その荷はこの子に引かせるには重すぎるのよ、このばか男！」

「どけ！」鎖が宙を走り、エマの足元の地面をたたいた。「そこをどかないと、こいつで頭をかち割ってやる」

エマは反射的に、ロバに回した腕の力を強めた。男の紫色の顔を見つめると、彼が怒りで我を失っているのがわかった。脅しではなく本気なのだ。それでも、引き下がるわけにはいかなかった。ロバが殴り殺されるのを放置すれば、一生自分を許せなくなってしまう。「ねえ、お願いだから」エマは半分なだめるような口調で言ったが、男は続けざまに汚い言葉を吐き、エマを打とうと鎖を後ろに引いた。

そのとき、何が起こったのかわからないほどの勢いで、状況は展開した。突然ニコラスが現れ、痛いほどの力でエマをつかんで、自分の体を盾にしたのだ。その瞬間、鎖がきらめく筋となって振り下ろされた。金属の鎖に打ち据えられたニコラスは身をすくませ、ひっと息をもらした。エマは体を強く押され、よろめきながらその場を離れた。

鎖が背中を打つ衝撃は、予想外に強烈な動揺を引き起こした。現在に対する意識はすべて崩れ去った。過去だけが残って襲いかかり、空虚さと狂気、残忍さに取りつかれる。ツァーリの役人たちに拷問され、鞭で背中をずたずたにされる苦悶が、一瞬にしてよみがえった……。〝公爵さま、そろそろ白状したらどうだ？〟気がつくと、ニコラスは男の首を絞め、怒りと恐怖に潤むその青い目をのぞき込んでいた。黒く凶暴な霧があたりに立ちこめる。

「やめろ」男は哀れな声を出し、恐怖に身をよじって、ニコラスの張りつめた手首に太った小さな手を伸ばした。

ニコラスは男のこわばった太い首に指を食い込ませ、窒息させて男を黙らせた。殺人への欲望が、毛穴から汗のようににじみ出てくる。ただ一人の声だけが……低く熱っぽい女性の声だけが耳に届き、ニコラスを現実に引き戻した。

「ニッキ！　ニッキ、手を放して！」

ニコラスは目をしばたたいて身震いし、声がしたほうに目をやった。エマがそばにいた。濃い青の目がニコラスの視線をとらえる。「手を放して」エマはもう一度言った。いつのまにか暴力の高揚感が消え、気持ちがおさまったニコラスは、その静かな命令に従った。しぶしぶ男の喉元から手を放す。

恐怖によろめきながら、男は人ごみの中に逃げていった。しゃがれた声を振り絞り、痣《あざ》になった喉を押さえて、警告の言葉を叫ぶ。

「あいつは悪魔だ！　あの目を見れば……わかる！　悪魔そのものだ……」

人ごみの一部は散り散りになった。その場に残った人々は進路がふさがれていることに文句をつけ、交差点から障害物をどかしてほしいと言った。数名が自発的に煉瓦が積まれた荷馬車を道端に引いていく。

ニコラスの指はこわばり、丸まったままだった。指を曲げたり伸ばしたりして、ひきつった手首をほぐす。エマが荷馬車からロバを外す作業を監督しているのが、ぼんやりとわかった。痩せたロバを漆塗りの馬車の後ろにつなぐよう、歯切れのいい慣れた口調で従僕に指示を与えている。「うちに連れて帰るわ」従僕の無言の質問に答えて、エマは言った。「馬車の速度を上げすぎなければ、この子もついてこられるでしょう」

ニコラスはこの場を離れたかった。内面の混沌に比べれば、周囲の混乱などたいしたことではなかった。静かな場所で考え、気持ちを立て直したかった。目で訴えるようにエマを見ると、やがて背中に強い視線を感じた彼女は、肩越しに振り返った。ニコラスの無言のメッセージを読み取り、ただちに反応する。落ち着いた様子で静かに馬車に戻った。ニコラスも馬車に乗り込み、彼女の向かい側に座った。驚いたことに、エマの顔は真っ青で、両手は固く握り合わされていた。

「こういう虐待をしょっちゅう見るわ」エマは震える声で言った。「何度見ても慣れない。どうして人間はあんな残酷なことができるの？」

ニコラスはそれには答えず、外の人だかりを締め出すようにカーテンをさっと引いた。馬車はようやく動き出し、エマは車内を包んだ薄闇越しにニコラスを見つめた。

「鎖に打たれたときは痛かったと思うけど」慎重な口ぶりで言う。「大丈夫？」

ニコラスは一度うなずいたが、いまだに過去の暗い記憶にさいなまれていた。どうしてあんなにも簡単に自制心を失ってしまったのだろう？　これまで感情に身を任せたことはなかったというのに……。それはニコラスには許しがたい弱さだった。

エマはこわばった指で額に落ちた髪の毛をすきながら、再び口を開いた。

「助けに来てくれてありがとう。また一つ借りを作ってしまったわね」

「今回はいい」ニコラスの注意は徐々にエマのもとに戻った。顔は横を向いているが、自分の感情と闘っているのは察せられた。「ハンカチを使うか？」

ニコラスは唐突にたずねた。エマは首を横に振って断ったが、ニコラスは上着のポケットからハンカチを取り出して渡した。

「泣いてなんかいないわ」エマは言った。「わたしは泣いたりしない。泣いたところで何の解決にもならないし、気分も良くならないもの」四角形の柔らかな白いリネンを振って広げ、音をたてて洟をかみ、挑むような目でニコラスを見る。

突然、ニコラスの心臓は激しいリズムを刻み始めた。ほかの女性は誘惑したり、同情を引いたりするために涙を利用するが、それで心を動かされたことはない。自分の弱さを否定し、挑むような言葉を吐くエマだけが、こんなふうに自分に影響を与えられるのだ。

ニコラスは思わずエマのそばに行っていた。彼女が驚いていやがるのを無視し、胸に抱きしめる。エマは最初は抵抗したものの、やがて体の力を抜き、彼女の胸のふくらみがニコラスの脇腹と胸に押しつけられた。髪は香水ではなく、茴香《ういきょう》と新鮮な緑の苔《こけ》が生えた森の中を歩いているときのような、さわやかな香りがした。その香りを深く吸い込むと、暴力的な衝動が襲ってきた。緻密な計画が、圧倒的な欲望の波に砕け散ろうとしている。ニコラスは何とか手から意識をそらし、エマの背中の上で静止させたが、本当は彼女に触れたくて仕方がなかった。

「頑固で衝動的なおばかさん」エマに通じないのをいいことに、ニコラスはロシア語で言った。「幾千もの夜、君を待ち続けた。ほかの女性が君だったらと想像した……腕に抱いているのは君だと思いながら、愛を交わしたこともあった。君もじきに知ることになるよ、君はわたしのために存在しているのだと。じきにわたしのものになる」

エマは外国語に困惑し、頭を振った。「何て言ったの？」

ニコラスは暗く輝くエマの目に絡め取られていた。唇を肌に押しつけ、頬に散る黄金色のそばかすに、三日月形の鳶色のまつげにキスしたかった。砂のように指の間からこぼれ落ちそうになる自制心を、何とか保とうとあがく。懸命に感情を封じ込め、冷ややかな、かすかに面白がるような声で言った。

「ルイシュカ、泣かなくていいって言ったんだよ。そんなに感情的になることはない」

「どうしようもないの」エマはむっつりと言った。「昔からこの調子だったわ……どこへ行っても浮いてしまって、周囲に溶け込めないの。ほかの人みたいになれたらいいのにって思う。アダムと結婚することが、たった一つの願いだったのに」

ニコラスはにっこりし、乱れたエマの髪の毛をそっとなでつけた。

「君がほかの人と同じになった瞬間、わたしは永遠にイギリスに別れを告げるよ。君は世間に溶け込めないようになっているんだ。それに、ミルバンク卿が君を幸せにしてくれていたと思うのは、大間違いだ。ああいう人種はよく知っている。あの手の男はどこにでもいるんだ。ネズミみたいにそこらじゅうに」

「アダムを侮辱するなら聞きたくない――」

「ミルバンク卿に君のこういう一面を見せたことはあるか？　議論したことは？　いや、君《ニエット》は感じのいい仮面をかぶって、やつを喜ばせていたんだ。ミルバンク卿の外見とつかみどころのない魅力に惹かれていて、自分の知性や勇敢さ、獰猛《どうもう》さを知られたら、愛想を尽かされると思っていたからだ。君は正しかった。あいつはそういう性質を評価できるような男じゃない」

「確かに〝獰猛〟っていうのは、女性の性質としては実にすばらしいわね」エマは不満げに言い、ニコラスから体を引いた。「どうしてアダムがその良さに気づかなかったのか不思議だわ」

「ロシアなら、君は国中で一番色っぽい女性と言われるだろう」

「ありがたいことに、ここはロシアじゃないわ。それに、お世辞を言うのはやめてちょうだい。わたしがいやがってるのは知ってるでしょう」

ニコラスはエマのあごを両手で包み、上気した顔をまじまじと見た。指先に触れる彼女の肌は、繊細で柔らかかった。「一番色っぽい女性」そう繰り返し、目をじっと見つめて、顔をそむけさせないようにした。

エマの体に震えが走った。いやでも二人を結びつけるこの力を、彼女も感じているのだろう。これこそが、二人の運命なのだ。骨の髄までロシア人のニコラスは、もちろん運命を信じていた。何が起ころうともそれは必然……ロシア人に求められるのは忍耐力と持久力……ニコラスがその両方を兼ね備えていることは、神の御前で証明済みだ。

道路のくぼみに引っかかって車輪が跳ね、馬車が傾いた。ニコラスはすばやくエマから離れ、向かい側の席に戻った。その後もじっとエマを見つめ続けたが、彼女のほうは組んだ両手に視線を落としていた。言葉は一言も交わされないまま、馬車はテムズ川沿いのストークハースト邸に到着した。

エマがおずおずと沈黙を破った。「ニコラス、今日は助けてくれてありがとう。でも……これ以上わたしに会おうとしないほうがいいと思うの。わたしたちが友達になる必要はないと思うわ。そこから得られるものは何もないような気がする」

エマはニコラスが納得するとは思っていなかっただろう。反論してくるのを予想していたかもしれない。だが、ニコラスは肩をすくめ、にやりと笑ってみせた。

「君がそう言うなら」

ニコラスのもとから逃れることができて、エマはあからさまにほっとした。御者と馬屋番の手を借りてロバを屋敷の裏の馬屋に入れ、傷の手当てを始める。ロバはひづめが感染症になり、ひどい栄養失調に陥っていることがわかった。だが、快復の見込みはじゅうぶんある。エマは馬屋番にロバの世話を任せ、屋敷に戻った。

ストークハースト邸は絵のように美しいイタリア様式の屋敷で、白い大理石の柱と床、しゃれたタイル張りの暖炉、水しぶきをあげる屋内噴水が特徴的だ。サウスゲート館のような居心地の良さはないが、ここに滞在するのは昔から好きだった。

困惑といらだちを感じながら、エマは風呂に入った。手描きのタイルが張られた浴室には大きな磁器の浴槽が置かれている。濡れた指先でぼんやりと、小さな異国の鳥のデザインをなぞる……。そして、ニコラスのことを考えた。

ニコラスと過ごす時間は、ますますわけのわからないものになっていた。一人の人間に対して、これほどまでに矛盾した感情を抱いたことはない。ニコラスは一筋縄ではいかず、魅力的で……恐ろしかった。彼の情事の噂はいくつも聞いていた。つかのまのひそやかな関係を、何人もの社交界の女性と結んでいると。ニコラスが好きなのはそういうタイプだ。味気ない結婚生活に退屈した、冷静で上品な女性たち。それなのに、どうしてわざわざエマのもとに来るのか、いったい何を企んでいるのかがわからなかった。

まあいい、終わったことだ。アダム・ミルバンクと同じように、ニコラスも人生から消え去った。エマは石鹼まみれの長い脚を突き出し、疑わしげに眺めた。もし自分が小柄でか弱い女性だったら、アダムは別れを言い出さなかっただろうか？　湯の中にばしゃりと脚を落とし、ため息をつく。もっと美人だったら、アダムは何があろうと自分を手に入れようとしたはずだ……父のことも、お金のことも関係なしに。

「わたしがタシアみたいだったら」エマは声に出して言った。タシアは小柄で華奢で、男性を惹きつける繊細な美しさを持っている。エマは湧き起こる羨望の念を抑え、湯をすくって首と肩にかけた。

アダムを失った今、あとはひからびたオールドミスになるしかない。男性と肌を重ねることも、情熱に任せて身を捧げ、その腕の中で眠りにつくこともないのだ。愛人を作るという手もあるが、想像するだけで憂鬱な気分になった。愛してもいない男性とベッドをともにし、感情も精神も揺さぶられることなく体だけを重ねるのは、どんなに寂しいことだろう。

「エマお嬢さま?」その声に、エマの思考は中断された。戸口に目をやると、侍女のケイティが温めたばかりのタオルをひと抱えと、白いリネンのローブを手にして立っていた。「お風呂はもうお済みですか?」

「ええ、そうね」エマは立ち上がり、タオルを一枚取って体に巻きつけて浴槽から出た。

ケイティは別のタオルでエマの肩を拭き、ローブを着るのを手伝った。

「下に行って、ご希望の夕食をコックにお伝えしましょうか?」

「今夜はあまりお腹がすいていないの」

「まあ、でも何か召し上がらないと!」

エマはほほえみ、しぶしぶうなずいた。「そうね、紅茶とトーストを自分の部屋でいただくわ。それから、何か読むものをお願い。『タイムズ』紙を持ってきてちょうだい」

「かしこまりました」

エマははだしで自分のスイートに戻り、鏡台の前に座った。ピンを抜いて髪をほどき、引っぱられていたせいで痛む頭皮を指でゆったりとマッサージする。縮れた長い髪をブラシでていねいにとかし、もつれているところを直していると、そのうち腕が痛くなってきた。ブラシを鏡台の入り組んだ仕切りの中に戻し、金縁の鏡に顔を映す。

平凡な顔だ、と思う。そばかすの散った色白の肌に、まっすぐの鼻、とがったあご。唯一、青い目だけは気に入っていた。父親にそっくりだが、まつげは黒ではなく鳶色だ。

ニコラス・アンゲロフスキーは色っぽいと言ってくれた。きれいだとも。アダムがそんな言葉をかけてくれたことがあっただろうか？　そのような場面は思い出せなかった。エマは顔をしかめてシルクに覆われたベッドに上り、青い上掛けの上で体を丸めた。金襴織《ブロケード》の枕にもたれて考え事をしていると、ケイティが紅茶の盆を持ってやってきた。

「お待たせしました……紅茶とトーストと『タイムズ』紙です」

「ありがとう、ケイティ」エマはケイティがベッド脇に盆を置くのを見守った。

ケイティは心配そうに温かい表情でエマを見た。

「お嬢さま、大丈夫ですか？　今夜は少し疲れていらっしゃるようですが」

「大丈夫よ。今日は忙しかっただけ」エマはバターが塗られたトーストを手にし、いつものいたずらっぽい笑顔をひねり出してから、トーストにがぶりとかじりついた。ケイティは安心した顔になり、部屋を出ていった。

エマは小さな磁器のポットから花柄のカップに紅茶を注ぎ、スプーンに山盛りのグラニュー糖を入れてかき回した。一口飲み、香り高い紅茶を味わう。新聞を開いて上から下へと眺め、興味を引かれた記事に目を通した。

内側の紙面の下のほう、大量の消息や近況に埋もれるようにして、目を引く記事があった。最初ははっとしただけだった。だが、文面が頭の中に像を結ぶにつれ、インクが黒さを増し、血痕のように目の前に広がっていく気がした。唇からかすかな声がもれる。手の中でティーカップが震え、熱い液体が指や手首にかかった。何とかカップを持ち直し、不自然なほど慎重にソーサーの上に戻す。再び新聞に視線を落とした……が、こんなことがあるはずがなかった。悪い冗談だ。嘘だ。〝アダム・ミルバンク子爵は先日の外国旅行中に、アメリカのほうろう鉄器製造業者の女相続人として知られるミス・シャーロット・ブリクストンと婚約した〟

「嘘でしょう、アダム」エマはささやくように言った。「まだ数週間じゃない。そんなに早くわたしを忘れるなんて……こんなふうにわたしを裏切るなんて」

だが、印刷された文字は狂いながらエマの眼前に立ちはだかり、胸の痛みは強くなるばかりだった。助けてほしい。誰かそばにいてほしい……理性の声で狂気の淵から引き戻してほしい。こんなにもつらい思いをするのは、生まれて初めてだった。一人では耐えきれない。涙がほとばしり、前が見えなくなった。転げ落ちるようにベッドから下りて、震える手で涙で濡れた顔をこすり、ズボンとシャツを探す。ようやく服を着ると、フードつきの外套をはおって、大股に部屋から出ていった。

大階段に続くホールですれ違ったケイティが、驚いて足を止めた。

「エマお嬢さま、何を――」

「ちょっと出てくるわ」エマは外套のフードを深くかぶって顔を隠したまま、かすれ声で言った。「いつ戻るかはわからない。もしわたしが出ていったことを誰かに言ったら、首にするから」

「かしこまりました」ケイティは目を丸くしてエマを見ながら言った。

エマは濡れた鼻を袖でこすり、目に溜まる涙をまばたきで追い払った。「大丈夫よ、ケイティ」小声で言う。「とにかく誰にも言わないで」

ケイティはわかったというふうに、注意深くうなずいた。

エマは急ぎ足で屋敷の外に出ると、姿を見られないよう気をつけながら馬屋に向かった。自分で馬に鞍をつけ、眠そうな目をした馬屋番が助けを申し出ると、ぶっきらぼうにはねつけた。「自分でやるから。部屋に戻って」

「エマお嬢さま、また動物を助けに行かれるんですか？」

ぶしつけな質問は無視し、エマは鞍をきちんと取りつけようと悪戦苦闘した。手が震えて動きがぎこちなく、いつもどおりの動作がまったくできなかった。

「あっちに行って」急に警戒するような目つきになった馬屋番に、エマは言った。

「何かお手伝いできることはありませんか？」

がら立ち去った。

「いいから行って」エマは荒々しく言った。馬屋番はしぶしぶ従い、ちらちらと振り返りな
　エマは雌馬にまたがり、馬屋の庭を抜けて通りに出た。どういうわけか、ここを生き延びる方法はたった一つのような気がしていた。自分で行き先を決めたつもりはなかったが、行き先のほうが向こうから近づいてくるようだった。エマはアンゲロフスキー邸を目指して西に進み、全速力で馬を飛ばしたが、夏の湿った空気は流れる涙を乾かしてはくれなかった。

　白い円柱が並ぶ伝統的な様式の建物の正面に着くと、半円状の階段を上ってこぶしで玄関のドアをたたいた。白髪に黒い眉をした、スラヴ人らしく彫りの浅い顔立ちの老執事が現れる。名前はどうしても覚えられなかったが、エマも何度か顔を合わせたことはあった。

「誰かに馬の世話をお願いしたいのだけど」エマは言った。「それから、ニコラス公爵に来客だと伝えて」

　執事は訛りのある英語で答えた。

「旦那さま、明日いらっしゃってください。よろしければ名刺をお預かりしますが」

「わたしは〝旦那さま〟じゃないわ！」エマはやぶれかぶれに叫んだ。頭から外套のフードを脱ぎ、カールしたきらめく赤毛をウエストまで振り落とす。「親戚に会いに来たのよ。ニコラスに……」唐突に言葉を切り、押し殺したうなり声をもらして頭を振った。「いいの。ここに来るなんてどうかしてたわ。自分でも何をしているのかわからない」

「レディ・ストークハースト」執事は表情をやわらげて言った。「どうぞお入りください。

お会いできるかどうか、ニコラス公爵にうかがってきます」

「いいえ、それは――」

「どうぞ《パジャールスタ》」執事は言い張り、身振りで中に入るよううながした。「お嬢さま、どうぞ」

エマは言われたとおり中に入り、緊張した面持ちで、玄関ホールの木の床の象眼模様を見つめながら待った。一分も経たないうちに、ニコラスの静かな声が聞こえた。

「エマ」ぴかぴかの黒い靴が一組、視界に入ってきた。ニコラスはエマのあごに指をかけ、顔を上に向かせた。目を合わせ、涙の跡のついた頬を軽く親指でなぞる。無表情だったが、心落ち着く穏やかさが感じられた。「ドゥシェンカ、こっちにおいで」曲げた腕にエマの手を引っぱり込んでぎゅっと締めた。

エマはびくりとして手を引っ込めた。

「誰か一緒なの？　わたし、気が利かなくて――」

「誰もいないよ」ニコラスが二言、三言、ロシア語で静かに何かを告げると、執事は冷静にうなずいた。

エマはニコラスに寄りかかれることをありがたく思いながら、彼について階段を上った。ニコラスの腕はとても力強かった。パニックは少し収まり、呼吸も安定してきた。落ち着いていて、無関心を装ってくれるニコラスのそばにいれば、取り乱さずにすみそうだった。

邸宅の西翼に行くと、ニコラスのプライベートスイートがあった。見たこともないような部屋に通され、エマは驚いて目をしばたたいた。色使いが豊かで、天井には青いガラスとブロンズの蛇腹がついている。クリスタルのランプが放つ光で、部屋全体が穏やかな明るさに包まれていた。

ニコラスはアメジストの鋲が並ぶドアを閉め、外の世界を締め出した。抑えた照明の下でエマを見る彼の顔つきは、厳格な美しさをたたえ、現実離れして見えた。アイボリーのシャツは喉元が開いていて、皮膚をジグザグに走る傷跡がのぞいている。

「何があったか話してくれ」

エマはズボンのポケットからくしゃくしゃになった新聞の切り抜きを取り出した。黙ってニコラスに渡す。彼は打ちひしがれたエマの顔を黄金色の目で見つめたまま、紙片を受け取った。近くのテーブルの上でしわを伸ばし、表情を動かさずアダムの婚約発表の記事を読む。まつげが頰に長い影を落としていた。

「なるほど」低い声で言う。

「あ、あんまり、お、驚いたようには見えないわね」エマはつっかえながら言った。「わたし以外はみんなそうなんでしょうね。わたし……アダムは本当にわたしのことを愛してくれていると思ってた。全部嘘だったのね。あの人の嘘を信じるなんて、わたしは世界一の大ばか者だわ」

「ばかなのはあいつだ」ニコラスは静かに言った。「君じゃない」

「ああ、どうしよう」エマは震える手で顔を覆った。「こんなにもつらい思いをすることがあるなんて知らなかった」

「座って」

ニコラスは柔らかな琥珀色の革のソファにエマを押しやった。エマはソファの端で体を丸め、長い脚を折り曲げた。うつむいて、落ちてくる髪で顔の一部を覆い隠す。クリスタルが触れ合い、液体がはねる音が聞こえた。ニコラスが静かに近づいてきて、霜のついた小さなグラスをエマに手渡す。エマは一口飲んだ。レモン味のよく冷えた液体が優しく喉を下りていき、あとには冷たさと熱が同時に残った。

「何これ？」エマはかすかに息を切らしてたずねた。

「レモンウォッカだ」

「ウォッカを飲んだのは初めてよ」エマはごくりと一口飲んで、なめらかさと喉を焼く感覚に目を閉じ、さらに一口飲んだ。咳き込みながら、グラスを突き出してお代わりを要求する。

ニコラスは面白がるようにウォッカを注ぎ足し、自分にも一杯注いだ。

「ゆっくり飲むんだ。君が普段飲んでいるワインよりも強いから」

「ロシアの女性はウォッカを飲むの？」

「ロシア人はみんなウォッカを飲む。キャビアとバターつきパンをつまみながら飲むのが一番うまいんだ。持ってこさせようか？」

エマは食べ物を想像して身震いした。「けっこうよ、何も食べられそうにないから」

ニコラスは隣に座ってリネンのナプキンを渡し、エマが濡れた顔を拭くさまを見守った。

「涙が止まらないの」エマはくぐもった声で言った。「心が壊れてしまったんだと思うわ」

「そんなことはない」ニコラスはエマの額に落ちた巻き毛を払ったが、その手つきは蝶のように軽やかだった。「君の心は壊れてなんかいない。プライドが傷ついただけだ」

エマは急に腹が立ち、体を引いてニコラスをにらみつけた。

「そうよね、あなたはいつもそうやって上から物を言うんだわ」

「君はミルバンクを愛していない」ニコラスは淡々と言った。

「愛してたわ！　これからも愛してる！」

「そうなのか？　その偉大な愛を勝ち取るために、やつは何をした？　君のために何をしてくれた？　ちょっと笑顔を見せて、褒め言葉を言って、あちこちでこっそりキスをした。それは愛じゃない。誘惑だ。それもお粗末な部類のね。君ももっと経験を積めば、違いがわかるようになるはずだ」

「あれは愛だったわ」エマはそう言い張ってから、残りのウォッカを飲み干した。咳き込み、空気を求めてあえぎながら、ちくちくする目を拭く。「あなたは世の中を斜めに見ているから、愛のことなんて何もわかってないのよ」

ニコラスは笑いながら、エマの手からグラスを取って脇に置いた。

「ああ、確かにわたしは世の中を斜めに見ている。でも、だからってアダム・ミルバンクが君にふさわしくないという事実は変わらないよ。それに、どうせ悪い男に心を捧げるなら、贅沢を許してくれて、自由にさせてくれる男を選んだほうがいい……ベッドで君を喜ばせる方法を知っている男だ。そういう男のほうが、ミルバンクよりもはるかに役に立つよ」

エマがしらふだったら、そのぶしつけな物言いにまた腹を立てていただろう。紳士は自分が敬意を払う女性にそんな話はしないものだ。だが、アルコールのせいで脳は白く冷たい霧に覆われ、アダムは自分にとって結婚する一度きりのチャンスであり、唯一の希望だったということしか考えられなくなった。このあとにはもう、誰も控えていないのだ。

「誰のことを言っているの？」エマはきつい口調でたずねた。

ニコラスは両手でエマの肩をつかんでから、力をゆるめて下ろしていった。手のひらがそっと胸の脇をかすめる。エマは体をこわばらせ、息をのんだ。まばたきもせずニコラスを見つめる。クリスタルのランプの光が、黄金色のそばかすが散る顔の上で躍っていた。その顔に感情が浮かんでは消える。混乱、怒り、否定……。ニコラスがエマの頬に手を当てると、唇が震えた。下唇に、親指でそっと触れる。

エマはかすれた声でささやいた。「わたし……そんなつもりでここに来たんじゃないわ」

「じゃあ、どうして来たんだ？」ニコラスは静かにたずねた。

「わからない。その……なぐさめが欲しかったの。気分を良くしたかったのよ」

「わたしのところに来たのは正解だったよ、ルイシュカ」

エマはソファから下りようとしたが、ニコラスが片手で肩を、もう片方の手でウエストを軽くつかんで放さなかった。

「ニッキ……」半分挑むように、半分懇願するように、エマは言った。

ニコラスは身を乗り出し、エマの唇に軽くキスしたあと、ほとんど唇を触れ合わせんばかりにして言った。

「わたしは家族よりも、アダムよりもたくさんのものを君に与えてあげられる。君の力になって、君を大事にして……これまでに感じたことのない喜びを味わわせてあげられるよ」

「もう帰らないと」エマは必死になって言った。ウォッカのせいで何もかもがぼんやりし、思考が感情の波に溺れていく。

「エマ、一緒にいてくれ。君が望むことだけをするから。君が選ぶことだけを」

舌先がエマの唇の上でちらちら動いたあと、下唇をなめた。柔らかな曲線にそっと歯が立てられる。ニコラスはゆっくりと探るようなキスでエマの唇を支配し、時折動きを止めては眉やこめかみ、頬に唇を寄せた。手は髪の中で軽くうごめき、縮れた赤毛を脇に押しやって首をむき出しにした。

新たな感覚が襲ってきて、エマは体を震わせた。喉元にそっと這い下りた唇が神経を刺激し、ほてったものを肌の表面に引き出していく。エマは両腕を少しずつニコラスの首に絡めていった。今まで生きてきて、これほどまでに男性を、真っ白なシャツの下の硬い体を、押しつぶされそうなほど力強い筋肉を意識したことはなかった。ここでニコラスの唇と手の愛撫を受けるのは間違ったことだ。だが、それは父親に、裏切り者の恋人に、自分を変わり者だの壁の花だのと呼ぶ人々に対する反逆行為としては、申し分ないように思えた。ニコラスに抱かれればいいではないか？　自分の純潔をどうしようと自分の勝手だ。ただ一人自分が求める男性を失った今、何がどうなろうと関係ない。これは罪かもしれないが、そこには紛れもない快楽が存在するのだ。

ニコラスの美しい髪に手をやると、指の下で黄褐色の髪筋が目の粗い絹のように躍った。ためらいがちに触れられるのを感じたニコラスは、鋭く息を吸い込み、エマを引き寄せてソファの上で重なり合った。摩擦を、圧力を、男性の体重を体の上に感じたくて、エマはニコラスに体を押しつけた。キスは長く、深くなり、問いかけから要求へと変化した。

ニコラスにシャツのボタンを外されても、エマは抵抗しなかった。シャツの前が開くと、彼の手が潜り込んできて、広げた手がすべすべした腹をなぞった。男性がこんなにも優しく、うやうやしく触れてくるものだとは想像もしていなかった。手のひらのぬくもりが胸を覆い、柔らかな丸みを包み込む。その熱に、胸の先が硬くなってうずいた。目を開けると、こちらを見つめるニコラスと視線が絡み合った。

とたんに、その輝く黄金色の目の奥に何の感情もないことに気づき、エマは驚いた。虎と同じで、ぎらついているだけで感情はうかがえない。今も、このように親密な状態にあるときでさえ、ニコラスの魂と心は閉ざされているのだ。彼に触れたい、何とかその鎧《よろい》をはぎ取りたいという思いに駆られる。震える指でニコラスのシャツのボタンを外した。白いリネンをそっと肩から脱がせる。そして、胴体に……盛り上がった傷跡と火傷跡が織り成す模様に目を走らせた。

子供の頃に見たことがあったため、そこに傷があるのは知っていたが、それでもニコラスがロシアで受けた拷問の跡を目の当たりにすると驚いた。なめらかに盛り上がった筋肉ときらめく黄金色の肌が織り成す体は、傷がつく前はさぞかし美しかったことだろう。これほどの痛みを耐え抜くとは、この人はどれだけ強いのか。エマの視線を受けるニコラスは平然と、羞恥も自己憐憫も見せずにエマの反応を待っていた。エマは何とかして同情と理解を伝えたいと思ったが、言葉が出てこなかった。そこで、ゆっくりと慎重に身を乗り出し、喉元の傷に唇を寄せた。

エマの唇が肌に押しつけられ、髪が炎の毛布のように体に広がると、ニコラスはこぶしを握った。この傷に嫌悪感を示す女性もいれば、興奮する女性もいたが、このように優しく受け入れるそぶりを見せてくれた女性はいなかった。ニコラスの筋肉は張りつめ、こわばった。エマを押しのけたかったが、同時に体がつぶれるくらい強く抱きしめたくもあった。これまでの人生では何も、痛みも、死さえも怖れたことはなかったが、この優しい親密さには初めて恐怖を覚えた。

ニコラスの声は、かすれたささやきとなって発せられた。

「もういい、わたしに優しくしないでくれ」

ニコラスを見つめるエマの目は、青い煙のようだった。「優しくなんてしていないわ」

エマは再びニコラスの首に顔を近づけ、傷跡をたどって鎖骨に行き着いた。

ニコラスは勢いよく身をよじり、ソファの脇に立ち上がった。

エマは一瞬、ニコラスが行ってしまうのではないかと思ったが、彼は片手を差し出した。エマはその手を取るかどうかためらった。「大丈夫だ」ニコラスは穏やかに言った。

まるで傍観者のように、エマは自分がニコラスに向かって手を伸ばし、指をきつく絡み合わせるのを見ていた。

ニコラスはエマを寝室に連れていった。家具はつやめく濃い色をした木製で、装飾は控えめに彫られた渦巻き模様だけだった。壁に絵画は見当たらず、簡素なマホガニーの羽目板に、イコンが一枚だけ掛けられている。赤毛の馬が引く戦闘馬車に乗った男性が、朱色の大きな太陽を背に影になっている絵だ。ベッドはクリーム色の絹と白いリネンに覆われていた。窓の網戸からそよ風が吹き込んでくる。

ニコラスは月光と影が揺らめく空間を抜け、エマを広いベッドに連れていった。エマはマットレスの端に座り、靴とストッキングを脱がされるままになっていた。彼女が怖がっているのはわかった。張りつめた筋肉からも、乱れた息づかいからも、それが感じられる。服を脱がされる間、エマは一言も発しなかった。やがて色白の体が現れ、つややかな美があらわになった。

エマは半分転がって横向きになり、震える声でささやいた。

「ニッキ、わたし……もうちょっとウォッカが欲しいわ」

ニコラスはかすかに笑った。「もうじゅうぶんだよ」

そう言うと、自分も服を脱いだ。ニコラスが隣に横たわり、こわばった体を引き寄せても、エマは固く目をつぶったままだった。ニコラスは温かい手で彼女の背中をなで下ろし、震えを抑えようとした。「怖がることはない。君がどれだけ色気のある女性か教えてやる。気分を良くしたいって言ってただろう？」

「服を着ていたときのほうが気分は良かったわ」エマはくぐもった声で言い、ニコラスは笑った。

「腕を回して」

「わたし、初めてなの」

「ああ、わかってる。優しくするよ、ドゥシェンカ」ニコラスは唇を開き、エマの肩に口づけをした。エマはおずおずとそれに応え、ニコラスの首筋を濡れた舌で愛撫した。

彼女の中に押し入りたい衝動に、ニコラスは燃え上がった。エマの体はほっそりと引き締まっていて、胸は想像していたよりも豊かだ。肌はありあまる生命力に燃えているかのように、生き生きと熱を帯びている。〝若く、まだつぼみに近い魂を自分のものとすることには、限りない喜びがある……〟詩人レールモントフのこの一節が、生まれて初めて理解できた。エマの純潔に溺れ、彼女をじっくりと味わいたかった。

エマの体に手を這わせ、膝の裏のくぼみや華奢な足首、翼のような鎖骨を探る。エマは少し落ち着いたようで、ニコラスのウエストに腕を回し、背筋のくぼみに指先を食い込ませてきた。ニコラスが胸のふくらみに温かなキスを浴びせ、つんと立った先端を口に含んで吸い、そっと歯を立てると、エマは喜びのあえぎ声をもらした。その声を確かめてから、太ももの間のシナモン色の縮れ毛に触れ、優しくかき分ける。経験のないエマのそこは閉ざされていたが、何かを物語るように湿っていて、ニコラスの体は期待に震えた。

探るように指で刺激すると、そこはさらに濡れ、熱を帯びた。中指を優しく中に入れ、柔らかくつるりとした壁をこする。エマはせつなげな声をもらし、ニコラスの下で体をこわばらせて脚に力を入れた。

「痛いか？」ニコラスはささやいた。

エマは声も出せないようで、困ったようにすばやく首を横に振った。

ニコラスは開いた唇にキスしてから、顔を引いてエマの様子を見守った。高まる切迫感に、ついに理性を失った彼女は、ニコラスに身を任せてされるがままになっていた。ニコラスの手の下で体を大きく弓なりにしてその先を求めながら、横を向いて目を閉じ、押し寄せる快感に身をゆだねている。ニコラスはエマを巧みに絶頂へと導き、太ももがひとりでに自分の手を締めつける感触を楽しんだ。

甘美なる痙攣が収まると、ニコラスはエマの顔を両手で包んだ。

「君はまだ処女のままだ。ここでやめるか？」

「いいえ」エマは震える声で言った。「続けて」

エマがそう答えることは予想していたが、それでもやはり安堵した。ニコラスはエマの上に覆いかぶさり、太ももの間に膝を入れて大きく押し開いた。これまで処女を相手にしたことはなく、それは思ったよりも難しかった。エマのそこは腫れていて狭く、ニコラスの侵入を阻んだ。ニコラスは力を込め、抵抗するきつい輪の中に押し入った。エマの抑えた悲鳴が、ニコラスの喉元で押しつぶされる。とたんに奥に突き進むのが楽になり、エマの体がニコラスのゆっくりした侵入に降伏したのがわかった。

エマのぬくもりに包まれると、ニコラスは中に入れたことの喜びに圧倒され、彼女の喉元に顔をうずめた。「エメリア」くぐもった声でささやく。「ずっとこうしたかった……ずっと君が欲しかった……」

エマのほっそりした手がニコラスの髪をつかみ、唇を自分の唇に引き寄せた。自制の瀬際に追いつめられ、ニコラスは深く口づけをしながら、下半身で安定した力強いリズムを刻んだ。エマが腕と脚を巻きつけ、きつく抱きついてくると、もう耐えられなくなった。ニコラスは体を震わせ、うなり声をあげた。感覚がばらばらになり、快楽のかがり火がすべてを焼き尽くしていく。エマはさらに強くニコラスを抱き寄せ、その手は汗に濡れた背中をすべった。ニコラスは横向きになり、エマの髪に頬をのせた。二人はその姿勢のまま、息を整えようとした。

どのくらいまどろんでいたのかはわからない。目を覚ましたとき、エマはニコラスの肩に手をのせ、盛り上がった傷跡を指先で触っていた。自分が弱く、無防備になった気がするが、妙な安らぎも感じられる。エマは自分がしたことを理解しようと努めた。男性と……ニコラスとベッドをともにしたのだ。雷に打たれたような感覚、失態を犯したという思いが訪れるのを待ってみたが、何も起こらなかった。ここまで羞恥を感じないのは、良心や信念が欠落しているからに違いない。

眠っている間に、ニコラスがベッドのリネンを肩まで引き上げてくれたようだった。エマは胸の上のシーツをつかみ、ニコラスのほうを向いた。さまざまな思いが頭を駆けめぐる。服を探さないと、屋敷に戻らないと……。だが何よりも、今夜のことを誰にも言わないよう、ニコラスに念押ししなければならない。秘密を守るのは、お互いにとって必要なことなのだ。

「ニッキ」エマはぎこちない口調で言った。

ニコラスはエマの唇に指を当てた。「ルイシュカ、君に考えてもらいたいことがあるんだ。返事は今夜じゃなくていい。自分の身の振り方を検討するには時間が必要だ。今はとりあえず話を聞いてくれ」

「わかったわ」エマは慎重な口ぶりで言った。

「今の君には誰もいないよな？　つまり、結婚したいと思う相手はいないんだよな？」

その質問に、エマは苦々しげに笑った。「ええ。これからも絶対に現れない」

「では、君は残りの人生をお父上とタシアのもとで過ごすつもりか？」

「それ以外に選択肢はないわ」

「本当に？」エマの眉間に寄ったしわを、ニコラスは親指で伸ばした。「エマ、わたしと結婚しないか？」

その言葉がきちんと聞き取れなかったかのように、エマはきき返した。「何ですって？」

「君がわたしの妻になれば、あらゆる可能性が開かれる。財産も影響力も今の一〇倍になる。君の運動や慈善活動も、わたしは大いに支援するつもりだ。君が望むなら、空いた時間はすべて動物のために使ってくれてもいい。決まり事や制限のない生活を約束するよ。指を鳴らすだけで何でも手に入る。エマ、考えてみてくれ」

エマの心臓は早鐘を打ち始めた。驚いてニコラスを見つめる。しばらく経って、こわばった唇からようやく言葉が出てきた。

「どうしてわたしなの？　あなたなら誰でも選べるじゃない。誰でも」

ニコラスの手がエマのむき出しの胸の上をさまよい、指のつけねを優しくその谷間にうずめた。「君を見ていると、ロシアで接していた女性たちを思い出すんだ……気性が激しくて、率直で、飾り気がない。わたしは君の正直さを尊敬している。君の美しさに惹かれる。どうして君じゃだめなんだ？」

「そんな突拍子もないこと、いつから考えていたの？」

ニコラスはエマの縮れた長い髪を手に取り、指に巻きつけた。

「君が一二歳のときから」何気ない調子で言う。

「えっ」

「あれほど強い意志を持った子供は見たことがなかった。君はすばらしかった。わたしの目の前で、君は強情な少女から美しい女性へと成長していった。わたしを飽きさせないのは君だけだ。君をわたしの妻にしたい」

エマは信じられないというふうに頭を振った。「本物の妻に？」

「あらゆる意味で」ニコラスはうなずき、エマの目を見つめた。

「断ったらどうするの？　わたしを罰する？　脅す？　誰かに……」エマは周りでくしゃく

しゃになった寝具を、手で弱々しく示した。「このことを言うって？」

ニコラスは面白がるような顔になった。「わたしの印象はそこまで悪いのか？」

「ええ」エマが即座に答えると、ニコラスは笑い声をあげた。「でも、もしわたしがあなたと結婚したいと言っても、実際には無理よ。お父さまが許してくれるはずがないもの」

「お父上の扱いなら心得ている」ニコラスは答えた。「君が決めればいいんだ。君がわたしと結婚してもいいと言うなら、結婚できるよ」

エマは疑わしげに顔をしかめた。

「お父さまの扱いを心得ている人には会ったことがないわ」

「じゃあ、考えてみてくれるか？」

「考えてはみるけど、たぶん――」

ニコラスは唇でエマを黙らせた。

「あとで」ささやくように言う。「答えはあとで聞かせてくれ」

「でも――」

ニコラスはエマの弱々しい抵抗を無視し、顔と喉にキスの雨を浴びせた。エマが身震いして口を閉じると、彼は驚くほどの優しさで愛の行為を始めた。エマは傷が刻まれたベルベットのような背中に両手を押しつけ、自分の上で動くニコラスの筋肉と腱のしなやかな動きを感じた。しばらくの間、自分が自分だけのものではない気がした。エマの体は、ニコラスが所有するものとなり、彼はそれを優しく扱い、全神経からじっくりと反応を引き出していった。こんなにも長い間、自分を腕に抱いてくれる人はいなかった。どれだけ心の準備をしていても、誰かと素肌を触れ合わせる感覚がこれほどのものだとは思わなかっただろう。もはや不安も良心の呵責もない……ただ、体を抱かれ、まさぐられる極上の感覚があるだけだ。やがて、情欲が終わりのない波となってエマを襲った。

二人とも満ち足りると、ニコラスはうつ伏せになり、顔を半分枕にうずめて眠った。つややかな眉と三日月形の弧を描く濃いまつげが、顔の片側だけ見える。エマはうなじで縮れている髪の毛に手を伸ばし、彼が目を覚まさない程度に軽く触った。

ニコラスを愛してしまう愚かな女性たちに同情する。そういう女性は少なからずいたはずだ。ニコラスのように美しく、誰のものにもならない男性は、女性の心を簡単に傷つけてしまう。そのうえ、力強くて、謎めいていて……こんなにも孤独なのだ。エマは困惑し、ニコラスの腕に頭をのせた。アダムに捨てられたせいで、このように思いがけない状況に陥ってしまった。だが、永遠に手の届かないところに行ってしまったアダムに対し、ニコラス・アンゲロフスキーは自分を求めている。この人の妻として生きるのが、そんなにも恐ろしいことだろうか？　愛のない結婚をしている人など、そこらじゅうにいる。

エマは自分たちがどんな関係を築くことになるのか、想像してみた。ニコラスが自分を求めているのはわかったが、彼は誰かを愛せるような人間ではない。

「あなたは良い夫になれるタイプじゃないわね」穏やかな寝顔を見ながら、エマはささやいた。「でも、それを言うなら、相手が誰だろうとわたしも良い妻にはなれないわ」

ニコラスは夢を見はじめたらしく、指がぴくりと動き、眉間にかすかにしわが寄った。エマは自分が今までニコラスのことを、厳密には人間として見ていなかったことに気づいた。どちらかといえば、自分が飼っている異国の動物の仲間のように思っていた。離れたところからうっとりと眺めるのは安全でも、手が届く範囲に近づくのは危険な存在。だが、ニコラス・アンゲロフスキーも一人の人間なのだ。傷つくことだってある。自分と同じように孤独なのだ。

突然、迷う余地はないような気がした。

エマが横顔に触れ、ざらざらした無精ひげをなでていると、ニコラスは身じろぎした。

「ニコラス」エマはささやいた。「そろそろ帰らないと。まだ暗いうちに」

ニコラスは前腕をついて体を起こし、頭をすっきりさせるように振った。

「馬車で送っていくよ」

「いいえ、自分で馬に――」

「それは危ない。わたしも行く」

エマは彼の言ったことについて考えていたが、やがてうなずいた。

「ニッキ、プロポーズの返事を考えるのに時間はいらないわ。今、お返事します。わたし……あなたの申し出を受けるわ」

ニコラスは驚きもせず、嬉しそうな様子さえ見せなかったが、満足したのは確かだった。エマの手を取り、指の背にキスをする。「受けてくれると思っていたよ」あまりに冷静な口調で言うので、エマは笑いそうになった。

「家族にはまず、わたしから言ったほうがいいと思うわ。お父さまは知ったとたん、あなたを殺そうとするでしょうから」エマは父親の反応を想像し、不安に身を震わせた。怒り狂うに違いない。ニコラスとの結婚を阻止するため、あらゆる手段に出るだろう。勘当されるかもしれない。

「お父上とは前にも渡り合ったことがある」ニコラスは皮肉交じりに言った。「大丈夫だよ」

エマはその言葉に目をしばたたき、黙り込んだ。真っ先に頭に浮かんだのは、ニコラスと結婚すれば、自分に指図する人間はいなくなる、ということだった。

4

次の朝、エマは自分のベッドで、ぼんやりしたわけのわからない状態で目覚めた。カーテンの隙間から日光が差し込み、そのまぶしさに頭が痛くなる。体のなじみのない部分に痛みを感じた。一瞬混乱したあと、記憶の波が押し寄せてくる。「ああ……」胸の鼓動が高まり、ささやくような声が出た。気分が悪く、めまいがして、不安だった。あんなにもみだらなことを、ニコラスとしたはずがない。これは夢に違いない。

だが、夢にしては記憶が細部にわたりすぎている。やけになってニコラスの屋敷に馬を飛ばし、彼と愛し合い、プロポーズされ……。

それを受け入れたのだ。エマはごくりとつばをのみ、目を閉じた。あのプロポーズは本気だったのだろうか？　それを承知するとは、自分は頭がどうかしていたのだろうか？　恐怖に駆られて、すべてを取り消す方法を考える。酔っ払っていたせいで、自分の言動を自覚していなかったとニコラスに言えばいい。必要なら、昨夜のことは秘密にしておいてほしいと頼み込もう。あのように無責任なことをするとは、いったい何を考えていたのだろう？　純潔を捨て、ニコラス・アンゲロフスキーに自分の人生を台なしにする力を与えてしまった。

「ああ、どうしよう」気分が悪くなり、エマはつぶやいた。「ああ――」

「エマお嬢さま？」ドアが控えめにノックされ、ドアの隙間からケイティが顔を出した。いかにも驚いた顔で、見知らぬ人間を見るようにエマを見つめている。

「今、何時？」かすむ目をこすりながら、エマはたずねた。

「八時でございます」

エマは寝返りを打ってうつ伏せになった。「もうちょっと眠りたいわ」

「ええ、お嬢さま、でも……ニコラス公爵さまが下でお待ちです。つい一五分ほど前にいらっしゃって、わたしにお嬢さまを起こしてくるようにと」

エマは息をのみ、勢いよく体を起こした。急激な動きに体がついていかず、慣れない痛みを感じて太ももを閉じる。

「帰ってって言って……だめ、待って。会うと伝えてちょうだい。客間で待っていただいて」

ケイティがうなずいて出ていくと、エマはベッドから這い出した。震える手で、磁器の水差しから花模様の洗面器に水を注ぐ。肌がピンク色になるまで顔をこすり、下着を新しいものに替えた。ずきずきする頭に顔をしかめながら、髪にブラシをかけ、太い三つ編みにして背中に垂らす。戻ってきたケイティの手を借りて、水色のローン地のスカートと、喉元にサファイヤ色のリボンがついた上品な白いブラウスを着た。鏡に映る上気した顔を見て、飛び出した癖毛を耳の後ろに押し込む。

ニコラスはプロポーズを撤回しに来たのだろうか？　そう思うと、侮辱された気がして口元がこわばった。彼に何を言われようとも、動揺してはならない。冷静に落ち着いて対応し、何か脅すようなことや、ばかにするようなことを言われても、笑い飛ばしてやればいいのだ。

エマは肩をいからせ、すたすたと部屋から出て、ニコラスが待つ客間に下りていった。戸口をまたぐ直前にためらい、あとをついてきたケイティを振り返って言う。

「ケイティ、二人きりにしてちょうだい」

ケイティは異議を唱えようと口を開いたが、断固としたエマの視線にぶつかると、あきらめたようにうなずいた。

エマは深呼吸してドアを閉め、ニコラスのほうを向いた。彼は椅子から立ち上がり、エマをじっと見つめた。いつもどおりハンサムで、いつもどおり遠くに感じられる。その目はトパーズのように輝いていた。エマは自分が口火を切るつもりでいたが、突然何も言えなくなってしまった。昨夜ベッドをともにしたあと、このような密室で会うのは耐えがたいことだった。エマは黙ってその場に立ちつくした。顔が赤くなり、鼓動が速くなる。

ニコラスはエマに近づいてきて、冷たくなった手に自分の温かな手を重ねた。

「気が変わったのか？」穏やかにたずねる。

「あ……あなたのほうこそ、気が変わったのかと思ったわ」エマは思わずそう言った。

ニコラスの目が面白がるようにきらめいた。

「それは絶対にない。わたしは長い間君を待っていたんだから」

エマは混乱して頭を振った。「どうしてそんなことになるの？　わたしがきれいだとか、洗練されているとか、何か才能があるとかならわかるけど、ただの――」

ニコラスはエマの首の後ろに手をすべり込ませ、自分のほうに引き寄せた。彼のキスは深くて温かく、目もくらむような昨夜の情熱を思い出させた。しばらくすると、ニコラスは顔を上げ、とろんとしたエマの目をのぞき込んだ。

「君が欲しい。たとえプロポーズを断られても、わたしはいつまでも君を求め続けるよ」ニコラスの手はエマの背中をなぞり下ろし、背骨の一番下に落ち着いた。「エマ、こんなふうに考えてみてくれ……人が結婚を決めるにはさまざまな理由がある。愛情、寂しさ、都合がいいから、必要に迫られて……時にはわたしたちみたいに、友情からというのもある。そんなに悪い理由じゃないだろう？」

その言葉を聞いて、エマの心の中に思いがけず安堵の気持ちがあふれ出した。ニコラスの力を借りたい、彼に頼りたいという衝動には抗えなかった。

「そうじゃないの」エマは息を切らして言った。「結婚はするわ。気が変わったわけじゃないのよ」

「よかった」ニコラスは再びキスをした。高ぶった体にエマを強く引き寄せ、自分がどのくらいエマを求めているか思い知らせる。エマはニコラスの首に腕を巻きつけ、唇を押し当てられると自分も唇を開いた。男性にここまで圧倒されたことはなかった。肉体的な魅力だけでなく、人格そのものの強さに。それでいて、恐怖は感じない。ニコラスの挑戦を受けて立ち、彼が自分に対してしたように、自分も彼を知り、征服したかった。今すぐニコラスに二階に連れていかれ、ベッドに引きずり込まれても構わないと思っていることに気づいて、エマは軽いショックを受けた。

ニコラスは顔を上げ、エマの思考を読み取ったかのように、わずかにほほえんだ。

「今からサウスゲート館に行って、家族に知らせるか？」

「祝福はしてくれないわよ」エマは警告した。

ニコラスは笑い、エマの喉元のサファイヤ色のリボンを優しく触った。

「ルイシュカ、祝福してもらおうとは思っていないよ」


ストークハースト家の地所に向かう馬車の中で、二人はほとんどしゃべらなかった。エマは考え事にふけり、ニコラスは勝ち誇った気持ちだった。窓の外を見るエマの毅然とした横顔を盗み見る。陽光に肌は明るく輝き、そばかすが金粉のようにきらめいていた。柔らかく生き生きとした髪の感触が思い出される。彼女はニコラスが想像していたよりずっと大きな喜びを与えてくれた。生まれて初めて安らぎを感じたのは言うまでもない。

来たるべき結婚の知らせを聞いたときのルーク・ストークハーストの反応を想像し、ニコラスは残忍な笑みを押し殺した。ニコラスとストークハーストは最初から互いを嫌い合ってきたが、それは個人的なレベルに留まらず、文化的なレベルにまで及んだ。エマの父親はロシア人の運命論や神秘主義を公然と批判し、西欧文化と異なるものはすべて野蛮だと考えている。妻のタシアのことは愛しているが、その愛が彼女の祖国にまで及ぶことはなく、ニコラスはその国の野蛮さの象徴だった。そんなストークハーストの娘がロシア人と結婚するのだ。ニコラスは邪悪な喜びに顔をほころばせた。

「その表情はどうも気に入らないわね」エマが感想を述べた。「前足でネズミを押さえている猫のようだわ」

ニコラスはエマと目を合わせ、にっこりした。

「誰がネズミなんだ？　まさか君じゃないだろう」

「お父さまがいる場所に近づくにつれて、自分がネズミになった気がしてきたの」

ニコラスは何かを読み取ろうとするように、目を細めた。

「怖がってるわけじゃないよな？」

エマは落ち着かない様子で肩をすくめた。

「そうじゃないけど……簡単にはいかないわ」

「簡単にいくさ。言い合いになるのを怖れているなら、それはない」

エマはあざけるように笑った。

「わたしの家族を知っているのに、どうしてそんなことが言えるの？」

「少しは信じてくれ。わたしは人を説得するのは得意だ」ニコラスは目をいたずらっぽくきらめかせて言い添えた。「君はすでに気づいているはずだが」

エマはむっとしてニコラスをにらみつけたが、彼はからかうように笑っただけだった。

ついに、二人はストークハースト家の地所に到着した。近づいてきた従僕の一人が、馬車から二人が降りるのを手伝い、もう一人の従僕は執事に二人の到着を知らせに急いだ。エマはニコラスの腕を取って袖を強く握り、二人で正面階段を上った。

出てきた執事に、エマは引きつった笑顔を向けた。シーモアはいつもどおり無表情だったが、その目には好奇の色が浮かんでいるように見えた。

「シーモア、お父さまとタシアはどこ？」

「図書室にいらっしゃると思います」

「お客さまがいらっしゃっているの？」

「いいえ」

エマは頭の中で言うべき言葉を考えながら、ニコラスと並んで大ホールを通り抜け、図書室に向かった。自分の決断を、家族にどう話せばいいのだろう？ 反論されたら、どうやって主張を通せばいい？ これはわたしが望んだことなの、と力強く自分に言い聞かせる。それに、今さら後戻りはできないのだ。

ルークはデスクに向かい、手紙の一節を声に出して読んでいた。タシアはそばに座り、膝の上で針仕事をしている。思いがけないエマの来訪に二人は顔を上げ、驚いた表情を浮かべた。二人が似合いの夫婦であることは、誰の目にも明らかだ。二人とも髪が黒っぽく、人目を引く容姿をしている。二人の親しさは今このときでさえ明らかで、視線で思いを伝え合っているのが見て取れた。自分とアダムもこのような夫婦になれたかもしれないと思うと、エマは急に腹が立ってきた。すべて父のせいだ。自分が愛してもいない男性と結婚するのは、心から求めていた人との結婚を許してもらえなかったからなのだ。

「エマ」タシアは針仕事を脇に置き、うろたえたようにほほえんだ。「どうしてこんなに早くロンドンから戻ってきたの？　何が……」視線がニコラスをとらえると、言葉はとぎれた。

エマには、その凍りついた場面が一時間も続いたように思えたが、実際には数秒間だった。タシアは青灰色の目で、射るように二人を見つめていた。常人離れした洞察力を持つ継母は、何か重大な変化が起こったことを見抜いたのだろう。

「お父さま、ベルメール」エマは硬い声で言った。「お話があるの」

ルークの顔は花崗岩のようにこわばった。エマが言おうとしていることをあらかじめ否定するかのように、かすかに頭を振る。

「ニコラスとわたし……」エマはぎこちない口調で続けた。「わたしたち――」ニコラスが軽くひじに触れてきたので、エマは言葉を切った。

「失礼」ニコラスは小声で言った。まばたきもせずルークを見つめる。「最近、わたしとエマの友情はとても……重要なものになったんだ。娘さんに、妻になってほしいというわたしの希望を伝えたところ、ありがたくも受け入れてくれ――」

「だめだ」その言葉は短く、断固としていた。ルークはエマのほうは一瞥《いちべつ》もせず、ニコラスだけを見つめていた。顔が青ざめている。それはあくまで直感に基づいた返答であり、考えがまとまっていないのは明らかだった。「いったい何が起こっているのかは知らない。知りたくもない。我が家から出ていけ。娘はわたしが何とかする」

エマは怒りを爆発させた。「お父さま、わたしは何とかされたくなんてない！　大人の女なんだから、自分がしたいようにする。もしニコラスが出ていくなら、わたしもついていくわ！　今回はお父さまの好きなようにはさせない――」

「エメリア」ニコラスが静かに割って入り、エマに自分のほうを向かせた。「言い争う必要はない。タシアと別の場所で話をしてきたらどうだ？　しばらくわたしをお父上と二人きりにしてくれ」

「タシアに何を話せばいいの？」頬を真っ赤に染め、エマはささやき声で言った。

ニコラスはかすかにほほえんだ。「ドゥシェンカ、何でも君の好きなことを」

エマはうなずき、タシアに目をやった。継母の顔に表情はなかったが、眉間にはしわが寄り心配そうにしている。タシアは背筋を伸ばして上品に歩き、エマの先に立って部屋を出た。エマのほうは頼りない足取りで、その小柄な後ろ姿を追った。

女性二人がいなくなると、憤慨がショックを上回ったらしく、ストークハーストの態度が変わった。

「なぜわたしの娘なんだ？」彼は吠え立てた。「この小ずるいロシア野郎め……もっと前にお前の喉をかき切っておくべきだった。最初に我が家と家族を嗅ぎ回り始めたときに！」

ストークハーストが振り回した銀の鉤手が、凶暴なきらめきを放った。激怒したストークハーストを前にすれば、たいていの人間は縮み上がるだろう。ニコラスでさえ平静ではいられず、すました態度はわずかに崩れた。

「娘は渡さない」ストークハーストはどなった。

ニコラスは譲らなかった。

「選択の余地はないだろう。もしこの結婚を許してくれなければ、君は永久にエマを失うことになる。彼女は君を許さないだろうからね。言っておくが、わたしは君の同意があろうとなかろうと、エマと結婚する。それなら君も祝福したほうがいいだろう」

「祝福だと？」ストークハーストは繰り返し、耳障りな笑い声をあげた。

「エマのことは心配いらない」ニコラスは続けた。「わたしは決して彼女に手を上げないと誓う。使いきれないほどの金を与える。エマの慈善事業、社会運動、動物園のじゃまはいっさいしない。自由にしてもらう……君も知ってのとおり、自由こそエマが何よりも必要としているものだ」

「エマに必要なのは、自分を愛してくれる夫だ。お前ではその代わりになれない」

「いや、なれる」ニコラスは静かに言った。「エマにきいてみろ。自分が何を望んでいるか話してくれるよ」

「タイミングが良すぎる。お前はエマの人生に入り込む絶好のチャンスをとらえたんだ。あの子が無防備で、傷ついているとき……」ストークハーストは言葉を切った。新たな考えが頭に浮かび、怒りが倍増したようだ。「もうあの子に手を出したのか？　何てことだ、殺してやる！」

ニコラスは無表情を保った。「エマがわたしのところに来たのは、不幸だったからだ。君がサウスゲートで彼女に与えてきた暮らしには、もはや満足できなくなったんだ。エマは幼い少女じゃない、大人だ。もう結婚していい頃だ」

「その相手はお前じゃない」しわがれ声の言葉が返ってきた。

「ほかの相手ではエマが納得しない」

ストークハーストは激しくあごを震わせた。「何としてでも阻止してやる」

「君が頑張れば頑張るほど、エマは指の間からすり抜けていってしまうだけだ」

ぞっとするような沈黙が流れ、ニコラスはストークハーストを見つめた。彼がこれまでの人生で耐えてきた苦しみを思うと、この一撃は何よりも効いたはずだ。ストークハーストに対するかすかな同情の念さえ湧いてきそうになる。だが、人生とは理不尽なものだ。それはニコラス自身もいやというほど知っていた。「さっきも言ったとおり、君に選択の余地はないんだ」ニコラスは淡々とした口調で言った。

「どうしてこんなことをする？」ストークハーストは歯を食いしばってたずねた。「あとでエマを何かの交渉の切り札として使うつもりか？　わたしがした何かに復讐をするために、エマと結婚するのか？」

ニコラスは短く笑い、隠し事など何もないことを示すように、両手を大きく広げた。

「わたしがこんなことをしている理由は簡単だ。エマが欲しいからだ。さようなら《ダ・スヴィダーニャ》、ストークハースト。娘さんに、数日中に来るからと伝えておいてくれ」それだけ言うと、部屋を出た。ついに思いどおりに事が運んだことに満足しながら。

エマとタシアは近くの客間で、薔薇模様のつるりとしたダマスク張りの金枠の椅子に座っていた。タシアは今のところ落ち着いているが、ひどい不安に駆られているのは感じられた。エマはここまでタシアを悩ませていることに罪悪感を覚えたが、だからといってどうすることもできない。自分はニコラスと結婚するつもりだし、タシアもいずれはそれが最良の選択だったとわかってくれるはずだ。

「……ニコラスがロマンティックに見えるのはわかるわ」タシアは言った。「女性との経験も豊富よ。自分がとてもいい女になったように感じさせてくれるから、女性は分別を失って彼を信じてしまう。でもね、エマ、誰もあの人を信じてはいけないの。ニコラスは危険な人よ。あの人がどれだけひどいことをしてきたか、どれほどのことができる人か――」

「教えてくれなくていいわ」エマは唐突に言った。「教えてもらっても意味がないから。すでに起こってしまったことは、今さら変えようがないもの」

「すでに起こってしまった……」タシアは青ざめた。「まあ、エマ」口ごもりながら言う。「あなた、まさか……まさか……」

エマはうつむいた。「問題はそこじゃないの」エマは視線を上げなかったが、タシアが息をのんだことは音でわかった。「要するに、わたしはニコラスと結婚したいってこと。自分の人生を歩みたいの。ニコラスとの生活がどんなふうになろうと、今よりはましよ」

「そうとは言いきれないわ。あなたは自分を愛してくれる人との生活に慣れているけど、それは当たり前のことじゃないの。あなたの言うとおり……ニコラスとベッドをともにしたことは問題じゃないわ。誰にも言わなければいいだけのことよ。問題は、あなたを守り、あなたをどこか遠くへ――」

「わたしはどこにも行くつもりはない――」

「いいから聞いて」タシアの声音はいつになく鋭く、エマは口をつぐんだ。「ニコラスはあなたがこれまでに知り合った男性とは種類が違うの。あらゆる形であなたを裏切ることに、何の躊躇もない。あの人がやることはすべて自分の快楽、自分の欲求のためなの」タシアはエマの手を取り、ぎゅっと握った。「エマ、ニコラスがロシアから追放されたのは、反逆罪が理由じゃないのよ。人一人を冷血に殺したの。それで政府の役人に尋問されて、死ぬほどの拷問を受けたんだけど、そのときに精神の一部が失われたんだと思うわ。誰もニコラスを救うことはできない。世の中には、人間の力ではどうにもできないものもあるの」

エマはそわそわと肩をすくめた。

「ニコラスが殺した人のことは知っているわ。あの人が過去に何をしていようと関係ない。わたしはニコラスと結婚する」

タシアの目に涙がきらめいた。「お願いだからこんなことはやめて。こんなにも若くて、こんなにも条件がいいときに、幸せになれるチャンスを棒に振ることはない――」

エマは手を引き抜いた。「これ以上話したくない。もうわたしの心は決まってるから」

青灰色のタシアの目には力がこもっていて、その鮮やかさにエマはひるみそうになった。

「あなたがこんなことをしているのは、お父さまを罰するためでしょう？　アダムと引き離されたから仕返しがしたいんだわ。でも、結局は誰よりもあなた自身が傷つくことになるのよ」

エマはあごをこわばらせた。「アダムのことでは、お父さまは間違っていたわ」

「間違っていたらどうなの？　ああ、エマ、あなたは人を許すということを全然わかっていない。親が間違いを犯したときに裏切られたと感じたり、独り善がりになったり、そういう反応をしていいのは子供の頃だけよ。お父さまが間違っていたらどうだっていうの？　あなたもお父さまを傷つけたこと、ひどい仕打ちをしたことがないって言える？」

「わたしはお父さまが愛する人を否定したことはない。お父さまを本当に幸せにしてくれるたった一人の人を取り上げたことはないわ」

「あなたがお父さまの人生から離れるということは、まさにそういう仕打ちをするということなの。お父さまにとって、あなたがどれだけ大切な存在かわかっていないなら、それはお父さまのことを何一つ理解できていないということよ」

「タシア、お父さまに必要なのはあなただけよ。そんなこと誰でも知ってるわ」

タシアの顔にショックの色が走った。「まさか本気じゃないわよね！　エマ、あなたいったいどうしちゃったの？」エマが断固として答えないので、タシアは頭を振り、深いため息をついた。「あとで話しましょう。お互いによく考えてから」

「わたしの心は変わらないから」

エマは挑むように言い、部屋を出ていくタシアを見送った。


タシアが図書室に戻ったとき、ニコラスの姿はもうなかった。ルークが窓辺に立ち、よく晴れた夏の日の景色を眺めている。タシアが入ってきたことに気づくと、感情のこもらない声で言った。

「結婚を阻止するなら、エマを失うことになると言われた。あいつの言うとおりだ。わたしが許さなければ、二人は駆け落ちするだろう」

「エマをしばらくよそにやるのはどう?」タシアは提案した。「スコットランドの妹さんのところに行かせるとか。お義母《かあ》さまに外国旅行に連れていっていただくとか――」

「エマをどこにやろうと、ニコラスがついてくるだろう。結婚を阻止するには、あいつを殺すしかない……あるいは、エマを一生部屋に閉じ込めておくかだ」

「エマの説得を続けるわ。何とかして、ニコラスが本当はどういう人間なのか理解させるから」

「それは構わないが」ルークは淡々と言った。「うまくいくとは思えないな」

「ルーク……」タシアは背後からルークに近づき、ウエストに腕を回そうとしたが、ルークは体をこわばらせた。

「しばらく一人にしてくれ」ルークは言い、タシアから顔をそむけた。「考えたいんだ」頭を振り、苦しげな声をもらす。「ああ、エマの母親を裏切ってしまった。メアリーが生きていたらさぞかし娘に期待していただろうに……わたしのせいでこんなことになってしまった」

「あなたは誰も裏切ったりなんかしていない。あなたほど惜しみなく愛情を注ぐ父親はほかにいないわ。これはあなたのせいじゃない」タシアはルークの張りつめた背中をさすった。「エマは生まれつき生命力に満ちあふれた子よ。頑固で気性が荒い。でも、愛情深いし、自分の間違いから学ぶことができるわ」

ルークはようやくタシアのほうを向いたが、その目には涙が光っていた。

「今回の間違いは違うよ」しゃがれた声で言う。「今度こそあの子はだめになってしまう……それなのに、わたしにはどうすることもできないんだ」

アンゲロフスキー邸に戻ったニコラスは、投資に関する最新の報告書を読んで午後を過ごしたあと、夜は冷えたウォッカを飲んでくつろぐことにした。グレーの絹のガウンを着て、プライベートスイートの琥珀色の革張りの長椅子に腰掛け、レールモントフの著作をぼんやりとめくる。

ドアがためらいがちにたたかれ、使用人カルルの押し殺した声が聞こえた。

「公爵さま、ストークハースト家の方がいらっしゃっています」

それを聞いて、ニコラスは少し驚いた。「レディ・エマか?」

カルルはドアのすきまから顔をのぞかせ、ロシア人らしい色白の顔を困惑したようにしかめた。「いいえ。レディ・エマのお継母さま、レディ・ストークハーストです」

いよいよ驚いて、ニコラスはいぶかしげに眉をひそめた。タシアが一人で訪ねてくるのは、七年前に病に臥せっていた自分を看病し、死の淵から救ってくれたとき以来だった。

「それは面白い」ニコラスは言った。「お通ししろ」

ドアをじっと見つめていると、タシアが姿を現した。顔は磁器のごとく繊細で白い。いつもどおり落ち着いていて、表情は穏やか、つやめく髪はきっちりとピンで留めてある。ラベンダー色のドレスが、銀色がかった青色の目を美しく際立たせていた。一八歳の頃と変わらず、ニコラスの興味を引きつけてやまない浮世離れした雰囲気をまとっている。

「喪に服しているような格好だな」タシアが部屋に入ってくると、ニコラスは立ち上がってからかうように言った。「でも、今は祝福の時だよ、タシア」自分の脇に置かれた軽食を手で示す。「ウォッカを飲むか？　ザクスカ《ザクスカ》は？」

ロシア人が愛するおつまみに目をやり、タシアは首を横に振った。小さく切ったバターつきパンのキャビアのせ、サワークリームが点々とついた小さなミートパイ、サーディン、ピクルスが、銀の盆に美しく並べられている。

「とりあえず座ってくれ」ニコラスは言った。

タシアは立ったままだった。「あなたはわたしに借りがある」静かに言う。「ずっと前にそう認めたわよね。その借りは孫の代までかかっても返すと言ったわ。あなたは弟のミハイルをわたしが殺したと思っていた。誰もがわたしの処刑を求めていたけど、中でも一番声高に叫んでいたのはあなただった。わたしがロシアから逃げると、あなたはイギリスまで追ってきてわたしをさらい、サンクトペテルブルクに連れ帰った。わたしが犯してもいない罪の報いを受けて死ぬことを望んでいたのよね」

「わたしは間違っていた」ニコラスはじれったい思いで言った。「自分の間違いに気づいて、それを改めるために全力を尽くしたじゃないか」

「そのあと」タシアは抑揚のない声で続けた。「あなたが流刑になって、瀕死の状態でイギリスに来たとき、わたしはあなたが快復するまで看病した。わたしの助けがなければ、あなたは死んでいたでしょう」

「死んでいただろうな」ニコラスはぶっきらぼうな口調で認めた。

「わたしはその見返りを求めなかった……今までは」

「いったい何が言いたいんだ？」ニコラスは不満げに言ったが、答えはわかっていた。

「エマとの結婚はあきらめて。永久にイギリスを離れて、わたしの継娘《むすめ》には二度と会わないでほしいの」

「こんなに短い間に二人の男に捨てられて、エマはどんな思いをするだろう？」

「エマは若いわ。あなたが思っている以上に強い。そのうち立ち直るわよ」

ニコラスは皮肉交じりに唇をゆがめた。「ばかなことを言うな。わたしが去れば、エマは打ちひしがれる。まず間違いなく、二度と男を信じなくなるだろう。そして、君と君の独り善がりなイギリス人の夫を憎むはずだ。それが君の望みか？」

タシアの落ち着きは消えさり、顔に怒りの色が広がった。

「あの子があなたに毎日少しずつ壊されていって、最後には何も残らなくなることに比べたら、そのほうがよっぽどましよ！」

「わたしはエマが結婚できる可能性のあるどんな男よりも、いい夫になるよ」

「たいした夫になるでしょうね」タシアは辛辣に言った。「あなたが今までしてきたことといえば、エマを操って誘惑するだけ。次は何をするつもりなのか、楽しみでならないわ。もしかすると、あなたに悪気はないのかもしれない……自分ではちゃんとした夫になれると思っているのかもしれないわね。でも、結局はエマを傷つけることになる。あなたは自分の性格を変えられないからよ。あなたという人間は、苦しみと醜さに満ちた過去のせいで、永久にゆがんでしまったの。ほとんどはあなたのせいじゃないけれど、そんなことは関係ない。現にあなたはそういう人間なんだもの。あなたがエマを求める理由はわかるわ。あの子には、あなたには縁のない善良さや無邪気さ、思いやりが備わっている。あなたはエマを自分のものにして、自分が収集している美しい品々と一緒にここに置いておきたいんだわ。でも、わたしはあなたに、今こそ借りを返してほしいの。エマに近づかないでちょうだい」

タシアのまなざしはとても鮮やかで強く、ニコラスは思わず目をそらした。彼女の要求に筋が通っていることはわかっていた。時が来たら必ず借りを返すのが、自分のやり方でもある。これは名誉の問題、自尊心の問題だ。だが、エマを手放す……それは無理だ。ほかのことなら何でもできるが、それだけは無理だった。

ニコラスの低い声が冷たい沈黙を破った。「それはできない」

ニコラスが想像しうる限り最悪の人間だったことが確認できたかのように、タシアは冷ややかにほほえんだ。「自分勝手で最低な男」そうささやき、部屋を出ていった。


その後、ニコラス・アンゲロフスキーとの婚約を解消するよう、家族が説得にかかろうとしなかったことに、エマは驚いた。確かに〝冷静な話し合い〟は求めてきたが、エマは頑として口を利かなかった。少しでも隙を見せれば、あとは向こうの思いどおりにされてしまう。エマの強情さは功を奏した。ルークもタシアも、エマがニコラスとの結婚について一歩も譲る気がないとわかってくれたようだった。エマは内心、いずれニコラスとの生活が落ち着いたら、仲直りのチャンスはいくらでもあると思っていた。娘が幸せそうにしているのを見れば、二人も結婚に反対したのは間違いだったと気づいてくれるはずだ。

結婚式は六週間後に行われることになり、その噂は異様な速さで社交界を駆けめぐった。エマの予想どおり、周囲の反応、特に屋敷を訪れる女性たちの嫉妬や驚愕は快いものではなかった。ヨーロッパでも一、二を争う理想の花婿候補であるニコラス・アンゲロフスキー公爵をエマが射留めたことに、誰もが驚きをあらわにしていた。

「で、あなた、いったいどんな手を使ったの？」詮索好きの客の一人、レディ・シーフォードはそうたずねた。上流階級の既婚女性で、自分の娘の婚約者は一介の伯爵だ。「公爵さまは、うちのアレクサンドラにはちらりと目を向けただけ……シーズンきっての美人だったというのに！　公爵さまがあなたに興味を示されたのは、あなたのお継母さまと親戚関係にあるから？　それが理由なの？」

エマは苦笑いした。

「わたしを見ていると、ロシアの女性を思い出すとは言っていました」

レディ・シーフォードはティーカップの縁越しに、考え込むようにエマを見つめた。

「ロシアの女性がそんなに、その……立派な体格をしているとは知らなかったわ。それでは、うちのアレクサンドラにチャンスはないわね。とても華奢で小柄な子だもの」

その言い方にエマがたじろぐと、タシアが割って入った。

「レディ・シーフォード、ロシアの女性は活発で気骨があることで知られているのですよ」レディ・シーフォードをじっと見つめながら、淡々とした口調で言う。「きっとニコラス公爵は、お宅のアレクサンドラよりもエマのほうに、そうした資質があるとお感じになったのでしょう」

「あら、そう！」レディ・シーフォードは唇をすぼめ、むっとしたように黙り込んだ。

エマはタシアに感謝の笑みを向けた。タシア本人は結婚に反対しているものの、人前ではいつもどおりエマの味方でいてくれた。ウェディングドレスを作るときも、自分のお気に入りのデザイナーのもとに連れていってくれた。ドレスはアイボリーの絹地で、襟元はハイネック、縁取りは繊細なアンティークのレースだ。サウスゲート館の礼拝堂で行われる結婚式と、金と白の舞踏室で行われる披露宴の詳細も、エマはタシアに協力してもらって計画した。

ほとんど毎日、エマはニコラスが雇った建築家や造園業者と打ち合わせをしていた。アンゲロフスキー邸の敷地内に作る動物園の檻と建物の設計を依頼してあるのだ。ニコラスがエマの希望をかなえるために力を尽くしてくれていることは、タシアも認めざるをえなかった。彼はスイートをエマの好みに合うよう改装するため、布の見本を大量に送ってきた。エマは壁紙には涼しげな水色を、カーテンとベッドの掛け布にはサファイヤ色の金襴織《ブロケード》を選んだ。

屋敷に訪ねてこない日も、ニコラスは花や贈り物を届けてよこした。それはシュガービスケットの入った色つきの缶だったり、アンゲロフスキー家の印章がついた高級な金の箱だったりした。ある日など、エマの年齢と同じ二〇粒のダイヤモンドがついたネックレスを持参した。タシアはその贈り物は不適切だと眉をひそめたが、エマに返せとは言わなかった。

エマはニコラスの気づかいに戸惑っていた。客間で適度な距離を保って座っているときも、動物園で動物の世話をするエマを見守るときも、彼の態度はどこまでも礼儀正しかった。エマに対する口調は兄のようで、親しみと優しいからかいがこもっていた。だが、エマを見つめる黄金色の目は、時に性的な興味にきらめいた。一挙手一投足をニコラスに注視されると、エマは彼がどんな行動に出るか予想がつかず、落ち着かない気分になった。表面上は洗練されているが、その奥には情熱的で計り知れない男性が潜んでいる。エマはいまだに、ニコラスが自分を求めていることを信じきれずにいたが、心のどこかでは彼が自分に惹かれる感覚を理解していた。なぜなら、自分も同じだったからだ。ニコラスのことを愛してはいなくとも、惹かれるものを感じていた。それほど強い感覚を、誰かに対して抱いたのは初めてだった。

結婚式の日の朝、エマは緊張し、怯えていた。だが、図らずも父親の言動が後押しとなって、わずかに残っていたためらいは吹っ切れた。結婚式の装いがすべて整った頃、ルークが部屋にやってきた。鏡に向かい、顔の周りで跳ねる頑固な癖毛を押さえつけていたエマは、振り返っておずおずとほほえんだ。

ほっそりした長身はアイボリーのドレスに包まれ、髪はゆるいシニヨンにして、クリーム色の薔薇を飾っている。片方の手には、母親の小さな聖書とタシアに借りたレースのハンカチを持っていた。今朝ニコラスから届いたばかりの三連の真珠のネックレスが、首に巻かれている。ルークは喉につかえた何かをごくりとのみ込んだように見えた。

「エマ、とてもきれいだよ」

「ありがとう」エマはほとんど聞こえないほどの声で言った。

「メアリーにも見せてやりたかった」

エマはうろたえて目をしばたたき、母が生きていたらこの結婚に賛成してくれただろうかと考えた。母親が亡くなったとき、エマはまだとても幼くて、はっきりした記憶はない。そのぬくもりと歌うような声、自分と同じ豊かな赤毛の印象があるだけだ。父はよく、自分とメアリーは愛し合っていたと言っていた。きっと、母も自分をニコラスと結婚させたくはないだろう。

「エマ」ルークは静かに言った。「もし後悔するようなことがあったら……いずれこの結婚が間違いだったと気づいたら……いつでも帰っておいで。両手を広げて歓迎するから」

「わたしが後悔すると思っているんでしょう？」エマはたずねた。

ルークは答えなかったが、そらした視線から答えは明らかだった。

「結婚はうまくいくわ」エマは冷ややかに言った。「お父さまとベルメールみたいな感じにはならないだろうけど、わたしにはじゅうぶん満足できるものになるはずよ」

「わたしもそう願っているよ」

「本当に？」エマは冷静にたずねた。「それはちょっと信じられないわ」

エマの背筋はプライドにぴんと伸び、何があってもニコラス・アンゲロフスキーと結婚してやるという決意が固まった。だがその後、父親と並んで教会の通路を歩いていると、涙が込み上げてきた。

エマは押し黙り、ほとんど上の空で結婚式を終えた。式は短く、喜びは何もなかったという記憶しかない。ニコラスは美しかったが、態度は重々しく、結婚式を義務としか考えていないことがうかがえた。エマにとっても、儀式に崇高さが感じられた場面は、せいぜい『ルツ記』の一節を朗読しているときくらいだった。〝……わたしは、あなたの行かれる所に行き、あなたのお泊まりになる所に泊まります。あなたの民はわたしの民。あなたの神はわたしの神……〟永遠の愛と献身の言葉は、重い扉がばたんと閉まるような響きを帯びていた。

その後、披露宴で無理やり陽気にふるまっているうちに、ようやく気分が楽になってきた。あちこちで乾杯やダンスが行われ、イギリスとロシアのごちそうがふるまわれた。高くそびえるウェディングケーキには、きらめくグラニュー糖でできた花や鳥、智天使が飾られていた。ついに夜が更けてきて、新婚夫婦が退場する頃合いになると、二人はライスシャワーと祝福の言葉を浴びながら、待っている馬車のもとに急いだ。

馬車に乗り込むと、エマは困惑気味に笑い出し、頭を振って米をそこらじゅうにまき散らした。ニコラスは豊かな金茶色の髪から米を取り払おうと無駄な努力をした。

「わたしたち、子だくさんになりそうね」エマは言い、ニコラスは慎みを欠いたその発言に笑った。

「もちろんそのつもりだよ、ルイシュカ」

その言い方に、エマは顔を赤らめた。首をすくめ、恥ずかしそうにたずねる。

「子供は何人欲しい？」

「神が授けてくださる限り、何人でも」

エマはニコラスから贈られた指輪を指で触った。血のように赤い派手なルビーをダイヤモンドが取り囲んでいる。「これ、ありがとう」エマは言った。「すてきだわ」

「気に入ってくれたのか？　式の最中に初めてその指輪を見たときは、妙な顔をしていたようだけど」

「驚いたの」エマは正直に言った。「こんなに大きな宝石をつけたことがなかったから」

ニコラスはにっこりし、ほっそりしたエマの手を取って、長い指をもてあそんだ。

「もっと大きいのをたくさんあげるよ。君の手は宝石をつけるために作られたんだから」

「そうね、動物に噛まれた跡を隠すために必要だわ」エマは言い、手を引っ込めた。

ニコラスは前かがみになって、エマの足を自分の膝にのせ、長い脚を無理やり自分の脚の上に置いた。

「ニッキ」ローヒールのサテンのスリッパを脱がされ、エマは身をよじって抗議した。「何をするつもり？」

「うちに着くまで快適に過ごしてもらおうと思って」エマの抗議は無視し、ニコラスは絹に覆われた足首と足の裏を揉んだ。

「別に快適に過ごしたいわけじゃないんだけど。わたし……」痛んだ土踏まずを優しくこすられて、エマはたじろいだが、気づくとベルベットのクッションにゆったりともたれていた。

「大きな足でしょう」小声で言う。

「うっとりするよ」ニコラスはエマの右足の裏を自分の太ももの内側につけた。エマは足の裏に彼の高ぶったものの硬さを感じてはっとしたが、どういうわけか動くことができなかった。

アンゲロフスキー邸に近づくと、つかのまの至福の時は終わり、ニコラスはエマの足に靴を履かせた。宮殿のようなこの屋敷が我が家になるのだと思うと、エマは不思議な気持ちでいっぱいになった。柱と鏡が延々と続く巨大な円形の舞踏室、金と宝石で飾られた広々とした部屋の数々、いくつもあるスイート、ギャラリー、ガラス張りの部屋……それらがすべて自分のものとなり、中を自由に歩き回ることができるのだ。

「エマ公爵夫人」エマの考えを読み取ったかのように、ニコラスは言った。「この爵位に慣れるには時間がかかりそうか？」

「いつまで経っても慣れないかもしれないわ」エマは答え、顔をしかめた。

馬車は玄関に続く広い階段の前で停まった。エマはニコラスの手を借りて馬車から降りた。とたんに、使用人たちが慌ただしく動き始めた。従僕たちは急いでドアを開けに行き、執事は二人を迎えようと待ち構え、メイドたちは玄関ホールに集まってきた。

ニコラスはエマを戸口に案内し、待っていた執事を手で示した。

「前にも会っているから知っているだろうが、スタニスラスだ」

前回来たときのこと、ニコラスと一夜を過ごしたときのことを思い出し、エマは真っ赤になった。

執事は安心させるように、平然とした表情を保っていた。軽い訛りのある英語で言う。

「使用人一同、公爵夫人さまの幸せを願っております。しっかりお仕えする所存でございます」

「ありがとう、スタニスロフ、いえ、スタンリスラ……」エマはすまなそうに執事を見上げた。「あなたの名前が正しく言えるよう練習するわね」

執事が返事をする前に、ニコラスがエマの体を両腕で抱え上げ、胸の高さにまで持ち上げた。エマは驚いてあえいだ。「何をするつもり？」

「君を抱えて戸口をまたぐんだ」ニコラスは答えた。「これがイギリスの伝統なんだろう？」

「それは花嫁が花婿より小さいときだけでいいのよ！　やめて……わたしは重すぎるわ！　お願いだから下ろして――」

「暴れるのをやめないと、落っことすぞ」

エマは恥ずかしさのあまり苦しげにうなったが、ニコラスはエマを屋敷の中に運び入れ、待機する使用人たちの前を通って玄関ホールを抜けた。そのまま二階のスイートに続く階段に向かう主人の姿に、ささやき声と忍び笑いがもれる。

「みんなに紹介してくれないの？」待機している一団を振り返りながら、エマはたずねた。

「明日だ。今夜は君と二人きりになりたい」

「あとは自分で歩いていくわ。腰を痛めるわよ」

「こんなのどうってことない」ニコラスは鼻で笑った。「君の二倍の体重がある鹿を肩に担いだこともある」

「何て心強いのかしら！」エマは恥ずかしさに黙り込んだまま、部屋まで運ばれていった。

エマのために改装したスイートに着くと、ニコラスはエマを寝室の真ん中で下ろした。

「まあ」エマは息を切らして言い、ゆっくりと一回転した。

「気に入らなければ変えるから」

「変える？」エマは呆然と繰り返した。「冗談じゃないわ」

客間、更衣室、浴室、寝室がひと続きになったそのスイートは、エマがこれまで見たどんな部屋よりもすてきだった。王族が住んでいてもおかしくないくらいで、水色を基調とした内装にガラスの円柱が並んでいる。壁には重厚な銀の額縁に入った高価な絵画が飾られていた。明るいラベンダー色のタイル張りのロシア式のストーブが、部屋の隅を占めている。ベッドは巨大で、サファイヤ色のブロケードに覆われ、房飾りのついた枕が高く積み上がっていた。

マホガニーの衣装だんすの扉を開けると、エマが数日前に送った嫁入り道具が入っているだけだった。「あなたの服はどこ?」エマは驚いてたずねた。

「わたしのスイートはこの翼棟の反対端にある」

「わたしたち、部屋は別々なの?」

ニコラスはうなずき、エマは自分の勘違いに気づいて赤くなった。父とタシアは毎晩同じベッドで眠り、一日の始まりも終わりも互いの腕の中で迎える。エマは無邪気にも、ニコラスが同じ形式を望んでいると思い込んでいたのだ。彼が別のスイートで生活するなら、夫婦が互いに慣れるためのささやかながらも親密な時間は持てない。だが、ニコラスはそうした親しさは求めていないのだろう。もしかすると、このほうがいいのかもしれない。それに、いつか彼の気が変わる可能性もある。

エマは小さな彫像が並ぶマホガニーのテーブルに近寄った。彫像の一つを手にすると、笑みがこぼれた。それは白い珊瑚の白鳥で、金のくちばしとサファイヤの目がついていた。孔雀石の蛙、金のライオン、象牙の象、金の脚がついたアメジストの狼。熊、魚、鳥もやはり貴金属と宝石でできていた。中でもひときわ印象的な像に、視線が吸い寄せられる。黄色いダイヤモンドの目をし、小粒の真珠の歯をむいた琥珀の虎だ。

「このコレクションは曾祖母の祖母のエメリアのものだったんだ。君に気に入ってもらえるんじゃないかと思って」

エマは目をきらめかせ、ニコラスのほうを向いた。「ありがとう」

ニコラスはエマが手にしている虎を示した。

「特にそれがエメリアのお気に入りだったそうだ」

エマはそっとニコラスに近づき、頰に軽くキスをした。「ありがとう」もう一度言う。「ニッキ、あなたはとても良くしてくれるのね」

ニコラスはエマを見つめた。彼女の唇が触れた部分が燃えるようだ。妙な感覚が押し寄せてきて、その場に立ちつくす。エマの青い目に浮かぶ表情、彼女の声音、琥珀の像を手にする様子……すべてが以前にも起こったことのような気がした。心臓が重々しいリズムを刻み始める。周囲の空気が暑くなり、ある光景が心に浮かんだ……。

彼女は虎を手にし、あらゆる角度から眺めた。〝見て、ニッキ。これ、きれいじゃない？〟

〝すごくきれいだ〟光り輝く彼女の顔を見つめながら、ニコラスはうなずいた。つかのま視線をそらし、宝石商に言う。〝全部いただこう〟

彼女は元気よく笑い、ニコラスに腕を回した。〝あなたはとても良くしてくれるのね〟ニコラスの耳元で言う。〝これではあなたを愛しすぎてしまうわ〟

ニコラスは彼女の柔らかな頬に唇を寄せた。〝物事にやりすぎなんてことはない……〟

「どうしたの？」心配そうに眉をひそめ、エマがたずねた。

その光景は消えた。ニコラスは頭を振り、短く笑った。「何でもない。妙な感じがしただけだ」エマを見つめたまま、一歩下がる。心臓が痛いくらいに打っていた。額を手で拭うと、汗が噴き出ていることに気づいた。まるで、ロシアの浴場でへとへとになるまで蒸されたあと、凍てついた川に飛び込んだときのような衝撃を感じる。

「大丈夫なの？」エマはしつこくたずねた。

「呼び鈴を鳴らしてメイドを呼んで、着替えを手伝ってもらうといい」ニコラスはぶっきらぼうに言い、きびすを返してドアに向かった。「あとでまた来る」

エマは困惑して顔をしかめた。虎の彫像をそっとテーブルに戻し、その背中を指先でなぞる。琥珀は命を持っているかのようにきらめいていた。

ニコラスは実に妙な目つきでこちらを見ていた。あの表情……一瞬浮かんだ恐怖にも似た何か……何かこの世のものではない光景を目にしたかのような焦点の合わない目つき……。あの表情には見覚えがある。だが、どこで見たのだろう？

「タシアだわ」エマはそっと言った。何かを予知するとき、タシアはいつもあれとまったく同じ表情をしている。ロシア人は迷信深い人種だと、タシアは言っていた。ロシア人は空想と謎に満ちた暮らしを送り、縁起や予兆を固く信じている。ニコラスの頭に何がよぎったのだろう？　どんな光景が見えたのだろう？

困惑しながらメイドを呼ぶと、すぐに小柄な女性が現れた。年齢はエマと同じか少し上のようで、栗色の髪を太い三つ編みにし、聡明そうな灰色の目をしている。流暢な英語を話し、ラシェル・フィオドロフナと名乗った。

「ラシェル、いい名前ね」ウェディングドレスの背中に複雑に並んだホックやボタンを外し始めたメイドに、エマは言った。「レイチェルのロシア版かしら？」

「はい、奥さま。母が子供の名前は全部聖書からつけたんです。兄弟がマトフェイとアダムスカ、姉妹がマリンカです」

「マシュー、アダム……と、メアリー？」エマは予想した。

「ミリアムです」メイドは訂正し、床に広がったドレスの塊からエマが抜け出すのを手伝った。波打つ絹地を慣れた手つきで持ち上げ、近くの椅子に運んでいく。

「ごきょうだいは今もロシアにいるの？」ラシェルがコルセットを外してくれる間、エマは息をつめて待った。

「いいえ。全員こちらに来て、ニコラス公爵さまの下で働いています。公爵さまについてきたんです……その……その……」メイドは言いよどみ、無難な言い方を探した。

「流刑になったときに」エマは単刀直入に言った。

ラシェルはうなずき、口角を上げてほほえんだ。「奥さま、そのようにはっきりお話ししてくださるとありがたいです。ロシア人は率直な物言いを好みますので。髪のピンを抜いてもよろしいですか？」

「ええ、お願い」エマはリネンの下着姿で鏡台の前に座った。メイドは縮れた赤毛から白い薔薇を注意深く外し、銀の柄のブラシで一房ずつといて髪をほぐしていった。「ニコラスについてイギリスに来たのは、あなたたちの希望？」エマはたずねた。「それとも、選択の余地はなかったのかしら？」

「いいえ、もちろん、家族が希望したことです。わたしたちはアンゲロフスキー家にお仕えする身なんです。もちろん、法律で決められているわけじゃありません。一五年前、アレクサンドル陛下が農奴を解放してくださいましたから。でも、わたしの家族、シダロフ家は一〇〇年以上もアンゲロフスキー家に仕えてきました。ニコラス公爵さまがいらっしゃるところにはどこにでもついていくのが当然だと考えています」

「ニコラスはあなたたちの献身に感謝しているでしょうね」エマは言ったが、ニコラスの傲慢さを考えれば、それを当然だと思っている気もした。

ラシェルは嬉しそうに肩をすくめた。「それが神のご意志なら、わたしたちはいつまでも公爵さまにお仕えするつもりです。ニコラス公爵さまは良い旦那さまですから」

「それを聞いて安心したわ」エマはつぶやいた。

メイドはブラシをかける手を止め、考え込むようにため息をついた。

「時々、ロシアが恋しくなります。旦那さまはそのようなそぶりはお見せになりませんが、きっと同じだと思います。あの方が向こうでどれほどの暮らしを送られていたことか！ツアーリよりも豊かでいらっしゃったくらいです。屋敷は二七もあり、土地はそこらじゅうにお持ちでした。弟君のミハイル公爵さまのお誕生日に、山を贈られたこともあるんです」

「山？」

「はい、クリミアにある美しい山です」ラシェルは髪のもつれた箇所に、ほどけるまで優しくブラシをかけた。「わたしたちがロシアで送っていた暮らしは、奥さまには想像もつかないと思います。戻りたくて仕方がないときもあります。でも、ロシアにはこういう言葉があるんです……〝飢えずにすむのなら、どこに住もうと同じ〟」

「確かにそうね」エマは言い、笑った。「ラシェル、あなたが来てくれてよかったわ」

縮れた髪が毛布のようにたっぷりと肩の上に広がると、エマはラシェルの手を借りて、細かい刺繍の入ったリネンのねまきと揃いのローブに着替えた。

「奥さま、とてもロシア人らしく見えますわ」

褒められているのだと気づいて、エマは感謝の笑みを浮かべた。

「わたしは純粋なイギリス人のはずなんだけど」

「ロシア人はとても気がよくて、よく笑うんです。奥さまの内面はロシア人のように思えます」

答えようとしたとき、お腹が派手に鳴り、エマは気恥ずかしげに笑った。

「今日はほとんど何も食べられなかったの」空っぽの腹に手を当てて言う。「すごく緊張して……結婚式……」

「スープとザクスカをお持ちしましょうか？」

「ザクスカ？」聞き慣れない言葉に戸惑い、エマは繰り返した。

「一口サイズのお料理です。お気に召すと思いますよ。試しにいくつかお持ちします」

メイドが出ていくと、エマはスイートの中を歩き回った。ほぼ全体が白い大理石でしつらえられた浴室を見つけると、驚いて頭を振った。イルカの形をした金の蛇口が四つ、磁器の浴槽の上に並んでいる。

タシアもロシアでの子供時代、これほど贅沢な暮らしをしていたのだろうか？　タシアは今も過去の話はせず、大っぴらにしていない部分が多い。エマは初めて、タシアがどれだけロシア人らしさを抑えているか、母国の言語や習慣を持ち込まずにいるかに気づいた。ロシアの文化がいかに異質なものであるか。ニコラスやタシアのように異文化に適応するのがどんなに難しいことか。

寝室のドアがそっとノックされ、ラシェルが戻ってきたのがわかった。手にした大きな盆に、おいしそうな香りの料理が並んでいる。キャベツスープが入ったふたつきの小さな壺、ソーセージとスモークサーモンの切り身、マッシュルームと挽肉が詰まった小さなパイ。エマは期待に胸を躍らせながら、ラシェルについて客間に入り、クッションのきいた小型の長椅子に座った。メイドはそばのテーブルに料理を置き、エマが気に入りそうなものをいくつか教えてくれたあと、部屋を出ていった。

料理はほとんどがにんにくや胡椒、ナツメグで味つけしてあり、とてもおいしかった。エマは一つずつ試し、たっぷりの赤ワインで流し込んだ。あまりの豪華な環境に、大事にされ、甘やかされている気分になる。「これならなじめそうだわ」エマはそうつぶやき、長椅子のふかふかしたベルベットのクッションにもたれた。

「戸口からニコラスの声が聞こえた。「ルイシュカ、わたしもそう願うよ」ニコラスは髪の色よりも少し暗い琥珀色の絹のガウンを着ていた。裾からは素足がのぞいている。ガウンの下には何も着ていないのではないかと思うと、エマは突如動揺した。

緊張を隠すように明るくほほえみ、ワインの入ったゴブレットを掲げて乾杯の動作をする。

「ニッキ、あなたも一緒にどう？」

「君が二度とそんなふうに笑わないでいてくれるなら」

「どうして？」近づいてくるニコラスを注意深く見つめながら、エマはたずねた。

「どうしてって」彼はささやき、エマのうなじに手をすべり込ませた。「その笑顔を見ると、くらくらしてしまうから」

唇が軽く押し当てられるのを感じ、エマはまつげを震わせながら目を閉じた。ニコラスがキスを終えて隣に座ると、ぎこちなく盆の上の食べ物を取って彼に渡し、愛想のいい女主人のようにふるまおうとした。「ピロシはいかが？」

「ピロシキだよ」ニコラスはエマの発音を直し、顔を近づけて具が詰まったパイにかじりついた。

エマは驚き、思わず笑った。「わたしの手から直接食べた人はあなたが初めてよ」

ニコラスが飲み込むのを待ってから、次の一口を差し出す。彼はにっこりして残りもたいらげ、エマの指先を甘噛みした。

エマはどぎまぎしながらも気を引かれ、ためらったあと夫の口元にワインを持っていった。ニコラスは宝石がちりばめられたゴブレットに口をつけ、きらめく縁越しにエマを見つめた。エマの手からゆっくりとゴブレットを取り上げ、脇に置いてから、香り高い年代物のワインに指先を浸す。エマは金縛りにあったように、ニコラスを見つめていた。柔らかな下唇に触れられ、ルビー色の滴をつけられても、動くことができなかった。ニコラスは顔を近づけてワインの滴をなめ取ると、唇を重ねて舌を深く侵入させてきた。やがて、エマは震えながら彼に手を伸ばした。その手は琥珀色の絹のガウンに入り込み、胸の上をすべった。ニコラスの腕が体に回され、しっかり抱きしめられる。

エマは体の力を抜き、興奮と喜びにぼうっとしたまま、体中を這い回る唇を受け止めた。前回こんなふうにキスをされてから、六週間が経っていた。おかげで、それがどんなに心地いいものだったかを忘れていた。突然、欲求のあまりうつろになり、奪ってほしい、満たしてほしい、前回と同じ魔法をかけてほしいという衝動に襲われた。

ニコラスはエマの片手を取り、二人の体の間に引き入れた。エマは導かれるままに絹のガウンの中に手を入れ、つるりとした長いこわばりをつかんだ。あえぎ声をもらし、全身を彼に押しつけて、もっと近づこうとする。

ニコラスはエマの髪に顔をうずめて、柔らかな縮れ毛を頬と額に引き寄せ、そのきらめくカーテンにしっかり指を絡めた。エマが相手だと、どうしてこうなってしまうのかわからなかった。女性なら大勢知っているというのに。だが、エマほど自分に影響を及ぼす女性は初めてだった。

エマの手首をつかみ、引っぱって立たせようとする。エマは立ち上がり、上気した顔をニコラスの顔に押しつけた。

「ニッキ」ささやくように言う。「今夜、わたしのベッドに来てくれる？」

「それは招待かな？」

エマは遊び半分のキスを中断した。「招待状を書いたほうがいい？」

「いらないよ」ニコラスはエマの肩から腕へとローブを脱がせ、床に落とした。体の前を軽くなぞり下ろす。薄いリネンのねまきに包まれた体は、しなやかで温かかった。「エメリア……わたしの妻……」またも言葉はとぎれ、ニコラスは唇でエマの唇を押しつぶした。

二人は寝室に入った。ニコラスはガウンを脱いで裸になり、ベッドに座った。膝を開き、エマをマットレスの端に引き寄せる。エマが前に立って肩につかまると、ねまきの裾を腰まで引き上げた。温かな手のひらですべすべした太ももの外側をなで上げ、引き締まったヒップを指で探る。胸の曲線に唇を押し当てた。ねまきの薄い生地越しに吸いつき、小さく突き出した乳首を舌で感じる。エマはうめき、ニコラスに寄りかかって、ほっそりした手を伸ばして頭に触れた。やみくもにニコラスの唇を反対側の胸に導き、歯を立てられた柔らかな頂がうずき始めると、あえぎ声をあげた。

エマがこれ以上我慢できなくなると、ニコラスはベッドに押し倒し、ねまきをはぎ取った。エマはニコラスの背中に両手を回し、傷跡を探り当て、遠い昔の傷を癒そうとするかのように軽くなぞった。ニコラスが喉から胸、腹へと唇を這わせていき、秘密の場所を舌で探ると、エマの体はこわばって震えた。

ニコラスはシナモン色の縮れ毛に口づけをし、息がその部分をそよがせた。狼狽と喜びに、エマはせつなげな声をもらした。これを許していいのかどうかわからなかったが、やめてほしいとも思わなかった。ニコラスの頭に手をやって豊かな髪をかき分け、震える手で愛撫する。世界は狭まり、太ももの間の小刻みな動きに、巧みに刺激を加えるニコラスの唇だけになった。ぎこちなく熱い波に襲われ、エマの体はニコラスの下でのけぞり、息を吐くごとに泣いてせがむような声がもれた。

ニコラスは顔を上げ、エマの上に体を引き上げて、太ももを大きく開かせた。彼が中に入ってくると、エマは思いがけないきつさに顔をしかめた。「もっとゆっくり」泣き声交じりのささやき声で言う。ニコラスは優しく、少しずつ中に押し入り、エマの体から力が抜けるのを待った。やがて二人はけだるいリズムを刻み始め、高まりゆく欲望に体を押しつけ合った。エマは頭をのけぞらせ、ニコラスはエマの喉元や肩にキスをしながら、しゃがれた声でロシア語の言葉をささやいた。

二人は長身を絡み合わせ、手足を巻きつけ合い、筋肉を収縮させて、今にも手が届きそうな絶頂をつかみ取ろうとした。強烈な瞬間は二人に同時に訪れ、甘美なる痙攣が起こった。

ニコラスは深く突き立ててエマの奥深くにきつくうずもれ、エマはびりびりするほどの快感に体を震わせた。猛烈な勢いで駆けめぐる血流が収まると、ニコラスは仰向けに寝転がった。エマもそれにならい、片方の腕と脚を彼の体にのせ、湿ったなめらかなその胸に頭を押しつけた。弛緩しきった体で、まどろむ猫のようにニコラスにしなだれかかる。

ニコラスはエマのもつれた髪に手をやり、そっとなでながらも、その目は暗闇を見つめていた。奇妙に混じり合った感情が、波のように押し寄せてくる。つぶれるほどエマを抱きしめたいと思うと同時に、彼女を振りほどきたい衝動に駆られるのだ。心落ち着く妻の体の重みにも、すり寄ってくる彼女の満足げなため息にも……胸が痛んだ。気持ちを楽にして、エマが自然に差し出してくる愛情を受け入れることが、どうしてもできなかった。たとえ一瞬でも隙を見せれば、水門が開き、これまで必死の思いで耐え、記憶から消し去ってきたものが、ついにあふれ出してしまう。

ニコラスはエマから体を離し、ベッドから下りて、脱ぎ捨てたガウンを探した。

「ニコラス？」エマは眠そうにささやいた。

ニコラスはエマを無視し、ガウンに腕を通した。黙って部屋を出て、翼棟の反対端にある真っ暗な、がらんとした自分のスイートに向かう。

エマは困惑して体を起こし、顔から髪を払いのけた。どうしてニコラスは突然出ていったのだろう？　何か悪いことをしてしまっただろうか？　唇を噛み、泣き出さないようこらえる。エマは子供ではなく人妻であって、涙に暮れている暇などないのだ。

「自分で選んだ道でしょう」エマは自分に言い聞かせた。「ここでせいいっぱいやるしかないのよ」

長い時間が過ぎたあと、ようやく再び横になった。巨大なベッドの真ん中で体を丸めたが、眠りにつくにはさらに長い時間が必要だった。

第2部

閉ざされたこの心に、忘れえぬ場面が秘められていたところで、誰が構うものか……

――プーシキン

5

打ち合わせをしていると、図書室の窓の外から甲高い声が飛び込んできた。ニコラスはすばやく立ち上がったが、不動産業者のミスター・メドウズとミスター・ベイリーは困惑した顔のまま座っている。ニコラスは三歩で窓辺に近づき、じめじめした一〇月の風景が目に入ると足を止めた。

「公爵さま？」メドウズが不安げにたずねた。「どなたかがけがでもされたのですか？」

ニコラスは首を横に振った。「妻だ」つぶやくように言う。「毎日の運動をしている」

顔にほのかな笑みを浮かべて、白のブラウスとブーツ、ブリーチズという格好で、手入れの行き届いた芝生を犬のサムソンと跳ね回る妻の姿を眺める。知らない人が見れば、公爵夫人はしかるべき施設に入れるべきだと言い出すかもしれない。エマは雑種犬を追いかけ、花壇や模様状《パルテール》の庭の生垣を飛び越えていた。もつれた赤毛が背中で旗のようになびいている。くるりと向きを変えて反対方向に走り出すと、不細工な犬がその後ろを飛び跳ねながらついていった。

結婚してからこの一カ月ほどで、アンゲロフスキー家の使用人と借地人たちはエマの奔放なふるまいに慣れ、彼女が男物の服装で地所内を歩き回っても驚かなくなった。年寄りのチンパンジーと手をつないで屋敷の中を歩くのも、日常的な光景だ。そのような行動に比べれば、芝生の上で犬とはしゃぐなどたいしたことではない。

ニコラスは妻の突飛なふるまいについて何も言わなかったが、それはただそういう光景を楽しんでいたからだった。特に、ほかの人が驚いているのを見るのが面白かった。エマの頭の回転の速さと、型にはまらない発想、率直さ、飾らないところが好きだった。エマは子供のように無限のエネルギーにあふれていて、くたくたになるまで働いたあとは、猛烈な速さで馬を走らせたり、サムソンを追って走り回ったりして息抜きをした。

ニコラスはエマと過ごす一分一秒を楽しんだ。ただ、エマが突然おとなしく優しい雰囲気になり、身を寄せて縮れた髪を彼の肩にのせてくるときは別だった。そういうときは、わけのわからないパニックにのみ込まれそうになる前に、体を離さざるをえなかった。エマ自身は、自分がニコラスを脅《おびや》かす存在であり、笑顔を見せるたびに身の破滅を予感させているとは、夢にも思っていないだろう。ニコラスがエマを愛することはない……愛せないのだ。けれど、彼女への欲求を無視することもできないため、エマとの関係は、惹かれながらも嫌悪するという複雑なバランスの上に成り立っていた。

窓に背を向けようとしたとき、突然サムソンがエマに追いつき、小皿ほどの大きさがある前足をほっそりした背中に打ちつけたのが見えた。エマはうつ伏せに倒れ、動かなくなった。

ニコラスの体にぐっと力が入った。仰天している二人の男性には声もかけず、部屋を通り抜けてフレンチドアを勢いよく開け、庭まで一直線に突っ切る。「エマ」かすれた声で叫び、動かないエマに駆け寄った。エマのそばにしゃがみ込み、柔らかな緑の芝生に膝をつく。

　エマは息苦しそうな音を発していた。仰向けにすると、呼吸困難に陥っているのがわかり、ニコラスの顔から血の気が引いた。「エメリア……」エマの上であたふたと動き、ブラウスのボタンを上から三つ外す。

「わたし……大丈夫」エマはぜえぜえ言った。「風で……転んで……」起き上がろうとしたところを、ニコラスが地面に押し戻した。

「しゃべらなくていい。体の力を抜いて。どこか痛いところはあるか？　吐き気は？」

　エマは首を横に振り、ニコラスは出血や骨折の兆候はないかとエマの全身を調べた。「大丈夫」彼女はあえぎ、探るニコラスの手を押しのけようとした。

　近づいてきたサムソンを、ニコラスはにらみつけた。犬はすまなそうに鼻を鳴らし、エマの髪に鼻を押しつけた。ニコラスはいらいらと犬を振り払ったので、サムソンは数メートル下がったところに座り込み、不安げにうなった。

「公爵さま？」離れたところから執事の声が聞こえた。使用人から知らせを受けたようだ。

「お医者さまをお呼びしましょうか？」

「今はいい」ニコラスは答え、青ざめたエマの顔を見つめた。「少し様子を見る。中に戻ってくれ、スタニスラス」

「かしこまりました」

驚いたことに、エマは呼吸が整うと、くすくす笑い始めた。「遊んでいただけよ」そう言って、弱々しく、すばやく息を吸い込む。「それで、つんのめって転んでしまって……それだけ」

「ああ、それは見ていた」ニコラスは膝の上にエマを抱き上げ、肩を支えた。エマは顔に落ちた縮れ毛を後ろに払った。ニコラスは黙って耳をすまし、呼吸が落ち着くのを確かめた。指でエマの頬をさする。真っ白だった頬は、鮮やかなピンク色になっていた。黄金色のそばかすを点々と、ごく軽いタッチで触る。芝生の上で繰り広げられるこの光景が見世物になっていることは察しがついたが、エマを放すことができなかった。「そろそろ起きるか？」自分の声がそう言うのが聞こえた。

「お願い」

ニコラスは腕でしっかりエマの背中を支え、抱き起こした。「大丈夫か？」

「ええ」エマはささやき声で言った。青い目は穏やかだが、困惑しているようだ。二人の顔はごく近いところにあり、吐息が混じり合った。

ニコラスはエマを叱り、もっと気をつけるようにと言いたかったが、彼女の開いた唇を見つめることしかできなかった。とても柔らかくて、とても優しげな曲線を描く唇……。

「ニッキ？」エマはつぶやき、手をひらりと、激しい鼓動が響くニコラスの胸に置いた。

ニコラスは低い声をもらしてエマにキスをした。唇をしっかり重ね、込み上げる暗い情熱に身を任せる。腕の中でエマはしんなりと儚げな様子になり、黙って素直に従った。ニコラスのうなじにそろそろと手をやって、豊かな髪にそっとすべり込ませる。

ニコラスは即座に、力強く反応した。ズボンに締めつけられた部分が硬くこわばる。エマを今すぐ、この場で押し倒して突き通し、かぐわしい地面に彼女のヒップを押しつけたい。彼女を震えるほどの絶頂に導きたい。エマがニコラスの素肌に触れたがり、背中のシャツを引き裂くほどの高みに。欲望と感情が今にも破裂しそうになった瞬間、ニコラスは体を引き、エマを膝から押しのけた。

エマはしゃがみ込み、戸惑ったようにニコラスを見つめた。

ニコラスはできるだけ歯切れよくしゃべった。

「家の者に迷惑をかけないためにも、今日はもうおふざけはやめてくれ。わたしは仕事がある。万が一、午後も蚤《のみ》だらけの駄犬と過ごすつもりなら、そのあと風呂に入るんだ。今のところ、君たちは同じ悪臭を発しているから」

エマはプライドを傷つけられ、体をこわばらせた。

「サムソンは時々匂うことはあるけど、蚤はいないわ！」

ニコラスがちらりと目をやると、サムソンは後ろ脚でせっせと体をかいていた。ニコラスはあざけるように鼻を鳴らし、立ち上がってその場を離れた。

エマはサムソンのもじゃもじゃの頭の上にかがみ込み、立ち去る夫の後ろ姿をにらみつけた。「面倒くさい人ね」身をよじる犬に向かって言う。「ニコラスのことは気にしないで。あの人に何を言われようと関係ないから」

エマは頭を振り、ニコラスはいったいどうしたのだろうと考えた。さっきまで情熱的にキスをしていたと思ったら、いきなり火傷でもしたかのように身を引くとは。結婚して三カ月経っても、エマにとってニコラスは相変わらず他人だった。自分の行動や決断について説明することはほとんどなく、感情をあらわにすることはまったくなかった。だが、エマはそんな夫にいらだちながらも、惹かれずにはいられなかった。

ニコラスにはサービス精神に富んだ一面があり、これまで自分が経験してきたこと、知り合ってきた人々のことを話して、エマを笑わせ、驚かせ、時には怖がらせた。エマが時折夕シアと交わす手紙を声に出して読むと、じっと耳を傾けてくれ、家族との不和に落ち込んでいると、励ましてくれることもあった。その一方で、特に何の理由も見当たらないのに、思いやりが消え、耐えがたいほど冷淡になることもあった。エマはニコラスに意地の悪い態度をとられたときは、お酒のせいにすることにしていた。夕食にワインを数杯、食後にウォッカを半瓶飲むのが、ニコラスの毎晩の習慣だった。とはいえ、酔っ払っている姿は見たことがない。アルコールが入ると、彼は穏やかな声で話し、用心深くなり、勘が鋭くなった。

社交界の人々の大半が、ニコラスを自分たちと同類、すなわち余暇の娯楽に精を出し、道楽として事業に携わる貴族だと考えていた。エマはすぐに、その思い込みが事実とかけ離れていることを知った。ニコラスはエマが知っている誰よりも、エマの父親よりも忙しい人だった。財産はきっちり管理していて、投資したり、金融事業を立ち上げたりと、書類を見るだけでもぞっとするほど複雑な運用をしていた。

たえまなく続く客のもてなしにも抜かりはなく、エマはほとんど何も準備する必要がなかった。日常業務はとっくの昔に手順が確立されていて、使用人たちは驚くほどの手際のよさで屋敷を維持し、食事の準備と給仕をし、客一人一人の要望を汲み取った。ニコラスが約束したとおり、エマはほとんどの時間を動物の世話と協会の活動に費やすことができた。

アンゲロフスキー邸にはひっきりなしに客が訪れ、住居というよりホテルのようだった。夕食の席には外国人の客が並び、その国籍はヨーロッパからアメリカ、ロシアの公国にまで及んだ。夕食後の男性同士の会話はもっぱら事業のこと、利益率や収益、株や投資や税金のことだった。時には、その込み入った議論の端にエマも座り、黙って耳を傾けた。自分の夫に対する客たちの畏怖の念、彼と親しくなることを望みながらも怖れているさまが興味深かった。そして、彼らのジレンマに少しだけ共感した。

ニコラスは相手を楽しませたかと思うと、次の瞬間には驚くほどの手厳しさを見せた。特に、自分にへつらおうとする者には無情な態度をとり、ぞっとするような笑顔で、わたしは自分にしか興味がない、それがわからない人間は愚かだと切り捨てた。誰とも親しくなる気はなさそうだったが、そのせいでかえって人々は彼に近づきたいと思うようだった。

エマのほうは、親しみを込めた行動を控えるようになった。気軽にキスされることを、ニコラスはいやがっているように見えたからだ。愛を交わすときは優しく巧みだったが、行為が終わったあとにエマの体を抱く気はなさそうだった。ある晩など、エマが一分ほどニコラスの腕に手をのせていただけで、押し殺した声でいらだちの言葉を吐き、ベッドをあとにした。体に触れるのも、愛撫するのも、許されるのは自分から始めたときだけで、その場合も長くは続かなかった。エマはニコラスに距離を置かれることを受け入れ、これくらいの関係が一番いいのだと思い込もうとさえした。愛も、そこから生まれる痛みも切望も、ないほうが生きやすいのだからと。

エマがラシェルとマリンカのシダロワ姉妹とともに、部屋の隅から不格好なトランクを引きずり出すと、物置のむっとした空気がかき乱された。アンゲロフスキー邸の最上階に鍵のかかった物置が五つあることを知ったエマは、ニコラスに中に何が入っているのかとたずねた。彼はそっけなく肩をすくめて答えた。「サンクトペテルブルクの屋敷にあった家族の古い所有物だ。皿、彫像、装飾品……たいしたものはない。見たいなら見ても構わないよ」

それを聞いて、エマの好奇心は激しくうずいた。そこで、家政婦のミセス・エフスタフィエワに物置の鍵を借りた。家政婦はぽっちゃりした陽気な女性で、すばらしい手際で家事を取り仕切っている。「手伝いにシダロワ姉妹を連れていかれるといいですよ」家政婦は提案した。「持って下りてきれいになさりたいものがあれば、二人がやってくれます。二人ともたくましくて良い子たちですから」

エマはそうすることにした。ラシェルとマリンカはよく似た姉妹だ。二人とも髪が栗色で、笑顔に愛嬌があり、明るく現実的な性格をしている。三人は物置の一つに入り、馬車置き場から持ってきた道具を使って、小さな金めっきの蝶番《ちょうつがい》や鍵を外し、木枠やトランクを開けていった。アンゲロフスキー家の所蔵品が次々と現れ、エマは嬉しくなった。金の組みひもで縁取られた熊の敷物に、銀製の女性用の洗面セット、刺繍入りのベールが詰まった彫り細工の木箱。

「何てきれいなの！」エマは感嘆し、薄くて長い絹地を一枚そっと広げた。「これはいったい何なのかしら」

シダロワ姉妹ははしゃいだ声をあげ、箱の中身を探った。「これは女性の髪を覆うのに使うんです」ラシェルが言った。ベールの向こう側に手を伸ばし、片側が繊細な山形に曲がった金の輪を手にする。先端からティアドロップ形のルビーが一粒ぶら下がっていた。「つけ方をお見せいたしましょうか？」

エマがうなずいてそのまま床に座っていると、ラシェルは立ち上がり、真珠がちりばめられたベールをエマの髪の上に広げた。次に、ルビーが額の中心に来るように頭飾りをはめた。「既婚女性は髪を全部覆って、他人の目に触れないようにしなければなりません」ラシェルは説明し、後ろに下がって満足げにエマを眺めた。銀製の洗面セットから手鏡を出し、エマに渡す。「でも、未婚女性は頭のてっぺんが見えるような形で布を掛けるんです」

エマは目を細め、くもってひずんだ鏡に映る自分を見つめた。「エキゾチックな気分」そう言って笑い、手を伸ばして額のルビーに触れた。

「よくお似合いです」ラシェルが感想を述べた。

マリンカも同意するようにうなずいた。「とてもロシア人らしいです、奥さま」

「ほかに何があるか見てみましょう！」エマは頭飾りとベールを外し、引き続きトランクの中を探った。美しい織物のショールと大判のレース、アンティークの骨のくし、色褪せた絹の靴、きらめく宝石に覆われたポーチがいくつか出てきた。「見て、これ」エマは言い、宝石がちりばめられたポーチの一つを持ち上げた。薔薇色の絹地に〝E〟に似たキリル文字が刺繍されている。

ラシェルはそのポーチをじっくり眺めた。「これはニコライ一世公爵さまの奥さまのものかもしれません。エメリアという名前でした」

「そうなの？　その人のことなら、ニコラスから聞いたことがあるわ。ニコラスの何代も前のおばあさまよね？」

ラシェルはうなずいた。「はい、奥さま《ダーリン》。エメリアさまはサンクトペテルブルク近くの村の農民の娘でした。ニコライさまとエメリアさまの話をお聞かせしましょうか？」

「もちろん」エマは言い、脚を交差させて楽な座り方をした。ロシア人の使用人が、機会を見つけては面白い話を語り聞かせることを習慣としているのは、すでにわかっていた。物語はいつもこんな調子で始まる。〝昔むかし、あるところに……〟あるいは、〝昔むかしのお話です……〟という場合もある。エマは期待を込めてラシェルを見つめ、物語が始まるのを待った。

ラシェルの目が楽しげにきらめいた。「昔むかし、あるところに鉄の意志を持ったニコライという公爵がいました。誰よりも勇敢な大貴族で、とてもハンサムだったものですから、太陽もそのまぶしさを羨んだといいます。けれど、ニコライが愛に心を動かされることはありませんでした。長年の間に、彼の心は冷たく硬い石の殻に覆われていきました。結婚適齢期になったニコライは、モスクワとその近郊の若い乙女を全員連れてくるよう命じました。その中から花嫁を選ぶというのです。五〇〇人もの美しい乙女たちが、公爵の妻になるという期待を胸に一堂に会しました。ニコライはその中を歩き回って、一人ずつ候補から除いていき、代わりに金貨を与えました。やがて、ニコライのお眼鏡にかなう乙女は一人もいないのかと家族が失望しかけたとき、ニコライはエメリアという美しい農民の娘に目を留めたのです。エメリアの髪は太陽の光に照らされ、火の鳥の魔法の羽根のように金と赤に輝いていました。その輝きを見つめるうちに、ニコライの心はぬくもりを帯び、ついに石の殻が溶け出したのです。『我が花嫁だ』とニコライは言い、エメリアを腕に抱き上げ、自分の屋敷に連れて帰りました。残りの乙女たちは、失意のまま家族のもとに送り返されました。ニコライ公爵とエメリアは結婚し、領地中が喜びに沸き立ちました。二人は心から愛し合い、エメリアは子を授かりました……が、そこから悲劇が始まったのです」

「どういうこと？」エマは思わず興味を引かれてたずねた。「何があったの？」

「結婚してすぐ、ニコライ公爵はツァーリの寵愛を失い、その機に乗じて彼を妬んでいた大貴族たちに陥れられたのです。ニコライは投獄され、獄中で病死しました。エメリアも悲しみのあまり、今にも死ぬところでした。けれど、敵から身を隠すために修道院に入り、そこでひそかにニコライの息子を産んだのです。息子は父親と同じように、気高く美しい男性に育ち、ロシアでも有力な人物となりました。女帝エリザヴェータの愛人の一人になったのです」

「これって実話なの？」エマは疑わしげにたずねた。

「ええ、もちろんです」

エマは膝の上の小さな刺繍入りポーチを見つめ、きらめくビーズをもてあそんだ。悲しい物語に心を揺さぶられてはいたが、それを認めるのがいやで、どこかばかにした口調で言った。「そこまで傲慢になれるなんて、さすがアンゲロフスキー家のご先祖ね。農民の娘たちを自分の前に立たせて、その中から妻を選ぶなんて……まったく、わたしなら顔に唾を吐きかけてやるわ」

「そうかもしれませんね」ラシェルはいたずらっぽく目をきらめかせた。「でも、ニコライ公爵さまはとても美しい男性だったそうですよ。少々の傲慢さは、それで許されてしまうものではありませんか？」

「どんなにハンサムだろうと関係ないわよ。そのやり方自体が野蛮に思えるもの」

「それが一族の伝統だったのです。当時は今とは全然違いますから。もちろん今はロシアも西欧風になっていますし、そのようなことはしていませんが」

「進歩してよかったわ」エマは言った。身をかがめ、トランクから布に包まれた額縁を取り出す。シダロワ姉妹の助けを借りて布を開くと、細かくひびの入った古い風景画が出てきた。絵の具はからからに乾き、長年のほこりが積もっている。絵は明らかに素人の手によるもので、特に何も感じなかった。「どうしてこれを保存しているの？」鼻にしわを寄せ、エマはたずねた。「思い入れ以外の価値はあるのかしら？」

ラシェルとマリンカがエマの背後に寄ってきて、絵を眺めた。暗い野原で、ロシアのボルゾイ犬が狼を追う狩猟の場面を描いたものだ。背景には田舎の屋敷が建っていて、淡いラベンダー色の空が広がっている。「見てください」マリンカが言い、絵の具がはがれた角の部分を指さした。「この下に何かあります」

エマはキャンバスに顔を寄せ、割れた絵の具を爪ではがした。大きな破片が落ちると、銅色の光沢と、さわやかな色使いの絵の具が見えた。「そのようだわ」エマは言った。「誰かが別の絵を塗り込めたのよ。もとは何だったのかしら」

エマは階下に持っていく品々の上に絵画を置き、物置の整理を続けた。二時間後には、全身ほこりと汗にまみれていた。自分と同じく疲れきっているシダロワ姉妹に、にっこりほほえんでみせる。「今日はここまでにする？」そうたずねると、二人は即座にうなずいた。エマは〝発掘〟した品々を腕いっぱいに抱え、自分のスイートに持っていった。

客間のベルベットの長椅子に絵画を立てかけたとき、ドアがノックされる音とニコラスの声が聞こえた。

「夕食の席に出る準備はできたかなと思ってね。アメリカ人の製造業者の一団が来ることになっていて、君も――」エマのしわだらけの服とほこりまみれの肌を見て、ニコラスは言葉を切った。一瞬いらだったような表情を浮かべたが、すぐに仕方がないと言わんばかりに笑い出した。「物置を調べていたんだな」

「宝の山だったわ！」

「すぐに顔を洗って夕食用の着替えをしてくれ」ニコラスは言い、エマが見つけた〝宝の山〟を疑わしそうにちらりと見た。「アメリカ人が――」

「ちょっと、この絵を見て」エマは言い、ニコラスを長椅子のほうに手招きした。「これに見覚えはある？　あなたと関係があるもの？」

「まったく知らない」

「絵の具がはがれた角のところを見て。この下に別の絵が隠れているんじゃないかと思うの」

「そうかもな」ニコラスはそっけなく言った。「ほら、夕食の――」

「もし修復する価値があったら、誰かに頼んでいい？　発見されるべきすばらしい絵画が潜んでいるのかもしれないから」

「君がそうしたいなら、任せられる人を探すよ。まあ、特に見る価値はないと思うけどね。エマ、すぐに顔を洗って下りてきてくれ」

「製造業者の一団に何を言えっていうの？」

「ただ静かに座ってにこにこしてくれればいい」ニコラスはエマに意味ありげな視線を送った。「キジ肉が出されたときに、小動物の死体の話はしないでくれよ」

エマはにやりと笑った。「したらどうする？」鏡台に向かい、ラシェルがしてくれたのをまねて、アンティークのロシアのベールを髪に広げ、頭飾りをつける。肩越しに振り返り、からかうような笑みを浮かべた。「もしわたしがアメリカ人のお客さんを怒らせたら、わたしをぶつ？　ロシアの公爵はどういう方法で妻を罰するのかしら？」

ニコラスの顔つきが変わったのを見て、エマは口を閉じた。彼は顔を真っ青にして、暗い泉のような目に恐怖をたたえ、こちらを見ていた。エマは薄いベールをゆっくり外した。

「どうかした？」

ニコラスは答えなかった。異世界に連れていかれた衝撃は、言葉では言い表せなかった。ドアの向こうに別の時間軸が広がっていたかのように、一瞬のうちに体を持っていかれた。見えたのは、エマが顔を真っ赤にし、髪をもつれさせて泣いている光景だった。

〝わたしを罰してください〟彼女は懇願した。

〝ばかなことを〟そう答えるかすれた自分の声が聞こえる。ニコラスは彼女をなぐさめようと抱き寄せ、震える背中をさすった。〝どうしてわたしが君に痣を残すようなことをすると思うんだ？　この手で君に痛みを与えるようなことを？　ああ、賢い君よ、わたしもその誘惑に駆られないわけではない。でも、鞭打とうとしたところで、君には指一本上げられないだろう〟

〝わたしがあなたの妻だから？〟彼女はおずおずとたずねた。

〝君がわたしのものだからだ。たとえ、そのせいで自分が失脚することになろうとも手に入れたい、そう思えるたった一人の人だからだ……〟

猛烈な勢いで頭を振り、ニコラスはその光景を振り払った。理解できない強い感情に襲われていた。甘く、突き刺さるような、痛みを伴う感情に、喉がかきむしられそうだ。エマが自分の言葉を待っているのに気づいて、突如湧き起こった困惑交じりの怒りを込め、彼女を見つめ返した。

「ニッキ」エマが口を開いたとき、ニコラスはすでに彼女に背を向けていた。密室恐怖症のようなパニックに陥り、当惑する妻との距離の取り方がわからず、その場を離れた。

エマは本心とは裏腹の陽気な態度でアメリカ人の客を迎えた。お気に入りの黄色とアイボリーの絹のドレスを着て、四角く開いた襟元から胸の上部をのぞかせている。二重になったオーバースカートとひじ丈の袖は、豪華な房飾りで縁取られていた。髪は頭のてっぺんにまとめ、長く縮れた髪を二筋、背中に落としている。全体的に明るくしゃれた装いが、エマが今必要としている自信を与えてくれた。

エマのスイートでの一件のあと、ニコラスは予測不能な状態になっていた。エマには淡々と接していたが、その態度にはわずかに軽蔑の色がにじんでいて、それが腹立たしかった。自分が何も悪いことをしていないのはわかっている。ニコラスが〝呪い〟――なのか何なのかは知らないが――にかかるのは止められないし、自分がその原因でないのも確かだった。お酒の飲みすぎ、あるいは仕事のしすぎなのだろう。近々タシアのところに行って、ニコラスの問題を相談したほうがいいかもしれない。タシアはつねづね、ロシア人には極度に神秘的で謎めいた性質があると言っていた。この状況についても、何らかの解釈をしてもらえるはずだ。ニコラスが自分の口で説明してくれればいいのだが、その疑問を本人にぶつけるほどエマも愚かではなかった。

一〇人の客がリネンに覆われた長い食卓につき、エマとニコラスはその両端に座っていた。給仕はいつもどおりロシア式で、従僕たちが厨房から温かい料理の器を持ってきて、一人分ずつ取り分けていく。エマは左を向き、ミスター・オリバー・ブリクストンという三〇代前半の男性にほほえみかけた。ハンサムとはお世辞にも言えず、丸顔で地味な目鼻立ちをしていて、頭髪も薄くなっているが、自信に満ちた、親しみやすい雰囲気が好ましい。

「ミスター・ブリクストン、イギリスにいらっしゃるのは初めてですか？」エマはたずねた。

「はい、そうなんです」ミスター・ブリクストンはニューヨーク訛りで答えた。「外国に来たのも生まれて初めてでしてね。フランスからイタリア、そしてイギリスと回ってきました。怖れていたほど息苦しい感じはしませんね」

その率直な物言いに、エマは魅力を感じた。

「イギリスはニューヨークよりも息苦しいものなのですか？」

「驚いたことに、イギリスのほうが多少ましです。アメリカ人は歴史の浅い国に住んでいるせいで、実力を証明しなければならない場が多いからでしょうね。ニューヨークの社交界では、育ちの悪さをごまかすために、誰もができる限り気取った態度をとるんですよ」

エマは口元にスプーンを運ぶ手を止め、ブリクストンに目をやって値踏みするふりをした。

「わたしが見る限り、お育ちが悪いようには思えませんわ」

ブリクストンはにっこりして、ハーブとトリュフのスープを飲んだ。

「それを聞いて安心しました。イギリスには今後しょっちゅう来ることになりそうですから」

「お仕事ですか？」

「はい。それと、妹のシャーロットも訪ねるつもりです。妹はイギリス人の男性と婚約していましてね。数カ月前に偶然フランスで知り合った、感じのいい方です」

エマはスプーンを下ろし、ブリクストンを見つめた。頭の中に恐ろしい考えが湧き起こる。ブリクストン、ブリクストン……どこでこの名前を聞いたのだろう？　いや、まさか……。テーブルの反対側にいるニコラスも、エマが妙な顔をしていることに気づいたようだった。右側の女性から向き直り、青ざめたエマの顔を見つめる。

エマの反応を好奇心だと勘違いしたらしく、ブリクストンは説明を始めた。

「一週間後、妹はアダム・ミルバンク卿と結婚するのです。奥さまもご存じの方ではないですか？」

エマは黙りこくったままうなずいた。代わりにニコラスが答えを返したので、テーブルの反対側で軽い会話に興じていた人々は驚いた顔をした。

「確かに、妻はその方をよく知っていますよ。結婚前、妻はミルバンク卿の気を引こうとしていたのですが、その気になってもらえず……そこで、わたしで手を打ったというわけです」

エマはさっとニコラスに目をやった。彼の黄金色の目はきらめき、意地の悪い喜びがあらわになっている。もしかして、わざとこの場を設けたのだろうか？　ブリクストンというのが、アダムの婚約者の名字であることを覚えていた？　エマの中で、混乱と怒りがもつれ合った。感情を隠そうと銀のスプーンを手にしたが、その指はかすかに震えていた。

ニコラスの隣の色っぽい美女が口をはさんだ。黒い目に誘惑の色を浮かべ、甘ったるい声でニコラスに話しかける。

「公爵さま、〝手を打った〟だなんてとんでもありませんわ！　あなたほど裕福で魅力的な男性は、分別のある女性なら第一の選択肢ですもの」

「唯一の選択肢でした」エマは穏やかな声にとげを含ませて言った。

ニコラスだけがその皮肉に気づいた。その証拠に、ばかにしたような笑みを浮かべ、エマに向かってグラスを掲げた。

「ミルバンク卿もわたしも幸運に恵まれたということですね……ミルバンク卿はミス・ブリクストンとの結婚を、わたしは美しきエマを勝ち取ったのですから」

それから数分間、エマは機械的に口を動かし、ブリクストンのおしゃべりを聞いた。ありがたいことに、エマが時々ほほえみ、うなずくだけで、彼は満足しているようだった。

今夜のブリクストンとの出会いは、エマにとって横面を張られたような衝撃だった。新生活のどんな場面でも、アダムのことは極力考えないようにしてきた。だが、この男性と会ったことで、アダムが妻にしようとしている女性が実在すること、二人が一週間後に結婚式を挙げることが、現実として迫ってきたのだ。一週間後……エマは目に涙がにじまないよう、その相手が自分だったらよかったのにと考えないよう、ぐっとこらえた。ニコラスのほうを見るたびに、彼が自分を観察しているのがわかった。顔の赤み、まつげの動き、表情の一つ一つを冷静に分析しているのだ。いったい何を求めているのだろう？　この顔に何が表れるのを期待しているのだろう？

「奥さまほど楽しいイギリス人女性にお目にかかったのは初めてです」ブリクストンは言った。「とても親しみやすくて、ざっくばらんでいらっしゃる。良い気分転換になりました」

エマは無理やりブリクストンに注意を戻した。

「確かにイギリス人は、控えめなところが美点だと言われています」

「どうして奥さまは違うのでしょう？」

「わかりません」エマは答え、にっこりした。「単に変わっているだけだと思いますわ」

ブリクストンはいかにもうっとりした目でエマを見た。

「そうかもしれません。ただし、最高の方向に」

エマは顔を赤らめ、テーブルの反対側に目をやった。ニコラスは口元にかすかにあざけるような笑みを浮かべ、平然とこちらを見ていた。まるで、エマが愚かな子供で、そんな嘘をついてもお見通しだよと言わんばかりだった。

エマとニコラスは誰の目にも愛情に満ちた関係には映らないだろうが、それでも客の前ではいつも親しみのこもった軽やかな調子で接してきた。だが、今夜はそうはいかなかった。二人の間に流れる緊迫した沈黙に、エマは打ちのめされていた。ニコラスはいつになく感じの悪い態度をとり、エマに冷ややかな目を向け、痛烈な皮肉を浴びせた。エマはぴしゃりと言ってやりたくてたまらなかった。自分がこのような仕打ちを受けるいわれはないと。ニコラスは、今夜オリバー・ブリクストンが同席することで、エマが動揺すると予想していたのだろうか？　アダムに思いを残していることに腹を立てている？　嫉妬しているのだろうか？　いや、ニコラスがその種の思いをエマに対して抱いているというそぶりを見せたことはない。ただ、自分のプライドが傷ついただけだろう。

エマはその晩はみじめな気分のまま過ごし、真夜中過ぎにようやく客が帰ってくれたときは心からほっとした。ニコラスには声をかけず、急いで自分のスイートに戻ってドアを閉める。無理やり笑顔を作り、食事をし、会話をしたせいで、疲れ果てていた。興奮した神経を静めるために着替えようと、呼び鈴を鳴らしてスイートを歩き回っていると、ラシェルが現れた。エマがいらだっていることを察したらしく、黙ってきぱきとドレスを脱がせ、コルセットを外した。

「あとは自分でやるわ」エマは短く言い、下がるよう身振りで示した。「ありがとう、ラシエル。おやすみ《スパコイナイ・ノーチ》」

「おやすみなさいませ、奥さま」ラシェルは返事をし、部屋を出ていった。

エマは刺繍入りのリネンのねまきを着て、ベッドに向かった。途中で一度だけ足を止め、髪からピンを抜いて指ですいた。暗闇の中に横たわり、シーツを胸まで引き上げて、オリバー・ブリクストンの顔を細部まで思い出そうとする。シャーロット・ブリクストンは兄に似ているのだろうか？　アダム、あなたが満足できるくらい大金持ちだったらいいわね。もし、あなたの本当の目的がお金だというなら。エマは不機嫌にそう思った。最後にアンゲロフスキー邸の舞踏会で会ったときのアダムを思い返してみる。温かな茶色い目、少年のような笑顔、唇に押し当てられる唇、〝大好きだ〟という声……。まつげの下から涙があふれてきて、エマは枕に顔をうずめた。

体を丸め、ゆったりした姿勢で、今にも眠りに落ちようとしていたとき、暗闇で何かが動いた。エマは眠気交じりのいぶかるような声を発し、仰向けになろうとした。そのとき、重い体が、弾力のある硬い筋肉がのしかかってきた。エマは朦朧とした意識の中、自分は夢を見ていて、虎のマンチューに襲われたのだと思った。だが、男の熱い息が耳にかかると、それが夫であることに気づいて仰天した。

「ニコラス？」

ニコラスはエマをマットレスに押しつけた。きちんと服を着ているが、高ぶったものがくっきりと突き出ていて、エマのヒップにめり込んでいる。エマは驚いてあえぎ、鼻孔に入り込む酒臭い息から逃れようと身をよじった。

「わたしの所有物だという自覚はあるのか？」せせら笑うようなニコラスの声が聞こえた。「その体の隅々まで、君はわたしのものなんだ。今夜の君の狙いはわかっている。ブリクストンにドレス姿を見られながら、色気と笑顔を振りまいていたもんな。策士の奥さん、わたしに嫉妬してほしかったんだろう？　だが、その手は通用しない。わたしは決して、君のことで嫉妬したりはしない」

エマは驚きが収まると、ニコラスの脇腹をひじで突いた。

「この酔っ払い、わたしの上から下りなさい」くぐもった声でわめく。

ニコラスはエマを仰向けにし、太ももの間に自分自身を押しつけた。怒りのせいなのか情欲のせいなのか、あるいはその両方が混じり合って今にも爆発しそうなのか、息を荒らげている。

「わたしの心をかき乱したいんだろう？」ニコラスは低い声で言った。「だが、わたしは自分が望まない感情を抱いたりはしない。わたしが君を愛することはない」

「誰が愛してほしいなんて言った？」エマはかっとして言い返した。そのとき、頭にひらめくものがあり、はたと動きを止めた。ニコラスは怖れている。自分の感情と必死に闘っているのだ。エマはいぶかしむように、暗闇の中でニコラスに手を伸ばし、頭の横で乱れた髪に触れた。「ニッキ――」

ニコラスは憤慨した声を出し、さっと頭を引いた。「その名前で呼ぶな」

「弱虫」エマは穏やかながら、はっきりと責めるように言った。「わたしに近づくことを、どうしてそんなに怖がるの？」

エマの腰をまたぐニコラスが、怒りに震えているのが感じられた。怒りのあまり、力が入り、筋肉がこわばっている。彼はあきらめたようなうなり声を発し、エマの上に覆いかぶさった。情欲に追い立てられるようにエマの唇を探し、両手でねまきを引き裂いて、エマの体をむき出しにする。エマもニコラスを助けるように動いた。自分のねまきを引きはがし、ニコラスの白いローン地のシャツを引き裂いて、ボタンが弾け飛ぶ勢いでズボンを脱がせた。

二人の服の残骸があたりに散らばると、ニコラスはエマの素肌に自分の素肌を重ねた。甘く柔らかな喉元に唇を押しつけ、吸ったりなめたりしながら、胸まで下りていく。エマは快楽にあえぎながら、太ももを開き、彼自身に手を伸ばして中に迎え入れた。ニコラスは張りつめて大きくなり、エマが喜びに身を震わせるほど中をいっぱいに満たした。もっと彼を取り込もうと腰を突き上げると、ニコラスが思いがけずごろりと横に転がったので、エマはあえいだ。ニコラスの上に乗ったエマは、安定したリズムで動き、彼の高ぶった体で自分を喜ばせた。

ニコラスはエマを胸に引き寄せ、体を抱いて、エマの中心にまっすぐ突き立てた。エマが耳に唇を這わせ、柔らかな耳たぶに歯を立てると、ニコラスは欲望にうなった。傷だらけのニコラスに抱かれ、エマは高まりゆく興奮の波を感じて、やがて強烈な絶頂に我を忘れた。ニコラスの首元ですすり泣くような声をあげ、快感に身をよじる。ほぼ同時に、ニコラスも同じ快感に身悶えし、歯の隙間から鋭く息を吐いた。低く弱々しい声をもらし、最後にもう一度突き立てると、エマの奥深くにじっと身を沈めた。

ニコラスが長い時間触られるのを嫌うのはわかっていたので、エマは身を離そうとした。ニコラスは反射的にエマのヒップをつかみ、自分のほうに引き寄せた。それからしばらく、二人は身を寄せ合い、呼吸をし、ゆったりと寝そべっていた。涼しい風が、背中に噴き出た汗を乾かしてくれる。エマは新たな感情が押し寄せてくるのを感じた。これまでにはない、穏やかで静かな感覚だった。ニコラスの胸はエマの耳元で安定した鼓動を刻み、ヒップと腰の曲線をなぞる彼の手は優しかった。こめかみの髪がニコラスの息にそよぎ、頬に唇が軽く触れるのが感じられる。それは、今までにニコラスが見せたどんな仕草よりも優しかった。エマは眠りに誘われていった。とても疲れていて……あまりに疲れていて、夜の間にニコラスが出ていくのを感じても、かすかな抗議の声をあげることしかできなかった。


目が覚めたエマの目にまず飛び込んできたのは、自分の枕の隣にあるへこんだ枕だった。くしゃくしゃのシーツの真ん中に横たわるエマの心は妙に軽く、浮ついていると言ってもいいほどだった。昨夜のニコラスとの時間は、これまで彼とベッドをともにしたどの時間とも違っていた。ニコラスはとても熱心で、野蛮だった……。そして、終わったあとに流れたあの親密な時間……。ニコラスがこれまで目指そうともしなかった境界線を、二人で越えたような気がした。

昨夜のことを思い出していると、自分でも説明のつかない興奮のせいで顔が赤くなった。

今日、ニコラスはどんな言葉をかけてくれるだろう？

エマは長い時間をかけて風呂に入り、手首と喉に強い香水を振ってから、髪をうなじのところで結び、ぱりっとした桃色のリボンを飾った。ラシェルに手伝ってもらい、ひだ飾りのついた白いブラウスを着て桃色のスカートをはく。スカートの横には深いポケットがあり、絹の大きな薔薇飾りがついていた。清潔で華やかな装いに満足したエマは、時計が九時を告げる頃、朝食のために階下に向かった。

朝食の席にニコラスがいるのを見て、エマは嬉しくなった。広げた新聞の陰になっていて、顔は見えない。彼はエマが来ても立ち上がらず、視線を向けようともせず、ていねいに新聞をめくるばかりだ。

「おはよう」エマは明るく言った。

新聞が数センチ下がり、夫の無表情な顔が見えた。髪は洗いたてらしく湿っていて、黄金色の肌はきれいにひげが剃られ、ぴかぴかしている。今朝は自分と同じように、外見に特別に気を配ったのだろうか？「朝食の時間が重なるのは珍しいわね」エマは言い、ニコラスの隣に座った。「いつもなら、わたしはこの時間は動物の世話をしているもの」

「どうして今日はしないんだ？」

「その……使用人に任せても差し支えなかったから。日常業務しかやることがなくて」記憶にある限り初めて、動物の世話とは違うことをして朝を過ごしたいと思ったのだ。ニコラスが今日は一緒にいようと誘ってくるのではないかと思い、胸が高鳴る。馬に乗ってもいいし、散歩をしてもいい。市場か商店街をぶらぶらしよう。「ニッキ、今日の予定は？」

「ロンドンで仕事がある」

「わたしもついていこうかしら」エマは何気ない口調で言った。

「どうして？」

「一緒にいるために」

ニコラスは新聞を置いた。皮肉っぽく眉を上げる。

「いったいどうして一緒にいなきゃいけないんだ？」

「それは、ただ……」エマは言いかけたが、言葉が続かず黙り込んだ。

エマの顔に浮かんだ失望の色を見て取ると、ニコラスは辛辣な口調になった。

「わたしたちの間に友情以上のものが存在するふりはしないでくれ。エマ、その手のゲームはやめよう。話をややこしくする必要はない。さすがの君でも、わたしにロマンティックな幻想を抱くほどうぶではないはずだ」

たちまちプライドが傷つき、エマは怒りに駆られた。

「よりによってあなたに幻想なんて抱かないわよ！」

「それはよかった。エマ、情に流されるんじゃない。男は何よりも女のそういうところに飽きるんだ」

「まあ、あなたに飽きられるなんて絶対にいやだわ！」エマはニコラスに対抗しようと、冷ややかなあざけりの口調で言った。

言い争いが始まろうとしたとき、朝食室の戸口にスタニスラスが現れた。執事はいつもどおり落ち着いているように見えたが、顔には緊張の色が走り、つり上がった眉の間にしわが寄っていて、エマもニコラスもはっとした。

「旦那さま」スタニスラスは落ち着いた声で言った。「玄関前にお客さまがいらっしゃっています。農家の女性と幼い男の子です。旦那さまにお会いしたいと」

「苦情なら土地管理人のところに行くよう伝えてくれ」ニコラスはそっけなく返事をした。

「ですが、おそらく……」スタニスラスは静かに言葉を切った。「おそらく、旦那さまはその女性の話をお聞きになりたいのではないかと」

執事の口から出たにしては、驚くほど大胆な提案だった。非常事態でもない限り、執事はこのような発言はしない。しばらくの間、スタニスラスとニコラスはお互いを見つめ合っていた。やがてニコラスは席を立ち、スタニスラスの脇をかすめて朝食室を出ていった。エマも好奇心が抑えきれず、すぐあとに続いた。二人は屋敷の玄関に着くと、幅の広い階段を下りて、外で待つ二つの小さな人影のもとに向かった。

農家の女性は粗末な服を着て、すりきれたショールをはおっていた。以前は青色だったのだろうが、今は色あせて薄汚れた灰色になっている。顔立ちは整っているようだが、表情はやつれ、日焼けと疲労のせいで目の周りにしわができていた。隣にいる痩せた子供は、五歳か六歳くらいの男の子で、質は良いものの着古した小さなズボンと、袖が短すぎるコーデュロイの上着を身につけていた。日焼けした顔にはすねたような表情が浮かび、髪は黒く、同じ色合いの濃い眉をしている。

若い女性が口を開くと、不揃いな黄色い歯が見えた。「この子はジェイコブっていいます。母親は一週間前、マラリア熱で亡くなりました。この子を公爵さまのもとに連れていってほしいって最後に言い残して。村にこの子を引き取ってくれる人はいません。わざわざ面倒を見ているのはわたしくらいなんです」女性は自分の労苦に報いてほしいと言わんばかりに、期待を込めて片手を差し出した。

ニコラスは表情を崩さなかった。手振りですばやく執事に指示を与え、女性に硬貨を数枚渡させる。女性は報酬をポケットに収め、少年には一言も声をかけず、後ろを振り返りもせずに道を戻っていった。

「どういうこと？」エマはぎょっとしてたずねた。「ニコラス、この子は誰？」

「君には関係ない。中に戻れ」ニコラスはスタニスラスのほうを向いた。「この子の面倒を見られる者を探してくれ」低い声で言う。「数日間でいい。その間に手はずを整えるから」

地面を見つめ、不自然なくらい辛抱強く待っている少年に、エマは目を向けた。怯えている動物に近づくときのように、少年のほうに向かう。しゃがみ込み、目の高さを合わせた。「こんにちは、ジェイコブ」優しく言う。少年はエマを見たが、何も答えなかった。「ジェイコブでいい？」エマは続けた。「それとも、ジェイクって呼んだほうがいいかしら？」

少年の肌と髪は、ロシアのイコンの黒とアンティークの金の色使いを思わせた。目は物憂げな琥珀色で、まつげは濃い黒。このような目はほかに見たことがない。ただ一人……ただ一人を除いて……。

エマはやっとのことで立ち上がり、信じられないという目でニコラスを見つめた。膝が震えている。唇を湿らせ、かすれた声で言った。「あなたの息子ね」

6

わたしの息子、わたしの息子……。ニコラスはその場に立ちつくし、少年はスタニスラスに急き立てられて食べ物をもらいに厨房に向かった。エマが質問してくる声がぼんやりと聞こえたが、うるさい蠅のように無視した。子供の姿が見えなくなると、図書室に行き、酒を置いているマホガニーの飾り棚に両手をついた。棚の上の銀の盆に映る自分の顔をぼうっと眺める。

息子に会うことはないと思っていた。時には、その存在を忘れていることさえあった。今、何の前ぶれもなく本人と顔を合わせたことは、とてつもない衝撃だった。だが何よりも、死んだ弟に生き写しだったことが……。ああ、何ということだろう。あの年頃のミハイルがちょうどあんな感じだった。乱れた黒髪、すねたような表情、美しく整った顔立ち、輝くような琥珀色の目。ニコラスはグラスとブランデーのデキャンタに手を伸ばした。

これまで数えきれないほど何度も、子供時代の弟のことを思い出した。父親のなぐさみものにされたあと、涙と血を流しながら、部屋の隅やクローゼットにうずくまるミハイル。ニコラスは一杯目を飲み干し、二杯目を注いだ。子供時代の罪悪感と怒りは今も心に巣くっていたが、あの頃のことは努めて考えないようにしてきた。

どうして父は、ミハイルをあのような猥褻な暴力の対象にしたのだろう？　〝何とかしてやめさせてやるからな！〟そう叫びながら、小さなナイフを手に父親に飛びかかったこともある。〝お前を殺す！〟だが、父親は笑い声をあげ、手首が折れそうになるまで腕をひねってナイフを落とさせたあと、ニコラスを情け容赦なく痛めつけた。ミハイルへの虐待はその後も続いた。

それが原因で本来のミハイルは永遠に失われ、冷血で空っぽな大人になり、やがて早すぎる死を迎えた。失われたのはニコラスも同じだった。両親も弟も死んでしまったが、そんなことは関係ない。記憶は生き続け、ニコラスの精神は修復不可能なほど堕落してしまった。愛にも、恐怖にも、後悔にも、悲しみにも、心を動かされることはない。弱さに身を任せることはしない。誰も自分を傷つけることはできないのだ。

「ニコラス」いらだったエマの声が背後で聞こえた。

ニコラスは我に返り、前を向いたまま答えた。「これは君には関係のないことだ」

「わたしはただ、ジェイクの母親が誰なのか、どうして息子がいることを教えてくれなかったのか知りたいだけよ。それくらいきいてもいいでしょう！」

ニコラスは振り返り、妻に目をやった。怒りと混乱が全身にみなぎっているのがわかる。乱れた赤毛が幾筋かリボンから落ち、エマはそれをいらだたしげに後ろに払いのけた。

ニコラスはため息をつき、そっけなく答えた。「六年前、地所内の酪農場で働いていた女性と関係を持った。その一カ月後、妊娠を告げられた。それ以来、彼女と子供の生活費として定期的に金を渡してきた。今まで言わなかったのは、これは君にも、わたしたちの結婚生活にも関係のないことだからだ」

エマは苦々しげに顔をしかめた。「お金を渡す……あなたは何でもそれで片づけようとするのね？」

「ほかにどうしろと？　結婚するのか？　サリーはきれいな酪農婦だったし、それなりに男好きだった。関係を持ったのはわたしが最初ではないし、最後でもない」

「だから、自分の息子を小作農にすることにしたの？　自分の出自のことも、家族のことも知らせずに？　名字も与えず、まともな教育も受けさせず……わらぶき屋根のあばら家で生活させようと？　息子に責任は感じないの？」

「生まれたときから養育費は払ってきた。当然、今後も続けるつもりだ。それから、わたしに道徳や責任を説くのはやめてくれ。イギリスの爵位持ちの地主にはたいてい、私生児がいるものだ。君のお父上だって、そこらじゅうに隠し子が――」

「それはないわ！　お父さまは自分で気をつけて……それに、酪農婦をいいようにするようなことは絶対にしない！」エマの唇が軽蔑にゆがんだ。「あなたの私生児はジェイクだけなの？　ほかにもいるのかしら？」

「あの子だけだ」ニコラスは頭が痛くなってきた。こめかみがうずき、痛みのせいで額にしわが寄る。「君の正義の怒りはよくわかったから、あとはわたしに任せてくれるとありがたいんだが」

「どうするつもり？」

「あの子の面倒をきちんと見てくれそうな家族が見つかったら、すぐにそっちに連れていく。心配するな、あの子がここに長居することはない」

「長居させるつもりはない、でしょう」エマは言い、すたすたと図書室を出ていった。「ひねくれてる……心がない……怪物だわ」歯を食いしばって言う。

ニコラスがここまでひどい男だとは思っていなかった。自分の息子に何の感情も持てないとは、いったいどういう人間だろう？　エマはスカートの裾を引きずりながら外に出た。動物園に行くのにふさわしい格好はしていないが、そんなことはどうでもよかった。服がだめになっても構わない。動物たちのそばに行きたかった。

涼しい白塗りの建物に入ると、マンチューの檻に向かい、手すりのそばの床に座った。プールに半身浸かって、巨大な雄猫のように身をよじっていたマンチューが、エマに気づいた。「こんにちは」金属の手すりに頭をのせ、エマは言った。目を閉じて涙をこらえる。「タシアの言うとおりだったわ。誰にも認めるつもりはないけど、マンチュー、あなたには言うわね。ニコラスは自分のことしか考えていない。最悪なのは、それをごまかそうとしないこと。自分が冷血な最低男だってことを隠そうともしないの」

マンチューはそろそろと近寄ってきて、エマを見つめた。どういうことかと考え込むように、わずかに首を傾げている。「これからどうすればいい？」エマはたずねた。「ニコラスはジェイクを放り出そうとしてるけど、それでわたしが責任を感じずにすむわけじゃない。かわいそうなあの子には、家もなければ、母親もいない……でも、わたしが誰かの母親になるとはとても思えないの。この子はニコラスの私生児なんだって思わずにはいられないだろうし。不愉快で、理不尽なことよ。でも……もしジェイクが動物なら、四の五の言わずに引き取るでしょうね。それなら、人間の男の子にも同じことをしてあげるのが当然じゃない？　マンチュー、あの子には居場所がないの。わたしやあなたと同じ。ニコラスがどう思おうと、わたしはあの子に何らかの義務を感じているんだと思うわ」

エマが戻ったとき、屋敷は静まり返っていて、もの悲しいロシアの歌の旋律だけが響いていた。従僕が磨きたての銀の壺を食堂に運びながら、口笛を吹いているのだ。

「ヴァシリー」エマが声をかけると、従僕は驚いて振り返った。

「何でしょう、奥さま？」

「男の子はどこ？」

「厨房だと思います」

エマは廊下を通り、厨房のある区画に向かった。洗い場と焼き菓子室、食糧貯蔵室がいくつか、使用人用の食堂、そして厨房が連なっている。厨房はだだっ広く、中央に長方形の木製の調理台が置かれていた。キッチンメイドのうち、洗い場にいる者は皿を洗ったり壺を磨いたりし、残りはケーキやビスケット作りに余念がなかった。

木製のテーブルの前にちょこんと座っているジェイクを見ると、エマはつい哀れに思って胸が痛んだ。椅子の端から短い脚がぶらりと垂れている。目の前にはシチューと羊肉入りの蒸し団子が置かれているが、手をつけた様子はない。ジェイクは冷めていくシチューを無表情に見つめながら、小さな片足を揺らしていた。

思いがけないエマの登場に、コックとキッチンメイドたちは顔を上げて、困ったような表情になった。「奥さま」コックが驚きの声をあげる。「何かご用でしょうか？」

「いいえ、ありがとう」エマはほがらかに返した。「いいから、仕事に戻ってちょうだい」テーブルに近づき、腰をもたせかける。ジェイクはエマの服についた泥をちらちら見ていて、それに気づいたエマはにっこりした。「お腹がすいていないの？」何気ない調子で言う。「あなたが普段食べているものとは、少し味が違うでしょうね。ジェイク、この白いロールパンを一つ食べてみたら？　あっさりしていて軟らかいわよ」

きまじめそうな琥珀色の目が、エマの目を見つめた。ジェイクはロールパンを手に取り、小さな指をパンに突っ込んだ。

「新しい場所に来て、知らない人だらけっていうのは不安よね」ジェイクがロールパンを一口、また一口と食べるのを、エマは励ますように見守った。栄養は足りているように見える。ピンクがかった黄金色の肌は健康的で、歯もしっかりしていて白い。エキゾチックに跳ね上がった黒い眉に、三日月形に生えた濃いまつげ。何ときれいな子供だろう。

ジェイクは初めて口を開き、強い田舎訛りで言った。「あの人、僕のお父さんになりたくないんだ」

エマは何か嘘を、この子のなぐさめになる作り話を考えようとしたが、どんなときも真実が一番だと考え直した。「ええ、そうみたいね」優しく言う。「でもね、ジェイク、あなたがちゃんとしたお世話を受けられることは約束するわ。それに、わたしがあなたの友達になる。名前はエマよ」

ジェイクは何も言わず、ロールパンの内側の軟らかな部分をちぎり、小さな玉にして食べた。

エマは親しみと共感を込め、ジェイクを見守った。「ジェイク、動物は好き？　この家の敷地には動物園があって、年を取っていたり、具合が悪くなったりした動物がいるの。馬、チンパンジー、狼、狐……虎もいるのよ。一緒に見に行かない？」

「うん」ジェイクは中身をくり抜いたロールパンを置き、椅子から下りて、興味深そうにエマを見上げた。「大きいね」その言葉に、エマは笑った。

「成長を止めるのを忘れてしまったのよ」エマはウィンクして答えた。だが、ジェイクはウィンクもほほえみも返さず、ただ用心深くエマを見つめていた。はしゃぐことを知らず、警戒心と孤独感でいっぱいの子供。父親にそっくりだ。

ジェイクは変わった子供だった。聡明だがものを知らず、感情をほとんど表に出さない。人と一緒にいることは好まなかったが、エマだけは例外的にそばにいても構わないようだっにした。エマは苦心の末、一度だけサムソンとの戯れにジェイクを引き入れることに成功した。

だが、ジェイクは恥ずかしがり屋で、遊ぶということに慣れていないようだった。母親のことや自分が育った村のことはいっさい話さず、エマも過去のことは無理に聞き出さないようにした。

日が経つにつれ、一定の習慣ができあがっていった。ジェイクは子供部屋で目を覚ますとすぐに服を着替え、スイートのドアの前に来て、エマが出てくるのをじっと待った。食堂でエマと一緒に朝食をとったあとは、動物園の作業を手伝い、午後はエマからおとなしく馬の乗り方を教わった。エマのあとを影のようについて歩いたが、エマと一緒にいるのを楽しんでいるのか、ほかに選択肢がないだけなのかはわからなかった。使用人たちはジェイクをもてあまし、ニコラスは無視すると決めているようだった。

「ジェイクと話くらいしてもいいんじゃない？」珍しく二人きりで夕食をとっていた晩、エマはニコラスに要求した。「あの子が来てからもうすぐ二週間よ。何でもいいから反応してあげる気はないの？」

「一週間以内には環境を整えるつもりだ。それまであの子と遊んでやりたいなら、ぜひともそうしてくれ」

「環境ってどういう？」

「手当を受け取ることを条件に、成人するまであの子の面倒を見てくれる家族だ」

エマはナイフとフォークを置き、不安げに夫を見つめた。

「でも、ジェイクはその家族がお金目当てで自分を引き取ったことに気づくはずよ。周りの子供たちにもからかわれる……仲間に入れてもらえないわ」

「何とかやっていくだろう」

エマは覚悟を決めた。「わたしはジェイクをよそにやりたくない」

「あの子をどうするつもりだ？　ここに置いて、わたしの過去の過ちの証拠として見せびらかすのか？」

「わたしは子供をそんなふうに利用したりしないわ！」エマは癇癪を爆発させた。

「そのとおり。君にそのチャンスはない。あの子はここを出ていくんだから」

さらなる怒りの言葉が唇を震わせたが、エマはそれをぐっとこらえた。フォークを手にし、皿の上のキャベツのスフレをもてあそぶ。

「あなたはほかの子供と同じくらい、ジェイクに興味がないように見える」静かに、だが熱を込めて言った。「でも、自分の肉親なんだから、何かしら感情は持っているはずだわ。だから、あの子をよそにやるんでしょう？　あの子を愛したくないし、好きになりたくもないから。自分がどれだけ不自由な状態にあって、どれだけ幅の狭い人生を送っているか、いいかげん気づいてちょうだい。あなたは恐怖に取りつかれているから、軽蔑と皮肉と冷淡さで自分を守っているのよ」

ニコラスの目に何か、冷たい炎のようなものが光った。

「わたしがいったい何を怖れているというんだ？」

「誰かを愛することを怖れているのよ。反対に、誰かに愛されることも。でも、ニッキ、感情を持たないことは強さではないわ。むしろ逆よ」ニコラスの体に軽い震えが走り、神経が猟師の弓のようにぴんと張りつめるのが、見た目ではなく感覚的にわかった。

ニコラスは勢いよく席を立った。「今夜はここまでにしてくれ」低い声で言う。

「ジェイクをどこかへやっても、わたしが捜し出すわ！　あの子をそんな目に遭わせたくない。罪のない子供が、生まれながらに持っている権利を奪われるなんて。あなたが父親の務めをこの程度に考えているのなら、わたしは絶対にあなたの子供は産まないから！」

「じゃあ、あの子は手元に置いておけ」ニコラスはあざけるように言った。「はぐれた動物や雑種を引き取る君の趣味を考えれば、この事態は想定しておくべきだったな。ただし、わたしには近づけないようにしてくれよ」

ニコラスは食堂を出ていき、エマは言葉にならない怒りに駆られたまま、彼の後ろ姿を見つめていた。

次の日、ミスター・ロバート・ソームズが訪ねてきたことで、ジェイクをめぐる争いは中断された。ソームズは年月の経過や保存状態のせいで破損した絵画を奇跡的によみがえらせる腕で、急速に名を上げている中年の画家だ。エマは会ってすぐ、ソームズに好感を持った。穏やかで謙虚な男性で、エマが芸術畑の人間に抱いているような気取ったイメージはまったくない。色白のほっそりした顔は平凡だが感じが良く、鋭い青色の目が印象的だ。朽ちかけた風景画に大いに興味を引かれたらしく、隠された絵の発掘という仕事を二つ返事で引き受けてくれた。

「見るべきものは何もないかもしれません」ソームズはそっけなく肩をすくめて言った。「逆に、非常にすばらしい作品が出てくる可能性もあります。二週間もあれば、風景画の裏に何が隠れているのか、はっきりわかるでしょう」

客用寝室が準備され、ソームズは仕事期間中に必要な私物を屋敷に運び込んだ。少しずつ現れてくる絵を見るため、エマとジェイクは毎日ソームズの作業場を訪れた。長居はしなかった。窓を開け放っているとはいえ、ソームズが使っている溶剤のせいで、室内には刺すような匂いが漂っていたからだ。

「下の層を損なわないよう、上の層をはがしていくのがコツなんです」細い筆でキャンバスをなぞりながら、ソームズは二人に説明した。「絵の具の一層のごく一部かもしれませんが、オリジナルが多少損なわれるのは避けられません。でも、描き手が意図した肖像画の質感は失わないよう、細心の注意を払うつもりです」

「これ、肖像画なの？」エマはたずねた。

「ええ、間違いありません。この角を見てください。これは明らかに、紳士の手の一部です」

「アンゲロフスキー家の先祖かもしれないわね」エマは言い、絵を見ようと近づいてきたジェイクの小さな肩をぽんとたたいた。「ジェイク、あなたの親戚ってことよ。面白いと思わない？」

ジェイクはどっちつかずの声を発しただけだった。アンゲロフスキー家の血を引いていることの意味を理解していないのか、あるいは理解していても気に留めていないのだろう。

「ええ、面白いわよね」エマは力強い口調で自分の質問に答えた。近くの出窓に向かい、棚に浅く腰かける。「ねえ、ジェイク、あなたはおしゃべりが過ぎるわ。口が顔から逃げていかないよう気をつけないと」

エマにからかわれて、ジェイクはかすかに口元をほころばせて笑い、田舎訛りでぶっきらぼうに答えた。「エマがいつもしゃべってるから、僕は何も言えない」

エマは笑い、長い脚を片方揺らした。

「淑女におしゃべりだって言うのは礼儀に反しているわよ」

「淑女はズボンをはかない」ジェイクはやり返し、エマが身につけている男物の白いシャツと木炭色《チャコール》のズボン、ぴかぴかした黒い靴に目をやった。

「でも、わたしは公爵夫人だから、何でも好きなものを着ていいの。そうよね、ミスター・ソームズ？」

ソームズは絵から顔を上げ、エマがジェイクを会話に引き入れるのに成功したことに対してほほえんだ。「そのとおりですよ」

窓辺にゆったり腰かけ、奔放に脚を組んでいるエマを、ソームズはしばらく見ていた。日の光が肌の上で躍り、黄金色のそばかすがきらめいて見える。輝くような笑顔と、後ろで結んだ赤毛の長い巻き毛が、強烈な魅力を放っていた。

「公爵夫人」ソームズはおずおずと言った。「個人的に申し上げたいことがあるのですが、よろしいでしょうか……」

「どうぞどうぞ。楽しい朝になりそうだわ」

「奥さまは非常に魅力的な女性でいらっしゃいます。いつか奥さまを描かせていただく栄誉にあずかれるとよいのですが。ちょうど、今のようなお姿で」

エマはその提案に笑い声をあげた。「それで、絵にどんな題名をつけるの？〝狂った女〟？〝変人〟？」

「本気で申し上げているのです。奥さまは、どんな絵描きも描きたくなるような、比類なき独特の美しさをお持ちです」

エマは疑わしげにほほえんだ。

「もっと美しい女性なら一〇〇人でも紹介してあげられるわ。まずはわたしの継母から」

ソームズは首を横に振った。「型どおりの顔やスタイルの方はいくらでも見つかります。わたしはそうした女性には興味が湧きません。でも、奥さまは……」戸口に伸びる影に気づいて、ソームズは言葉を切った。そこに立っていたのはニコラスだった。

「わたしも同意見だ」ソームズの最後の一言を耳にし、ニコラスは言った。「公爵夫人の美をきちんと評価できる人に肖像画を描いてもらいたい。作品の見本を見せてもらって、それが満足できる出来なら、君に任せるよ」

「もちろんです――」ソームズは言いかけた。

「わたしは肖像画なんて描いてもらいたくないわ」エマはニコラスをにらみつけた。

「でも、わたしは描いてもらいたいんだ」エマの隣に立っている少年に偶然目が留まり、ニコラスの顔から笑みが消えた。唐突に向きを変え、風景画のほうに向かう。「ソームズ、作業の進展具合を見に来たんだが」

「このあとは作業のペースが上がると思います。効率よく上層をはがす方法がわかりましたので」ソームズは説明した。「今のところ出てきたのは、男性の左手の一部だけですが」

「そうか」肖像画の一部を見つめたとたん、ニコラスの頭は朦朧としてきた。左手がむずむずし、熱くなってくる。指を何度も曲げ、胸の前で腕を組んだ。軽いめまいが襲ってきて、何とか視線をそらす。「妻の肖像画のことはあとで話そう」ニコラスはソームズに言った。

「とりあえず、この二人に作業のじゃまをされないように」

「お二人はまったく……」ソームズの言葉は尻すぼみになった。ニコラスは唐突に部屋から出ていった。ソームズがいぶかしげにエマのほうを見ると、皮肉めいた笑みが返ってきた。

「礼儀正しい人でしょう、わたしの夫……そう思わない？」

だが、ソームズが答える前に、エマは部屋を出ていき、少年が駆け足でそのあとを追った。

ニコラスがついに息子に直接話しかけるはめになったのは、次の日の晩のことだった。ニコラスは自分のスイートで一人、冷えたウォッカをちびちびやりながら、一杯ごとに内心の不安が麻痺していけばいいのにと思っていた。もはや何一つうまくいっていなかった。何もかも歯車が狂っていて、生まれて初めて、周囲の変化についていけない自分を感じていた。もう何週間もエマのベッドを訪れておらず、彼女への欲望が体をむしばんでいた。エマに触れ、肌にキスをし、縮れた柔らかな赤毛を握りつぶし、中に突き立てて細い体を情欲に震わせたい。だが、自分がどれだけエマを必要としているか、どれほど彼女に焦がれているかを本人に知られたくはなかった。その事実をこちらの不利になるよう利用されてはたまらない。

エマがニコラスの私生児の発覚をここまで手際よく処理したことを思うと、はらわたが煮えくり返りそうだった。まずは裏切られた妻を演じ、その後子供を手元に置きたいと言い出したのだ。もちろん実際には、エマにジェイクを引き取る権利はない。ニコラスがその気になれば、明日にでも子供をよそにやることはできる。最悪なのは、エマが子供を手元に置こうと固く決意していることに、自分が感謝にも近い気持ちを抱いていることだった。ふと気づくと、子供を見つめながら話しかけたくてうずうずしていることがあった。それでいて、ジェイクがミハイルに似ていることがつらくてたまらないのだ。

奇妙な、静かな音が思考に割り込んできた。ニコラスはグラスを置いて耳をすました。押し殺した泣き声だ。

「ミハイル」ニコラスはぞっとして、小さな声で言った。本能が理性を打ち負かそうとする。あれは弟ではない……。だが、洟をすする音に、涙声……小さな男の子のすすり泣き……。

ニコラスは立ち上がり、よろよろと部屋を出ていった。子供の頃以来感じたことのなかった、苦痛交じりの恐怖が押し寄せてくる。静かな泣き声に導かれるように廊下を進み、角を曲がって、エマのスイートのドアの前にうずくまる小さな人影を見つけた。

「ジェイク」ニコラスは何とか声を発した。その名前は、口に出してみると妙な感じがした。

少年はびくりとし、涙の跡がついた悲しげな顔を上げた。涙に揺れるその視線は、ニコラスに巣くう言いようのない痛みを直撃した。

「どうした？」ニコラスはぶっきらぼうに言った。「どこか痛いのか？」

ジェイクは首を横に振って、ドアの側柱の前でさらに身を縮め、両足をねまきの下に押し込んだ。

「何が欲しいんだ？　腹が減っているのか？　喉が渇いたのか？」

そのときドアが開き、白いねまきとローブをまとったエマが、ぼんやりと眠そうな顔で出てきた。まずニコラスに目をやり、唇が問いかけの形に動きかける。そのとき、足元にうずくまる哀れな人影に気づいた。「ジェイク？」エマは床にしゃがみ込んで子供を膝に引き寄せ、ニコラスをにらみつけた。「この子に何をしたの？」

「何もしていない」ニコラスはうなった。足が床に貼りついたかのようにその場から動けず、エマがその長い腕で少年を抱きしめるのを見守った。

「ジェイク、どうしたの？」エマはたずねた。「何があったのか教えてちょうだい」

ジェイクは何とか言葉を発しようと、唇を震わせた。目から涙があふれ出す。

「お母さんに会いたい！」エマの首に抱きつき、髪の中で小さな手をぎゅっと握った。

「わかるわ、そうよね」エマはささやき、ジェイクをきつく抱きしめた。「そうよね」流れる鼻水と濡れた顔には構わず、膝の上で子供を揺り動かす。

女性、それもエマのような階級の女性が子供をなだめる姿は、ニコラスには見慣れないものだった。自分の母親は子供の世話を使用人と家庭教師に任せっぱなしで、子育ての責任を負う気はなかった。ほかの家族の私生活を目にする機会はほとんどなく、目にするとすればたまにストークハースト家を訪れるときくらいだった。エマにここまで母性が備わっているのは予想外で、それを知ったことで切望と理不尽な怒りが込み上げてきた。エマのように、自分とミハイルのために闘ってくれる人がいればよかったのに。エマなら虐待される少年を見殺しにすることはないだろう。ミハイルをなぐさめ、守ってくれたに違いない。

エマのそばにひざまずき、妻と泣いている子供を抱きしめたいという衝動を抑えつける。

本当は、自分も何らかの形でこの場面に参加したかった。疎外感はあまりに強く、体が震えそうになるほどだった。そのとき、エマが顔を上げ、じゃま者を見るような目でこちらを見た。口には出さずとも、彼女が何を考えているかは明らかだった。〝あなたがいてもわたしたちの役には立たない……あなたは不要な人間なの〟

ニコラスは黙ってその場を立ち去り、廊下を進んで角を曲がった。足を止めて壁にもたれ、襲いくる記憶に体を震わせる。ロシアで愛人のベッドにいたところを呼び出され、ミハイルに関する知らせを受けた晩のことだ。〝公爵さま、今夜、弟君が殺されました。喉を刺されて……〟その後、時間をかけて正義を追究した結果、ついにシュリコフスキー伯爵への復讐を果たした。いや、こんなことを考えてはいけない……だが、記憶は強烈な閃光《せんこう》となって現れた。酔いつぶれ、乱れたベッドで大の字になったシュリコフスキーに向かって歩く自分の姿。室内には酒とすえた汗が混じった独特の匂いが漂い、恐怖と血への渇望に心臓が早鐘を打っている。心臓の鼓動はあまりに大きく、殺人者の顔を目にしたシュリコフスキーの悲鳴さえ聞こえなかった。

ニコラスは壁に背中をつけたまま、ずるずると床に座り込んだ。逮捕されたとき、尋問を受けているとき、長時間に及ぶ責め苦と痛みの中、自分は何を思っていたのだろうとぼんやり考える。ほとんど思い出せなかった。ミハイルの情事のこと、特にシュリコフスキーとの関係を問いつめられた。弟が男と寝ていることは気にならなかった。子供時代にあれほど悲惨な体験をしてきたのだから、どんな形であれ喜びが得られるのならそれでいいと思っていた。

ニコラスは袖を引き上げ、手首の傷跡を見つめた。手首を縛っていた縄が皮膚と筋肉に食い込んだ跡だ。ミハイルの性的嗜好をなじってもニコラスが反応しないとわかると、政府の尋問官は不機嫌になった。〝男を好きで何が悪いと思っているんだな〟彼らは言った。〝お前も同じということか。この変態野郎、お前も男に欲情するのか？〟

震える唇から言葉を発することができず、ニコラスは頭を振った。ショックと出血で全身が冷たくなっていた。いや、男に欲情したことはない。女性のしとやかさと柔らかさ、顔に触れる胸の心地よさ、女性の直感の鋭さを、いつだって愛してきた。一番いいのは大人の女性だった。多くを求めてこないし、現実の複雑さを理解しているうえ、若い女性よりはるかに情熱的なのだ。

だが、結婚したいと思うようになったのは、エマに出会ってからだった。彼女が自分のものであると信じて疑わず、七年間待ち続けた。エマを求める気持ちは、愛ではなく根源的なもので、呼吸や食事や睡眠に対する欲求と同じだった。問題は、ニコラスにとって今や彼女が弱点になってしまったことだ。エマを切り捨てなければ、永遠に自分自身を見失ってしまいそうだった。

ニコラスは立ち上がって階下に下り、スタニスラスと待機していた従僕にそっけない口調で言った。「馬車を用意させろ」外に出て賭博をし、酒を飲んで、女を見つけよう。エマでなければ、どんな女でも構わない。


ジェイクが落ち着くと、エマはおんぶして三階の子供部屋のベッドに連れていった。ジェイクを柔らかいリネンのシーツで覆い、ベッドのそばにひざまずいて、額の上で立っている黒い毛をなでる。

「お母さまがいなくなった気持ちはわかるわ」エマはささやいた。「わたしのお母さまも、わたしがあなたより小さいときに亡くなったの。お母さまが恋しかったし、思い出すこともできなくて、時々泣いた」

ジェイクはこぶしで目をこすった。「お母さんに戻ってきてほしい」涙交じりに言う。「ここはいやだ」

エマはため息をついた。「ジェイク、わたしもここがいやになることがあるわ。でも、ニコラスはあなたのお父さまだし、ここがあなたのおうちなのよ」

「僕、逃げる」

「わたしとサムソンを置いて？　そんなことをされたらとっても悲しいわ」

ジェイクは黙り込み、枕に顔を沈めた。疲れのせいでまぶたが震えている。

「いいこと考えた」エマは続けた。「明日、バスケットにお弁当を詰めて、しばらくここを逃げ出さない？　池に足を浸けて、蛙を捕まえるの」

「淑女は蛙が嫌いだよ」ジェイクは眠そうに言った。

「わたしは好きなの。昆虫も、芋虫も、ネズミも……何でも好きだけど、蛇だけはだめ」

「僕は蛇が好きだよ」

エマはにっこりし、身をかがめてジェイクの髪にキスをした。今朝、エマがたっぷり石鹸をつけて洗ってやったおかげで、髪はさわやかな甘い匂いがした。子供を、自分の弟たちでさえ、こんなにも守りたいと思ったことはなかった。だが、弟たちには愛情深い家族がいるが、この少年は天涯孤独で、冷たい父親が一人いるだけなのだ。

「おやすみ、ジェイク」エマはささやいた。「何も心配しなくていいのよ。わたしがずっとあなたの面倒を見るから」

「おやすみ、エマ」ジェイクはつぶやき、眠りに落ちた。

エマはランプを消し、そっと部屋を出ていった。ニコラスのスイートに向かう。全身に力がみなぎっていた。今こそ、子供のことでニコラスと直接対決するつもりだった。ジェイクをこの家に置き、ニコラスも何らかの交流を持つべきだとはっきり言いわたすのだ。両親の過去の軽率な行動のせいで、子供が苦しまなければならないなんて間違っている。ジェイクはアンゲロフスキー家の人間だ。それに付随する権利を持っている。教育、遺産、相続人としての自覚……そのすべてを彼は必要としているし、手にする権利がある。そして、ニコラスにそれを阻止することはできないのだ。

ニコラスがスイートにいないことがわかり、エマは地団駄を踏んだ。翼棟の中を捜したあと、一階に下り、ニコラスを見かけなかったかとスタニスラスにたずねた。

執事は眉一つ動かさなかった。「旦那さまは今夜は外出なさるとのことです」

「そう」エマはくるりと向きを変え、困惑と苦しみを押し隠した。夜はもう更けている……ニコラスがこんな時間に出ていく理由は一つ、別の女性と寝るのだ。つまらない言い争いをし、距離を置いていても、これまでニコラスが妻を裏切ったことはなかった。突然、エマは泣きたくなった。彼を追いかけて、話がしたい……でも、何を言うのだ？　ニコラスが別の誰かを、別の女性の体を求めているなら、それを阻止できるはずがない。自分は飽きられたのだ。彼を満足させることができなかった。公爵さまは妻のベッドを訪れることに飽き飽きしていらっしゃるのだ。「最低だわ、ニコラス」エマはささやくように言った。「あなたと同じくらい、自分のことも大嫌いになりそうよ」

エマが延々と自室をうろついているうちに、使用人たちは部屋に下がり、屋敷は暗闇に包まれた。ようやくエマも、ニコラスと結婚したのが悲惨な間違いであったことに気づいた。結婚生活がこれ以上良くなる見込みはない。むしろ、悪化するに違いないのだ。ニコラスが浮気をすればエマは屈辱を感じ、さらなる言い争いと悪意のぶつけ合いが始まるだろう。それを避けるには、ニコラスと同じように冷徹になり、感情を押し殺さなければならない。ニコラスに関しては家族の言うとおりだったが、それを認めるのはプライドが許さなかった。本心を打ち明けられる友人が、頼れる誰かが欲しかった。

エマは大階段に向かい、下のほうの段に腰かけて膝を抱え、夫の帰りを待った。ニコラスが自分を裏切ったのなら、一目でも顔を見ればわかる。

夜明け前、馬車の車輪音と馬具のじゃらじゃらという音が聞こえ、うとうとしていたエマは目を覚ました。階段の上で背筋を伸ばし、筋肉痛に顔をしかめる。何度もまばたきしたあと、玄関を見つめた。不安のあまり、背筋が張りつめている。

ニコラスが入ってきた。服も髪も乱れ、顔は青白く、いつもの黄金色の輝きは闇に隠れている。酒と香水と性の匂いが混じり合い、何メートルも離れたエマのもとにまで漂ってきた。してきたんだわ、と思ったとたん胸が痛み、エマはたじろいだ。

ニコラスは階段に向かおうとして初めて、エマの姿に気がついた。ぴたりと足を止め、顔に暗い敵意を浮かべる。「何が望みだ?」

「何も」エマの声は嫌悪感と怒りに震えた。「あなたには何も望んでいないわ、ニコラス。

この件ではわたしも大人になるつもりよ。上流階級の夫婦にこの種のことは日常茶飯事だって、わざわざ教えてくれなくていいから。でも、ほかの女のベッドを訪れることには慣れたほうがいいわよ。もう二度とあなたがわたしのベッドに迎えられることはないから！」

「わたしは君を好きにするよ」ニコラスはせせら笑い、エマに近づいてきて、威嚇するように目の前に立ちはだかった。「君はわたしの妻だ。わたしは君の心も体も所有している……わたしが指を鳴らせば、君はいつでもどこでも脚を開くんだ」

エマは暴力的な怒りに襲われた。こぶしを突き出し、無精ひげの生えた憎らしい顔にまっすぐ打ちつける。その衝撃に腕がひじまで震えた。ニコラスは不意を突かれ、よろよろと数歩後ずさりした。ショックのあまり呆然としている。エマも同じくらい驚いた顔でニコラスを見つめ返し、彼は反撃してくるだろうかと考えた。痛む手首をさすりながら、ぼんやりと待つ。

ニコラスは何も言わなかった。二人はお互いを見つめ、荒々しく息をしていた。ニコラスはあごをさすり、乾いた笑い声をあげた。エマはその場に立ちつくし、彼は脇をすり抜け、階段を上って自室に戻っていった。足音が聞こえなくなると、エマは階段の上に座り込み、膝に頭をのせた。こんなにも追いつめられ、絶望したのは初めてだった。

それから一週間、エマとニコラスは口を利かず、すれ違いざまに何度かきつい言葉をぶつけ合っただけだった。エマは食事が喉を通らず、睡眠もろくにとれなかった。敵陣で生活しているような気分で、夜はドアに鍵を掛けて部屋に閉じこもり、日中はニコラスと顔を合わせないよう急ぎ足で廊下を歩いた。やつれていることには自分でも気づいていたし、ミスター・ソームズにも遠慮がちに、ご気分が悪いのではありませんかとたずねられた。一方、ニコラスは頭もすっきりし、睡眠もじゅうぶんとれているようだった。彼のほうは現状に満足しているのだと思うと、エマは新たな怒りに襲われた。わざと二人の間にくさびを打ち込み、この状態を保つつもりなのだ。

エマはニコラスが浮気をしていようといまいと関係ないと自分に言い聞かせ、夫の行動を極力気にかけないようにした。ニコラスは結婚の誓いを破っただけでなく、エマと仲が良いふりさえしなくなった。ジェイクがやってくるまでは、何も問題はなかった。なぜニコラスは、ここまでジェイクの存在をいやがるのだろう？　どうして子供の姿を見るだけで、あんなにも機嫌が悪くなるのだろう？

皮肉なことに、ニコラスとの夫婦関係が悪化する一方で、ジェイクとの関係は日に日に濃密になっていった。ジェイクはエマを信頼し始めていた。エマはその信頼を裏切らないようにしようと決意し、やがてジェイクがニコラスのことをたずねるようになっても正面から受け止めた。どうしてお父さんは僕と口を利いてくれないの？　どうしていつも顔をしかめて黙ってるの？

「お父さまは変わった方なの」優しさと真実のバランスを探りながら、エマはジェイクに説明した。「お父さまは苦労してきたのよ。腕や胸に不思議な傷跡があるのは知ってる？　昔、恐ろしい経験をして、そのときにできた傷よ。すごく痛い思いをしたの。お父さまに冷たくされたときや、何でそんな態度をとるんだろうって思ったときは、そのことを思い出してみて。お父さまも好きであんなふうになったわけじゃないの。人間は経験によって作られるものだから。動物園の動物たちと同じね。乱暴な子や意地悪な子がいるけど、あれは傷つけられたことがあるから……怖がっているからなの」

「お父さんは怖がってるの？」ジェイクはエマの顔をじっと見て、真剣にたずねた。

「ええ」エマはささやいた。「わたしはそう思うわ」

「いつか変わる？」

「わからない」

二人は動物園に歩いていき、金網でできたチンパンジーの広い檻を眺めた。クレオは金網に、外に出られるくらい大きな穴を作っていた。「悪い子ね」エマは叱り、檻の損傷箇所を調べた。クレオは知らんふりをして目をそらし、頭上の天窓を見上げていた。しばらくすると、オレンジを手に取っててていねいにむき始めた。エマはジェイクとすばやく目配せを交わした。「何て賢い子なの。針金の端が一本外れているところを見つけて、そこからほどいていったのね。これは直さないと。道具がいるわ……」奇妙な、不快な感覚に襲われて言葉に詰まり、何とか続けようとする。「たぶん馬車置き場に……」

「エマ」戸口から男性の声が聞こえた。

エマはしばらく動かなかった。檻のほうを向いたままだった。クレオは訪問者をちらりと見て口をすぼめ、キスのような濡れた音をたてた。

エマはようやく覚悟を決め、その人物と向き合った。「ミルバンク卿」冷ややかな口調で言い、振り返る。

アダムは以前と変わらなかったが、髪が伸び、つややかに波打つ茶色の毛は肩に届きそうだった。縦縞の濃いズボンとグレーのベスト、ウールのフロックコートがよく似合っている。表情は重々しく、視線は穏やかながらこちらを探るようだった。「エマ、きれいになったね」

エマはアダムの左手に視線を落とした。薬指にはまった結婚指輪を見ると、冷水を浴びせられた気がした。「どうしてわたしがここにいるってわかったの？　使用人は余計なことは言わない――」

「使用人には聞いていない。敷地に入る手前で馬車を停めて、正面の私道を歩いてきたんだ。君なら動物のところにいると思ってね。誰にも見られていないことを確認してから、外の門を入って庭を通り――」

「門は鍵がかかっていたはずだけど」

「開いていたよ」アダムは肩をすくめた。「動物園はすぐに見つかった。ずいぶん立派な建物だね」エマが押し黙っているのを見て、アダムはそばをうろつく少年に目をやった。「この子は？　弟さんのウィリアム……ザッカリーのほうかな？」

「どっちでもないわ。継息子《むすこ》のジェイクよ」

「継息子……」

アダムの顔に驚きと怒り、そしてかすかに哀れみがよぎるのがわかった。何よりもこたえたのは哀れみで、エマのプライドは大いに傷ついた。誰かに、よりによってアダムに同情されるくらいなら、死んだほうがましだ。「ご結婚おめでとう」エマはニコラスをまねた軽蔑交じりの口調で言った。「最近、義理のお兄さまにお会いするという幸運にあずかったの。あなたのことを感じのいい人だと言っていたわ。何もご存じないみたいね」

エマにひたむきな愛情しか示されたことのないアダムは、ぎょっとしたようだった。

「エマ、そんな言い方は君らしくないよ！」

「わたしはここ数カ月でずいぶん変わったの。あなたと夫のせいで」

「エマ？」エマの辛辣な口調に、ジェイクは不安になったようだった。「エマ、どうしたの？」

エマは表情をやわらげ、上を向いたジェイクの顔を見つめた。「大丈夫よ」ささやくように言う。「ミルバンク卿は昔からの知り合いなの。おうちに戻って、コックにお菓子をもらってきなさい。わたしがいいって言ったって」

「ううん、僕、お菓子は――」

「ほら、ジェイク」エマはきっぱりと言い、笑顔でうながした。「行きなさい」

ジェイクはのろのろした足取りで、後ろを気にしながら出ていった。クレオは檻の隅に座り込み、オレンジを一房ずつ分ける作業に取りかかった。

「会いたかった」アダムは静かに言った。「あのとき本当は何があったか、君に知ってもらいたくて」

「よく知ってるわよ。言い訳は聞きたくない。わたしは結婚しているし、あなたもだわ。今さら何を言っても無意味よ」

「真実は無意味じゃない」アダムは言い張り、エマが見たことのない熱意をあらわにした。かつてはいつもエマのほうが熱心で、アダムは物静かでつかみどころがなかった。「エマ、話を聞いてくれるまでは帰らない。ほかの人が何と言おうと、僕は君を愛していた。今も愛している。君を失って初めて、思いの深さに気づいたんだ。君のような女性はどこにもいない。愛さずにはいられない女性なんだよ」

「捨てずにはいられない女性、でしょう？」

アダムはエマの皮肉には取り合わなかった。「僕は君と別れるよう脅されたんだ。絶対にいやだったのに、僕には刃向かえるだけの強さがなかった。これから一生後悔しながら生きていくことになるだろう」

「脅されたって誰に？　わたしの父？」

「君の夫だよ。アンゲロフスキー家の舞踏会の次の朝、ニコラスが僕のところに来たんだ」

「何て言われたの？」エマは低い声でたずねた。

「君ときっぱり別れなければ、悲惨な目に遭わせると言われた。君に関しては僕は何の権利もないから、誰か別の人と結婚するようにと。もし僕が君との関係を続ければ、誰かが傷つくことになるとほのめかされた。エマ、僕は怖かったんだ。君たち二人ともが。ふがいない僕を憎めばいい。でも、僕が君を愛してることだけはわかってほしいんだ」

エマはショックのあまり、顔から血の気が引くのを感じた。これまで見てきた狡猾で嘘つきな夫の姿に、アダムの話はぴったり当てはまる気がした。アダムの婚約が明らかになった晩、打ちひしがれたエマをニコラスはなぐさめ、その苦悩と屈辱を利用して……エマを誘惑した。すべてが計算ずくの行動だったのだ。エマとアダムの愛を打ち砕き、エマの人生を巧みに破壊して、自分の望みをかなえたのだ。そして、その全責任をエマの父親に押しつけるよう仕向けた。

「帰ってちょうだい」エマはかすれた声で言った。

「あなたの話は信じるわ。でも、だからといって何も変わらない。二人とも、もう手遅れなのよ」

「そんなことはない。かつて僕たちの間にあったものは、いくらかは取り戻せる」

エマは疑わしげにアダムを見つめた。いったい何を取り戻すというのだ？　今さら何を求めているのだろう？　「関係を持とうって言ってるの？」

その言葉にアダムは仰天した。それを口に出して言われるとは思っていなかったようだ。

「相変わらず君ははっきりものを言うね」茶色い目を面白そうにきらめかせて、アダムはつぶやいた。「そういうところも大好きだよ。僕が言いたいのは、何らかの形で君の人生に関わりたいってことだ。エマ、君が恋しい」

エマは目を閉じ、アダムの温かさと思いやりを思い出した。エマも彼が恋しかった。今すぐアダムの腕の中に飛び込み、キスをして、なぐさめてもらえればどんなにいいだろう。だが、エマにその種の自由はもうない。夫が浮気をしているからといって、自分も信念にそむいていいことにはならない。不貞が許される理由はどこにもない。もしそんなことをすれば、自分を許せなくなってしまう。

「わたしがあなたにしてあげられることは何もないと思うわ」エマはささやき声で言った。

「君の心のかけらを少しでも分けてもらえれば、僕はそれで満足だ。エマ、君こそ僕が心から愛する人だ。死ぬまで愛し続ける。それは誰にも止められない……ニコラス・アンゲロフスキーにも」アダムはエマが見たこともないほど険しい顔つきになった。「ああ、誰か世の中のために、あいつを消してくれないだろうか……これ以上罪のない人が傷つく前に！」

図書室のドアがノックされるのが聞こえると、ニコラスはいらだたしげにうなり、デスクから顔を上げた。午前中はずっと頭が痛く、おかげで仕事がはかどらなかった。数字と走り書きされた文字が、目の前で躍っている。二日酔いのせいだ。これからは夕食後のウォッカは控えよう、とニコラスは心に決めた。

「何だ？」ニコラスは問いかけた。

ドアが開き、ロバート・ソームズの妙に興奮した顔がのぞいた。

「ニコラス公爵さま、絵の修復がほぼ完了したことをお知らせに来ました。もちろん、仕上げの作業は残っていますが、オリジナルの肖像画はきれいに出てきましたよ」

「あとで見せてくれ」

「公爵さま、すぐにごらんになるのでしたら、上から持ってまいりますが？　とても驚かれると思います」

ニコラスは皮肉っぽく眉を上げた。「お願いするよ」

ソームズはドアも閉めず、急いでその場を離れた。ニコラスは顔をしかめ、仕事に戻ろうとデスクに身を乗り出したが、会計報告書の内容は頭に入ってこなかった。ぺちゃぺちゃという小さな音が聞こえ、再び戸口に目をやる。

子供が、ジェイクがそこに立ち、砂糖衣のついたタルトを両手に持っていた。小さな口でそっとかじりつくたびに、食べかすが絨毯の床にぼろぼろ落ちた。

「何の用だ？」ニコラスは低い声で言った。

ジェイクは何も答えなかった。臆することなく、興味深げにこちらを見ている。

「エマはどこだ？　いつもこの時間はエマと一緒だろう」

ジェイクはようやく口を開こうとした。彼の荒っぽい田舎訛りは、典型的なロシア人の風貌をした子供にはいかにも不似合いで、ニコラスはいつも驚かされた。

「動物園にいるよ。男の人が会いに来た」

ジェイクはこのことを伝えに来たのだ。外に出て、闖入者《ちんにゅう》を追い払ってほしいと言いたいのだろう。

「動物園のどこだ？」ニコラスは抑えた声でたずねた。「虎のところか？」

「ううん……クレオのところ」

ニコラスは立ち上がり、部屋を横切って、フレンチドアから外に出た。庭を半分ほど進んだところで、エマが馬屋から歩いてくるのが見えた。屋敷の近くの門がガシャンと音をたて、誰かが正面の私道に出ていったのがわかった。訪問者のあとを追うか、エマに状況を問いつめるか迷った末、ニコラスは後者を選んだ。すたすたと妻のもとに向かう。

「誰だ？」ニコラスは問いただした。

「古い友人。というか、ミルバンク卿だけど」エマは歩き続けた。すれ違うときにニコラスが腕をつかむと、彼女は振り払った。「触らないで！」

「何の用だったんだ？」

「別に」

目もくらむほどの嫉妬が押し寄せてくる。ニコラスはエマを追って屋敷に入った。

「話があるんだ」エマの手首をつかみ、図書室に引きずり込んだ。

「こんな芝居でだませると思うなんて、わたしをばかにしてるのかしら」エマは軽蔑するように言った。「あなたはわたしのことも、わたしがやることも、どうでもいいと思ってるのよね」

「あいつがここへ何をしに来たのかときいている」

エマの目は憎悪に光った。「あなたが何をしたのか教えてくれたの。あなたがあの人を脅して、わたしから遠ざけたんですってね。わたしたちを引き裂いて、巧みにわたしとの結婚に持ち込んだんだわ」

「ミルバンクは君を捨てないという選択もできた。選ぶ余地はあったんだ」

「アダムはあなたを怖れていたの。無理もないことだわ。あなたは性根の腐った自分勝手な人間よ。あなたがいなければ、この世はずっとましな場所になるわ！」エマは声を落とし、熱を込めてささやいた。「ニコラス、こんなことをするなんて、あなたを軽蔑する。あなたはわたしの人生を台なしにしたの」

表情こそ変えなかったが、ニコラスは妻の顔を見てたじろいだ。本気で言っていることがわかり、寒々とした気持ちになる。エマは心底自分を憎んでいるのだ。すべて自分が仕向けたことだ……自分を守るためには、彼女を遠ざけるしかなかったから……。だが、思いどおりの結果が得られたところで、嬉しくなどなかった。これほどの苦悶に襲われたのは、生まれて初めてだった。頭が割れるように痛い。きーんと耳鳴りがし、時間が経つごとにひどくなっていく。痛みをやわらげようと、ニコラスは額をさすった。これ以上の言い合いはやめておこう……妻とはあとで話せばいい。〝ここから出ていけ〟と言おうとしたが、どういうわけか、英語とロシア語が入り交じった言葉が出てきた。頭がきちんと働かず、ぼんやりしている……何もかもが絡まり合っているように思えた。

「どうしたのよ？」エマは鋭く言ったが、ニコラスはわけがわからず、頭を振った。

張りつめた沈黙が流れる中、ミスター・ソームズが作業中のキャンバスを持って図書室にやってきた。「公爵さま」自分がどんな場面に入ってきたかも気づかず、ソームズは口を開いた。エマが立っているのを見てにっこりする。「公爵夫人、肖像画の修復ができました。どうぞごらんください。すばらしいですよ」絵をニコラスのデスクに慎重に立てかけ、後ろに下がる。「どうです？」

ニコラスは肖像画を見つめた。三〇代前半の男性で、金茶色の髪に黄金色の目をしている。高い頬骨……厳しい口元、とがったあご……。

何ということだ……。それはまるで、鏡を見ているようだった。肖像画はニコラスと瓜二つだった。その顔、その目……。

突然、ニコラスの頭をずきずきした痛みが襲った。絵から視線をそらそうとしたが、できなかった。

エマがぎょっとしてあえぐのが、ぼんやりと感じられた。

「あなただわ」

エマのその言葉が、ニコラスの頭にこだました。あなた、あなた、あなた……。

ニコラスはこの場を逃れようともがいたが、体が動いてくれなかった。足がよろけ、床に倒れる。その絵はニコラスを取り込み、魂を引き寄せ、体内でゆらめく生命を根こそぎ吸い取ろうとしているようだった。ニコラスは闇に沈んでいった。色も、感覚も、時間さえも、らせんを描きながら上に昇っていく。

自分は死ぬのだ、とニコラスは思った。後悔の波が押し寄せ、パニックに陥りそうになる。何と空虚な人生を送ってきたのだろう。自分が死んだところで、誰も悲しむ者はいない。突然、エマが欲しくてたまらなくなった。あのほっそりした力強い腕に抱かれ、ぬくもりを感じたかった。だが、実際には何も感じられない……ただ、消えゆく思考に苦しめられるばかりだった。

第3部

喜びに胸が高鳴り、
心の中に
畏怖と霊感、
生命、涙、かつての恋がよみがえった。

――プーシキン

7

一七〇七年一一月、モスクワ

誰かがロシア語でしゃべっている。

「旦那さま、出発のお時間です。旦那さま……？」

知らない誰かの声はしつこく、気に障った。徐々に目を覚ましたニコラスは、ずきずきする頭の痛みにうなった。ワインの強い酸味が口に残っている。苦しげに目をしばたたくと、自分がタイル張りのテーブルの前に座り、その硬い表面に突っ伏していることがわかった。

「一晩中お飲みになっていたんですね」男の声がとがめるように響いた。「これでは花嫁選びの前にひげを剃る時間どころか、服を着替える時間もありません。お願いです、ニコライ公爵さま、今すぐ起きてください」

「いったい何の話だ？」ニコラスは朦朧とし、混乱した頭でぶつくさ言った。心落ち着く懐かしい匂いが漂ってくる。イギリスの屋敷のウールと糊の甘い匂いではなく、白樺とろうそく、クランベリーの酸っぱい匂いだ。故郷を強く思い出させるその香りに、ニコラスは再び目を閉じて深く息を吸った。少しずつ記憶がよみがえってくる。妻との言い争い、肖像画……。

「エマ」ニコラスは言い、やっとのことで顔を上げた。ちくちくする目をこする。「妻はどこだ？　妻は……」

見覚えのない部屋にいることに気づき、ニコラスの言葉はとぎれた。細身の体にアンティークな服をまとった若い男がそばに控えている。髪と同じチョコレート色の目が、いらだたしげに光った。

「お目覚めになって花嫁選びにいらっしゃれば、奥さまはすぐに手に入ります」

ニコラスは両手で頭を支え、見知らぬ男を薄目で見た。「お前は誰だ？」

男はため息をついた。「わたしが心配していたよりずっとお酒を飲まれたようですね！　目をかけてくださっている家令の名前を忘れるとは、脳みそが酢漬けになっていると言ってもいいでしょう。わたしはフェオドル・ヴァシリエヴィッチ・シダロフです。よくご存じかと思いますが」ニコラスの腕に手をかけ、テーブルから立たせようとする。

ニコラスは腕を振り払い、低くうなった。「触るな」

「わたしはお手伝いしようとしているだけです」

「では、教えてくれ。ここはどこなのか、あのあと何が――」自分が着ている服に目をやり、ニコラスは口をつぐんだ。ベルベットの腰がくびれた胴衣《ダブレット》に、細身のブリーチズ、袖がふくらんだ白いシャツという、家令と同じくばかみたいに時代遅れな服装をしていたのだ。誰かにいたずらをされたのだと思い、恥ずかしさと怒りに襲われる。だがその感情も、部屋を見回したとたん、純粋な驚きに吹き飛ばされてしまった。

その部屋は、アンゲロフスキー家のモスクワにある私邸の一室にそっくりだった。ペルシャ絨毯風の複雑な模様がはめ込まれた寄せ木の床、分厚い金めっきが施された渦巻模様の家具、彫り模様の入った壁板……ニコラスが子供時代に目にしていたものばかりだ。どれも流刑になった際にロシアに置いてきていた。

ニコラスはふらつく足で立ち上がった。「何がどうなってる?」ささやき声で言う。「ここはどこだ?」急に大きな声を出した。「エマ、いったいどこにいるんだ?」

シダロフは怪しむような顔になった。「旦那さま、大丈夫ですか? 何か食べられたほうが……パンはどうです? それとも魚のほうが? 牛肉の燻製《くんせい》――」

ニコラスは早足でシダロフの前を通り過ぎ、戸口に来るとぎょっとして足を止めた。いくつものホールや部屋を、罠にかかった動物のように歩き回る。わけがわからず、汗が滝のように流れ、胸から心臓が飛び出しそうだった。家具も木彫りも、もう二度と目にすることはないだろうと思っていたすべてが、そこにあった。奇妙な服装をした使用人たちが数人、困惑したような顔でこちらを見たが、言葉を発する者はいなかった。

「旦那さま?」家令の不安げな声が背後から聞こえた。

ニコラスは猛然と歩き続け、玄関にたどり着くと、勢いよくドアを開けた。痛いくらいの冷たい風が吹き込んできて、顔を刺し、薄い袖を突き通した。驚きに体が震えたが、それ以外の動きはぴたりと止まった。

モスクワの全景が、金と白のきらめく絨毯が、目の前に広がっていた。

屋敷はモスクワの外れにある丘の上に建ち、先端に金色の十字架がついた教会の円蓋が海のように広がる光景を見下ろしていた。教会と教会の間には、屋根が緑や青や赤に塗られた木と石で造られた家が並んでいる。何千ものストーブから立ち上る煙が空気中にらせんを描き、鼻孔の中でさわやかな雪の匂いと混じり合った。羽毛ほどの大きさの雪片が、凍てついた大地にはらはらと落ちていく。街を薄く覆う雪が、無数のクリスタルのかけらのようにきらめいていた。

膝が激しく震え、ニコラスは氷が張った玄関先に座り込んでしまった。

「わたしは死んだのか？」自分がその思いを口に出していたことに、背後からシダロフの皮肉な答えが返ってきて初めて気づいた。

「いいえ。まあ、それに近い状態のようにお見受けしますが。それに、コートも着ずにそんなところに座っていれば、そのうち死んでもおかしくないでしょうね」家令はそっとニコラスの肩に触れた。「旦那さま、中にお入りください。わたしは使用人の管理と旦那さまの私事のお世話をするために雇われているのです。旦那さまが体調を崩されるのを黙って見ていれば、給料泥棒と言われてしまいます。まいりましょう、じきに馬車の用意ができます……お望みどおり、花嫁選びにいらっしゃるんですよ」

ニコラスは立ち上がったが、相変わらず街を見ていた。恐怖と喜びにすすり泣き、硬い大地に口づけをしたかった。ロシア、愛する祖国……だが、このモスクワはニコラスが知っているそれよりも昔の風景で、荒削りだった。街を取り巻く暗い原始の森は、伐採も開墾もされていない。街路は荷馬車と馬、行商人、聖職者、物乞いの喧噪であふれている。現代的なデザインの家屋や馬車は見当たらなかった。遠くには村がぽつぽつと見えるだけで、記憶にある村がひしめき合う光景とは異なっている。

きっと、これは夢なのだ。すぐ終わるに違いない。どうして自分はここにいるのだろう？　エマとジェイクはどうなった？　無防備な、不安な気持ちで、ニコラスはシダロフについて屋敷の中に戻った。家令がダブレットと同じ色合いの濃い青色のベルベットのコートを着せかけてくれる。

「どうかこれをお召しになってください」分厚いコートはニコラスを暖かく包み、くるみボタンが胸の高い位置から太ももの半ばまで続いていた。シダロフは一歩下がってニコラスを値踏みするように眺め、満足げにうなった。「いつもの輝かしいお姿には及びませんが、将来の花嫁さまが旦那さまを見てがっかりすることはないでしょう」

「誰の花嫁だ？」

ご冗談を、というようにシダロフは笑った。

「ご自分の花嫁ですよ。旦那さまが奥方として選ばれる女性です」

「わたしはもう結婚している」

シダロフの笑い声は大きくなった。

「ユーモアのセンスが戻ってこられたみたいでよかったです」

ニコラスはにこりともしなかった。「わたしは花嫁など選ばない」そう言って口を閉ざした。

とたんにシダロフは慌て始めた。「ですが、旦那さま……そろそろ結婚したいとおっしゃったのはご自分ですよ！　モスクワ周辺の村という村から美しい未婚女性を集めてくるようにと、使いを送られたではないですか。今やその女性たちが一堂に会し、旦那さまを待っているのです。家族に送り出されて、スズダリ、ウラディミール……中にはキエフやウクライナからはるばる来た人もいるんですよ！　その女性たちを一目見ようともなさらないのですか？」シダロフはニコラスの青ざめた顔を見つめ、不満げな声を出した。「酒の上のお戯れだったのですね。ご自分でも何をおっしゃったのか覚えていらっしゃらないのでしょう。さすがロシア人、酔っ払うのに一日、楽しむのに一日、回復するのに一日かかるというわけですね」

「楽しんではいない」ニコラスは文句を言い、きっと今、自分は酔っ払っているのだと思った。くさくて汚い酔っ払いだ。しらふに戻れば、すべてが消えてくれるのだろう。それまでは、自分ではこの状況をどうすることもできない。

「まいりましょう」家令は猫なで声を出した。「花嫁選びには行かなければなりません。とにかく、列の横を歩くくらいのことはしないと。何が起こるかわかりませんよ？　きれいな娘がいて、一目惚れなさるかもしれない」

ニコラスは乱れた髪を両手でかき上げた。このようにばかげた茶番につき合うのはまっぴらだった。自分はすでに結婚しているし、その妻にじゅうぶん悩まされているのだ。だが、この夢が終わるまでは、自分の役を演じようと心に決めた。「さっさと終わらせよう」ぶっきらぼうに言う。「行くよ……ただ、誰も選びはしないが」

「それでいいんですよ」シダロフは機嫌をとるように言った。「ごらんになるだけでよろしいのです。みんなわざわざ来てくれたわけですし、それが筋というものでしょう」

使用人が数名現れて、馬車に向かうニコラスに付き添い、先に立ってつるつるした階段を下りた。毛皮の膝掛けをてきぱきとニコラスの脚と膝に巻きつけ、足元に熱い石を置き、ワインのゴブレットを手に押しつける。

「ワインはもう――」シダロフが馬車に乗りながら言いかけた。

ニコラスは身振りで黙らせ、宝石のちりばめられたゴブレットの縁越しに家令をにらんだ。酒が飲みたくてたまらなかったし、この使用人の偉そうな態度にはうんざりしていた。温かいワインの効力は絶大で、動揺を少しやわらげてくれた。

金めっきの馬車は六頭の黒毛の馬が引き、雪の上をなめらかに進めるようそりの刃がついていた。アンゲロフスキー家の紋章が、ベルベットのクッションには刺繍で、壁と天井には宝石とクリスタルと金で形作られている。「わたしはアンゲロフスキー家の人間なんだな」

ニコラスはためらいがちに言い、紋章に触れた。

「間違いなく」シダロフは心のこもった口調で同意した。

どこか見覚えがあるような気がしてきた家令の顔に、ニコラスは視線を移した。シダロフ家は何代にもわたってアンゲロフスキー家に仕えていて、流刑先にもついてきてくれた。だが、フェオドルという名の人物には心当たりがない。ただ……子供の頃、シダロフ家一の年長者が確か、ヴィトヤ・フェオドロヴィッチという名前だった。フェオドルはヴィトヤの父親だろうか？　それとも祖父？（ロシア人のミドルネームの〝〜ヴィッチ〟は〝〜の息子〟の意）

　では、自分は誰だということになっているのだろう？　ニコラスはワインの残りを飲み干し、湧き起こる寒気を抑えようとした。家令はニコライと呼んでいた……ニコライ公爵……だが、それは曾祖父の祖父に当たる先祖の名前だ。

　馬車は、モスクワを取り囲む城壁と外側の土塁の間に位置する地区、ポサドの家並みと市場を通り過ぎていった。長いコートや分厚いローブをまとい、毛皮の帽子をかぶった人々が、街路の両側に集まって歓声をあげ、通り過ぎる馬車に手を振ってきた。その光景を見たニコラスは、サンクトペテルブルクを追放されるときに集まった野次馬のことを思い出し、落ち着かない気分になった。

「どこに行くんだ？」そっけない口調でたずねる。

「覚えていらっしゃらないのですか？　モスクワに花嫁候補の女性が全員入れるほど広い私邸をお持ちなのは、お友達のゴロルコフ公爵さまだけです。公爵さまがご親切にも、花嫁選びのために舞踏室とあずまやを提供してくださったのですよ」

「ご親切に」ニコラスはむっつりと繰り返し、空になったゴブレットを冷たい手で握りしめた。馬車はモスクワの街を進んでいった。街は城塞《クレムリン》を中心に、玉ねぎの断面のように円状につくられている。貴族の住居と手入れの行き届いた小さな果樹園が並ぶ地区もある。教会の金色の天蓋がエキゾチックな花のように集まる地区では、そばにある木造の家が小さく見えた。道路は舗装も近代化もされておらず、建物は木造だった。

ニコラスは夢見心地で、ロシア正教会の鐘が朝のミサを告げる音を聞いた。これほど頻繁に鐘が鳴り、楽しげな音楽があふれる街は世界にも例を見ない。もしこれが夢なら、こんなにも細部まではっきりした鮮やかな夢は初めてだった。

やがて馬車ぞりは、正面に細い木の柱が並び、両脇に八角形のあずまやがついた大きな屋敷の前に停まった。街路と門の両側に人が集まっていて、馬車の窓越しにニコラスの姿を認めると歓声を送った。ニコラスは暗く考え込むような顔で、座席に身を沈めていた。

「緊張なさっているのですね」シダロフが指摘した。「心配はご無用です。すぐに終わりますから」

ブロケードをまとった従僕たちが、ぶるぶる震えながら馬車の扉を開け、ニコラスを屋敷の中へと案内した。シダロフは金の錠がついた木箱を抱え、すぐ後ろをついてくる。ゴロルコフ公爵と思しき屋敷の主人が、天井の低い広い玄関ホールで待っていた。頭が薄くなった年配の男性で、笑うと薄い灰色の口ひげが唇に沿って動いた。

「ニコライ、我が友よ」そう言って、目をいたずらっぽく輝かせる。近づいてきてニコラスを抱擁し、一歩下がってからこちらを見た。「中にいる娘さんたちを見たら、間違いなく君も大喜びするよ。これほどの美女の集まりは見たことがない。上質な絹のような髪に、最高級の果物のような胸……これと思う娘を見つけるのはわけのないことだ。先に一杯飲むか、それともすぐに舞踏室に行くかい？」

「飲み物はけっこうです」シダロフが慌てて言い、とがめるようなニコラスの視線を無視した。「ニコライ公爵さまは、一刻も早く皆さんに会いたがっていらっしゃいますから」

ゴロルコフは笑った。「それも仕方あるまい。ニコライ、天国への道を案内するよ」

廊下には興奮した女性たちのおしゃべりの声が響き、その喧噪は一行が舞踏室に近づくにつれて大きくなった。ゴロルコフはもったいぶった動きで、ライオンの頭の形をした取っ手に手をかけ、ドアを開けた。いっせいに息をのむ音が聞こえ、期待に満ちた沈黙が室内を包む。ニコラスは室内に入るのをためらっていたが、シダロフとゴロルコフに押し込まれた。

「何ということだ」ニコラスはうなった。舞踏室には少なくとも五〇〇人、おそらくそれ以上の女性がいた。ゆるやかな列を成してニコラスを見つめ、審査を待っている。大半の女性がスモックと、ロシア人が好む赤色のオーバードレスを重ねていた。全員、髪を乙女の伝統である三つ編みにしていて、リボンやスカーフを巻いたり、金や銀の針金でできた頭飾りをつけたりしている。ニコラスが近づいてくると、うっとりとため息をもらす大胆な女性もいた。

ニコラスは首から上が真っ赤に染まるのを感じた。ぴったり後ろをついて歩くシダロフを振り返る。「これはちょっと――」そう言いかけたところ、家令にひじで強く突かれた。

「とにかくひとことおりごらんになってください」

「恥ずかしがっているのか？」ゴロルコフがからかうように笑った。「ニコライ、君らしくないぞ。それとも、相変わらず結婚に気が進まないのか？　約束するよ、結婚はそう悪くない。それに、アンゲロフスキーの名を途絶えさせるわけにはいかないだろう。とにかく妻を選べ。そのあと一緒にウォッカを飲もう」

〝妻を選べ〟……その言葉はまるで、ザクスカの盆から一つ取れと言わんばかりの気軽さで発せられた。ニコラスはごくりと唾をのみ、列の先頭に近づいていった。足が鉛で覆われたように感じる。ためらいつつ女性たちの前を一人ずつ通り過ぎていったが、目はほとんど合わせられなかった。遠慮がちな笑い声や、ほほえみ交じりの視線、誘うようなささやき声が降り注いでくる。時折、ニコラスと同じくらいこの場から逃げ出したいのか、怯えた表情をした娘も見受けられた。列に沿ってニコラスが近づいていくと、女性たちは恵まれた体を誇示しようと背筋を伸ばし、細い指で神経質にスカーフやスカートを直した。ニコラスに選ばれずに前を素通りされた娘たちには、シダロフがねぎらいの言葉をかけ、抱えている木箱から金貨を一枚ずつ渡していった。

花嫁候補の一団の半ばまで進んだとき、抜きんでて背の高い赤毛の娘に目が留まった。立ち位置は列の少し先だが、誰もがそわそわと身動きしている中、彼女の際立った落ち着きは目を引いた。ニコラスのいる所からは顔が見えないが、長身を隠そうと猫背気味に立つその姿は……。

ニコラスはその女性のもとにまっすぐ向かった。狼狽したシダロフの声が聞こえる。

「ニコライ公爵さま、すばらしい娘さんたちの何人かを素通りしてしまわれましたよ……」

その女性のもとにたどり着くと、ニコラスは両腕をつかみ、驚いている青い目を見つめて軽く揺さぶった。憤りと安堵が混じり合い、全身を駆け抜ける。

「エマ」自然と英語になり、鋭く言った。「どうなってるんだ？　ここで何をしている？」

彼女は当惑して頭を振り、流暢なロシア語で答えた。

「公爵さま……何をおっしゃっているのかわかりません。わたしのことがお気に障ったのでしたら、お許しください」

ニコラスは感電でもしたように、ぱっと手を放した。エマはロシア語が話せない。だが、確かにそれはエマの声であり、顔であり、体であり、目だった。ニコラスは仰天して黙り込み、残りの女性たちが揃っていぶかしむような声をあげる中、じっと彼女を見つめた。

シダロフが代わりに話しかけた。「赤毛のお嬢さん」冷静な口調で言う。「お名前は？」

彼女はニコラスと目を合わせたまま答えた。「エメリアと申します」

「君と話がしたい」ニコラスは低い声で言った。「今すぐに」

誰にも反応する隙を与えず、ニコラスは彼女を舞踏室から連れ出した。女性たちの群れが無秩序にうごめき、列は崩れてばらばらになった。ゴロルコフ公爵が豪快に笑った。

「ニコライ」大声で言う。「本当なら儀式が終わるまで我慢しなくちゃいけないところだよ！」

ニコラスは一同を無視し、女性の手を引いて歩き続けた。彼女はおとなしくついてきたが、それはニコラスが最初に目についた部屋に引っぱり込むまでだった。背後でドアが閉まると、彼女は手首を強くひねって手を振り払い、ニコラスから逃れた。

「何が起こったんだ？」彼女を見下ろし、ニコラスは問いただした。「わたしたちが図書室で口論していたところに、ソームズが例の肖像画を持ってきて、あたりが真っ暗に――」

「ごめんなさい、わかりません」彼女はロシア語で言い、赤くなった手首をさすった。正気を疑っているのか、心配そうな目でニコラスを見つめる。

ニコラスはその流暢な話し方に腹を立てた。

「最後に会ったとき、君はロシア語の単語など一〇も知らなかったじゃないか！」

女性はニコラスから後ずさりを始めた。

「これまでお目にかかったことはないと思うのですが」ささやくように言い、目に警戒の色を浮かべる。「公爵さま、帰ってもよろしいでしょ――」

「待て。待ってくれ。怖がらなくていい」ニコラスはすばやく彼女の背中をとらえ、こわばった体を自分のほうに引き寄せた。必死に頭を整理しようとする。「エマ、わたしのことを知らないというのか？」

「わたし……ニコライ公爵さまのことは存じ上げています。誰もが尊敬し、怖れている方ですわ」

ニコラスは片手を放し、彼女の背中に垂れる鮮やかな赤毛の三つ編みを手に取った。

「同じ髪だ」つぶやくように言う。色白で柔らかな頬を指でなでた。「同じ肌……同じそばかす……同じ青い目……」

こんなにも美しく、こんなにも慣れ親しんだ彼女を腕に抱くことの深い喜びが込み上げてくる。うろたえて開いた唇は、いつもどおりぷっくりしていて魅惑的だ。ニコラスは顔を近づけ、突然キスした。彼女は驚いてあえぎ、キスを返そうとも、拒絶しようともしなかった。

ニコラスは唇を軽くつけてキスを終わらせ、顔を上げた。

「同じ味だ」かすれた声で言う。「間違いなく君だ。わたしを覚えていないのか？」

ドアがノックされ、シダロフの不安げな声が聞こえた。

「ニコライ公爵さま？　旦那さま――」

「今はだめだ！」ニコラスはどなった。足音が遠ざかるまで待つ。そして、腕の中の女性に視線を戻し、しっかりと抱き寄せた。目を閉じて肌の香りを吸い込む。「何が起こっているのかわからない」耳の下の柔らかな部分に向かって言う。「筋の通らないことだらけだ」

エメリアは渾身の力を込めて、ニコラスから逃れた。数メートル遠ざかってこちらを見つめ、震える手を口に当てる。その目は見開かれ、とても青かった。

「公爵さま……わたしをお選びになったということですか？　だから、こんなところに連れてこられたのですか？」

ニコラスは黙り込み、状況を把握しようと努めた。

その表情から何かを読み取ったらしく、エメリアは小さくうなずいた。長い間想像していたことが、たった今事実だと判明したかのようだった。

「思ったとおりです」重々しく言う。「何となく……わたしがモスクワに来れば、公爵さまに選ばれる気がしていました」

「なぜそれがわかった？」ニコラスはしゃがれた声でたずねた。

「直感です。公爵さまにまつわる噂を聞いて、思ったんです……わたしならそのような男性に似合いの妻になれるのではないかと」

ニコラスがエメリアに近づこうとすると、彼女はわずかに後ずさりした。ニコラスは何とか動きを止めたが、本当はもう一度彼女に触れたくてたまらなかった。

「わたしにまつわる噂というのは？」

「公爵さまはとても知的で現代的な方だとお聞きしました。ツァーリのご寵愛を受けていらっしゃるのも、西欧で過ごされた経験があり、外国人のことが理解できるからだと。お顔も西欧風に剃っていらっしゃる」エメリアは物珍しそうに、険しいあごのラインを見つめた。

「わたしの村の男性は皆、あごひげを生やしています」ゆっくりとニコラスに近づき、顔に手を当てる。あごの表面を一度、また一度と触った。その指先がニコラスには柔らかく感じられた。彼女はおずおずと唇に笑みを浮かべた。「すべすべしていて、少年のようです」

ニコラスは彼女の手をつかみ、手のひらを頬に押しつけた。温かくて生々しい……夢にしては生々しすぎた。

「エマ、わたしを見てくれ。これまでわたしのそばにいたことはないと言ってくれ。わたしたちは触れ合ったことも、キスをしたこともないと。わたしのことを知らないと言ってくれ」

「わたし……」

エメリアはニコラスの目を見つめたまま、途方に暮れたように頭を振った。

ニコラスはエメリアを放し、大きな円を描くように室内を歩き回った。おかげで、ニコラスを見ようとした彼女も体を回転させなければならなかった。

「では、君は誰だ？」内心、怒りと空しさを感じながら、ニコラスは低い声でたずねた。

「わたしはエメリア・ヴァシリエフナと申します」

「家族は？」

「父は亡くなりました。おじと兄は村から連れていかれ、ネヴァ川岸の新しい都市の建設に携わっています。わたしは村で一人では暮らせませんし、村の農夫とは結婚したくなかったのです」

「どうしてだ？」

「村の男性のほとんどは、ツァーリの命令で村からサンクトペテルブルクの建設現場に送られています。残った男性の中にも、わたしと結婚したがる人はいません」ニコラスの沈黙に疑問を感じ取り、エメリアは遠慮がちに続けた。「父の政治的信条のせいで、わたしの家族はあまり評判が良くなかったのです。でも、誰にも求婚されなくても構いません。全員、年を取りすぎているか、若すぎるかのどちらかで、働けるような人は残っていませんから。それに、みんな貧しいのです。わたしが望むのはそれ以上の相手でした」

「それ以上に金を持っている相手か？」

「違います」エメリアは言い返した。「話ができる相手です。わたしは物事を学んで、森の向こうにどんな世界が広がっているのか知りたかったのです」うつむき、恥ずかしそうに続ける。「もちろん、お金持ちになれるなら嬉しいです。そういう体験もしてみたいと思っています」

突然、ニコラスは心底楽しくなり、笑い出した。その言葉はいかにもエマらしく、あのかわいらしい正直さがあらわになっていた。

「そこまではっきり希望を口に出されたら、応えないわけにはいかないな」

「と、おっしゃいますと？」エメリアは不思議そうに言った。

ニコラスは深く息を吸い込んだ。「つまり、君と結婚したいということだ。しばらくはこの状況につき合ってみるよ。うまくいけば、いずれは終わることだし」

「何が終わるのです？」

「悪夢だ」ニコラスはぼそりと言った。「幻覚だ。何とでも呼べばいい。あまりに生々しくて、自分の頭がおかしくなったんじゃないかと思えてきたよ。でも、わたしにはどうすることもできないだろう？　わたしは君を選ぶよ、エマ……エメリア……どちらでもいい。わたしは何度でも君を選ぶ。たとえ、いつか君に非難されることになろうとも」

「よく意味が――」

「いいんだ」ニコラスはエメリアに片手を差し出した。「ついてきてくれ」

彼女はためらったあとその手を取り、長い指をニコラスの指に絡めた。

ニコラスはエマを連れて舞踏室に戻った。そこでは、ゴロルコフとシダロフと女性たちが、期待を込めて待ち構えていた。ニコラスは仰々しく手を振り、隣で赤くなっている女性を示した。「我が花嫁だ」わざとらしく、喜びに満ちた新郎を演じてみせる。

ゴロルコフ公爵が拍手をした。「すばらしい選択だ、ニコライ！　きれいな娘さんじゃないか！　この人なら丈夫な男の子をたくさん産んでくれるだろう！」

ニコラスはシダロフのほうを向き、問いかけるように眉を上げてみせた。

「結婚式はいつだ？」

その質問に、ゴロルコフはぷっと噴き出した。「これは面白い！」

シダロフは軽くほほえみ、動揺を隠した。「もちろん、今夜にでも。アンゲロフスキー邸で。旦那さまがもっと先がいいとおっしゃるなら――」

「今夜だ」ニコラスはぶっきらぼうに言った。「今すぐ屋敷に戻る」

「でも、ウォッカは……」ゴロルコフが不満げに言った。

ニコラスは努めて親しみ深い笑顔を作った。「それは別の機会にいかがでしょう？」

「君の都合に合わせよう」相変わらず笑いながら、ゴロルコフは答えた。

ニコラスはエメリアを隣に座らせ、馬車で帰路についた。シダロフは向かい側に座っている。エメリアはほとんど言葉を発しなかったが、ニコラスが毛皮の膝掛けを一緒に掛けようとすると断った。

「寒くありませんから」

ニコラスは皮肉っぽく鼻を鳴らした。

「本当に？　では、どうして青くなって震えているんだ？」毛皮の端を持ち上げ、中に入るよう手でうながす。「はしたないと思う必要はない。家令が近くに座っている状態で、君を誘惑したりはしない……それに、どうせ数時間後には結婚するんだ。近くに寄ればいい」

「寒くないんです」エメリアは頑固に言い張ったが、歯がかたかたと鳴り始めた。

「わかったよ。屋敷に着くまでに凍え死んでも、わたしを責めないでくれ」

「ここにいたほうが安全です」エメリアは答えた。「そっちにいるより」膝掛けを意味ありげに指さし、議論はここまでだというふうにそっぽを向いた。

シダロフは考え込むようにそのやり取りを見守っていたが、その顔は意外にもどこか満足げだった。

「旦那さま、良いお相手を選ばれたようですね」彼は言った。「強くて元気な女性こそ、男が妻にするのにふさわしい」

ニコラスは渋い顔でシダロフを見ただけで、返事はしなかった。

アンゲロフスキー邸に到着すると、今夜の結婚式の準備のために使用人の群れが押し寄せてきて、エメリアはどこかに連れていかれた。ニコラスは自分のスイートにこもり、ウォッカとザクスカの盆を持ってくるよう命じた。軽食と酒はただちに運び込まれたが、結婚式前に飲みすぎないようにとシダロフに釘を刺された。

ニコラスはウォッカをラッパ飲みしながら、寝室を歩き回った。階下から音が聞こえてくる。走り回る足音、矢継ぎ早に飛び交う声、時折起こる爆笑。時が経つにつれ、ニコラスの気分は悪化してきた。

室内の様子を調べようと、ベッドの掛け布を観察する。貴重なビザンティンの絹で、金色の糸と真珠で縁取りがされていた。中心に〝A〟にあたる巨大なキリル文字の刺繍が施されている。部屋の隅には彫り模様が入った木製の収納箱が置かれ、中には金の取っ手と竜の形の引き金がついた拳銃一式と、ふかふかの毛皮の毛布の山、エナメル引きの弓ケースと金の矢筒が入っていた。どの品にも見覚えはない。

収納箱を閉め、ウォッカの瓶を口につけたとき、壁に掛けられた絵画の鈍い輝きが目に入った。小さなイコンが、いぶしたようなアンティークの金色と鮮やかな赤色にきらめいている。ニコラスは絵を見つめた。飲み込んだウォッカが喉を刺すように下りていく。それは何千回と目にしてきたイコンだった。子供の頃は、子供部屋の壁に掛かっていた。大人になってからは寝室に移動させ、ロシアから追放されたときもイギリスに持ってきた。

「何ということだ」ニコラスは声に出して言い、よろめきながらイコンに歩み寄った。「なぜこれがここにある？　いったいどうなってるんだ？」

その洗練されたデザインは預言者エリヤを描いたもので、明るいルビー色の雲の中、オレンジ色の馬が引く火の戦闘馬車でエリヤが天に昇っている。ニコラスは昔から、このイコンの鮮やかな色使いと緻密な画風が気に入っていた。ほかに同じような作品を見たことはない。

あのイコンに間違いないと思ったとたん、自分のもう一つの人生、現実のほうの人生は永遠に失われてしまった気がした。

「冗談じゃない」ニコラスはささやき声で言ったが、そこには叫び声のような熱気がこもっていた。「こんな人生を選んだ覚えはない！」

赤い火の輪を見つめながら後ずさりし、ウォッカの瓶をまっすぐ投げつける。瓶はイコンに当たって割れ、イコンは壁から落ちた。

とたんに使用人がドアをノックし、大丈夫ですかとたずねた。ニコラスがうなるような声で凄むと、使用人は慌ててその場を立ち去った。ニコラスは落ちたイコンを見下ろし、赤い雲の端についたばかりの深い傷をにらみつけた。この傷は一〇〇年後も残っているのだろうか？　一五〇〇年後も、その先も？

これがすべて現実なのだとしたら、どういうことだろう？　自分は死んで地獄に墜ちたということか？　地獄にいる自分に、先祖の目を通して悲惨な一族の歴史を目撃させようとしているのか？

そのとき、新たな考えが頭に浮かび、ニコラスはくずおれそうになった。何とかベッドにたどり着き、どさりと腰を下ろす。もし本当に自分がニコライ公爵で、エメリアという名の農民の娘と結婚するのであれば、ここから歴史が作られるということだ。息子はアレクセイ、その息子はセルゲイ、そこからセルゲイ二世、ドミトリーと続き……。「そして」ニコラスは声に出して言った。「わたしと、ミハイルが生まれる」

自分がエメリアとの間に子供を作らずにいれば、アンゲロフスキー家の血筋はとだえる。ミハイルの虐待と殺害は起こらない。ニコラス自身の罪深い、苦痛に満ちた人生も存在しないのだ。

恐怖に全身が震えた。これは、自分をこの世に誕生させない力を授かったということなのかもしれない。


シダロフにしつこく言われたにもかかわらず、ニコラスは結婚式の前に風呂にも入らず、ひげも剃らず、服さえ着替えなかった。自室に閉じこもり、悪夢が消えてくれることを願って酒を飲み続けた。結婚式など挙げられるはずがない。たいていのことはやってのけるニコラスも、重婚だけはごめんだった。自分はニコライ一世ではなく、ニコラス・ドミトリーエヴィッチ・アンゲロフスキーで、一八七七年のロンドンに生きているのだ……エマ・ストークハーストとともに。

シダロフのくぐもった声がドアの向こうから聞こえた。

「ニコライ公爵さま、お客さまがお揃いです。旦那さまさえよろしければ、すぐにでも結婚式を始めましょう。お客さまを長くお待たせするわけにはまいりませんし」

「わたしは誰とも結婚しない」ニコラスは椅子に手足を投げ出したまま言った。

しばらく沈黙が続いたあと、シダロフは取り乱した口調で言った。

「よくわかりました。ですが、お客さまと新婦さまには、ご自分でおっしゃってくださいませ。わたしはまっぴらです。たとえ表に放り出され、みじめに凍え死ぬはめになっても。ええ、断じてそんなことはお伝えできません」

ニコラスはよろよろと立ち上がり、ドアに近づいて勢いよく開けた。青ざめ、動揺した家令をにらみつける。

「もちろんわたしの口から話す」どなりつけるように言う。「客のところに案内しろ」

シダロフは貝のように口を引き結んでいた。「かしこまりました」

シダロフの案内で、ニコラスは一階にある広い集会室に入った。壁にはびっしりとイコンが掛けられ、空いているスペースはほとんどない。部屋の奥にある大きなテーブルには、山のような蜂蜜ケーキと、アーモンドや無花果《いちじく》など高級食材が盛られた皿、ワインのゴブレットが並んでいる。ゴロルコフ公爵らめかし込んだ客たちが、黒のローブ姿の司祭を取り囲んで立っていて、巨大な聖書をのせる間に合わせの祭壇が用意されていた。ニコラスが現れると、一同はほほえんで歓声をあげた。ニコラスの視線は客の上を通り過ぎ、エメリアにだけ向けられた。

彼女に目を留めた瞬間、気が重くなった。エメリアはクリーム色の絹のブロケードのサラファン（ジャンパースカート風のロシアの女性の民族衣装）に、袖の短すぎる金色の上着を着ていた。誰か親切な人、おそらくゴロルコフ夫妻が、婚礼衣装を提供してくれたのだろう。頭は真珠がちりばめられたベールで覆われ、金の針金の頭飾りで留められていて、額の上で小さな模造ルビーがきらめいている。いたって落ち着いているように見えるが、手にしたドライフラワーのブーケとピンクのリボンを見れば、そうではないことがわかった。花は見るからに震えていて、もろい花びらの破片が数枚、床に散っていた。

ニコラスを思い止まらせたのは、エメリアの緊張ぶりだった。今、この客たちの前で、彼女を拒絶することはできない。エメリアを見捨てることはできなかった。ニコラスを見つめる青い目にほのかな希望の光が浮かび、口元がほころぶ……エマ・ストークハーストがかつて自分に向けていたのと同じ表情だった。

ニコラスはぼうっとなり、前に進み出てエメリアの隣に立った。客が激励と称賛の声を浴びせる中、ゴロルコフ公爵が近づいてきて、銀の鞭をニコラスに渡した。妻を諭し、しつけるものとされている夫の権威の象徴だ。鞭を見て、ニコラスは首を横に振った。

ゴロルコフは顔をしかめた。「でも、ニコライ――」

「いいんだ」ニコラスはそっけなく言い、ゴロルコフからエメリアに視線を移した。きょとんとした青い目を見つめる。「わたしたちは西欧のやり方で結婚する。わたしは鞭を持たない」

いぶかるようなささやき声が飛び交ったが、やがて長いあごひげをたくわえた司祭はうなずいた。「公爵さまのお好きなように」

司祭は、落ち着いた物憂げな口調で結婚式を始めた。ニコラスとエメリアはそれぞれ小さなイコンを持たされ、塩のついた小さな黒パンを食べた。アンゲロフスキー家のコレクションで見覚えのある指輪が、十字が切られたあと交換された。ニコラスはエメリアのほうは見ず、絹の布で手首を彼女とつながれたまま、式に集中した。司祭は威厳たっぷりに、客たちに祭壇の周囲に小さな円を作らせ、二人の手首のいましめを解いた。司祭の身振りに従い、エメリアは床にひざまずこうとした。伝統では、新婦は新郎の靴に額をつけ、服従の姿勢を示すことになっている。

エメリアの意図を察したニコラスは、彼女のひじをつかみ、膝が床に触れる前に引っぱって立たせた。エメリアは驚いて息をのみ、よろめいてニコラスにぶつかりそうになった。

「西欧の習慣では、キスを交わすんだ」ニコラスは全員に聞こえる声で言った。「妻はわたしの奴隷ではなく、伴侶であり、対等なパートナーだ」

ニコラスが場違いな冗談を言ったと思ったらしく、一部の客がざわめき、笑い声をあげた。ニコラスはにこりともせず、エメリアの目を見つめて返事を待った。

「わかりました」しばらくして、エメリアは抑えたささやき声で言った。ニコラスは目を閉じ、顔を傾けてキスをした。

エメリアの唇は柔らかく、無垢で、ニコラスに唇を押しつけられると自然と開いた。ニコラスは両手で彼女の首を抱き、温かくすべすべした肌に指をすべらせ、さらに自分のほうに引き寄せた。重みのある胸のふくらみがニコラスの胸に触れた。喜びに喉の奥が音をたてる。突然、どうしようもなく彼女が欲しくなり、股間と神経と心がうずき始めた。やっとの思いで、ニコラスはエメリアから手を放した。司祭が赤い木製の大盃《プラテイナ》を渡し、二人がそれに口をつけて幸福が約束されると、客が拍手をして結婚式は終わった。

「お祝いだ！」誰かが声をあげ、一同はぞろぞろと蜂蜜ケーキとワインのゴブレットのほうに向かった。

ニコラスは花嫁を見つめ、鼓動を高ぶらせていた。彼女をどうしてやろうかと考えるだけで、指がぴくぴくと震えた。欲望に焼き尽くされそうだ。この女性の名前が何だろうと関係ない。直感がこの女性はエマだと告げていた。その体が、快活な性格が、存在感が、いつもどおりニコラスをかき立てるのだ。

シダロフが近寄ってきて、こっそりひじで小突いた。「旦那さま」唇の端を動かし、低い声で言う。「もう花嫁を連れて上がられてもよろしいですよ。何かご入り用のものは？」

ニコラスは一瞬だけエメリアから注意をそらして答えた。「プライバシーだ」意味ありげに言う。「わたしの部屋の前を通る者がいれば、そいつを殺す。わかったか？」

「ですが、伝統的には、客は二時間後にシーツを見る権利が――」

「西欧の伝統では違う」

シダロフはうなずき、得意のしかめっつらをした。

「現代的なご主人さまにお仕えするのは苦労しますね。かしこまりました、誰も近づけないようにいたします」

ニコラスが腕を差し出すと、エメリアはすぐにその腕を取ってうつむき、真っ赤になった顔をベールで隠した。陽気な見送りの声の中、二人は宴会場をあとにした。エメリアの不安げな腕のつかみ方と、自分に合わせてくれる歩調に、ニコラスの胸は期待でいっぱいになった。彼女が欲しくてたまらず、誰にも、何にもじゃまをされたくなかった。その結果、何が起ころうと構わない。これから数時間は、自分を取り巻く世界は消え去り、彼女との快楽に我を忘れるのだ。ニコラスはエメリアを寝室に連れていき、ドアを閉めた。水とワインの入った水差しが用意され、太い黄色のろうそくが灯されていて、室内は琥珀色の光に満たされていた。

エメリアはその場に立ちすくみ、浅く息をしながら、目を見開いてニコラスを見ていた。ニコラスは彼女の髪からそっと頭飾りを外し、真珠が飾られたベールを取った。それらを小さなテーブルに置き、エメリアに向き直る。「あっちを向いて」静かに言った。

エメリアは言われたとおり、体の向きを変えた。ニコラスが背中に垂れた三つ編みをつかむと、はっと息をのむのがわかった。ニコラスは太い赤毛をほどいて、鮮やかな縮れ毛を解放し、豊かに広がった髪を指ですいた。一つ一つの動きをゆっくりと、慎重に行ったが、本当は彼女をベッドに押し倒し、今すぐに奪いたかった。金色の上着を肩から脱がせ、床に落とす。背中を引き寄せて両手で体の前を探り、サラファン越しに体の線を確かめた。エメリアがあえいで背中を押しつけてくると、丸い胸のふくらみを両手で包み、先端が硬くなるまで軽く愛撫した。

驚いたことに、エメリアはニコラスに素直に身を任せてきた。心臓が激しい欲求のリズムを刻む中、ニコラスは彼女の肩の後ろから首筋に顔をすり寄せた。なだらかなラインを描く腹に手をさまよわせ、太ももの間の魅惑的なくぼみへと下ろしていく。エメリアは体を震わせ、さらに強くニコラスに背中を押しつけた。ニコラスの手のひらが柔らかな丘を包み込むと、手とエメリアの体の間が熱をおびてきた。

ニコラスは日頃から黙って愛を交わすことを好むが、それは感情を共有するのではなく、純粋に肉体的な行為を追求するためだった。最中に発せられる言葉は親密すぎ、感情があらわになりすぎる。だが、今は何か言って、エメリアの緊張をほぐしてやらなければと思った。彼女の背筋が突然こわばるのを感じたのだ。「痛い思いはさせないよ、ルイシュカ」

「怖いわけじゃありません」エメリアは答え、ニコラスのほうを向いた。「ただ……わたしたちはお互いを知らなすぎると思って」

〝そうか？〟ニコラスはそう口に出しそうになった。〝数えきれないほど何度も、わたしは君を抱いてきたじゃないか。エマ、君のことならわかっている。体のあらゆる部分を、表情の一つ一つを〟彼女を思いどおりに操る術なら心得ていた。どうすれば彼女が喜ぶか、恥じ入るか、腹を立てるか……だが、それが本当に彼女をわかっていることになるのだろうか？彼女が何を考え、何を夢見て、何を願っているのかは未知のままだった。

ニコラスは目の前の女性を見つめ、肩にかかる縮れた赤毛をもてあそんだ。

「そのとおりだ」静かに言う。「わたしたちはお互いを知らない。二人とも新しいスタートを切ることになる。お互いを信頼できるようにならないと。だろう《カラショ》？」

「ええ」エメリアはおずおずとほほえみ、恥ずかしそうに何やらつぶやきながら、ニコラスの上着に手をかけた。ニコラスは進んで上着を脱がされ、細身のブリーチズからシャツを引っぱり出した。エメリアは大胆さを増し、ふくらんだシャツの袖から小さな宝石のついたカフスボタンを外し始めた。ボタンが外れると、ニコラスは頭からシャツを脱ぎ、床に落とした。むき出しになった胸をエメリアが眺める間、動くのをじっとこらえ、傷跡に反応が返ってくるのを待つ。

だが、エメリアは目におずおずと興味の色を浮かべただけだった。ニコラスの鎖骨と、その下でうねる硬い筋肉に手を触れる。彼女の指先が触れた部分だけ、火で焼かれたように感じた。「きれいな体」エメリアはささやいた。

からかわれたのだと思い、ニコラスは驚いた。どんなに想像力が豊かでも、このような傷跡のある人間を美しいと思えるはずがない。エメリアの視線を追って、自分の胸に目をやる。とたんに、あっけにとられた。

そこに傷跡はなく、ろうそくの光に照らされたなめらかな皮膚が広がっているだけだった。手首を見ると、やはり両方ともすべすべで、傷一つない。

「何ということだ」ニコラスはその場に座り込みそうになり、かすれた声で言った。「わたしの身に何が起こったんだ？」

エメリアは数歩下がり、困惑したようにニコラスを見つめた。

「ニコライさま？　お加減が悪いのですか？」

「出ていけ」ニコラスはいらだたしげに言った。

エメリアの顔から血の気が引いた。「何ですって？」

「出ていけ」ニコラスはぼんやりと繰り返した。「お願いだ。どこか別の部屋で寝てくれ」

エメリアは鋭く息を吸い込み、突如あふれ出した涙を拭った。

「わたしが何をしたというのです？　何かご機嫌を損ねるようなことを？」

「君には何の責任もない。すまない、わたしが……」

それ以上続けることができず、ニコラスは頭を振った。強引にエメリアに背を向け、彼女が部屋を出ていくのを待った。こめかみが鋭く痛み、頭蓋骨に釘を打ち込まれたのかと思うほどだ。

「神よ」ニコラスはつぶやき、その一言に恐怖と疑問の祈りを込めた。再び傷跡を確かめようとして、なめらかな肌が指に触れると、改めてショックを受けた。鞭打たれた傷と火傷の跡は、長年ニコラスの一部であり続けた。悪魔のように残忍な連中にされた仕打ちを思い出す必要に駆られたときは、いつも傷跡をじっと見た。あの傷が消えることなどあっていいのだろうか？　自分を形作っていた目に見える証拠を失えば、自分が何者なのかわからなくなってしまう。

ニコラスはそばにあった椅子に、疲れきったようにどさりと腰を下ろした。これほど孤独を感じたことはなかった。自分が知っているすべてのものから切り離されたのだ。以前の生活に戻る術はないように思えた。戻りたいのかどうかさえわからなかった。あの人生には何もなく、誰もおらず、エマ・ストークハーストと関係を築くチャンスさえ自らの手でぶち壊してしまった。戻ったところで何になる？

　ぎくりとするほど唐突に、理性が戻ってきた。エメリアとベッドをともにするのは、悲劇的な間違いだ。彼女を妊娠させる危険を冒してはならない。指一本触れてはいけないのだ。アンゲロフスキー家の血を自分で終わりにすれば、世の中ははるかに住みよい場所になる。

　未来で待っているエマ・ストークハーストを思い、もはや彼女と結婚することも、抱くこともないのだと考えると、みぞおちに冷たいものを感じた。だが、その感覚は無視した。

　ワインの入った水差しを見つめ、酔っ払ってしまおうかと考える。だが、それでは何の解決にもならない。つかのまの猶予が与えられるだけで、目が覚めれば同じ問題に直面することになる。では、これからどうすればいい？


　シダロフはニコラスがエメリアとベッドをともにしていないことを知っているのか、あるいはそう疑っているだけなのか、とにかく次の朝、そのことについては何も言わなかった。ほっそりした顔からは努めて感情を消し去っていたが、濃い茶色の目はニコラスの乱れた姿を意味ありげに見つめていた。

「おはようございます、旦那さま」シダロフは言った。「勝手ながらお風呂のご用意をさせていただきました。今日は入られるのではないかと思いましたので」

　ニコラスはうなずき、家令のあとについて母屋に付随する私用の浴場に向かった。

「二日も服を着替えていらっしゃらないのですね」シダロフは言い、ニコラスが脱いだ服を抱え上げた。「旦那さまが入浴されたと聞けば、使用人一同大喜びですよ」

その言葉を聞いて、ニコラスはロシア人の清潔の基準が厳しいことを思い出した。どんなに貧しい農民も体はこまめに洗う。特にこの時代においては、清潔であることはスラヴ人が西欧人よりも進歩している数少ないことの一つだった。イギリス人はむしろ頻繁に入浴することを怖れ、風呂に入りすぎると病気にかかりやすくなると思っている。

木造の浴場は掃除が行き届き、広々としていた。壁の高い位置にガラス窓がはめ込まれ、外光が入るようになっている。隣には居心地の良い、ブロケードに覆われた家具と大きな暖炉のついた部屋が設けられていた。今は浴場の熱が逃げないよう、間のドアは閉ざされている。窓ガラスに蒸気がつき、細い筋になってきらめきながら流れていた。浴槽に入ったニコラスは、ハーブで香りがつけられた湯に胸まで浸かり、あまりの気持ち良さにため息をついた。熱が体にしみわたり、張りつめた筋肉とあらゆる痛みを癒してくれる。ニコラスは目を閉じ、木製の浴槽の縁に頭をもたせかけた。

「しばらくお一人になられますか？」シダロフがたずねた。

「ああ」ニコラスは目を閉じたまま答えた。

「おひげが柔らかくなった頃に、ひげ剃り道具を持って戻ってまいります」

しばらくの間、あたりはしんと静まり返り、窓から滴る水の音と、ニコラスが足を前後に動かしたときに立つ小さな音だけが聞こえていた。タイル張りのストーブから蒸気が上がっている。ニコラスがうとうとし、贅沢な気分に浸りながら、ぼんやりと考え事をしていると、床がきしむ音が聞こえた。「シダロフか？」つぶやくように言う。

「いいえ」女性の柔らかな声が返ってきた。

ニコラスは目を開けた。きらめく暖かい湯気の向こうから、エメリアが浴槽に近づいてくるのが見えた。簡素な青の農民風ドレスを着ている。泣き腫らした赤い目をしていて、見た目にわかるくらい歯をくいしばっていた。ニコラスは体を起こして、うんざりしたようにエメリアを見つめ、自分を非難しに来たのだろうかと考えた。もちろん、責められたところで文句は言えない。

エメリアの声はわずかに震えていた。「シダロフにニコライさまの居場所をたずねたのです。わたし……今すぐお話ししたいことが、おききしたいことがあって……」

「何がききたいんだ？」ニコラスはつぶやいた。霧の中に浮かび上がるほっそりしたシルエットはこの世のものと思えず、その姿から目が離せなかった。

「もし、わたしをお選びになったことを後悔されているのでしたら」エメリアは眉をひそめて険しい顔になり、急いで続けた。「わたしはきれいじゃありませんし、変わっていると思われるかもしれません。でも、最高の妻になるとお約束します！　西欧の女性のようになれるよう勉強――」

「エメリア」ニコラスはさえぎった。「こっちにおいで」エメリアはためらいながらも近づいてきて、浴槽の縁に腰かけた。ニコラスは濡れた手で彼女の手を取り、ほっそりした指を広げさせた。エメリアのまっすぐな視線を、何とか見つめ返す。「その……昨夜のことは悪かった。あんなふうに君を追い出したりして」言葉が喉につかえそうになる。謝るのは昔から苦手だ。「君は何も悪くない」かろうじてそう言い添えた。

エメリアは疑わしげにこちらを見て、ニコラスの指を握った。

「そうだといいんですけど、でも――」

「妻にしたいと思ったのは君だけだった。もし、昨日ゴロルコフ邸に君が来ていなければ、わたしは誰も選んでいなかったよ」

青白い肌がピンク色に染まった。「本当ですか？」

「君は美しい。色っぽい女性だと思っている」

「では、昨夜はなぜ――」

「いろいろと……ややこしい問題があってね」要領を得ない自分の言い方に、ニコラスは顔をしかめた。「君にわかってもらえるようには説明できない。むしろ、わたしのほうこそ説明してもらいたいくらいなんだ」

エメリアはニコラスの目をじっと見つめながら、その言葉について考えていた。

「わたしが知りたいのはただ……このまま妻として置いていただけるのか、ということです」

熱のこもった青い目に、ニコラスは吸い込まれそうになった。「ああ」自分の声がそう言うのが聞こえた。

エメリアは安心したようにうなずいた。

「では、ここに置いていただきます。そして、ご決断を待ちます。わたしをベッドに呼んでもいいとお思いになれば、そうおっしゃってください」

ニコラスはごくりと唾をのみ、エメリアから手を離して、せかせかと顔に湯をかけ始めた。エメリアをベッドに迎え、痛いくらいのこの欲求を彼女の中に解き放つなど、想像してはならないことだ。いずれ自分に破滅的な未来をもたらす連鎖反応を断ち切りたいなら、そのような行為は許されない。「もうすぐシダロフがひげ剃りを持ってくる」ニコラスは言い、顔やあごから滴る湯を勢いよく払った。

エメリアはおずおずと、浴槽の脇に置かれたラベンダーの石鹼の皿を指さした。

「ニコライさま、髪を洗ってさしあげましょうか？」

「いや、自分でやる」

「わたしなら構いません。妻たるもの、旦那さまにそういうお世話ができるようにならないと」エメリアはタイル張りのストーブの上に置かれた湯が入ったバケツを取り、ニコラスのもとに持ってきた。

ニコラスはためらい、何と言って断ろうかと考えた。だが、期待のこもった目と視線が合うと、ため息をついた。風呂の世話くらいさせてやればいいではないか？　それで何か困ったことが起こるだろうか？　ニコラスは頭を前に倒したが、エメリアにかけられた湯の熱さに、少しひるんだ。

「きれいな髪」エメリアは言い、ニコラスの濡れた髪を後ろになでつけた。「黒蜂蜜のような色だけど、てっぺんに明るい筋が入っているのですね」

「珍しくはないよ」ニコラスはどんよりした気分で、エメリアがドレスの袖をひじまでまくるのを見ていた。

エメリアはつるつるした石鹸の塊に手を伸ばした。

「ニコライさまがうぬぼれた方じゃなくてよかった」笑い交じりの声で続ける。「これほどの容姿の男性なら、たいていはうぬぼれているものです」彼女はニコラスの後ろに回り込み、頭上で石鹸を泡立て、泡を髪にすり込んだ。「目をつぶってください。石鹸がしみるといけませんから」

エメリアが髪を洗う間、ニコラスは浴槽の壁にもたれていた。指が後頭部からうなじに向かい、耳の後ろを優しくこする。彼女の指はもともと好きだった。力強くて、ほっそりしていて、優美な指。ニコラスは突然、息ができなくなるくらい、彼女が欲しくてたまらなくなった。横を向けば、エメリアの胸に唇が届く。乳首に歯を立て、吸いつけば、やがてそこは舌の上で硬くなる。彼女は聞き慣れたあの猫のような声を出し、背をそらして、身を預けてくるだろう。

裸のエメリアと風呂に入るところを想像する。肌は濡れてつるつるし、黒っぽく見える深紅の髪が、もつれながら二人の周りに浮く。彼女を自分の上にのせて上下させるうち、二人の情熱の激しさに、湯があちこちに飛び散る……。

「もういい」ニコラスはしゃがれた声で言い、体を起こした。「そろそろ終わりだろう?」

「はい」

エメリアがストーブに向かう足音が聞こえた。戻ってくると、さらに湯をかけて髪をすすぎ、濡れた顔を拭くための乾いた布を渡してくれた。ニコラスが目を開けると、エメリアが恥ずかしそうに、だが興味津々に、湯の中に見える輪郭を凝視しているのに気づいた。乙女らしく頬を真っ赤に染めている。ニコラスはこのまま衝動を抑えきれなくなりそうだった。

「ありがとう」何とか声を発する。「シダロフを探して、ひげを剃ってほしいと伝えてくれ」

「わかりました。でも、その前に――」

「いいから」ニコラスはぶっきらぼうに言い張った。

エメリアは素直にうなずいてその場を離れ、ニコラスは苦しげにため息をもらした。湯に深く沈んで、体のほてりがおさまることを願った。

「いったいどこまで耐えられるだろう」一人でぶつぶつ言う。そのとき、浴場に低く大きな笑い声が響きわたり、ニコラスは肝をつぶしそうになった。

「ニコライ、独り言か？」

ニコラスは振り返り、見知らぬその人物を見つめた。内心の驚きを悟られないよう、努めて表情を抑える。

身長が二メートル以上はありそうな、三〇代半ばと思しき男性が浴槽に近づいてきて、心底楽しげにニコラスを眺めた。

「今、そこでお前の新妻に会ったぞ」大男はニコラスに告げた。「きれいな女じゃないか。

体つきも健康そうでしっかりしている。うちのエカチェリーナのようだ。我が友よ、お前の選択が賢明だったと証明されることを願おう」

巨体に釣り合わないくらい小さな丸顔は、どこかで見た覚えがあった。まっすぐでつややかな栗色の髪が、幅の狭い肩に落ちている。唇の上に小さな口ひげを生やしているが、あごひげはないため、がっしりしたあごのラインがむき出しになっていた。はしばみ色の目は力の限りに躍っているようで、体全体にそれと同じ騒々しい雰囲気が満ちている。西欧風の服装をしているが、話しているのはロシア語で、発音は生粋のスラヴ人らしく、くぐもっているようだ。

「供を連れて、しばらくおじゃますることにした」男はニコラスに言った。「こちらのお宅のおいしい食事と楽しい娯楽が必要になったものでね。メーンシコフがポーランドでの司令官としての務めを終えて戻ってきたから、楽しんでもらおうと思って」ウィンクをする。「カリシュの戦いでスウェーデン軍に勝てたのは、アレクサンドルのおかげだ。あとはお前さえ司令官になってくれれば、すぐにでも戦争に勝てるのに！」

「わたしは軍人ではありません」

ニコラスは何とか答えを返したが、頭は猛烈な勢いで回っていた。メーンシコフ……ピョートル大帝の親友で、寵臣だった人物の名前だ。

浴場でニコラスのそばに立っているこの男性は、初代ロシア皇帝、ピョートル大帝その人だった。

8

タイミング良くシダロフが来てくれたおかげで、ニコラスは気分が落ち着くまで会話をまぬがれることができた。浴槽に浸かり、シダロフにひげを剃ってもらう間、心臓がどきどきしていた。一方、ピョートルはあたりをうろつきながら、身動きのとれない聞き手に向かって、一人で力強く話し続けた。

ニコラスはぎょっとしながらも聞き入っていた。ピョートルの業績には、以前から感服している。ピョートルが強力なロシア海軍を作り上げ、スウェーデン軍との二〇年にわたる戦いを勝利に導き、サンクトペテルブルクという壮麗な都市を建設したことは、教科書でおなじみだった。それだけのことを成し遂げるには、才能に加えて猛烈な意志の力が必要で、目の前に立つ男がその両方を兼ね備えているのはよくわかった。

ピョートルは長々と戦争の話を続け、スウェーデンの国王、カール一二世の自信過剰ぶりと、先日のロシア軍の〝焦土作戦〟の成功について語った。

「あの頑固なばか者どもは、軍隊の食糧もまかなえなくなったというのに、ポーランドを突き進んでいる」そう言って、意地悪そうにほほえんだ。「長くはもたないだろう、愚かなスウェーデン軍め。今すぐ撤退しないと、冬は越せない」

「カールは北東に進むかもしれませんね」子供の頃に習った軍事史の記憶をたどりながら、ニコラスは意見を述べた。「ワルシャワでロシア軍の防御を側面から崩し、リトアニアに進軍するために——」シダロフが新しいタオルを顔に当てたので、その声はくぐもった。

「あれだけの川と沼地を越えられるはずがない」ピョートルはあざわらった。「もし越えられたとしても、国境の町グロンドで食い止めればいい」

カールがポーランドを抜け、難なくグロンドを陥落させたことを思い出し、ニコラスは肩をすくめた。「それは神とツァーリのみぞ知る、ですね」古いロシアのことわざを持ち出して言う。このささやかなお世辞に、シダロフがあきれたように目を動かしたが、それは無視した。

ピョートルの薄い唇に笑みが浮かんだ。

「会いたかったぞ、ニコライ。わたしがモスクワにいる間はたびたび会えそうだな。首都に戻ってくるのは二年ぶりだ！　用事が溜まっているから、クリスマス休暇の間はこっちにいる。あいにく、アレクサンドルはポーランドの連隊のもとに戻らなければならないんだ」

「それは残念です」ニコラスは何の気なしに答え、浴槽から出てシダロフに渡されたローブをはおった。

ニコラスが冗談でも言ったかのように、ピョートルは短く笑った。

「ニコライ、あいつの不在を残念がるふりはしなくていい。お前とアレクサンドルが犬猿の仲であることは誰でも知っている。だが、今夜は憎しみは忘れてくれよ。アレクサンドルは国のために働いてくれたんだし、戦場での功績は称えられてしかるべきだからな」

ニコラスは曖昧にうなずき、誰かを見上げるという新しい経験に、落ち着かない気分になった。ニコラスも身長はあるほうだが、ピョートルは巨人とも呼べるほどだ。

「それに」ピョートルは続けた。「お前たちが互いに好感を持ってはいけない理由などないんだ。お前とアレクサンドルには共通点が多い。二人とも頭が切れて、野心家で……ロシアをヨーロッパと対等にするため、古いやり方を打ち崩そうとしている。確かに、アレクサンドルはお前ほど洗練されていないし、容姿も良くないが、あいつにはあいつなりの才能があるんだ」

「特に、財を成すことにかけては」ニコラスはぼんやりと言った。歴史上、アレクサンドル・メーンシコフは欲深い人物とされていて、権力を濫用してロシア国民と政府から金を巻き上げたとされていることを思い出したのだ。ニコラスのぶしつけな物言いに、シダロフがひそかに息をのむのが聞こえた。

ピョートルはむっとしたように顔の左側をひきつらせたが、すぐに大笑いを始めた。

「親愛なるアレクサンドルには欠点もあるが、わたしには大いに尽くしてくれている。それに、賢き我が友人、お前こそ……モスクワの商人たちとはどうなってる？　イギリスやドイツにあるような商社を作るよう説得はできたのか？」

ニコラスはためらい、ここはどんなはったりで切り抜けるべきか考えた。

「彼らが自発的に動くことはなさそうです」そう言うと、ピョートルの目をまっすぐ見た。「ポサドの市場から産業に移行するのは簡単なことではありません」

ピョートルは不満げにうなったが、驚いた様子はなかった。

「この国の民はいつもそうだ。無理やりにでも前に進ませてやらなければ、自分から進歩の道を選ぶことはない。ニコライ、新たな任務を受けてくれ。今後、この街の商売と金融に関わる事業を指揮してほしいんだ。知事は西欧のやり方は何も知らないようだから、助言をしてやってくれ」

「ですが、わたしは――」政府の役職に就きたくはなかったので、ニコラスは抗議しようとした。

「ああ、礼なら言わなくてもいい」ピョートルはさえぎり、大股で浴場のドアに向かった。「街の新しい砦《とりで》を回って、建設作業の進み具合を確かめてくる。夜には戻るから、いつものようにすばらしい食事と娯楽でもてなしてくれ。私設劇場を改装したと聞いた……見せてもらうのを楽しみにしているよ」

ぶっきらぼうな大男が出ていくと、ニコラスは浴槽の縁に腰かけ、信じられないというふうに頭を振った。「頭がおかしくなりそうだ」ぶつぶつ言う。

隣の部屋に行って着替えるよう、シダロフが身振りで示した。

「お着替えが終わりましたら、わたしは今夜の準備に取りかかります。ぐずぐずしている暇はありませんので」言葉を切り、慎重に言い添える。「もう少しツァーリに気に入られるようになさったほうがよろしいかと。メーンシコフはいつもどおり、旦那さまを陥れる策を練っているはずです。旦那さまの進退は、ツァーリのご好意を保てるかどうかにかかっているんです」

「わかっている」ニコラスはにこりともせずに言った。時代が違っても、帝国政府は変わらない。ツァーリの気まぐれが人一人の人生を決めるのだ。「メーンシコフよりも早く、ツァーリのブーツをなめろということだな。これぞまさに貴族の特権だ」

シダロフはぎょっとしたような目でニコラスを見たが、何も言わず、黙って自分の仕事をこなした。

屋敷は慌ただしい雰囲気に包まれた。ツァーリと取り巻きが宿泊することになった場合に備え、使用人は部屋をいくつか用意した。フランスの笑劇を上演するために、専属の私設劇団が呼ばれ、コックの指揮で大規模な宴会の準備が進められた。シダロフは目にも留まらぬ速さで屋敷中を走り回り、顔を合わせた全員に指示を与えた。

やることがなくなったニコラスは、アンゲロフスキー家の財政状態を調べることにした。驚いたことに、一家の財産の記録はほとんど残されていなかった。わずかに見つかった文書と帳簿を見る限り、財産は将来のアンゲロフスキー家とは比べものにならないほど少ない。収入といえば、数カ所ある私有地の賃料と、帝国政府が経営する磁器工場からのわずかな利益があるだけだ。ニコライ公爵は、金儲けにはあまり興味がなかったようだ。

「ニコライさま?」図書室の戸口からエメリアの小さな声が聞こえた。ニコラスが顔を上げると、妻はすきまからこちらをのぞいていた。

「何だ?」

エメリアはおそるおそる部屋に入ってきた。「シダロフに聞いたのですが、今夜ツァーリがこちらで食事をなさるそうですね。わたしも同席するのですか?」

「ああ」ニコラスは帳簿を閉じながら、ぶっきらぼうに答えた。「西欧の女性は夫と同じテーブルで食事をするものだ」

「まあ」エメリアは困ったように顔をしかめ、農民風ドレスの袖を引っぱった。「わたし……わたし、あのサラファンしか着るものを持っていません」

「それでいい」

「あれは流行遅れです。野暮ったいんです」

「ドレスは今度作らせるよ。今夜のところはサラファンを着てくれ」

「わかりました」

エメリアの肌が妙に白く見えることに気づき、ニコラスはじっと顔を見つめた。

「こっちにおいで」唐突に言う。

エメリアはすり足で歩いてきて、ニコラスのデスクの脇に立った。ニコラスは立ち上がり、エメリアの顔を観察した。おしろいをつけすぎているせいで、ほのかに赤みを帯びた自然な肌の色が隠され、くすんで粉っぽくなっている。ニコラスが頬を指で優しくなぞると、白い衣の中からなめらかな肌が現れた。三日月形の鳶色のまつげにも、粉がぽつぽつと散っている。

「ゴロルコフ公爵の奥さまにいただいたのです」エメリアは言った。「貴婦人の皆さんはおしろいを使っていらっしゃいます。これがあれば、しみも隠せますし」

「しみ？」ニコラスは驚いてきき返した。「これのことか？」もう一度エメリアの頬骨のあたりをこすり、黄金色のそばかすをあらわにする。「わたしはこのそばかすが好きだ。隠さないでくれ」

エメリアは疑わしげにニコラスを見た。

「そばかすが好きな人はいません。もちろんわたしも」

「わたしは好きなんだ」ニコラスは軽くほほえみ、エメリアのあごの下を指でつついた。

「ここにいてニコライさまのご様子を見ていてもいいですか？」エメリアは突然言った。「みんな忙しそうで、わたしにはやることがないのです」

ニコラスが朝から悩まされている息苦しく落ち着かない気分を、エメリアも感じているようだ。「馬車で街に出ないか？　キタイゴロドに行こうかと思っているんだが」

高級小売店が並ぶクレムリンの市場の名前を聞き、エメリアは目を輝かせた。

「まだ一度も行ったことがありません！」

エメリアの興奮ぶりを見て、ニコラスの気分は浮き立った。

「では、急いで外套を取っておいで。あと、顔も洗うんだ」

エメリアはいそいそと出ていき、ニコラスは使用人たちに馬車ぞりの準備を言いつけた。玄関で顔を合わせたエメリアは、古めかしく分厚いショールを何枚も重ねて、体に巻きつけていた。ニコラスはその一枚をつかみ、首をしっかり覆ってやった。

「外套は持っていないのか？」

「はい。でも、これでじゅうぶん暖かいです。寒さを感じることはありません」

ニコラスは顔をしかめ、幾重にもなったぼろぼろのショールを観察した。

「必要なもののリストに外套も入れておこう」

「ごめんなさい、ニコライさま」エメリアはまじめな顔で言った。「わたしには持参金も、服もありません……身一つでこちらに来たんです」

「そんなことはいいんだよ」

ニコラスは優しく答え、鮮やかな青い目をのぞき込んだ。指の背が偶然、彼女の柔らかな喉に当たった。ニコラスははっと動きを止めた。彼女に触れた指がひりつくようだった。重ね着の下に隠された細く美しい体が、痛いくらい意識される。彼女を上に連れていって服を脱がせ、裸の体を抱きたかった。抑えようのない血流が全身を駆けめぐる。だが、どんなに求めようとも、エメリアと愛を交わすわけにはいかない。彼女を妊娠させれば、アンゲロフスキー家の呪われた未来を繰り返すことになる。

「行くよ」ニコラスはつぶやき、外で待っている馬車のもとにエメリアを案内した。「モスクワの街を見物しよう」

馬車に乗り込むと、エメリアは一瞬躊躇したものの、言われたとおりニコラスの毛皮の膝掛けの中に入った。暖かな毛皮に包まれ、熱した石に足を温められながら、二人の乗った馬車はクレムリン目指して街を進んだ。古い城塞の内側の光景が自分の時代とは違うことに、ニコラスは驚いた。おなじみの赤煉瓦の壁と玉葱形の円蓋がついた塔はあるが、クレムリン大宮殿はまだ建てられていない。世界最大の鐘、ツァーリ・コロコルは鋳造どころか、設計もされていないのだ。切り立った赤煉瓦の壁の門の上には、神の恩寵と保護を願い、巨大なイコンが掛けられていた。

「驚いてしまいます」エメリアはニコラスの視線を追い、窓の外を見て言った。「ここで行われていることを考えると……」一瞬、表情が険しくなる。「ツァーリと政府の役人は安全なこの壁の向こうに座ったまま、外にいる全員の人生を一瞬で変えることができます。ツァーリが戦争をしたいと言えば、何千もの人がツァーリのために命を落とす。バルト海の沿岸に新しい都市を造りたいと言えば……わたしのおじや兄のような男性たちが、労働力として徴集される。ツァーリの望みをかなえるために、大勢の人が亡くなっています。おじも兄も、きっとあそこで死ぬでしょう」

「それはわからないよ」

「サンクトペテルブルクはとても危険な場所です。事故が起こり、病気が流行し、野生の動物までいます。夜は狼が通りをうろついているそうです。わたしの家族を無理やり連れていくなんて、ツァーリは間違っています。賢くて優秀な方なのかもしれないけど、とても自分勝手でもあると思うわ！」エメリアは言葉を切り、とっさに演説をしてしまったことを気にして、ニコラスに探るような視線を向けた。

「そんなことを言っていると、反逆罪に問われることになるよ」ニコラスは静かに言った。

「ごめんなさい……」

「いいんだ。わたしには何を言っても構わない。ただ、ほかの誰にも聞かれていないときだけにしてくれ。反抗の姿勢を少しでも見せれば、逮捕され、処刑されてしまうから」

「ええ、わかっています」エメリアは興味深そうにニコラスを見つめた。「ツァーリに歯向かうようなことを言っても、わたしを罰しないのですか？」

帝国政府に受けたむごい仕打ちの数々を思い、ニコラスは鼻を鳴らした。

「まさか。男だろうが女だろうが、人は誰でも自分の意見を持つ権利がある」

「すごく変わった方」エメリアは不思議そうにほほえんだ。「そんなふうにおっしゃる男性は見たことがありません」

馬車は市場の前で停まった。馬車を降りる二人に、人々の視線が集中した。氷の塊に足が触れ、ニコラスはエメリアの体を支えた。「ゆっくり」彼女の腕をつかんでささやく。

「足元に気をつけないと、わたしが受け止める間もなく転んでしまうぞ」

「ありがとうございます」エメリアは息を切らして言い、市場に目をやって笑い出した。

「まあ、何て楽しそうなの！」

ニコラスはエメリアの背中に片手を添え、商品が山盛りになった陳列台や露店が並ぶ通りを進んでいった。商人たちが商品の売り文句を叫び、客の注意を引こうとしている。

「上等な革のブーツだよ！」

「柔らかい羊の毛布！」

「聖なるイコンもあるよ！」

行商人が首に掛けた盆に食品をのせ、あたりを歩き回っている。蜂蜜酒の小瓶、キャベツと米の詰まったピロシキ、塩漬けの小魚。レモンやりんごなどの高級食材もあった。貧乏人も金持ちも、客は同じ盆から食べ物を取っていて、交じり合うことに抵抗はなさそうだった。

露店の通りの向こうには店が並び、職人が金細工や木工品、小間物を売っていた。石細工職人はエカテリンブルクから材料を仕入れ、鮮やかなエメラルド色の孔雀石や明るい青色の瑠璃《るり》を、カットの美しいボタンやチャームに加工していた。小さな樽に入ったキャビアや香辛料を陳列した店もあれば、ふかふかの高級毛皮を売る店もあり、毛皮は虎や狼のものまであった。中国茶の店は何軒もあったが、それ以外の外国人が経営する店は片手で数えるほどしかなさそうだった。外国人であふれ返る一九世紀のモスクワとは大違いだ。

ニコラスはレース編みの店の前で足を止め、エメリアを連れて中に入った。さまざまな種類のレースが台に山積みになっているのを見て、彼女は感嘆の声をあげた。レースの中には、蜘蛛の巣のように繊細なものもあった。商品を見て回ったあと、ニコラスは一時間に二センチ程度しか編めそうにない精巧な白いレースのショールを選んだ。

「気に入ったか？」何気なくたずねると、エメリアは呆然とした顔でうなずき、ニコラスはそばに控えていたレース職人に硬貨を渡した。

「わたしに？」エメリアは興奮して顔を輝かせ、大きな声を出した。

「もちろん、君にだよ」ニコラスは唇の端に笑みを浮かべた。彼女の頭を覆う暗い色の布をそっと外し、上質な柔らかいレースを髪の上に広げる。「わたしがこれをほかの誰に買うというんだ？」

レース職人は、ふしくれだった木の枝のような手をした小柄な年配の女性で、エメリアを見て満足げにうなずいた。「とってもきれいです。赤い御髪に雪が降り積もったようですわ」

エメリアは手を伸ばし、そっとレースに触れた。「こんなにきれいなものを買ってもらったのは初めて」つぶやくように言う。「花嫁衣装も借り物だったから」

ショールは紙でていねいに包まれた。次にニコラスは、エメリアを香料の店に連れていった。店内には香や香油、香水の甘い匂いが満ちている。エメリアが小瓶や香箱を見ている間、ニコラスは店の隅にいた年配のフランス人男性に話しかけた。

「ムッシュー、妻に香水を選んでやりたいんだが」

香料商は明るく黒っぽい目で、エメリアを眺めた。

「おきれいな方ですね。公爵さま、いずれは奥さまに合わせて特製の香水を調合させてください。今日のところは、すぐにご用意できる中からとびきりの品をお持ちします。薔薇とベルガモットに、ほのかにミントを加えたものです」男は店の奥を漁ったあと、青いガラスの小瓶を持ってきて栓を外した。誘うように、エメリアに申し出る。「奥さま、手首をお貸しください」

エメリアがおそるおそる腕を伸ばすと、香料商は香水を一滴垂らし、手首にすり込んだ。エメリアは手首の匂いを嗅ぎ、驚き交じりの笑顔でニコラスを見た。

「春の牧草地の香りがするわ！」

「とびきりの品だと申し上げましたでしょう」香料商は得意げに言った。「当店は貴婦人の香水作りを一手に引き受けております」

しばらく交渉したあと、ニコラスは香水を買い、エメリアに渡した。彼女はかしこまった顔でそれを受け取った。

「贈り物をいただけるなんて思ってもいませんでした」エメリアは言い、そっと小瓶を揺らしながら、ニコラスのあとについて店を出た。「贈り物をいただけるようなことを、わたしは何もしていないのに」

「君はわたしの妻になったんだ。お望みとあれば何でも買ってあげるよ」

「わたしの一番の望みは……」エメリアは言いかけたが、とたんに髪の生え際まで真っ赤になった。

「何だ？」ニコラスはうながしたが、その先は聞きたくないような気がした。

「わたしの一番の望み……」エメリアは再び言いかけ、やはり不安げに口を閉じた。

ニコラスは道端で足を止め、エメリアの顔を探るように見た。なぜ自分が彼女に贈り物をしたのか、なぜ自分が彼女に好意を持っていることを示す必要に駆られたのかはわからなかった。エメリアはこの地上でただ一人、手に入れることができない女性なのだ。なぜ自分の人生は、ほかの男たちと違って一筋縄ではいかないのかと思い、ニコラスは苦々しい気分になった。真っ二つに割れた自分自身をつなぎ合わせることが、どうしてもできない。彼女を求める自分と、彼女を怖れる自分だ。

「屋敷に戻ったほうがいい」しばらくして、ニコラスは言った。「そろそろツァーリと取り巻きがやってくる頃だ」

ニコラスに用意された服は、ブロケードのカフスがついた琥珀色のベルベットの上着、ぴったりしたベルベットのブリーチズ、宝石がちりばめられたブロケードのベストというものだった。どれもこの時代の最先端ファッションだ。ニコラスはそのすべてが気に入らなかった。窮屈な着心地も、鮮やかな色使いも、これみよがしなデザインも……何もかもが趣味に合わない。ニコラスにとっては、夜は上品でシンプルな黒と白の服を身につけるのが当たり前だった。上着もズボンもゆとりを持たせて仕立て、こざっぱりして清潔感のある服装だ。ヴィクトリア朝では、そのようなスタイルが主流だった。だが、一八世紀初頭には、財力のある男性は繊細さのかけらもない、孔雀のような格好をしていたのだ。

凝った服に身を包んだ自分を滑稽に感じながら、ニコラスはエメリアの部屋に向かった。妻はフランス風のマホガニーの鏡台の前に座り、午後にニコラスが買ってやった香水の青い小瓶を、途方に暮れたように見つめていた。ニコラスが入ってくる物音に気づくと、肩越しに振り返り、感嘆の笑顔を向けた。「ニコライさま、すてきなお召し物です」

ニコラスは曖昧にうなずき、鏡台に近づいていった。エメリアは赤のサラファンを着ていて、揃いの赤いリボンを、背中に垂らしたおさげ髪に編み込んでいた。髪の上に薄いベールを広げ、金の輪で留めている。ニコラスは彼女に触れたくてたまらず、頭飾りについた小さな模造ルビーが額の中心に来るよう調整するふりをした。親指が軽く眉に触れ、鮮やかな鳶色の弓形をなぞる。宝石も買ってやらなければ、と思う。アンゲロフスキー家の花嫁に、模造宝石を身につけさせるわけにはいかなかった。

エメリアは青い小瓶をいじっている。

「今まで香水をつけたことがないんです。どういうふうにつければいいのですか？」

「香水は、たいていの人がつけすぎてしまうものなんだ。手首と耳の後ろに一滴ずつすり込むだけでいい」ニコラスはガラスの小瓶から栓を外し、棒状の栓の先をエメリアの手首にあてた。湿った箇所を指先でこすると、夏の花々の香りが立ち上ってきた。「脈が強く打つ部分につける女性もいる……喉や、膝の裏……」

エメリアは耳たぶの裏の繊細なくぼみに触れられながら、笑い声をあげた。

「でも、誰もわたしの脚は見ないわ！」

彼女の力強くほっそりしたふくらはぎが上がり、自分にきつく絡みつくさまを思い浮かべ、ニコラスは口がからからになった。ほほえむエメリアの目を見つめる。自分さえ望めば、この場で彼女を誘惑することができる。数メートルしか離れていないベッドに連れていき、サラファンの裾をウエストまでまくりあげ……。

ニコラスの腰はエメリアの顔の前にあったため、体に変化が起こり、ブリーチズに締めつけられた部分が硬くなるさまは、いやでも彼女の目に入ったようだった。エメリアは顔をピンク色に染め、咳払いをしてからたずねた。「ニコライさま、もしかして――」

「いや」ニコラスはぴしゃりと言い、後ろを向いた。すたすたとドアに向かい、戸口で足を止めて、振り返らずに言った。「急いだほうがいい。君はいやかもしれないが、今夜は女主人としてツァーリをもてなすことになる。その役をうまく演じられなければ、わたしたちはとんでもない代償を払わされることになるんだ」

六人編制の劇団が、モリエールの喜劇を愛嬌あふれる軽妙さで演じた。アンゲロフスキー家の私設劇場にいる三〇人ほどの客は、ツァーリを囲んでくつろいでいた。劇場は狭いながら贅沢な造りで、壁には分厚い金めっきが施され、楕円形をした一族の肖像画が並んでいる。ニコラスを左に、アレクサンドル・メーンシコフを右にはべらせたピョートルは、役者たちの滑稽な演技に豪快な笑い声をあげていた。

ニコラスは妻が緊張していることが気になっていた。エメリアはニコラスの隣の席でぴくりとも動かず、時々ちらちらとピョートルに視線を向けている。ツァーリの前で畏縮しているのだろう。エメリアのように貧しい農民は、ロシアのツァーリは地上で最も権力があり、父親のような全能の存在で、その上に立つのは神のみだと教えられるのだ。エメリアの気持ちを静めて芝居に集中させるため、ニコラスはたびたび彼女の耳元で、フランス語のせりふや冗談をロシア語に翻訳してやった。

芝居が終わると、客は食堂に案内され、長いテーブルの周りに配置された。ここでもニコラスはピョートルの左に、メーンシコフは右に座った。エメリアは少し離れた席をあてがわれ、居並ぶしゃれたドレス姿の貴婦人たちとは対照的に、そわそわしていた。濃く味つけされた魚や猟鳥のローストが大皿でふるまわれ、内側にピンクのクリスタルが張られた銀のゴブレットにワインが注がれた。

ニコラスはほとんど口をきかず、椅子にもたれて、ピョートルとメーンシコフのやり取りを眺めていた。これまで生きてきて一目で嫌いになった人間はほとんどいないが、アレクサンドル・メーンシコフ、最近イジョラ公爵の称号を得たこの男は、その一人となった。それは、メーンシコフからも同じくらい強い憎しみが感じられたからかもしれない。

メーンシコフは背が高く、冷淡な顔をした男で、ポーランドでの苦役のために痩せ細っていた。ピョートルに影のようにつきまとい、彼が何を考えているのか、何を欲しているのか、先回りして読もうとする。トルコ石のような色の奇妙な目をし、眼光は鋭く計算高そうで、険しく引き締めた小さな口の上にピョートルそっくりの口ひげを生やしている。忍耐力と如才なさを発揮して、ピョートルに意見できる立場にまで上りつめた。二人の間には深い同志愛が存在しているようだった。メーンシコフは自分とピョートルの関係を脅かす者には激しく嫉妬し、ツァーリが話す相手、褒める相手をことごとく警戒しているのが見て取れた。

メーンシコフはニコラスに、猫なで声で話しかけた。

「アンゲロフスキー家の伝統に従って農民の娘と結婚するとはご立派なことで！　農民の娘はいくらでも子供を産んでくれるし、簡単にしつけることができるからな」

「アレクサンドル」ピョートルがたしなめるように言ったが、メーンシコフの無駄口は続いた。

「愛のない結婚をしたのは賢明だったな、ニコライ。陛下とロシアへの献身を妨げるものがあってはならない。女を愛するなどもってのほかだ。女というのは欲深い生き物だ……何でも自分のものにしようとする。優先順位をはき違えなければ、間違いを犯すことはないよ」

「優先順位はわきまえている」ニコラスは静かに請け合ったが、その目は険しかった。メーンシコフに生まれをなじられたエメリアは、恥ずかしそうに顔を赤らめている。ニコラスは彼女のほうを向き、穏やかな口調で言った。「ルイシュカ、君がどこまで出世するかが見ものだよ。我らが友メーンシコフも、今でこそロシアの公爵だが、もとはモスクワの市場でパイを売っていた男だからね」

メーンシコフは何かに刺されたようにびくりとしたが、ピョートルは大笑いした。

「アレクサンドル、お前が始めたんだぞ」笑いながら続ける。「これでわかっただろう、ニコライにけんかを売ってはいけない。こいつは眠れる虎だ。起こさないようにしないと」

「人は誰もがアンゲロフスキー家のような貴族に生まれるわけではありません」メーンシコフは低い声で言った。「陛下が人を家柄ではなく能力で評価なさる方で、ロシア国民は幸せ者です！」

「国民はただ、わたしに忠誠を誓い、熱心に働いてくれればいい」ピョートルは答えた。「そうすれば、農民が公爵よりも高貴な存在だと認められることもあるんだ」ニコラスの視線をたどり、エメリアに注意を向ける。「何という村の出身だ？」

それはありふれた質問で、ロシア人の社交辞令としてはごく一般的なものだった。ところが、エメリアは思いがけない反応を見せた。顔が真っ青になり、額にはじっとりと汗がにじんだ。沈黙は耐えがたいほど長く続き、もはや答えは返ってこないのではないかと思えるほどだった。

かろうじて聞こえる声で、エメリアは答えた。

「わたしは……その……プレオブラジェンスコエの出身です」

ピョートルの体は硬直して、左頬をぴくぴくと引きつらせた。

いったいどういうことだ？　ニコラスは気を揉んだが、すぐにプレオブラジェンスコエが、いくつもの暴動の始まりの地であることを思い出した。反乱を起こした銃兵隊《ストレリツィ》が拠点を置く村で、ピョートルが子供の頃に親族を失ったのは、ほとんどがこの反乱軍の仕業だった。ストレリツィはピョートルの目の前で親戚たちを殺した。ピョートルは生涯そのトラウマに苦しめられ、時折顔と首の左側が痙攣した。プレオブラジェンスコエでの二度目の暴動のあと、身の毛もよだつような大量処刑が行われ、周囲の地面は何キロも先まで血で染まったという。この村の名前を出されると、ピョートルは必ず機嫌が悪くなった。

メーンシコフは浮かれ気分を隠そうともせず、エメリアのほうを見た。

「それで、家族もみんなプレオブラジェンスコエの人間なのか？」さりげない悪意を込めてたずねる。

「はい」エメリアはうつむいたまま、蚊の鳴くような声で答えた。罪悪感を絵に描いたような態度だ。

眉間を煉瓦で殴られたように、ニコラスは新たな事実に気づいた。ゴロルコフ邸でエメリアと交わした会話が細かく思い出される。ニコラスの質問に、彼女がしぶしぶ返した答え……。

〝父は亡くなりました……父の政治的信条のせいで、わたしの家族はあまり評判が良くなかったのです……〟

エメリアの父親はおそらく、ストレリツィの一員として処刑されたのだろう。

ニコラスはこの新情報をのみ込むのに必死で、周囲で繰り広げられている場面にはほとんど気が回らなかった。

ピョートルは険しい顔のまま、会話の流れを変えようとした。「おしゃべりはもういい」命令口調で言う。「みんな食事に戻れ！」そして、エメリアをにらみつけた。「お前が痩せているのも無理はない……皿にはほとんど食べ物がのっていないじゃないか。しかも、肉は一切れもない！」

「に……肉は苦手なのです」エメリアは口ごもった。

ピョートルは陰鬱な顔になった。「肉が苦手だと？　愚かな女だ……肉を食べずに生きられる人間などいない」太い指で鶏肉の薄切りをつまみ、エメリアの前に放り投げると、肉はぺちゃりと皿に落ちた。「それを食え。わたしの手から直接施された食べ物だ。今すぐ食べろ！」

テーブルの全員が見守る中、エメリアは震える指でフォークを持った。つやつやした鶏の切り身を突き刺し、持ち上げてぞっとした顔で見つめる。

ニコラスは彼女を見ながら、状況を悟り始めていた。エメリアはエマとそっくりで、本能的な好き嫌いもまったく同じなのだ。肉を食べるのは、彼女の本質にそぐわないのだろう。こんなふうにエメリアが罵られるのを見過ごすわけにはいかないし、テーブルに吐かれるなどもってのほかだった。ニコラスは静かに口をはさんだ。

「陛下、わがままな妻は部屋に下がらせて、夕食抜きで自分の愚かさを反省させます」

ピョートルは鶏肉を指さした。「あれを食べてからだ」

ニコラスはエメリアに目をやった。肉を口元に運ぼうとしている。顔は薄い緑色になっていた。エメリアがそれを飲み込めないのは明らかだった。

「出ていけ」ニコラスはぴしゃりと言った。

エメリアはニコラスに悲痛と感謝の交じった目を向け、そそくさと食堂から退散した。

六時間後、ニコラスは重い足取りで階段を上った。怒りといらだち、裏切られたという強い思いに、全身が張りつめていた。最悪の夜だった。エメリアが出ていったあとも、ピョートルの不機嫌は続き、会話をしようとしてもことごとく失敗に終わった。メーンシコフはたびたびピョートルに耳打ちして機嫌をとろうとし、ほかの客は野次馬的な興味を示しながらも、居心地は悪そうだった。ピョートルがニコラスの妻選びを失敗だと考えているのは明らかだった。それに関しては、ニコラスにも異論はなかった。ワインとウォッカの瓶が次々と空き、やがてピョートルとその取り巻きは寝室に下がった。ニコラスもようやくペテン師の妻と対峙できることになった。

最高じゃないか。ニコラスはかっかしながら思った。このわけのわからない状況で、ツァーリを転覆させようとした家族を持つ女を押しつけられるなんて、これ以上の幸せがあるだろうか？　エメリアの部屋に入り、怒りをぶつけるのが待ちきれない。父親がストレリツィの一員であることを認めさせ、自分をだまして結婚に持ち込んだことを永遠に後悔させてやる。ニコラスが反逆者の娘を選んで、自分の身を危険にさらす気がないことくらい、エメリアにもわかっているはずだ。今やニコラスには疑惑の影がつきまとい、これからは一挙手一投足がツァーリに注意深く監視されることになりそうだった。

エメリアの寝室に着くと、中に入り、慎重にドアを閉めた。赤と黄に輝く暖炉の炎だけが、部屋を照らしている。エメリアがベッドの上にうずくまっているのが、かろうじて見えた。祈っているようだ。いいだろう。ニコラスは心の中でせせら笑った。わたしに捨てられるまで、せいぜい祈り続けるがいい。

「話がある」怒りにこわばった声で言った。

エメリアは急いでニコラスのもとにやってきた。

「ニコライさま」息をつまらせながら言う。呆然として目は見開かれ、怯えた雌鹿のようだ。「わたしを罰してください。ツァーリを怒らせてしまいました。その怒りはニコライさまに向かうことでしょう。これを……この鞭を持って、わたしをしつけてください。お願いです、自分がしたことを思うと耐えられない――」

「待て」ニコライは言い、まくしたてるエメリアをさえぎった。ぎらりとした銀の鞭の柄に目をやり、脇に置くよう身振りで示す。「ききたいことがある――」

「これをお持ちください」エメリアは言い張った。

「いいかげんにしろ、君を鞭打つつもりはない！」

ニコラスはエメリアの手から鞭を取り上げた。部屋の隅に放ると、鞭はカタンと床に落ちた。震える妻と向き合い、見開かれた目から流れる涙を見ると、怒りは驚くほどすばやく引いていった。こんなにも簡単にほだされる自分が腹立たしかった。

「でも、そうなさるのが当然です」エメリアはささやいた。

「わたしに指図をするな！」

「お願いです……」エメリアはうつむき、体を震わせた。

ニコラスはたまらなくなり、手を伸ばして妻のほっそりした体を抱き寄せた。

「本当のことを言ってくれ」エメリアのはらりと落ちた髪に唇をつけて言う。「君のお父さんはストレリツィの一員だったのか？」

とたんにエメリアは激しく泣き始め、あえぎながらしどろもどろに言った。

「はい……絞首刑に……母は悲しみのあまり死んで……でも、言えなくて……わたし……あなたの妻になりたかったから、もし知られたら……」

「もし知られたら、わたしは君とは結婚しなかった」ニコラスはエメリアの言葉を引き継いだ。

「わたしを罰してください」エメリアは懇願した。

「ばかなことを」ニコラスはかすれた声で言い、彼女をなぐさめようと抱き寄せ、震える背中をさすった。「どうしてわたしが君に痣を残すようなことをすると思うんだ？　この手で君に痛みを与えるようなことを？　ああ、賢い君よ、わたしもその誘惑に駆られないわけではない。でも、鞭打とうとしたところで、君には指一本上げられないだろう」

「わたしがあなたの妻だから？」エメリアはおずおずとたずねた。

「君がわたしのものだからだ。たとえ、そのせいで自分が失脚することになろうとも手に入れたい、そう思えるたった一人の人だからだ。だから、もう泣くな……泣いても何も解決しない」

「む、無理です」エメリアはニコラスの肩の上ですすり泣いた。

「泣くな」ニコラスはやけくそになって言った。垂れてくる赤い巻き毛を脇に押しやり、唇で濡れた頬を探り当てる。エメリアの涙の味、ドレスについたほのかな塩味に、頭がくらくらした。唇を口角に、そしてなめらかな内部をのぞかせながら震える下唇に移動させる。最初は優しく、それから激しく、さらに激しくキスをすると、舌は歯の間を抜け、彼女を完全に、深く支配した。エメリアは魔法のように泣きやみ、ニコラスに体を押しつけてきた。彼女はとても温かく、甘い誘惑に満ちていて、ニコラスの欲望は自制の枠を飛び出し、今すぐことに及んでしまいそうになった。だが、ニコラスは苦しげにうなって体を引き離し、すたすたと暖炉に向かった。はぜる炎を見つめ、何とか体勢を立て直そうとする。

「できないんだ」ニコラスはそっけなく言った。

エメリアはニコラスの背後でじっと立っていた。「どうして？」息を切らしながらたずねる。

彼女に事情を打ち明けて恥をさらすことを想像し、ニコラスは思わず自嘲気味に笑った。「どう説明しようと、わかってもらえるはずがない。わたしが何を言おうと……君は信じないだろう」

「信じるかもしれないわ」エメリアは希望を込めて、それまでより親しげな声で言った。

「本当に？」ニコラスの笑みは険しさを帯びたあと、消えた。「わたしには未来が見通せるのだと言ったらどうする？　今から一七〇年後、わたしたちは再び出会うのだと言ったら？」

しばらくためらったあと、エメリアは答えた。「信じられる……と思うわ」

「今のは事実だ。わたしは未来に起こることを正確に知っている。わたしたちの結婚から良いもの、価値のあるものは何も生まれない。アンゲロフスキー家は堕落した一族だ。これから何世代にもわたって、自分たちにも他人にも苦痛と絶望を与えることになる。それがわかっているのに、同じ未来を繰り返させるわけにはいかない。この血筋を断ち切るためには、わたしたち夫婦が子供を作ることは許されないんだ」

エメリアはうろたえたようだった。「そう思うなら、どうしてわたしと結婚なさったの？」

ニコラスは頭を振り、小声で毒づいた。

「わからない。君に惹かれる気持ちを抑えることができなかった」

「運命ね」エメリアはあっさりと言った。

「何なのかはわからない」ニコラスはぼそりと言った。「でも、良いものではない」暖炉の火かき棒を取り、燃えさかる薪を乱暴につついた。

「ニッキ」エメリアは問いかけた。「未来で再会したとき、わたしたちの間に愛はあるの？」

愛称で呼ばれたことに反応して、ニコラスはすばやく振り向いた。エメリアは困惑し、怯えているように見えた。思慕の念に満ちた穏やかな目を見て、ニコラスは心の奥底が揺さぶられるのを感じた。

「いや」ニコラスは答え、火かき棒を脇に置いた。「将来、君は大事にしているものをすべてわたしに奪われ、わたしを憎むことになる。わたしはいつもいつも、君を傷つけてしまうんだ」

「誰かを愛することに罪はないわ」エメリアはささやくように言った。「よくは知らないけど、それは確かだと思う」

「愛し方がわからない」そう言ったニコラスの声は、自己嫌悪にくぐもっていた。「昔からそうだった。それに、わたしは愛される価値もない。本当だ」

エメリアの青い目から、新たに涙があふれ出した。

「わたしはあなたを愛せるわ。あなたのほうは愛してくれなくてもいいから」

「だめだ」上気し、感極まったエメリアの顔を見つめながら、ニコラスはかろうじてそれだけ言った。

エメリアはまっすぐ歩いてくると、長い腕をニコラスに巻きつけた。自分のほうに体を引き寄せ、首の横に顔をうずめる。「未来なんてどうでもいい」彼女の言葉はニコラスの肌に焼きつくようだった。「大事なのは、今ここであなたと一緒にいること……そして、あなたを愛していること」

「そんなはずはない」ニコラスは穏やかに言ったが、胸の中は嵐のようだった。「理由が見当たらな――」

「理由なんかいらない。愛ってそんなものじゃないわ」

その強情な、理不尽な情熱を目の当たりにすると、ニコラスは自分を守ることも、後戻りすることもできなくなった。うなり声をあげてエメリアの唇を探り、内なる炎の勢いに任せてキスをする。両手いっぱいに彼女の腰、ヒップ、胸と、欲深く、みだらにつかんでいった。

エメリアは唇を開いて、優しく寛大に体を明け渡し、ニコラスを圧倒した。彼女の体にしっかり腕を回すと、きつく抱きしめすぎたのか、エメリアはたじろぎ、痛みにあえいだ。ニコラスはほんの少し力をゆるめ、額を合わせて、彼女の唇の前で荒々しく息をした。

「どうすればいいのかわからない」ニコラスは言った。そのような弱音を吐いたことは、これまで一度もなかった。

「何がお望み？」エメリアはささやいた。高ぶったニコラスの体にきつく抱かれた状態では、その質問は挑発のように響いた。

ニコラスの望みは、耐えがたい胸の重圧を解き放つこと……何とかして自由になることだった。「わたしの望みは、過去も未来もなくなること。君に伝えられるようになること……」

「伝えるって何を？」

ニコラスは輝くエメリアの顔が見えるよう、体を引いた。恐怖にも似た何かで胸が轟音をたてている。ぶるぶる震える両手で彼女の頭をはさみ、きらめく青い目を見つめた。エメリアはどこまでも美しく、どこまでもニコラスのものだった。

「だめだ」自分がそう言うのが聞こえた。

「未来のことは、未来の人が考えればいいの」エメリアはうながした。「自分のことは自分で責任を持ってもらいましょう。あなたにできるのは、自分の人生を良いものにすることだけ。今、わたしと一緒に」

ニコラスは頭を振り、本当にそんなに簡単なことなのだろうかと考えた。これまで一族の暗い歴史を背負わず、自分のためだけに生きたことはなかった。すべて放り投げたらどうなる？　歴史が繰り返されるのは目に見えている。父親からの虐待、弟の殺害、自分自身の堕落。この先何が起こるかわかっていて、どうやって今エメリアを愛することができるだろう？

だが、エメリアと交わりたい気持ちはあまりに強く、選択の余地はないように思えた。どれほど長い間、彼女への感情を否定しようとしてきただろう？　何日も、何カ月も、何年も……だが、その努力はどこへもたどり着かなかった。それなら、なぜ意地を張る？　彼女を愛することで、どんな代償を払わされようと構わない。彼女より大事なものはどこにもないのだ。

突然、感情の起伏はおさまり、これまで一度も感じたことのない安らぎだけが残った。

「ようやくわたしがここにいる理由がわかった」ニコラスはかすれた声で言った。「一族の歴史を変えるためじゃない。君と結ばれるためだ。わたしが……こんなふうに感じることができた頃を思い出すためなんだ」

「こんなふうにって？」エメリアはささやき、両手をすべらせてニコラスの手首をぎゅっとつかんだ。

ニコラスは目の前がぼやけ、喉が鋭く締めつけられるのを感じ、それをぐっとのみ下した。「君を……愛している」いつになく穏やかで謙虚な気持ちになり、エメリアの額に唇を押し当てる。「愛してる」

もう一度言い、薄いまぶたにキスをして、奇跡のようなその言葉を彼女の肌に、髪にささやき続けた。しばらくの間、二人は相手に溺れ、暖炉の火に照らされる自分たちしかこの世に存在しないような気がしていた。その後ベッドに移動したが、ニコラスが彼女を導いたのか、彼女に導かれたのかもわからなかった。

互いの服をはぎ取ると、ニコラスは裸になったエメリアの体を抱き寄せ、絹とダマスクの上掛けで温かく、安全に包み込んだ。一本の指先でふっくらした唇の輪郭を、まっすぐな鼻筋を、大胆に跳ね上がった鳶色の眉をなぞる。エメリアは両手でおずおずと、ニコラスの背中と脇腹をなでた。その手のぬくもりに、ニコラスは野蛮な衝動に襲われ、全身の力を振り絞ってそれを抑え込んだ。

ニコラスはエメリアに唇を重ね、そっと奪いながら、すべすべした長い脚の間に膝をすべり込ませた。胸のふくらみを両手で揉み、先端を硬い点にしていく。エメリアは体を震わせ、ニコラスの下でせがむように動いたが、ニコラスはあくまで優しく軽い愛撫を続けた。これほどぞくぞくする体験は初めてだった。ようやく彼女と愛を交わし、口と手と体を使って愛を証明しているのだ。体のあらゆる部分、頭の先から足の先まで優しくキスをしたあと、太ももの間の縮れた赤毛にゆっくり戻っていく。彼女の一番柔らかな場所に口を押し当て、甘美なるシナモン色の茂みの奥に舌を差し入れた。エメリアは驚きと快感にたじろぎ、ニコラスの髪に指を絡めて喉の奥であえぎ声をあげた。じゅうぶんに濡れ、準備が整うと、ニコラスはエメリアの上にずり上がり、体の位置を合わせた。

エメリアはニコラスの首に腕を巻きつけ、耳に唇を寄せた。「どうやってあなたを喜ばせたらいいのかわからないわ」ささやき声で必死に言う。「わたしに何ができるの？　あなたに何を与えてあげられるのかしら？」

「君自身だ。わたしが欲しいのはそれだけだ」ニコラスはキスをし、愛撫しながら、エメリアに自分のそこを好きに探るよう誘いかけた。二人ともそれ以上耐えられなくなると、ニコラスは慎重に彼女の中に入ったが、痛そうな悲鳴を聞いてたじろいだ。「すまない」エメリアの奥深くに身を沈め、息をつく。「痛いか？」

「いいの、いいの……」エメリアは腕と脚をニコラスに巻きつけ、自分のほうに引き寄せて、うながすように背をそらした。

ニコラスは動き始めた。優しくしようと自分を抑えたが、しだいに高まりゆく快感に、ついに我を失った。それまでの自分も、過去と未来の名残も、そのすべてが消え去った。ただ、彼女……エメリア……エマだけが存在し、あらゆる苦悩と怒りを吹き飛ばした。やがて魂そのものが解き放たれ、ニコラスは生まれて初めて幸福とは何かを知った。

9

冬の日々は夢のように過ぎ、一カ月が経った。新しい人生、すなわち別人になれるチャンスを得たニコラスは、驚くほどすんなりとその役に入り込んだ。思いやり、包容力、寛容といった、それまでなじみのなかった性質をすんなり示せるようになった。欲しいものがすべて手に入ったため、誰かを羨むこともなくなった。毎日が忙しく過ぎていった。ポサドの商人の会合を招集し、アンゲロフスキー家の財産管理のために代理人や家令を増やし、時には気が進まないながらピョートルや上流紳士たちと夜大酒を飲んだ。だが、ほとんどの時間はエメリアと一緒に過ごした。

活発でしっかりした妻に、ニコラスは魅了されていた。二人は凍った川でそり遊びをし、屋敷に楽団や劇団を呼んで出し物を楽しみ、二人きりで静かに過ごすときはニコラスが小説を音読した。時間をかけて愛を交わし、行為は回を重ねるごとに良さを増していくようだった。長年の孤独の末、自分がいかにエメリアを強く求め、親密な関係に焦がれているかを知って、ニコラスは驚いた。これまでずっと、自分を深く理解されることを拒んできた。エメリアはニコラスを思う存分からかい、冗談を言い、頼ってきたが、ニコラスのほうも彼女を甘やかすのが嬉しくて仕方なかった。

プレゼントも惜しみなく贈った。鮮やかな色の絹やベルベット、ブロケードのドレスに、レースで贅沢に縁取られたジャケット。揃いの絹のストッキング、スリッパ、金めっきと型押しが施された革のブーツ、ハイヒールの靴。エメリアはそれを履いて、ぎこちない足取りで得意げに歩き回った。べっこうのくし、宝石のついた頭飾り、ダイヤモンドのピン、色とりどりのリボンなどヘアアクセサリーを、金と銀でできた箱に詰めて贈ったこともあった。

「もういいわよ」ある日、エメリアは困ったように言った。モスクワ一の宝石商と名高いしわだらけの老人、イリイ・イリイチを客間に呼んでいたときのことだ。「ニッキ、もう宝石はいらないわ。つけきれないほどたくさんもらったもの」

「物事にやりすぎなんてことはありませんよ」宝石商は反論し、誘いかけるように、エメリアの前にある黒のベルベットの布の上に商品を広げた。

「ブレスレットはどうだ？」ニコラスは提案し、きらめくルビーの輪を指に引っかけた。

エメリアは首を横に振った。「もう両腕ともひじまで覆えるくらい持っているわ」

イリイチは別の高価な商品を指さした。「ダイヤモンドと琥珀のネックレスはいかがでしょう？　教会につけていくサファイヤの十字架のネックレスは？」

エメリアは笑い、阻止するように両手を上げた。「何もいらないの。本当よ！」

「公爵夫人にはとびきりのものこそふさわしい」ニコラスは妻の抗議を無視して宝石商に言った。「ほかでは見ないようなものがいいな。どんなものがある？」

イリイチは考え込むように、しわだらけの口角をきゅっと上げ、ベルベットの袋に入ったコレクションを漁り始めた。

「そうですね……奥さまはきっと……おお、これなら喜んでいただけるかと」一つの袋の奥に手を入れて、豪華な彫像のコレクションを取り出し、テーブルに一体ずつ並べていく。

エメリアはそれを見て嬉しそうな声をあげた。

「まあ、何てすてきなの！　こんなの見たことがないわ」

ニコラスの顔にも感嘆の笑みが広がった。「わたしもだ」そう言ったが、それは嘘だった。その彫像の動物園は、ロシアから追放されたときに一緒に持っていったものだった。金のくちばしとサファイヤの目がついた白い珊瑚の白鳥、孔雀石の蛙、金の脚がついたアメジストの狼、そして何より、コレクションの中心となっている像……黄色いダイヤモンドの目がついた琥珀の虎だ。

エメリアは虎を手にし、あらゆる角度から眺めた。「見て、ニッキ。これ、きれいじゃない？」

「すごくきれいだ」ニコラスは穏やかに同意したが、その目は光り輝くエメリアの顔に向けられていた。つかのま視線をそらし、宝石商に言う。「全部いただこう」

エメリアは元気よく笑い、ニコラスに腕を回した。「あなたはとても良くしてくれるのね」ニコラスの耳元で言う。「これではあなたを愛しすぎてしまうわ」

ニコラスは彼女の柔らかな頬に唇を寄せた。「物事にやりすぎなんてことはない」

しかし、エメリアとの幸せな日々に、不吉な影が忍び寄りつつあった。以前はどうあれ、ピョートルとの関係は今や、生ぬるい友人程度のものに成り下がっていた。ニコラスはピョートルに対し、漠然とした感嘆の念は抱いていたが、彼の気性の激しさや残忍さ、理不尽な頑固さがどうも好きになれなかった。だが、この不安定な時代を生き抜くには、ピョートルに気に入られるしかなかった。

ピョートルは今、とてつもない重圧の下にいた。スウェーデンのみならず、自国の国民とも戦っていたのだ。何十万人という農民を、軍隊やサンクトペテルブルク建設のために強制徴集したせいで、あらゆる階層の国民の怒りを買っていた。不満や反逆行為は至るところで発生し、ピョートルは誰かれ構わず疑惑の目を向けた。秘密警察は躍起になって、ツァーリや政府に楯突く発言をした人間を探し回った。罪のない人間がどれだけ告発され、見せしめにされたことだろう。時には裁判さえ行われないこともあった。モスクワの空気は陰謀に満ちていて、ニコラスは自分もピョートルの反感を買っているのを感じていた。

「嫉妬です」ニコラスがほかの貴族に冷たい態度をとられることをこぼすと、家令のシダロフはあっさりそう答えた。「皆さんの目には、旦那さまが恵まれすぎているように映るのです。家柄、富、容姿――」ニコラスが鼻を鳴らしたので、シダロフは言葉を切った。「本当ですよ。旦那さまはとても優れた容姿をしていらっしゃいますし、奥さまも大変お美しい方です。現代的な西欧の考え方を提案なさって、ツァーリの寵愛も受けられている。ほかの貴族に好かれるはずがないでしょう？」

「ツァーリの寵愛、か」ニコラスは不満げに言った。「わたしに言わせれば、そんなものは手桶に入った馬の糞も同然だ」

「旦那さま」シダロフはチョコレート色の目に警戒の色を浮かべて抗議した。「そのようなことを口に出してはなりません。壁に耳ありですよ！　ご自分と奥さまの身を危険にさらすことになります」

「危険にはすでにさらされている」ニコラスはそっと言い、あごに手をやって薄く痣になった部分をなぞった。昨日、ピョートルが八人の男を集め、ロシアに新設された県の知事に任命しようとしたときのことだ。メーンシコフはサンクトペテルブルク、ドミトリー・ゴリツィン公爵はキエフ、アプラクシンはカザン、といった具合に、それぞれの任地が言いわたされた。

アルハンゲリスクの県知事を命じられたニコラスがそれを断ると、ピョートルは激怒した。ニコラスは辞退の理由を説明しなかったが、それは主に、政府の歳入を確保するために働きたくないからだった。ピョートルが県知事に求めているのは、軍隊も同然の収税官をせっついて、苦しむ民衆から税金を巻き上げることだけだ。この辞令を拒否すれば、とんでもない結果が待ち受けていることはわかっていたが、どうしても引き受ける気にはなれなかった。

ピョートルは不満を爆発させ、ニコラスをぎろりとにらんだ。その形相の恐ろしさに、長いテーブルについた男たちの一部はたじろぎ、残りはいかにも満足げに身をよじった。

「よくわかった……その役はほかの者に任せる！」ピョートルはどなった。「だが、そうやって平気な顔でツァーリの命令を断るなら、わたしのために何をしたのか教えてくれるのだろうな！　なぜ商社を作るようモスクワの商人を説得できないのか、説明しろ！」

ピョートルは席を立ち、ニコラスのもとに歩いてくると、身をかがめて直接顔に向かって叫んだ。

「さらなる産業を作り、この国を発展させたいのだ！　どうして我が国民は変革に協力しない？　なぜスウェーデンとの戦争に必要な資金を提供しない？　今、お前の口からその答えを聞きたい！」

ニコラスは表情を変えなかった。目の前で耳をつんざくような声でどなられても、ピョートルの巨大な口から飛び出た唾のしぶきがかかっても、平静を貫いた。何とか落ち着いた口調を装って答える。「陛下はすでに考えうる限りの歳入源を作り出し、からからになるまで搾り取ってしまわれたのです。収税官は国民から一コペイカ残らず巻き上げています。出産から結婚、飲み水に至るまで、何もかもに税金がかけられています。ばかばかしいことに、口ひげを生やすのにも税金がかかるありさまです」

室内はぞっとするような沈黙に包まれ、ニコラスは言葉を切った。ピョートルの目は火打ち石のかけらのようだった。ニコラスがツァーリの前で真実を口にしたことに、誰もが信じられない思いだった。

「そのうえ」ニコラスは淡々と続けた。「陛下が設立された専売公社のせいで、物価は以前の五倍に跳ね上がっています。棺桶の値段が高すぎて、国民は死者をまともに葬ることさえできません。農民は料理用の塩を買うこともできずにいます。アルコール、毛皮、トランプまで、途方もない高級品になっています。そのような条件下では、商人はろくに利益が出せません。皆、怒り狂っていて、陛下の戦争の資金源にされるためだけに仕事に精を出す気にはなれないのです」

「お前の正直さは評価する」何の前ぶれもなく、ピョートルはニコラスを殴りつけた。目もくらむほど強烈な一撃があごに炸裂する。ニコラスは危うく床に倒れるところだった。「だが、今のはその横柄な態度に対してだ」

　進歩を求めるピョートルの姿勢は、西欧的な理念を持つ者としては当然だったが、それを実現するためにとった方法がまずかった。目の前がちかちかする。それを消そうと、ニコラスはぱちぱちとまばたきをし、何とか背筋をまっすぐに保った。耳元で妙な音が鳴っている。怒りが全身に行きわたり、反撃したい、自分の立場を守りたいという衝動に襲われた。だが、ツァーリに手を上げるのは、自分で自分の首を絞めるようなものだ。

　ニコラスはゆっくり立ち上がった。「教訓をありがとうございました。真実を告げることの報いを思い知りました」恐れを知らぬ物言いに、数人が聞こえるほどの音をたてて息をのみ、その後一同は黙りこくってなりゆきを見守った。ピョートルも黙ったまま部屋を出ていった。

　ニコラスは記憶をたどるのをやめ、あごの痛む部分にもう一度手をやって、皮肉めいた笑みを浮かべた。シダロフが心配そうに言った。

「ただ、ツァーリは誰かれ構わず攻撃なさいます。それがあの方のやり方なのです。一度など、このお屋敷でメーンシコフ公爵さまを殴りつけられ、夕食のテーブルに血をまき散らされたこともありました！　でも、ツァーリにしてみれば深い意味はありません。おそばにいる方は皆、ツァーリの不機嫌のとばっちりを受けるのです……旦那さまもよくご存じかと思いますが」

「陛下の不機嫌は恐ろしい右フックとなって炸裂するんだな」ニコラスはうなった。

「痣はすぐに消えます」シダロフは若々しげに顔をしかめた。「旦那さま、どうかこのことはお忘れください」

自分はもちろん、エメリアのためにも、ニコラスはそうするつもりだった。

その晩遅く、今ではエメリアと一緒に使っている部屋に戻ると、彼女が小さなテーブルの前に座っているのが見えた。テーブルには小さな鏡がいくつも、互いを映すように並べてある。その中心で一本のろうそくが燃えていた。柔らかく揺れる光はエメリアの背後の壁まで届き、赤い雲を背景にしたエリヤのイコンが、後ろから照らされたように輝いている。

ニコラスは当惑し、戸口に立ったまま妻を眺めた。エメリアは薄い青のベルベットのドレスを着て、真珠母貝で作られた小さなボタンで前を留めている。「何をしているんだ？」ニコラスはたずねた。

エメリアは一瞬驚いたあと、ニコラスにほほえみかけた。

「あんまり静かに入ってくるから、足音が聞こえなかったわ！」そう言うと、鏡のほうに向き直った。「占いをしているの。鏡を見つめていると、その中の一つにわたしたちの運命が映るのよ。もし、時間が経っても何も見えなかったら、水の入ったボウルにろうを垂らして、そこで固まった形を手がかりにするわ」

ニコラスはドアを閉めてエメリアに近づき、手を伸ばして赤い巻き毛をそっと引っぱった。頭のてっぺんに向かって笑いかける。

「本気でそんなものを信じているわけじゃないんだろう？」

エメリアはまじめな顔でニコラスを見上げた。

「あら、信じてるわ。いつも当たるもの。西欧人は占いを信じないの？」

「信じる人もいると思うよ。でも、ほとんどが魔術よりも科学を信じている」

「あなたはどっちを信じてるの？」

ニコラスはエメリアのほっそりした喉のラインを愛撫した。

「わたしは両方信じている」エメリアをテーブルから引っぱり、自分のほうを向かせる。

「どうしてわたしたちの運命を心配するんだ？」

エメリアはニコラスの顔の痣に目をやり、指先で優しく触れた。

「ツァーリはあなたがわたしと結婚したことを快く思っていらっしゃらないわ。みんなそう言ってる」

ニコラスは口元をこわばらせた。「誰かに何か言われたのか――」

「外出するたびにひそひそ話が聞こえるの。メーンシコフとそのお仲間が、わたしの身元を触れ回っているんだと思う。わたしのような妻を持ったせいで、あなたの評判はがた落ちよ」

「そんな連中は放っておけばいい」ニコラスは荒々しく言い、エメリアにキスをした。しばらくして、エメリアは顔をそむけた。「時々、わたし、思うの……」

ニコラスは彼女の喉に顔を寄せ、肌にキスの雨を降らせた。

「何を思うんだい？　ルイシュカ」

「周りの世界を消してしまう方法があればいいのに、わたしたち二人だけになれればいいのにって」

「わたしが消してあげるよ」ニコラスはささやき、唇をエメリアの唇に柔らかく、親密にこすりつけた。

エメリアは一瞬抵抗し、青い目で心配そうにニコラスを見つめた。

「わたし、面倒の種になりたくないの。あなたにはなぐさめと安らぎだけを感じてもらいたい」

「君といると、それ以上のものをたくさん感じるよ」ニコラスは言い、ベルベットのローブの上から体のラインをなぞった。「君のおかげで、これまで想像もしなかった感情を持てるようになった。愛してる、ルイシュカ。自分の命よりも」

手のひらいっぱいに胸を包み込むと、息づかいが変化し、エメリアはせがむようにうめいて体を寄せてきた。ニコラスは勝ち誇ったようにエメリアをベッドに誘い、彼女を喜ばせることに集中した。たとえつかのまでも、不安を一つ残らず消してやりたかった。

メーンシコフに関してはエメリアの言うとおりだと思い、ニコラスは最も効果的に彼と対峙する方法を考え始めた。ちょうどその頃、二人は本屋でばったり会った。午後になると、モスクワ中から知識人が集まってくる店だ。ニコラスは外国の本のロシア語訳を選んでいたが、背中に冷たい視線を感じて振り返ると、数メートル先にアレクサンドル・メーンシコフが立っていた。

メーンシコフはあいさつ代わりにほほえんだが、青緑色の目は爬虫類のようにのっぺりしていた。

「ごきげんよう、アンゲロフスキー公爵。何か面白い本は見つかったかい？」近くに置かれた本を手で示す。「わたしのおすすめは、ツァーリの輝かしい業績を記したこの本だ」

ニコラスはメーンシコフの顔から視線をそらさなかった。

「その問題に関しては、必要なことはすべて知っている」

「いずれにしても、君はこれを読んで思い出したほうがいい。陛下の偉大さと恐るべき意志の強さ……もちろん、陛下が君やわたしたち国民のためにしてくれたことも。ちょうど今朝、陛下と君の話をしていた」

「それで？」ニコラスは全身の筋肉をこわばらせてたずねた。

「君にがっかりなさっているようだ。陛下は高い望みをお持ちなのに、君は自分の才能を無駄づかいしている。潜在能力は高いが、それを生かそうとしないんだ。軍隊の任務も引き受けず、アルハンゲリスクの知事になって国民の義務を果たそうともしない……そのうえ、反逆者の娘との結婚を選んだわけだからな」

「妻の話はするな」ニコラスは穏やかに言い返したが、その目は危険な光を放っていた。

メーンシコフはわずかに控えめな口調になって続けた。

「父親のヴァシリーのことは聞いたか？　君も知っている秘密警察の長官から、いろいろと情報を得ることができたよ。ヴァシリーはやはりストレリツィの兵士だった。陛下が生まれたときから謀反を企て、ツァーリのご家族を殺した連中の仲間というわけだ。陛下の命をお守りすることを務めとしながら、その命を狙った連中だよ。ツァーリは連中を〝悪の父〟とお呼びになる。君の奥方の父親は、恐れ知らずな演説をしたことで有名だ。首都を占領して、大貴族を皆殺しにし、ツァーリの姉君のソフィアさまを王座に復位させるべしとね。燃えるような赤毛をなびかせ、群衆の真ん中に立って、反乱を煽動する言葉を叫んだ……そこから、赤い悪魔ヴァシリーと呼ばれるようになった。八年前、ストレリツィの兵士たちがモスクワを行進したのを覚えているか？　ヴァシリーはあの反乱に積極的に関わり、目立つ働きをした。当然逮捕され、拷問を受けて死んだよ。だが、ストレリツィの裏切りが、ツァーリの記憶から消えることはない。だから、君と火のような赤い髪をした奥方を見るたびに、君への態度は厳しさを増していく。政治的な意味で、エメリアは君のためにならない。わたしが君なら、あの女は放り出すね」

ニコラスはもう我慢できなくなった。メーンシコフに飛びかかり、壁に押しつけて、喉をぐいとつかむ。「むしろ、お前を放り出してやるよ」

店の客が足を止め、驚いた顔で二人を見つめた。恐怖なのか怒りなのか、あるいはその両方のせいで、メーンシコフの顔から血の気が引いた。「手を放せ」鋭いささやき声で言う。

ニコラスはゆっくりと手を放した。「お前はモスクワ中にゴシップや噂を広めようと頑張っているようだが、もううんざりだ」うなるように言う。「これ以上、わたしや妻の悪口を耳にすることがあれば、その責任は取ってもらう」

メーンシコフの唇が開き、意地の悪い笑みが浮かんだ。

「尊大なる我が友よ、今さら体面を取りつくろおうとしても無駄だ。お前の評判はすでに地に落ちている。もはや陛下も目をかけてはくださらない。陛下のご厚意よりも、自分のプライドと私生活を優先したせいだ。わからないか？　全部ゲームなんだ。お前はゲームを降りた……だから、見放されたんだ」

メーンシコフの言うとおりだとニコラスは思い、寒気を感じた。気まぐれなツァーリに取り入らないかぎり、好意を勝ち取ることはできない。

ロシアに本格的な冬が訪れた。空気はあまりに冷たく、数分でも外に出た者は凍傷の心配をしなければならなくなった。その兆候である白い斑点が顔に浮いてくると、通りがかりの親切な人が雪をこすり取ってくれた。うさぎでも黒貂《くろてん》でも、とにかく毛皮の分厚いコートで全身を覆わなければ、誰もこの季節に太刀打ちすることはできない。アンゲロフスキー邸では、各部屋に置かれた大きなタイル張りのストーブが暖かい空気を保ち、人々は湯気を上げる紅茶やココア、ホットワインのグラスで手を温めた。クリスマスが近づくと、陽気なパーティや舞踏会が開かれ、街の至るところでクリスマスキャロルの歌声が聞かれるようになった。ジンジャーブレッドを凝った形にしたようなロシアの菓子、プリャーニキがどの家庭でも焼かれ、客が来るたびにふるまわれた。

休日のお祭り騒ぎに浮かれたエメリアは、氷の丘に連れていってほしいとニコラスに頼んだ。ロシアの子供も大人も楽しめるよう作られた遊び場だ。木でできた巨大なすべり台に氷の塊が敷きつめられ、水が流されている。人々はこの全長一二メートルのすべり台のてっぺんに木製のそりを持って上がり、笑い声と悲鳴をあげながら、目もくらむほどのスピードで疾走するのだ。

「あそこをすべりたいのか?」一緒に行こうとせがんで手を引っぱるエメリアに、ニコラスは気乗りしない口調でたずねた。

「そうそう、すごく気持ちがいいの……あなたも氷の丘をすべったことはあるでしょう?」

「大人になってからはない」

「じゃあ、久しぶりね!」

エメリアはこの巨大な遊び場にニコラスを無理やり連れていき、塗装された木製のそりをどこかで借りてきた。階段を上って頂上の台まで行くと、風がうなりをあげながら激しく顔に吹きつけてきた。

「来るんじゃなかった」ニコラスはぶつぶつ言い、信じられないほど傾斜のきつい、長い坂をそりにのった人々がすべっていくのを眺めた。

エメリアはミトンをはめた手を振って、ニコラスをそりのほうに呼んだ。ニコラスは文句を言いながらもそれに従い、そりの後ろ端に座って脚を伸ばした。エメリアはニコラスの股の間に座ったが、その体は興奮に張りつめていた。後ろで待つ人々が楽しげに手を貸し、そりの後ろを力いっぱい押すと、二人はすべり始めた。

刺さるような勢いで冷たい空気が肺に入ってきて、ニコラスはしばらく息ができなかった。そりの滑走部がなめらかにうなる音が、耳元で聞こえる。そりは心地よいスピードを出し、輝くすべり台の中腹を過ぎる頃にはさらに勢いを増した。エメリアは笑い、叫びながら、ニコラスに背中を押しつけた。そりはスピードを上げて氷上を疾走し……やがてふもとに着くと、スピードを緩和するために敷かれた砂の上に出た。ニコラスはブーツの足を使ってそりを止めた。

相変わらず大笑いしながら、エメリアはニコラスにしなだれかかった。暴れる子犬のように愛情深くぎこちない動きでニコラスに抱きつき、その顔にキスしようと体をよじる。「もう一回すべりたい！」彼女は叫んだ。

ニコラスはにっこりし、唇に深い口づけをした。「わたしは一回でじゅうぶんだ」

「もう、ニッキ！」エメリアはよろめきながら立ち上がり、ニコラスが立ち上がると腕を回した。「そうね、そのほうがいいかも。スカートが頭までめくれ上がりそうだもの」

「また今度」ニコラスがそう約束し、エメリアの冷たい頬に鼻をすり寄せると、彼女は笑いながら胸を押した。

その晩、ゴロルコフ公爵の屋敷でクリスマスパーティが開かれた。広い舞踏室に足を踏み入れたとき、エメリアは笑顔でニコラスを見た。二人とも、ニコラスが五〇〇人の列からエメリアを選んだあの午後のことを思い出していた。

「違う部屋に見えるわ」エメリアは言った。

「クリスマスの飾りつけのせいだよ」

ニコラスは答え、花や金色のリボンを編み込んだ赤のベルベットの花綱が、壁いっぱいに飾られている様子を眺めた。モミの木の枝で飾られた長いテーブルには、焼き菓子や、りんごなどのドライフルーツ、五種類のナッツの皿が並んでいる。ジンジャーブレッドが並べられたテーブルもあった。どれもモスクワの主要な建造物を模した形に焼かれてカットされ、糖衣がかけられていて、クレムリンや、色とりどりの円蓋のついた聖ワシリイ大聖堂などがあった。ピリッとした生姜の香りがあたりに漂い、ろうや松の匂いと混じり合っている。

パーティの規模に圧倒され、エメリアはふくらんだスカートを不安げにひるがえした。

「農民が借り物の衣装を着ているみたいだわ。せめて、おしろいをはたくのを許してくれたら……」

「とってもきれいだよ」ニコラスはエメリアの言葉をさえぎり、頬に散った黄金色のそばかすに軽くキスをした。確かに、彼女の言うとおりだった。エメリアは豪華な衣装をまとったところで、貴族には見えなかった。ほかの女性たちは白く粉っぽい顔をし、体つきは弱々しく、動作は物憂げだった。一方、エメリアは蛾の群れの中にいる蛍のようだった。赤みがかった琥珀色の鮮やかな髪は真珠をちりばめて編み込まれ、頭のてっぺんでまとめられて、縮れた長い髪筋が何本か肩に落ちている。金色のレースで縁取られた四角いネックラインからは、豊かな胸の丸みがのぞき、コルセットがウエストを細く見せていた。ニコラスは妻の生き生きした美しさに魅了されていたが、周囲から感嘆の視線を感じるということは、ほかの男性も同じ気持ちなのだろう。

エメリアはニコラスのうっとりした目つきに気を良くし、扇を開いてあおぎ、その扇越しに誘うような視線を投げかけた。

「そういう目をするとき、あなたが何を考えているかはわかってるのよ」くぐもった声が聞こえる。「わたしをベッドに連れていきたいんでしょう」

「それはいつものことだ」ニコラスは請け合った。

エメリアはコルセットをつけたウエストを、手でぽんとたたいた。

「大量のひもで縛られてるから、今夜は手を出せないわよ」

ニコラスはにっこりし、エメリアの手にそっと触れた。「何とかするよ。絶対に」

二人の戯れは、ツァーリの到着によって中断された。ピョートルの登場におしゃべりと興奮の声があがるのはいつものことだが、今日はそのざわめきが普段よりずっと大きかった。何を騒いでいるのだろうと、ピョートルとその取り巻きに群がる人ごみに目をこらすと、ツァーリの姿が目に入った。ニコラスは驚いて頭を振り、エメリアは息をのんだ。

一張羅に身を包んだほかの客たちとは違い、ピョートルは赤いチュニックとゆったりしたグレーのズボン、刺繍入りのフェルトのブーツという、農民のような簡素な服装をしていた。

「どういうこと？」エメリアはささやくように言った。

ニコラスはエメリアのほうは見ず、淡々と答えた。

「趣味の悪い冗談だよ。自分の政策に不満を唱える農民を茶化しているんだ」

客は笑い、拍手をした。ピョートルが短くフォークダンスを踊り、くるりと回って自分の衣装を全員に見せるようにしたのだ。

「何ておぞましい」エメリアは言い、気まずさと怒りに顔を赤くした。

ニコラスはどう返せばいいのかわからなかった。さまざまな木材に真珠母貝を加えた寄木の床を見つめ、ツァーリが自分を笑いものにするのに飽きることを切に願った。

「陛下のご冗談が気に入らないようだな」近くから男の猫なで声が聞こえた。

アレクサンドル・メーンシコフ公爵の姿を見て、ニコラスは眉をひそめた。

「あれを冗談と呼ぶのなら」低い声で言い、じろりとにらむ。メーンシコフは勝ちほこったような、邪悪な雰囲気を漂わせていた。

メーンシコフはこれみよがしな動きで、エメリアのほうを向いた。

「公爵夫人、ご機嫌いかがですか？」

「ありがとうございます、元気です」エメリアは無表情に、メーンシコフのほうは見ずに答えた。

ニコラスはエメリアのひじを取り、その場から離れようとした。

「では、失礼するよ、メーンシコフ――」

「ちょっと待った」メーンシコフは言った。「君の美しい奥方にちょっとした知らせを持ってきた。今はそれを告げるのにふさわしい場ではないが……この種のことを知らせるのにちょうどいいタイミングなどないからな」

ニコラスがエメリアに目をやると、彼女は視線を返し、わけがわからないという顔で頭を振った。

「公爵夫人、あなたはご家族……具体的に言えば、サンクトペテルブルクの労働に徴集されたおじ上と兄上のことを調べさせていらっしゃったようだ」メーンシコフは〝公爵夫人〟を強調し、その言葉に敬意ではなく軽蔑の響きを持たせた。

ニコラスは表情を変えずにエメリアを見つめた。いったいどうなっている？　エメリアがおじと兄を捜そうとしていたなど初耳だった。ニコラスの前では二人のことを口にしたことすらなかった。シダロフも何も言っていなかった。

エメリアは後ろめたそうに顔を赤らめ、かすれた声で説明した。

「わたし……シダロフに、おじと兄がどうしているか調べてくれるようお願いしたの。サンクトペテルブルクで家や教会を建てる仕事に徴集されてから、一度も連絡がなくて。二人を捜し出して、わたしが結婚したことを伝えてほしいと……」怯えたように黙り込み、メーンシコフの顔をちらりと見る。

「どうしてわたしに頼まなかった？」ニコラスはたずねた。「わたしが断ると思ったのか？」

「わからない」エメリアはみじめそうに言った。

メーンシコフは二人の間に波風を立てられたことに満足し、ほほえんだ。

「夫婦が信頼関係を築くには時間がかかるようだな。いずれにせよ、使用人のシダロフは何も突き止められなかった。最近シダロフの動きを知ったわたしは、その調査を引き受けることにした……親切心からね」哀れむように、長いため息をつく。「あなたのおじ上と兄上は、幸運にも二人一緒に最期の時を迎えられたようだ。もちろん、命を落とされたのは気の毒なことだがね。並んで作業をしているときに、壁が崩れてきたらしい」メーンシコフは残念そうに肩をすくめた。「二人とも亡くなったそうだ。だが、残されたわたしたちは生きていかなきゃいけない。そうだろう？」

「わたしに近づくな」ニコラスはメーンシコフに歯をむいた。「でないと、そのうちお前を殺す」

メーンシコフは数メートル下がったが、その後もあたりをうろつき、二人の様子を熱心に見張っていた。

エメリアの長い指が扇に巻きつき、力の入れすぎで白くなった。全身が震えている。

「本当かどうかはわからない」ニコラスはささやき、片腕をエメリアに回した。

「本当よ」エメリアの目から涙がこぼれ、頰を伝った。「二人の身に何かが起こる気はしていたの。これでわたしは一人になってしまったわ」

「君にはわたしがいる」ニコラスはエメリアの肩と背中をさすった。彼女の心配をしながらも、自分たちが置かれた状況と、それが意味する危険は意識していた。「ルイシュカ、静かに。周りに聞こえる」

「あっちに行くのはいやがっていたわ」エメリアはすすり泣いた。「二人とも村に留まって、家族と一緒に暮らして、穏やかに年を重ねる権利があったのに。二人をサンクトペテルブルクに送ったツァーリが憎い！　しかも、こんな仕打ちを何千回も、大勢の人たちにしているのよ。あれだけ農民を利用しておいて、ばかにする権利なんて――」

ニコラスはエメリアの上腕をつかみ、彼女が顔をしかめるまで力を込めた。

「黙れ。もう何も言うな」エメリアはうなずき、それ以上の涙と攻撃の言葉はこらえた。

だが、もはや手遅れだった。メーンシコフの満足げな笑顔と、話を耳にした人々の驚いた表情から、それがわかった。舞踏室の中ほどにいたピョートルも、このちょっとした騒ぎに気づいて目を向けた。その表情は恐ろしく、不吉な暗さを帯びていた。

エメリアはショックのあまり、悲嘆に暮れて自分のことしか考えられないようだった。手を引かれるまま黙って帰路につき、馬車ぞりの中で怯えた子供のようにニコラスに身をすり寄せた。ニコラスは彼女をしっかり抱き、時折髪に向かってささやきかけた。さまざまな考えや感情も、今やぼんやりとしたあきらめに変わっていた。

今思えば、最初から運命づけられていたことだったのだ。ストレリツィの娘とツァーリの相談役。そんな組み合わせがうまくいくはずがない。だが、もう一度最初からやり直すことになったとしても、やはり自分はエメリアと結婚するだろうと思った。

ニコラスも愚かではないから、ピョートルとの友情という後ろ盾を失ったことはよくわかっていた。今夜の出来事があった以上、エメリアはいずれクレムリンに連行され、経歴と政治的信条について尋問を受けるはずだ。おそらく、何らかの形で責め苦を与えられるだろう。そんなことを許すくらいなら、いっそ自分の手で彼女を殺したい。だが、ここで厄介なのが、エメリアが妊娠している可能性があるということだ。たとえ自分の手では守れなくとも、何らかの形で彼女の身の安全を確保しなければならない。

赤ん坊……自分の子供ができることを考えると、苦痛と同時に驚きが込み上げてきた。小さな、非の打ちどころのない生き物。希望と無邪気さがぎっしり詰まった無力な存在……。

「何ということだ」ニコラスは思った。ジェイクのことを考えたのは初めてだった。未来の世界で父親の保護を必要としている、愛されない孤独な息子……。「ああ、ひどい間違いを犯してしまった」これまでずっと、自分の息子に何の感情も抱かないようにしてきた。だが、今はジェイクを抱きしめ、もう大丈夫、お前には居場所があるんだよ、と安心させてやりたかった。

ニコラスは妻のこめかみにキスをし、まばらに落ちた赤い縮れ毛を唇でかすめた。その肌に、声を出さずにささやきかける。〝来世で再会したとき、君への償いをする。もちろん、ジェイクにも。誓うよ、二人とも愛してる〟

屋敷に着くと、ニコラスは玄関ホールで足を止めて、シダロフに今夜の出来事を伝えた。家令はショックを受け、恐怖と後悔で顔は真っ青になった。

「旦那さま、ご迷惑をおかけするつもりは――」

「いいんだ」ニコラスは言った。「お前は妻の力になろうとしてくれただけなんだから。それに、お前が何をしようと、こうなることは決まっていたんだ。すべて神の御業《みわざ》なんだよ、フェオドル」

「でも、これからどうなるのですか？」

「そのうち当局がやってくるだろうな」ニコラスは答え、そばでエメリアの体がこわばるのを感じた。彼女は身を震わせ、驚いた目でこちらを見た。ニコラスはシダロフに向かって話を続けた。「フェオドル、よく聞いてくれ。これからわたしも手伝って、妻に身の回りのものをまとめさせるから、すぐに連れ出してほしい。いいか？ ノヴォデヴィチ女子修道院に行くんだ。ツァーリの姉のソフィアが、弟に追放されたあとに身を寄せた場所だ。あそこならエメリアをかくまってくれる」ニコラスはエメリアのほうを向いた。「安全が確保されたら、そこを出ればいい。シダロフが田舎に住む場所を見つけてくれるから」

エメリアの顔は恐怖で引きつった。「いや」ささやくように言う。震える唇はその一言を発するのがやっとだった。

ニコラスはシダロフに目をやった。「言ったとおりにやってくれるか?」

シダロフはうなずき、言葉にならない声をもらして向きを変えた。

ニコラスに連れられて二階に上がる間、エメリアはわめき続けた。

「ニッキ、お願いだからわたしをよそにやらないで! こんなことをする必要は――」

「もし必要なければ、わたしが修道院に迎えに行くよ」ニコラスはエメリアの腰のくびれに手を添えたまま言った。「でも、ルイシュカ、わたしたちは窮地に立たされているんだ。君の安全を守りたい」

エメリアはとぼとぼ階段を上りながら、泣き始めた。

「わたしがシダロフに家族を捜してくれるよう頼まなければ――」

「そのことは関係ない。もともとメーンシコフを筆頭に、わたしに敵対する一派がいて、わたしがツァーリに嫌われるよう画策していたんだ。君と結婚したことで連中につけ込む隙を与えてしまったかもしれないが、遅かれ早かれ、こうなることは決まっていた。運命だったんだよ、エメリア」ニコラス自身もこの状況を否定したいという気持ちにのみ込まれそうだったが、何とかそれを抑えた。これは仕方のないことだったのだと納得させなければ、エメリアは一生自分を責め続けるだろう。

「あなたと一緒じゃなきゃ、どこへも行かない」エメリアは低い声で言った。「わたしはここから動かないわ」

「そんなことをして何になる？」ニコラスは穏やかにたずねた。「君が安全だとわかっていれば、わたしはどんな目に遭おうと耐えられる。それに、子供ができているかもしれないんだ。わたしたちの子供を危険にさらす気か？」エメリアが息をのんだのを見て、彼女がその可能性を考えていなかったことがわかった。「もし君が妊娠していれば、赤ん坊は危険な立場に置かれることになる。反逆罪の容疑者の子供として、もちろんアンゲロフスキー家の爵位と財産の相続人として、あらゆる人間の標的にされるだろう。子供の存在は誰にも、家族にも知られてはならない。大人になって、自分で自分の身を守れるようになるまでは――」

「どうしてそんな話をするの？」エメリアは怒ったように泣きながら叫んだ。「わたしを怖がらせるつもりなら、大成功だわ！　全部わたしが悪かったの……わたしがあなたの人生に入り込んだせいで、めちゃくちゃになってしまったんだわ！」

「違う、そうじゃないんだ……」ニコラスはエメリアを自分たちの部屋に引っぱり込み、ドアを閉めた。彼女をなぐさめるように、しっかり腕に抱く。「そんなことは二度と言うな。わたしの人生が意味のあるものになったのは、すべて君のおかげなんだ。エメリア……わたしを愛したことを後悔しないでくれ」

エメリアはやはり泣きながら、ニコラスを強く抱き返した。

「荷造りをしないと」しばらくして、ニコラスは言った。「時間がない――」

エメリアはニコラスのほうを向き、その唇に涙の味がする唇を押しつけた。それまで考えていたことは風に吹かれた葉のように飛び散り、ニコラスは思わず彼女を強く抱きしめ、胸のふくらみを押しつぶした。このとき初めて、自分の心臓が早鐘を打っていること、クリスマスの舞踏会からずっとそうだったことに気づいた。エメリアの身を案じ、それと同じくらい、彼女と別れなければならなくなる瞬間を恐れていた。エメリアの顔を両手で包み、しっかりしたあごのラインを、繊細な角度を描く頬骨をなぞる。

エメリアは琥珀色の分厚いベルベットのコートに指を食い込ませ、必死にニコラスにしがみついた。「最後に一度だけ」涙で目をきらめかせて言う。「お願い……それしかあなたを自分のものにする方法がないから」

「エメリア」ニコラスは首を横に振ろうとしたが、彼女の目をのぞき込んだとたん、決心が揺らぎ、思わず唇を重ねていた。エメリアは痣ができるほど激しくキスをし、両手でニコラスの背中と腰を探った。吐息がたえまなく頬をくすぐる。

ニコラスは唇を離すと、もどかしい思いでエメリアの服を脱がせ、すぐに外れてくれない留め具は引きちぎった。コルセットから解放されたエメリアはほっと息をつき、皮膚に残った赤い跡を手のひらでさすった。ニコラスが服を脱ぎ始めると、彼女はふくらんだ白いシャツを頭から抜くのを手伝ってくれた。エメリアの唇がなめらかな胸に下り、喉のくぼみをなめると、ニコラスはもどかしげに彼女をベッドに引きずり込んだ。ピンと髪飾りを外し、長い髪を炎の波のように自分の上に広げる。

容赦なく時が過ぎていく中、二人は気も狂わんばかりに激しく抱き合い、キスをした。言葉も考えも必要なく、ただできるだけ長く世界を消し去ろうとする決意だけがあった。ニコラスはエメリアの冷たい肌を両手で温め、胸からほっそりしたウエストへと手のひらをすべり下ろした。エメリアはうながすように体を浮かせ、期待とともにうっすら目を開けた。ニコラスは彼女への激しい欲求で硬くなったところに血液が送り込まれるのを感じた。神経が高ぶり、こらえきれずうずいてくると、エメリアの腰をつかんで中に入った。ぬくもりと湿りけが優しく歓迎してくれる。ニコラスは最初は浅く動きながら押し進み、やがて深く突き立てて奥まで入り込んだ。

ニコラスはそこで動きを止め、エメリアに顔を寄せて、きらめく青い海に溺れるまで見つめ合った。「赤毛の我が妻よ」悲しみと愛おしさで、胸がいっぱいになる。「約束してくれ。再び会うことができれば、そのときはわたしのことを思い出してくれると」

「あなたを忘れるはずがないでしょう？」エメリアはかすかな声で言った。

ニコラスが中で小刻みに動くと、エメリアは喜びのうめき声をもらした。

「愛してると言ってくれ」

「ニッキ、愛してるわ……いつまでも」エメリアがその言葉をニコラスの喉に、あごに、唇にささやくうちに、嵐は勢いを増し、やがて激情となってはじけた。エメリアはニコラスの喉元でむせび泣きながら、ついに訪れた弾けるような衝撃に身を任せた。腕と脚で彼女のほうに引き寄せられたニコラスは、もはや自分を抑えきれなくなり、身悶えしながら絶頂を迎えた。

できることなら、エメリアに抱かれてこのまま眠ってしまいたかった。だが、ニコラスはぐったりした手足を無理に動かしてエメリアの体から下り、ベッドの穏やかなぬくもりから這い出した。部屋の寒さに震えながら、急いで服を着る。エメリアは黙ったまま、ニコラスの動きをつぶさに目で追っていた。ニコラスは衣装だんすの中を探り、エメリアのドレスが入っている場所を見つけると、ハイネックで長袖の暗い色の簡素なベルベットのドレスを選んだ。

ベッドからエメリアの沈んだ声が聞こえた。

「修道院に行ったら、修道服を着なきゃいけないの？」

ニコラスは思わずほほえんだ。「まさか、それはない」ドレスをベッドに持っていき、くしゃくしゃになった上掛けの上に広げる。動きを止め、乱れたエメリアの姿をうっとり眺めた。長い手足と退廃的なほどに豊かな赤毛が絡み合うさまは、魅惑的な魔女のようで、その唇には司祭さえも誘われそうだ。「ルイシュカ、君はどんな服装をしても修道女には見えないよ」

「あなたはどうなるの？」エメリアは静かにたずねた。

何と言えばいいのかわからず、ニコラスは黙っていた。

「殺されるのね？」エメリアは言った。「わたしの発言と出身のせいで、あなたが犠牲になる――」

「違う」ニコラスは急いで言い、ベッドに腰かけてエメリアの裸の体を腕に抱き寄せた。「どうなろうと君のせいじゃない。わたしは君に出会う前に、一生分の間違いを犯したんだ」

「こんなの耐えられない」エメリアはニコラスのシャツをぎゅっと握りしめた。「わたしのせいであなたを死なせるわけにはいかないわ」涙がニコラスの胴衣に落ち、柔らかい上質なウールに黒っぽいしみを作った。

「君のために死ななきゃならないなら、一〇〇〇回でも死んでやる」ニコラスはささやいた。「あとに残されるよりずっと楽だ」

「お願いだから、あなたのそばにいさせて」エメリアは懇願し、しがみついてきたが、ニコラスはそれを振りほどいた。

手でドレスを示し、すっかり熱の弱まったタイル張りのストーブのもとに行く。生暖かい表面に両手を当て、振り返ってぶっきらぼうに言った。

「エメリア、着替えるんだ。時間がない」

ニコラスは、エメリアが小さなかばんに服と身の回り品を詰めるのを事務的に手伝った。厚いガラスのはまった小さな寝室の窓から外をのぞくと、そりが準備され、屋敷の正面に停まっているのが見えた。雪に覆われた地面に、滑走部が細い溝を残している。

ニコラスはエメリアのほうを向いた。彼女はニコラスが贈った白いレースのショールをかぶっていた。薄く美しいレースが髪を覆い、顔に影を落としているため、涙にきらめく目と、懇願するように震える唇しか見えない。この女性が時を超えて自分のそばに居続けるという事実に、ニコラスは驚いた。彼女の姿がいくつも頭の中に浮かんでは消える。エメリアとして、ベッドで自分に長い脚を巻きつける姿。路上暮らしの少年のように雪の上を跳ね回る姿。風呂に入って髪が濡れて黒っぽくなっている姿……。そして、エマとして魅力的な笑顔を振りまき、勢いよく議論を吹っかけ、自分と踊る姿。男物のシャツとズボンで雑用から戻ってくる姿。どんな格好の彼女も愛している。その彼女を、二度も失ったのだ。

エメリアは黙ってニコラスの手を取った。二人の指はきつく、痛いくらいに絡み合った。ニコラスは彼女と手をつないだまま、旅行かばんを持ち、二人並んで階段を下りていった。

茶色の髪をいつになく乱したシダロフが、青ざめた顔で玄関に立っていた。黒に見えるほど濃い深紫色のエメリアのウールの外套を抱えている。「旦那さま、準備が整いました」

「よし」ニコラスは家令に身を寄せた。「エメリアを連中の手に渡さないでくれ」エメリアには聞こえないよう、声を潜めて言う。「何をされるかはわかるだろう」その続きは、体を引いてシダロフに険しい視線を送り、無言で伝えた。彼女が誰かに拷問されて死ぬくらいなら、その場でお前が殺せ、と。

シダロフは無言のメッセージを読み取り、うなずいた。「そうはさせません」静かにそう言った家令の肩にニコラスは片手を置き、ぎゅっとつかんだ。

「フェオドル、大事なものはすべてお前に預ける」

「かしこまりました」

ニコラスはシダロフから外套を受け取り、振り向いてエメリアの肩に着せかけた。フードをそっと頭にかぶせてから、ほほえもうとする。だが、うまく笑えず、そのまなざしはもの悲しい絶望の色を帯びた。さよならを言う方法がわからない。込み上げてくるものをこらえているせいで、喉が痛んだ。「離れたくない」素直にそう言い、冷たくこわばったエメリアの手を握る。

エメリアはうつむき、涙をほとばしらせた。「もうあなたに会えないの？」

ニコラスは首を横に振った。「現世では」かすれた声で言う。

エメリアは手を振りほどき、ニコラスの首に腕を巻きつけた。濡れたまつげが頬に触れる。「じゃあ、一〇〇年待つわ」エメリアはささやいた。「一〇〇〇年でも構わない。ニッキ、忘れないで。あなたが来てくれるまで、わたしは待ち続けるから」

ニコラスは戸口に立ち、シダロフがエメリアを馬車ぞりに連れていくのを見守った。そりは濃い藍色の闇の中に消えていった。

「神よ、妻をお守りください」ドア枠を握り、静かに言う。しばらくすると、居間にウォッカを持ってくるよう、使用人に言いつけた。タイル張りのストーブのそばで、くつろいだ姿勢で酒を飲みながら、壁の空間を見つめて待つ。

一時間後、使用人がやってきて、秘密警察の役人が二人来ていると告げた。ピョートルが創設した秘密警察は、帝国政府の安定を脅かす犯罪の司法権を一任されている。

役人たちは屋敷に入ると、使用人に直接ニコラスのもとに案内させた。一人は物静かでうやうやしく、もう一人は鋭い顔つきに油っぽい黒髪をした男で、あざけるような笑みを浮かべている。

「ニコライ公爵」鋭い顔つきの男が言った。「わたしはヴァレンティン・ネチェレンコフ、こっちはヤルマコフだ。今夜通報があった件で、秘密警察から派遣され――」

「ああ、わかっている」ニコラスは銀の盆のほうに歩いていき、冷えたウォッカの瓶を示した。「一杯どうだ？」

ネチェレンコフはうなずいた。「ありがとう」

ニコラスは三つのグラスに慎重にウォッカを注ぎ、二人と一緒に飲んだ。

ネチェレンコフはまじまじとニコラスを見つめた。

「我々はエメリア公爵夫人の話を聞きに来たのだが」

「妻に会ってもらう必要はない」

「いや、ある」ネチェレンコフは言った。「通報によると、奥方は今夜、陛下に聞こえるところで反逆的な発言をしたとのことだ。それに、生まれもどこからどう見ても怪しい――」

「妻は陛下にとっても、誰にとっても脅威にはならない」ニコラスは穏やかに、説得力ある笑みを浮かべた。「きれいな女だが、頭はあまり良くない。わかるだろう？　自分の意見など持てない単純な農民の娘だ。今夜のことは、自分が耳にした話を繰り返しただけだろう。正義を行うには、説明責任のある本物の罪人を拘束する必要がある」

「誰だ？」

ニコラスの顔からほのかな笑みが消えた。「わたしだ」ぶっきらぼうに言う。「少し調べるだけで、わたしが陛下と仲違いしていることはわかるはずだ。周知の事実だからな。この国の活力は、ピョートルの自己像のために干上がってしまった。陛下の目の前でも、ためらわずそう言うよ」

ネチェレンコフはウォッカの次の一口を飲みながら、考え込むようにニコラスを眺めた。

「それでも、奥方には話を聞かなきゃならない」

「そんなことをしても時間の無駄だ」ニコラスはポケットからそっと黒のベルベットの袋を取り出し、ずっしりした重みを手のひらで測った。「君がとても影響力の強い人物であることはわかっている……妻のことはなかったことにしてくれるとありがたいんだが」

ネチェレンコフはニコラスから袋を受け取り、口を開けて中身の一部を手のひらに出した。袋には見事にカットされたダイヤモンドがぎっしり詰まっていて、ほとんどが一五から二〇カラット、中にはそれ以上の大きさのものもあった。ネチェレンコフの大きな手のひらでダイヤモンドが輝くさまは、白い炎が燃えているかのようだった。役人が二人とも息を荒らげたのがわかり、ニコラスは思わず冷ややかに笑いそうになった。

ネチエレンコフは静かに言った。

「奥方が愚かな農民の娘に過ぎないのなら、尋問しても意味はなさそうだな」

「わかってくれて嬉しいよ」

ネチェレンコフはニコラスの目をまっすぐ見つめた。

「だが、奥方の疑いを晴らすためには、お前がその全責任を負うことになる。我々は取り調べのために、お前をクレムリンに連行しなければならない」

「もちろんだ」

恐ろしい現実と対峙することが確定したにもかかわらず、ニコラスは心の中で大きく安堵のため息をついた。


それから三日間、ニコラスはクレムリンの城塞の一部、モスクワ川沿いにあるベクレミシェフスカヤ塔に囚われていた。石造の砦はじめじめしていて寒く、身を切るような房室の空気に息が白く凍った。おかしなことに、尋問官は現れなかった。ニコラスはただそこに座り、黙って待つばかりだった。一日に二度、水とゆでた麦が与えられた。房内には家具も寝床も、わらの山さえなかった。同じ房室にはあと二人いて、二人ともうつろな目をし、表情はなかった。誰も名乗らず、会話もしなかったが、毛布くらいくれればいいのに、とニコラスが言ったときだけ返事があった。

「気分が良くなるようなものは何ももらえない」一人がぼんやりと言った。「大貴族の犯罪は、農民の反乱よりたちが悪い。ツァーリは大貴族のほうに深い忠誠を求めているから」

もう一人は何も言わず、見るからに体調が悪そうだった。塔内の冷たく湿った空気のせいで病状は悪化し、激しく咳き込んで体を震わせている。三日目、二人の男は房の外に連れていかれ、二度と戻ってこなかった。遠くで誰かが拷問され、人間のものとは思えない苦痛の悲鳴が聞こえると、ニコラスはあの二人のどちらかかもしれないと思った。

やがて、かつて拷問を受けたときのことを思い出すようになった。初めて不安に襲われ、ぼんやりしたあきらめの気持ちが芽生えていく。もう一度あれを耐え抜くのは不可能だ。あのとき体に受けた傷は、跡にはなったが癒えた。だが、心に受けた傷は……無理だ、二度目は生き延びられない。ニコラスはがらんとした床にうずくまり、冷たい壁に脇腹をつけた。これほど孤独を感じたことはなかった。

それから一日、二日が過ぎ、ニコラスは自分が病気になったことを悟った。寒気を感じながらも、体は熱っぽく、まともにものが考えられない。両腕で体を抱いて震え、眠り、ついには涙がこぼれた。朦朧とした意識の中で、霊のようなものが何度か房室を訪れるのが見えた。タシア……自分の父親……ジェイク……疲れきった顔でこちらを見つめる、死んだ弟のミハイル。ニコラスはそのたびに縮み上がったが、エメリアは、エマはどうしているかと質問することもあった。彼女は姿を現さなかった。わたしは死ぬ、とニコラスは霊たちに言った。妻に会いたい、彼女の膝に頭をのせて永遠の眠りにつきたい、と。

たまたま意識がはっきりしている間に、思いがけずツァーリ自らが房室を訪れた。ニコラスは房の隅にうずくまり、暗くくさい部屋に巨大な人影が入ってくるのを見つめた。

「ニコライ」ピョートルは言い、その低い声が石の壁に反響した。「お前の具合が悪いと聞いてね。会いに来た」

「何のために？」ニコラスはたずねたが、からからの喉の中でその言葉はかすれた。

ピョートルは不良息子を見る親のような目でニコラスを見た。

「説教をしてやろうと思ってね。ニコライ、まったくお前らしくないぞ。ここ数カ月のお前はどうかしていた。わたしに注いでくれていた愛情、深い忠誠心……あれはどこに行ってしまったんだ？」

ニコラスは顔をそむけ、答えなかった。

「女に堕落させられたんだな」ピョートルは静かに続けた。「一介の農民の娘に。お前がわたしに楯突くようになったのは、あの女のせいだ。あの女がお前に魔法をかけたんだ。でないと、お前がかつて愛したすべてに、女が取って代わることなどできるはずがない」

体がぶるっと震え、ニコラスは房の隅にもたれかかった。

「わたしは誰も……何も愛してはいません……彼女に出会うまでは」

ピョートルはため息をつき、ニコラスの前にしゃがみ込んだ。

「そして、お前は堕落させられた。これほどの破滅と荒廃をもたらすものが、良いものだと言えるか？」

「わたしは陛下を裏切ってはいません」ニコラスは言った。

「今はそうかもしれないが、その兆しはあった。それに、お前にとって一番大事なものは、わたしでなければならないんだ。ほかの誰でもなく、神でさえなく。それこそが、ロシアという国をあるべき姿にするために必要なことなのだ」ピョートルはそむけられたニコラスの顔をじっとのぞき込んだ。「お前は今でも」低い声で言う。「わたしがこれまで見たどの男よりも、女よりも、美しい人間だ。ニコライ、お前は恵まれすぎている。悲劇的な結末を迎える運命だったんだ」

「わたしをどうしたいのです？」そう言ったとたん、ニコラスは激しい咳の発作に襲われ、唇に血の味を感じた。

　ピョートルの大きな、動物の足のような手がニコラスの頭に優しく触れ、お気に入りのペットにするように髪をなでた。

「ニコライ、お前に二度目のチャンスをやろう。命拾いしたうえ、わたしの信頼も取り戻せるチャンスだ。わたしへの忠誠を証明してくれれば、すべてを水に流してやる」

　ニコラスはかすんだ目でピョートルを見つめた。「どうすればいいのです？」

「エメリアを修道女にして、結婚を解消するんだ。修道院に送り、二度と会うな。あの女よりもお前によく仕えてくれる別の女と結婚すればいい。かつての暮らしに戻り、再びわたしに尽くすのだ。そう約束すれば、一時間以内にここからお前を出してやる。専属の医者に、お前が快復するまで面倒を見させるよ」

　ニコラスはかすかにほほえんだ。「妻と別れることはできません」きしんだ声で言う。「彼女がどこかにいるのに……会うことも、触れることもできない……」ニコラスは首を横に振った。「無理です」そう言うと、咳き込み始め、肺が焼けそうになった。

　ピョートルは手を引っ込め、立ち上がってニコラスをにらみつけた。

「お前がそこまで命を粗末にするとは残念だ。二度目のチャンスを申し出たのは間違いだった。命よりも死と反逆罪を選ぶ人間に、情けをかけてやる必要はない」

「愛です」ニコラスはささやき、床に頭をつけた。「わたしが選んだのは」

ありがたいことに、誰かが尋問にやってくる前に、ニコラスの意識は再び混濁した。ひどい寒気に襲われ、体がこわばって凍りつく。房室を訪れる幻影たちは、コートが欲しい、毛布が欲しい、手足を温める小さな火が欲しい、というニコラスの願いを聞き入れてはくれなかった。妻のことを考える。ほっそりした手足が自分に絡みつくさまを。炎のように赤い髪を。

「エメリア、寒いよ」

そう言おうとしたが、ここにいない彼女にその言葉は届かない。ニコラスの体は激しく震え始め、骨が石の床にぶつかって音をたてそうなほどだった。子供の頃に読んだロシアの民話のキャラクターが房内を這い回る。人食い鬼、魔法をかけられた白鳥、魔女、赤と金色の羽を見せびらかす火の鳥。そのとき、火の鳥はエマになり、鮮やかな赤色に輝く髪が顔を縁取った。ニコラスは彼女に手を伸ばしたが、触れようとするとかわされた。

「エマ、行かないでくれ」

ニコラスはあえいだが、彼女はお構いなしだった。こっちに来てくれと懇願しても、ふわふわと遠ざかっていくばかりだ。

「エマ……君が必要なんだ」

時間はらせんを描きながら、ニコラスの手の届かないところに飛んでいき、命の灯火は消えた。ニコラスは闇に包まれ、その底知れない深みに、思いも記憶も一つ残らずのみ込まれていった。

第4部

ゆっくりした時計の針が
ぐるりと時を刻み、別れの時を告げ、
見知らぬ人々にぐずぐずするなと命じるが、
真夜中もわたしたちを引き裂くことはできない。

――プーシキン

10

一八七七年、ロンドン

「ニッキ？　ニッキ、目を開けて」

ニコラスは苦痛のない真っ暗闇から浮かび上がる気になれず、もごもごと文句を言った。

だが、聞こえてきた声はあまりに不安げでせっぱつまっていたので、顔をしかめて目をこすり、薄目を開けた。自分はベッドに横たわり、その端に妻が座っていた。

生きていた……彼女もそばにいる。いつもどおりはつらつとした、美しい姿で。

「エメリア」ニコラスはあえぎ、起き上がろうとした。ききたいことが次から次へと出てきて、早口でまくしたてる。

「速すぎるわ！　落ち着いて」エマは身を乗り出してニコラスの唇を手でふさぎ、けげんそうな顔をした。「ロシア語になってるわよ。わたしがロシア語はわからないって知ってるでしょう」

ニコラスはうろたえて口を閉じ、英語で考えようとした。「二度と会えないと思っていた」かすれた声でようやくそう言った。

「わたしもそんな気がしてたところよ」エマはそっけなく返した。「最初は気を失ったふりをしてるのかと思ってた。でも、顔に水をかけても気がつかないから、お医者さまを呼んだの。今、こっちに向かってるわ」前かがみになって、ひんやりした手をニコラスの額に当てる。「大丈夫？　頭痛は？」

ニコラスは答えることができなかった。彼女のことしか考えられない。どうにかなりそうなほどの衝動に襲われていた。エマを腕に抱き、思いの丈を吐き出したいが、そんなことをすれば頭がおかしくなったと思われるだろう。身動きしないよう、彼女に手を伸ばさないよう我慢したせいで、目に涙がこみあげてきた。

エマはゆっくりと手を引っ込めた。「どうしてそんな目でわたしを見るの？」

ニコラスはエマから視線をそらし、あたりを見回した。寝室は以前とまったく同じで、濃い色の木材に渦巻模様が入った家具が並び、壁にはマホガニーの羽目板が張られている。ロバート・ソームズが近くに立ち、細い顔を不安そうに引きつらせていた。彼はニコラスと目が合うと、にっこりした。「公爵さま、心配しましたよ」

ニコラスはきょとんとして目をしばたたき、エマのほうに向き直った。

「何があったんだ？」

エマは肩をすくめた。「わたしが知る限りでは、あなたはミスター・ソームズが修復した絵を見ていて……ちなみに、その絵はあなたそっくりだった……真っ青になって、気を失ったの。ミスター・ソームズにも手伝ってもらって、わたしと使用人とであなたを階上に運んできた。一時間は意識を失っていたわ」

「一時間」ニコラスはぼんやりと繰り返した。体に目をやると、シャツのボタンがウエストまで開けられているのがわかった。

「息苦しそうだったから」エマはそう説明し、頬を赤らめた。

ニコラスは指を広げ、自分の胸を触った。わずかに盛り上がったおなじみの傷跡を感じ、それが本物であることを確かめるようにさする。ソームズは傷を見て動揺したらしく、顔をそむけた。

「わたしはしばらく席を外したほうがよさそうですね」そう言うと、部屋を出ていった。

「その必要は――」エマは言いかけたが、ソームズが行ってしまったのを見て、あきれたように目を動かした。口元に苦笑いが浮かぶ。「これじゃ、わたしたちが二人きりになりたがっていたみたいじゃない」不満そうに言った。

ニコラスの頭の中では、さまざまな場面や言葉がひっきりなしに浮かび、過去と現在が混在したままだった。愛情と欲求に襲われ、エマに手を伸ばす。彼女はすばやく体を引いた。

「触らないで」低い声で言い、立ち上がる。「もう大丈夫みたいだし、お医者さまは一人で待てるわよね。わたしは用事があるから。その前に、水を飲む？」

エマは磁器の水差しから水を注ぎ、クリスタルのゴブレットをニコラスに渡した。一瞬、指が触れ合い、温かな衝撃が全身を駆け抜けた。ニコラスは喉を鳴らして冷たい水を一気に飲み、袖の裏で口を拭いた。

「いつものあなたらしくないわ」エマは言った。「ウォッカの飲み過ぎが原因かもしれないわね。あんなペースで飲んでいたら、今までこういうことがなかったのが不思議なくらい……」ニコラスが何かに憑かれたように壁のイコンを見ているのに気づき、エマの言葉はとぎれた。「何？　どうしたの？」

ニコラスはゆっくりとグラスを横に置いて立ち上がり、少しふらつきながら、預言者エリヤのイコンに向かって歩き出した。一八世紀と違うのは、宝石がちりばめられた板が飾られているところだ。板はエリヤの頭の周りに光輪をつけ、戦闘馬車の車体一面に貼られ、赤い雲を縁取っている。ニコラスは絵の表面に指で触れ、金の板の一枚に爪を引っかけた。驚いたように質問を投げかけてくるエマには構わず、板をはがす。小さな板を握りしめ、絵に目をこらした。

赤い雲の端に引っかいたような傷があった……一七〇年前、ニコラスが作った傷だ。その傷を指先でなぞると、熱い涙が頬を伝った。「夢じゃなかったんだ」くぐもった声で言う。

エマが背後にやってきた。「どうしてそんなおかしなことをするの？」強い口調でたずねる。「何でイコンをばらばらにするのよ？　どうして――」自分のほうを向いたニコラスを見ると、息をのんで言葉を切った。「いったいどうしたの？」

「ここにいてくれ」ニコラスは薄い金の板を床に落とし、ゆっくりとエマに近づいた。急に動いて、驚いた彼女が逃げるのを恐れるように。「エマ……君に話があるんだ」

「あなたの話なんて聞きたくもない」エマは鋭く言った。「今日あんなことがあったんだから……あなたはわたしとアダムの関係をぶち壊して、人生をめちゃくちゃに――」

「すまなかった」

その言葉がよく聞こえなかったかのように、エマは頭を振った。

「まあ、初めてね！　どんな状況だろうと、あなたが謝るなんて。それは、今までのこと全部に対する謝罪と受け取っていいのかしら？」

ニコラスは苦心して言葉を探した。「今までのわたしとは違うんだ……わかってもらえるよう説明するのは難しいが。わたしは……わたしは君に素直になれなかった。君に対する思いを認めたくなくて、それが強くなりすぎると、君を傷つけて距離を置こうと――」

「だからほかの女と寝たっていうの？」エマは軽蔑したようにたずねた。「わたしに対する思いが強すぎたから？」

ニコラスは深く恥じ入り、エマの目を見ることができなかった。

「エマ、あんなことは二度としない。絶対に」

「あなたが何をしようと構わないわ。毎晩違う女と寝ようと、知ったことじゃない。わたしのことは放っておいて」

「ほかの女なんていらない」エマに逃げる隙を与えず、ニコラスは彼女を抱き寄せた。再び彼女を腕に抱くことができた喜びに、心臓が激しく打ち、しなやかな体に指が無意識に食い込む。エマは身動きせず、拒絶するように体をこわばらせた。冷たく責めるような目でニコラスを見据える。

「これまでのことは忘れてもらえるよう努力する」ニコラスは言った。「誓うよ、君を幸せにする……どうかチャンスをくれ。わたしはただ、君を愛したいだけなんだ。君のほうは愛してくれなくていいから」

その言葉に何か懐かしい響きを感じ、エマは凍りついた。

「何ですって？」体が震え始め、消え入りそうな声で言う。

ニコラスはプライドと警戒心をかなぐり捨て、エマに告白した。

「本当のことを言うよ。エマ、わたしはこれまでも君を愛していた。君のためなら何でもする。この命を投げ出すことさえ――」

エマはニコラスを振り払い、体を震わせながらにらみつけた。

「わたしをどうしようっていうの……頭がおかしくなればいいと思っているの？　もう何週間も冷血な最低男に成り下がっていたのに、いきなり図書室で気を失ったと思ったら、目を覚ましてわたしを愛していると言うの？　ずいぶん変わったゲームをしているのね？」

「これはゲームじゃない」

「あなたに人は愛せない。あなたの関心事は、今までずっと……これからもずっと……自分のことだけよ」

「以前は確かにそうだった。でも、今は違う。ようやく気づいた――」

「突然生き方が変わったようなことを言わないで！　自分の子供も受け入れられないような

男を信じるほど、わたしはばかじゃないわ」

その指摘に、ニコラスはひるんだ。「ジェイクには埋め合わせをするつもりだ」険しい顔で言う。「いい父親になるよ。これから一生、あの子が安全に、幸せに暮らせるよう――」

「もうたくさん！」エマの顔は怒りで真っ赤になっていた。「あなたがここまで底意地の悪い人だとは思っていなかったわ。わたしに守れない約束をするならまだしも、あの子に愛情があるふりをしてだませば、心に傷を負わせることになるのよ」

「愛情があるのは本当だ」

「きっとあなたは容赦なくあの子を捨てるわ。誰に対してもそうだもの。そんなことになったら、わたしにはどうすることもできない。ああ、男って本当に嘘つきで弱虫！　自分を信じさせておいて、あっさり捨てるの。ジェイクとわたしはそんな仕打ちは受けない……わたしが許さないから」

「これからは信じてくれていいんだ。一〇〇〇回だってそのことを証明するよ」ニコラスはエマのこわばった手を取り、口元に寄せて、張りつめたこぶしに唇を押し当てた。「二度と君を傷つけない。信じてくれ」

エマはニコラスの目を見つめ、そこに見えた何かに息をのんだ。くるりと向きを変え、部屋を出ていく。「最低」そうつぶやき、後ろ手にぴしゃりとドアを閉めた。

エマは自分の居間の長椅子で体を丸め、膝を抱えた。頭の中で疑問が渦巻いている。人を驚かせることにかけては、ニコラスの腕は見事だと言わざるをえない。ここまで軽蔑と悪意のこもったやり方がほかにあるだろうか。エマに愛情を持っていると思い込ませたあと、ばかにし、辱めるつもりなのだ。何という邪悪な心の持ち主なのだろう！

だが、あの目……あの目には、妙な心許なさが感じられた。ニコラスの身に何が起こったのだろう？　図書室での場面を思い返してみる。それまではいつもどおり傲慢にふるまっていた彼が、先祖の肖像画を見たとたん気絶してしまった。「卒中のようですね」床に倒れたニコラスのそばにしゃがみ込んだとき、エマの隣でロバート・ソームズは言った。

「でも、卒中を起こすには若すぎるわ！」エマは叫び、ニコラスの頭を膝にのせた。「いやだわ、お酒のせいかもしれない。お願い、お医者さまを呼んできて！」

ニコラスの頭をそっと支え、金色の筋が入った髪をなでる。使用人たちがやってきてニコラスを部屋に運ぶのを手伝う間、エマはずっと彼のそばについていた。なぜこれほど不安な気持ちになるのかわからなかった。まともな結婚生活など送っていないというのに。二人の間に愛は存在しないというのに。それなのに……ニコラスが目を開けたとき、大きな安心感に包まれたのだ。

あの止まったような、静かな一時間にいったい何が起こって、目覚めたとたんおかしなふるまいをするようになったのだろう？　ニコラスはエマを愛していると言った。エマは信じられないとばかりに笑い、泣きたい気分になった。

〝誓うよ、君を幸せにする……どうかチャンスをくれ。わたしはただ、君を愛したいだけなんだ。君のほうは愛してくれなくていいから〟

あの言葉にはひどく動揺した。ニコラスには人の、とりわけエマの警戒心を取り去る才能があるのだ。「タシアがあなたには気をつけるようにって言っていたわ」エマはそっと言った。「嘘つきだし、狡猾だし、わたしを裏切るって。タシアの言うとおりだった。でもね、ニッキ、わたしはあなたのゲームをやめさせる。わたしのためだけじゃなくて、ジェイクのためにも」

エマはニコラスの部屋に向かった。肩をいからせて、半開きになったドアに近づく。ドクター・ヴァイドが診察かばんに器具を戻しているところだった。小柄な白髪頭の男性で、思慮深そうな顔に眼鏡をかけている。

「夫はどうです？」エマは簡潔に質問し、部屋に入った。

「公爵夫人」医者はほほえんで言い、進み出てエマの手にキスをした。「大至急でということで呼ばれましたので、てっきり瀕死の患者さんが待っているのかと思っていました。ですが、ご主人の健康状態はきわめて良好です。どこも悪くありません」

「では、失神の原因は何だったのです？」エマは顔をしかめてたずねた。「この人は一時間ほど気を失っていたのです」

医者は頭を振った。「身体上の理由は見当たりません」

「でも、あれは演技ではありませんでした」エマは言った。「目を覚まさせようとして、針を刺す以外のことは全部やったんです」

「人間の精神には、わからないことがたくさんあります」ドクター・ヴァイドは答えた。「ニコラス公爵さまが気を失われたのは、ある肖像画が原因だったとお聞きしました。それを見て、心の傷となっている過去の出来事を思い出した可能性はあります」

エマはまじまじと夫を見つめた。その顔からは表情が消え去り、早く医者に帰ってもらいたがっているのがわかった。「心の傷となっている出来事」エマはつぶやいた。「あなたにはたくさんあるわよね？」

ニコラスはせっせとシャツのボタンを留めていた。「二度とこんなふうにはならないよ」

「もしまた何かあったらお知らせください」ドクター・ヴァイドは言った。「では、お大事に」

「お送りします」エマは言った。

医者は首を横に振った。「ご主人のそばについていてあげてください。お屋敷からは一人で抜け出せますから……たぶん」そう言ってウィンクし、静かに出ていった。

エマは腕組みをし、夫に目をやった。「気分はどう？」

「何ともない。医者に診てもらう必要はなかったんだ」

「ちょっとつつかれたくらいで、困ることはないでしょう」

ニコラスは鼻を鳴らした。「自分がつつかれていないからそんなことが言えるんだ」立ち上がり、ズボンにシャツを押し込む。

エマは夫の着替えを見るという親密な行為に落ち着かないものを感じ、そわそわと体の重心を移し替えた。

「あなたに言っておきたいことがあって来たの」ぶっきらぼうに言う。「わたし、そのうちここを出ていくかもしれない。ジェイクを連れて」

ニコラスはさっとエマのほうを向き、燃えるような視線を投げかけた。何も言わなかったが、そんなことは許さないとばかりに全身をこわばらせたのがわかった。

「まだ決めたわけじゃないの」エマは冷静に続けた。「でも、あなたがジェイクかわたしを傷つけようとしていると感じたら、まばたきする間もなくあの子を連れて出ていくわ」

「構わないよ」ニコラスは穏やかに言った。「その取り決めに乗るよ」何気ない口調だったが、エマはその言葉にぞっとするものを感じた。「ジェイクはここで暮らす。あの子はわたしの息子だ。そして、君はわたしの妻だ」

「さすが全能のニコラス公爵さま」エマはあざけるように言った。「誰もがあなたを恐れていても、わたしは違うわ。あなたがいたぶって利用できるようなか弱い女じゃないの。あなたはわたしをここに縛りつけることはできない」

「君がここにいたいと思えるようにすることはできるよ」

その傲慢な一言は静かな力に満ち、あまりに純粋で裏が感じられなかったので、エマは息が止まりそうになった。答えを返したが、それはニコラスが望んでいたであろう反応とは違っていた。方法や理由を聞くわけでも、食ってかかるわけでもなかった。引き下がることにしたのだ。「わたしの意思は伝えたから」ぼそりとそう言った。

その一言を最後に、部屋を出ていくつもりだった。ところが、ニコラスがやってきて前に立ちはだかったので、エマは全身に恐怖を感じた。普段から虎などの野生動物と戯れている身には、なじみのない感覚だった。「君が出ていく前に、わたしの意思も伝える」ニコラスは言った。「わたしはすぐにでも君とベッドをともにするつもりだ。良き夫として一からやり直すよ」

「この悪魔！」

「君に出ていってほしくない。どうしても君が必要だから」

ニコラスの様子は今までとはまったく違っていた。率直で、驚くほど正直で、感情を隠そうとしない。それは何事も意に介さない普段の態度よりも、ずっと恐ろしかった。「あなたは誰も必要としていないわ」エマはかろうじてそう言った。

「それは違う。エマ、よく見てくれ。わたしを見て、何が見えたか教えてほしい」

それはできなかった。ニコラスの目に浮かんでいるものを想像すると、怖くて仕方がなかった。エマは身をかわしてニコラスを肩で押しのけ、その場を逃げ出した。ありがたいことに、彼はそのまま行かせてくれたが、熱い視線が追ってくるのはわかった。それはエマが廊下の突き当たりに達し、ニコラスの視界から消えるまで続いた。

ニコラスはしばらく一人でいた。何か強くて元気の出るものを一杯やりたい気持ちはあったが、酒を飲むつもりはなかった。感覚を麻痺させて気持ちを静めることも、アルコールという心地よい毛布で感情を覆うこともしたくない。頭をはっきりさせておきたかった。自分が荒れ果てるのがいやだったし、エマの顔に浮かぶ敵意にも耐えられなかった。彼女が遠い昔に示してくれた理解と信頼を取り戻したい。何とかして、もう一度自分を愛してもらいたかった。

「エメリア」ニコラスはつぶやいた。

妻があのあとどうなったのか、知りたくてたまらなかった。自分が死んだあと、苦しんだのだろうか？　何かになぐさめを見いだすことができたのだろうか？　再婚はしたのだろうか？　そう考えたとたん、怒りと嫉妬が込み上げてきた。彼女の身に起こったことを知らなければ、答えの出ない疑問で頭がおかしくなってしまいそうだ。ニコラスは図書室に行き、どんなに小さな情報でもいいから見つからないかと、古い本や記録を漁《あさ》った。けれど、エメリア・ヴァシリエフナの運命については何もわからず、二人の息子のアレクセイに関するわずかな記録だけが出てきた。

一族の記録書によると、アレクセイ・アンゲロフスキーという青年が、キエフの東の村でひっそりと子供時代を過ごしたあと、突然モスクワに現れたという。アレクセイは土地と財産をたっぷり蓄え、恵まれた人生を送ったようだ。その努力を助けたのが、女帝エリザヴェータとの長きにわたる愛人関係だった。アレクセイ公爵は、魅力ある洗練された男性として知られ、芸術を支援し、ヴァイオリンをたしなんだ。やがて結婚して子供をもうけ、二人とも無事に成人した。だが、母親は？　エメリアはどうなったのだろう？

ニコラスは毒づき、本の山を脇に押しやった。歴史学者に調査を依頼し、必要とあれば通訳の一団をつけてロシアに派遣しようと思った。図書室のデスクにひじをつき、豊かな髪に指を絡ませる。一世紀半も前に生きた女性の歴史をここまで必死に調べるとは、頭がどうかしてしまったのかもしれない。あれは本当に起こったことなのだろうか？　エリヤのイコンの引っかき傷は偶然だったのだろうか？　もしかすると、自分の手で台なしにしてしまった人生から目をそらすため、心が苦しまぎれの幻想を紡ぎ出したのかもしれない。

ニコラスは突如弾かれたように立ち上がり、上階の子供部屋に向かった。ジェイクに会って、親子関係を修復しようと思ったのだ。どうか、我が息子が自分を捨てた父親を許してくれますように。だが、階段を上る足取りは重くなり、やがてぴたりと止まった。ニコラスは真実を認めろと自分に言い聞かせた……自分の息子が怖いのだと。どうすれば父親になれるのか、少しもわからなかった。自分の子供時代があまりにつらく厳しいものだったため、それを思わせるものを息子の目に見つけるのが怖かった。ジェイクを傷つけたくないのに、すでに傷つけてしまっているのだ。

「わたしはあの子を拒絶し、見捨てた」ニコラスはつぶやいた。「これ以上ひどいことができる親がいるだろうか」

息子に何と言えばいい？　どうすれば、自分を父親として頼っていいと、ジェイクにわかってもらえるだろう？　今となっては、自分が子供を他所にやろうとしていたことも信じられなかった。あの頃はジェイクのことを気にかけようともしなかったが、今は抑えられない思いを抱いていた。息子の面倒を見たい。あの子の心が欲するものをすべて与えてやりたい。

この世にあふれる喜びを、あの子に教えてやりたかった。南部に広がる地所に行って、浜辺で砂の城を作り、貝殻を拾い集めよう。アイルランドに所有する城に行って、荒野を馬で駆け、ピクニックの弁当を食べ、川で釣りや水泳をするのもいい。ジェイクをヨットに乗せて海に出よう。田舎の地所で狩りをしよう。

そのどれもが、その気になれば今までにしてやれたことだと気づき、ニコラスはみじめな気分になった。息子にいい暮らしをさせてやれたというのに、自分は背を向けてしまったのだ。残りの階段を上り、やがて子供部屋に着いた。半開きのドアの前でためらい、ノックしてから中に入る。

ジェイクはがらんとした部屋の床に座り、あたりにはがらくたが散乱していた。厨房から持ってきた壺、さまざまな石、木の枝、熊の形に彫られた木。その木像は、木彫りを趣味としている御者が作ったものだとわかった。使用人が息子におもちゃを作ってくれているのに、父親である自分は何もしていないのだと思うと、胸が痛んだ。長い間使われていなかった子供部屋をぐるりと見回す。小さなベッドと古いトランク、ほこりをかぶった古めかしい揺り木馬があるだけで、痛ましいほど殺風景な部屋だった。

ジェイクはニコラスにそっくりな目で、不思議そうに父親を見つめた。

ミハイルに似ている。そう思うと、ニコラスは胸が締めつけられそうになったが、何とか笑顔を作った。

「やあ、ジェイク」静かに言う。「お前に会いに来たんだ。いいかな?」

ジェイクはうなずき、木製の熊で遊び始めた。

「熊はロシア人が一番好きな動物だって知ってるか？」ニコラスはそう言いながら、ジェイクの隣にあぐらをかいた。「昔は熊を神と崇めていたんだ。熊は悪霊を追い払ってくれるという迷信もある」

ジェイクは手にした木製の熊をじっと見てから、手を伸ばしてニコラスのそばにある壺をつついた。「蛙は？」

壺に掛けられた網をめくると、一センチほどの深さの水の中に大きな平たい石が置かれ、オリーブ色のつるつるした蛙の住みかになっているのがわかった。ニコラスはにっこりし、脚をばたつかせる蛙を器用につまみ上げた。

「きれいな蛙じゃないか」そう言って、感心したように蛙を見る。「どこで捕まえたんだ？」

「昨日、庭の池で。エマが手伝ってくれた」

「なるほどね」ニコラスは苦笑し、蛙を一時の住みかに戻した。地所内の幾何学式庭園の池で、妻が水しぶきを上げて蛙を追う姿が見たいと思った。

「エマに、今夜放してやりなさいって言われてるんだ」

「エマのことが大好きなんだな？」

ジェイクはうなずき、壺の上に石を置いて網を固定した。心配そうな顔でニコラスを見る。

「今日、具合が悪かったんでしょう。床に倒れてるのを見たよ」

「もう大丈夫だ」ニコラスはきっぱりと言った。「こんなに気分がいいのは久しぶりだよ」

その後訪れた沈黙の中、ニコラスは部屋を見回し、不満げに頭を振った。「おもちゃを買ってやらないとな。本もゲームも、もちろん家具も」

トランクに手を伸ばし、きしむふたを開ける。そこには、ロシア語で書かれた古い児童書と、トランプの箱、傷だらけの木箱が入っていた。ニコラスは口元をかすかにほころばせ、ガタガタ鳴るずっしりした箱をトランクから出した。

「これを見るのは、わたしがお前くらいの年だった時以来だ」

興味が湧いてきた様子のジェイクに見守られながら、ニコラスは箱を留めている革ひもをほどいた。中からは、塗装された金属製の兵隊と、開くと戦場になる漆塗りの板が出てきた。クリミア戦争の舞台をイメージした板で、大砲と馬、戦車、小さな橋がついている。

「これがイギリス軍だ」ニコラスは赤い服を着た兵士を一体つまみ上げた。「こっちの青いのがロシア軍。弟のミハイルとわたしはよくこれで遊んでいた。この戦いは、現実にはイギリス軍が勝利したが、ミハイルとわたしが遊ぶときは、いつもロシア軍が勝つんだ」ジェイクに兵士を渡す。「お前にあげるよ」

ジェイクは兵士を一体ずつ、注意深く見て言った。

「一緒に遊んでくれる？　イギリス軍になっていいよ」

ニコラスはにっこりして、息子が兵士と大砲をきれいに並べ、戦場の準備を整えるのを手伝った。ちらちらとジェイクに視線をやるたびに、これが自分の息子なのだという誇らしい思いで胸がいっぱいになる。ジェイクは美しい少年で、はっきりした端整な顔立ちをしていた。目は黒いまつげにびっしり縁取られ、濃い眉は広げた翼のような形を描いている。どこかエキゾチックな雰囲気があり、アンゲロフスキー家の強情さの源である先祖のタタール人の血を思わせた。

「ジェイク」ニコラスは静かに言った。「お前に大事な話があるんだ」

ジェイクは動きを止め、ニコラスを見た。馬のおもちゃを握る手に力が入りすぎている。ニコラスが何を言い出すのか恐れているようだった。

「お母さんのことは気の毒だった」ニコラスはゆっくりと続けた。「もっと早く言えばよかったね。お前がつらい思いをしているのはよくわかっている。でも、わたしのもとに来たからには、一緒に過ごして仲良くなりたい。それから……何よりも、これからはわたしと暮らしてほしいんだ」

「ずっと？」

「ああ、ずっとだ」

「じゃあ、よそに行かなくていいの？」

ニコラスはぐっと唾をのみ込んだ。「ああ、ジェイク。お前はわたしの息子だ」

「それって、もう私生児じゃないってこと？」

その言葉を聞いて、ニコラスは背筋に冷たいものを感じた。激しい後悔……と怒りが込み上げてくる。「そんなこと、誰に言われたんだ？」

「村の人たち」

ニコラスはしばらく黙り込んだ。震える手を伸ばし、乱れた息子の黒髪をなでる。

「それは、わたしがお母さんと結婚しなかったからだ。ジェイク、お前のせいじゃない。本当なら、わたしがお前の面倒を見なくちゃいけなかった。もしまた誰かに私生児と呼ばれたら、僕はアンゲロフスキーだ、ロシアの公爵の息子だと言えばいい。これからは何もかも最高のものを与える……教育も、家も、サラブレッドの馬も。甘やかしすぎだと言われても構うものか」

ニコラスの話を理解すると、ジェイクは心をざわめかせるあの目を向けてきた。

「どうして僕を迎えに来てくれなかったの？」小さな声でたずねる。「どうしてお母さんはあなたのことを教えてくれなかったの？」

「それは……」息子と目を合わせて正直に答えるには、全身の力を振り絞らなければならなかった。「ジェイク、わたしはこれまで生きてきて、間違ったことをたくさんしてきた。自分勝手で、意地悪で、周りのみんなのことを傷つけてきた。でも、いい父親になるって約束する。お前のためにできるだけのことをする……やる価値のあることは全部やらせてもらうよ」


ある朝、エマは思いきり馬を飛ばしていた。通りかかる人々の驚きのまなざしを浴びながら、地元の村を駆け抜ける。自分が見世物になっていることはわかっていた。赤毛の女丈夫、馬に乗った女戦士《アマゾーン》が、悪魔にでも追われているように全速力で走っているのだ。だが、誰に驚かれようと構わない。これはエマにとって唯一の気晴らしだった。

　馬が疲れるまで走ると、アンゲロフスキー邸に戻った。運動のおかげで少し楽になったが、これは一時的な逃避にすぎない。見知らぬ人間と暮らしているという現実は変わらないのだ。今も見た目はニコラスだし、仕草も動きも話し方もニコラスのようだが、彼が大きく変わったのは誰の目にも明らかだった。その理由もきっかけもわからず、エマは謎が解けないことにどうしようもなくいらだっていた。ニコラスが気を失った日から二週間が経っていたが、いまだに元の姿に戻る気配はない。使用人たちも仕事に身が入らない様子で、主人の変化を目にするたびに驚きをあらわにしていた。

　まず、ニコラスは事業に携わる時間を減らし、毎日ジェイクと接するようになった。父親に構ってもらえるようになったことで、ジェイクは明るくなってきた。ニコラスは息子をあちこちに連れていった。ロンドンの街を散歩し、公園で馬車に乗り、製材所や馬車置き場など、ジェイクが興味を示した場所にはどこにでも行った。ジェイクは食事も一人ではなく、主食堂でニコラスとエマと一緒にとるようになり、ニコラスが図書室のデスクで仕事をしているときも、山のようなおもちゃを持ってきてそばに座った。何よりも驚きだったのは、ニコラスが深酒をやめ、夜に時々ワインを飲む程度になったことだった。

　ジェイクとの外出のたびにエマも誘われたが、そのほとんどを断っていた。現状に戸惑い、これまでとは違うアンゲロフスキー邸での暮らしに適応するのにせいいっぱいだったのだ。ニコラスはジェイクに、つややかな黒いポニーとそれに引かせる漆塗りの小型馬車を買ってやった。ジェイクはポニーに、お気に入りのおとぎ話の主人公の名前を取ってルスラーンと名づけた。また、ニコラスは子供部屋をおもちゃと家具でいっぱいにし、毎晩客間でジェイクとトランプやボードゲームをして遊んだ。

みるみるうちにジェイクがニコラスになついていくのが、エマは気に入らなかった。子供というのは、怖いくらい簡単に人を信じてしまう。ジェイクが父親を慕っているのは明らかだった。二人には本質的に似通った部分があり、そのために儚《はかな》いながらも絆が生まれていた。二人とも独立心が強くて、勘が鋭く、世間を信用していない。安心感に焦がれているようなところがあり、お互いの中にそれを見いだしているようだった。

最近、ニコラスは子守や家庭教師の面接を始め、ジェイクにも意見をきいたので、相手はむっとしたり、面白がったりした。大人は子供に意見を求めるものではないし、重要な問題であればなおさらだ。なのに、ニコラスはそのことを知らないか、知っていても気にしていないようだった。ジェイクは新しい生活を存分に楽しみ、笑ったり叫んだり、日増しにわんぱくになっていったが、その様子があまりにかわいらしいため、誰も文句は言わなかった。我慢できなくなったエマは、ジェイクにはしつけが必要だと提案することにした。

夜一〇時、ジェイクがベッドに入ったあと、エマは一人になったニコラスのもとに行った。「子供にはある程度、規則正しい生活をさせたほうがいいと思うんだけど」夫の寝室の戸口をうろつきながら言う。「寝る時刻は決めておいたほうがいいわ。あの子がベッドに入ったのは、昨日は九時、今日は一〇時だった。それだけじゃない。今日の午後はあなたが三つもケーキを食べさせたせいで、夕食が食べられなくなって――」

「不自由な暮らしは今までいやというほどしてきたんだ。しばらくは楽しませてやればい い」

「それはジェイクじゃなくて、あなた自身の罪悪感のためでしょう」エマはぴしゃりと言った。「あなた以外の誰にとっても迷惑な話よ。こんなふうにあの子を甘やかすのはやめて!」

「それでは、わたしには甘やかせる相手がいなくなってしまう」ニコラスは穏やかに言ったが、目には小さな炎が燃え上がり、エマはうろたえた。「君がその役に名乗り出てくれれば別だけど」

「ばかなこと言わないで」

ニコラスはエマの困惑ぶりに軽くほほえみ、燃えさかる暖炉のそばに二脚並んだベルベット張りの椅子を手で示した。

「ルイシュカ、こっちにおいで。一杯飲みながらおしゃべりでも――」

「けっこうよ」エマは言い、ニコラスのほうだけは見ないようにした。彼はミンクのような深い茶色のベルベットのローブを着ていて、金色の筋の入った髪を乱している。夫としては最悪でも、男性としてこれほど魅力的な人には出会ったことがなかった。「疲れてるの。もう寝るわ」

ニコラスはエマに近づいてきて、肩に垂れた赤い縮れ毛を手に取った。

「ジェイクのことは心配するな」髪をもてあそびながらつぶやく。「あの子は大丈夫だ」

エマはそわそわと唇を湿らせた。髪に感覚が宿ったような気分になる。肌に触れるニコラスの手、指先での愛撫が想像され、心臓が激しく打ち始めた。「心配するに決まってるでしょう」エマは言った。「あなたがこんなに長い間ジェイクといるなんて、わけがわからないもの。前はあの子を見るのもいやそうにしていたのに」

「ああ、そうだな」ニコラスはエマの赤毛を手に巻きつけ、ぎゅっとつかんだ。「初めてジェイクを見たとき、あの子がミハイルにそっくりなことで頭がいっぱいになってしまったんだ。ジェイクを見ると、死んだ弟のことを思い出してつらかった」目が陰を帯び、琥珀色のまつげが感情を覆い隠した。「父がわたしたちを虐待していたという話は覚えているか？ 標的になったのは主にミハイルだった。わたしよりも弟のほうが非力だったからだろう。父に虐待され、血を流して泣いている弟を見つけると、わたしはなぐさめようとした。わたしが感じた怒りと罪悪感は想像もつかないだろうね。あんなにも無防備な存在が傷つけられ——」ニコラスは言葉を切り、苦笑いした。「いや、君なら想像がつくか。とにかく、わたしはミハイルに何もしてやれなかった。幼すぎて弟を守れなかったんだ。でも、息子の面倒を見ることはできるし、幸せになるために必要なものは何でも与えてやれる。これは二度目のチャンスなんだ」

エマは動けなかった。二人の間に流れる沈黙に、空気中に重く熱く垂れこめる切望に囚われていた。ニコラスは以前から、エマの気を引く術を心得ている。エマはこんな茶番を仕掛けてくるニコラスを憎んだが、同時にこれが本気だったらいいのにと願わずにはいられなかった。ニコラスはエマが恋してしまう男性を、エマがかつて夢見ていたような男性を演じているだけだ。だが、その演技がうますぎるせいで、時々彼を信じかけてしまう。この人を愛したいという思いに胸がうずく。こんな男を愛する価値などないのに。いずれ気が変わったら、軽蔑され、裏切られるというのに。

「どうしてこんなことをするの？」エマは苦しげにささやいた。目に涙が溜まってくる。

「エマ」ニコラスは静かに言い、髪から手を放した。

エマはニコラスを押しのけ、彼を見つめて首を横に振った。ニコラスに口を開く隙を与えず、早足に、しかし走り出さないようこらえながらその場を去った。

真夜中過ぎ、エマがすやすやと眠っている頃、ニコラスは彼女の居間に入った。その奥にある半開きになった寝室のドアを見つめる。エマの安らかな寝息が聞こえるような気がした。ベルベット張りの椅子にゆっくり腰を下ろし、エマに贈った小さな動物園の彫像の一つを手に取る。琥珀の虎のつるつるした小さな体が、手の中で温められていった。磨かれた虎の背中を指でなぞり、妻の寝室の暗闇を見つめ続ける。温かな彼女の体がすぐそばにあるという事実に、身がすくむほどの欲望と孤独を感じた。だが、エマがエメリアのように自分を迎え入れ、愛してくれるまで、手を出すつもりはなかった。

「エメリア、あのあと君はどうなったんだ？」

ロシア語でつぶやき、手の中の虎をぎゅっと握りしめる。シダロワ姉妹を始めとして、アンゲロフスキー家に仕える使用人たちに、有名な昔話以外でエメリアについて知っていることはないかとたずねたが、有益な情報は得られなかった。そこで、大英博物館で学芸員を務めるサー・ヴィンセント・アルメイという人物を雇い、ロシアに行ってあらゆる記録を調べ、エメリア公爵夫人の行く末を突き止めるよう依頼した。ニコラスの家族がアルメイの調査をじゃましてくる心配はなかった。むしろ、姉妹の中にはこの探索を手伝ってくれる者もいるかもしれない。妻の身に何が起こったかわかるまで、心の平穏は得られそうになかった。

もっとエメリアの力になって、彼女を守りたかった……。

ニコラスは頑として椅子から動かなかったが、本当はエマのもとに行き、彼女を腕に抱きたくてたまらなかった。わたしを思い出してくれると約束しただろう？　妻の寝室を見つめながら強く念じる。忘れるはずがないと言ってくれたじゃないか。

次の日、ニコラスとジェイクがロンドンの散歩に出かけているとき、エマのもとに思いがけない人物が訪ねてきた。エマがたっぷり朝食をとり、紅茶の最後の一杯を楽しんでいると、執事のスタニスラスが、銀の盆のきっちり真ん中に名刺をのせて近づいてきた。名刺に記されたアダム・ミルバンク卿の名前を見て、エマは目を丸くした。

「お引き取りいただきましょうか？」スタニスラスはたずねた。

「いいの」エマは気もそぞろに答えた。「ミルバンク卿を応接間にお通しして」

執事のスラヴ系の顔立ちに表情はなかったが、黒い眉が少し上がった。「かしこまりました」

エマは緑の絹のリボンを編み込んでうなじで留めた髪をなでつけた。深緑色のベルベットのドレスを引っぱり、後ろに入れた腰当て《バッスル》と絹地の前に寄せたひだを直しながら、応接間に急ぐ。ニコラスのことをあれほど嫌っているアダムが、なぜ家を訪ねてきたのだろう？　過去のことを話し合いたいとか、エマとの仲を修復したいとかいうのだろうが、その目的がわからない。だが、そんなことはどうでもよかった。アダムの訪問が、エマの目的にかなうのは確かだった。ニコラスがこのことを耳にすれば、腹を立てるに違いない。過去に自分が経験した一部分でも、ニコラスを苦しめ、プライドを傷つけてやりたかった。その目的のためにアダムを利用するのは間違っているかもしれないが、それでもいいと思った。アダムにもニコラスにもさんざん利用されてきたのだから、今度は自分が利用する番だ。

スタニスラスはアダムを応接間に案内し、エマに何かお持ちしましょうかとたずねた。

「紅茶をお願い」エマが答えると、執事は静かに返事をして出ていった。エマはアダムに、生涯の恋人だと思っていた男性に近づき、両手を差し出した。

「アダム」にっこりして言う。「ちょうど手紙を書いて、お茶に誘おうと思っていたの。会えて嬉しいわ！」

アダムは歓迎されたことに驚いた様子で、エマの手を取って軽く握った。少年のような顔は不安げだったが、茶色い目には希望の光が灯った。「名刺だけ置いて帰ろうかと――」

「いいえ、ここで一緒にお茶を飲みましょう」エマは言い張った。「もちろん、時間があればの話だけど」

「僕の時間にこれ以上の使い道はないよ」帽子と乗馬鞭を持ったまま、アダムは部屋の奥に進んだ。室内を見回して驚いたように頭を振る。「こんなに豪華なお屋敷なのに、君はすっかりくつろいでいるみたいだ」

「だって自分の家だもの」エマは言い、軽く笑った。「でも、わたし自身はそんなに変わっていないわ。一日の大半は動物園で、おなじみの顔ぶれと過ごしているの。マンチュー、クレオ、プレスト――」

「動物たちは元気かい？」

「ええ、新しい環境にもよくなじんでいるわ」

「君は？」

エメリアは笑みを消し、刺繍入りのクッションがついた椅子に座って、ていねいにスカートを直した。「まだ慣れてはいないわ」正直に言う。「ニコラスはとても……わかりにくい人だから。理解するのも、一緒に暮らすのも簡単にはいかないの」

「エマ、あいつと一緒になって幸せか？」

それぞれ配偶者がいる男女が交わすには、親密すぎる会話だった。だが、かつてつき合っていたアダムが相手だと、気楽に言葉を交わす感覚がいとも簡単に戻ってくるのだ。

「いいえ……でも、想像していたほど不幸ではないわ。説明するのが難しいけど」

アダムは隣に座り、茶色い目でもの悲しげにエマを見た。深く息を吸い込んで言う。

「この前話をしてから、君のことばかり考えてしまうんだ。あのときはほかにも話したいことがあったんだけど、それはひとまずおいておくことにした。僕がニコラスに何をされたか、真実を知ってもらうことで頭がいっぱいだったから。次に会うときまでに、君にそのことについて考えてもらいたかったし」

「ええ、考えたわ」エマはむっつりして言った。「ニコラスにも、あの人の策略をわたしがどう思っているかきちんと話したの」

「エマ、あいつは僕たち二人の人生をめちゃくちゃにしたんだ。僕は愛してもいない女性と結婚した。そうするしかないと思ったんだよ。ご家族にもニコラスにもあれだけ反対されて、君と結婚できるはずがない。そんなとき、シャーロットに出会って――」

「やめて」エマは片手を上げ、不快そうに言った。「奥さんの話は聞きたくないわ」

「そうだね。でも、これだけは言わせてほしい……シャーロットと僕はうまくいっていない。合わないんだ。君と僕の場合とは違って」アダムはつややかな長い髪をかき上げ、いらだちと動揺をあらわにした。声にはとげがあり、目にはそれまでエマが見たことのない光が浮かんでいた。「僕たちにはどんな未来が待っていたんだろうって考える」彼は唐突に言った。「君も、僕と結婚したらどうなっていたか考えたことはないか?」

「以前はよく考えていたわ」エマは認めた。「でも、最近は……もうそのことは考えないようにしてるんだと思う」

「僕は自分が失ったもののことを考えずにいられない。ニコラスは僕たちの人生に入り込んできて、僕が求めていたものを根こそぎ奪っていった。あいつをひどい目に遭わせてやりたいと思ってしまう。あらゆる手を使ってでも、とんでもない苦痛を味わわせ、破滅させてやりたい――」

「ごめんなさい！」エマが笑い始めたので、アダムは驚いて口をつぐんだ。

エマは噴き出しそうになるのをこらえた。「ただ……そういうことを言うのはあなたが初めてじゃないの！　ニコラスと関わった人はたいていそんなふうに考えていると思うわ」

「笑い事じゃないだろう」アダムは頬を赤く染め、やたら重々しく言った。

エマは少し冷静になったが、喉元にはまだ笑いがくすぶっていた。

「確かにそうね。ニコラスはどうしようもない悪党よ」

「あいつと一緒にいる君を想像すると胸が苦しくなる……あいつにいたぶられ、よそで作った子供を押しつけられて――」

「違うわ」エマは慌てて言った。「ジェイクをここに置いているのは、わたしの希望でもあるのよ。わたしは……ニコラスも、あの子が大好きなの」自分が口にした真実が心に響き、エマははっとした。「ニコラスは人を愛せないんだと思ってた」不思議そうな口調で続ける。

「でも、息子のことはかわいがっているの。ニコラスが変わったのか……わたしが気づかなかっただけで、もともとそういう人だったのか。どっちにしても、あんなに子煩悩な父親は見たことがない……自分の父親は別として」

「君の父親か！」アダムはかっとなった。「君が言っている二人が、僕たちの仲を引き裂いたんじゃないか。二人とも、周りにいる全員を自分の思いどおりにしようとする、横暴で狡猾な人間だ！」エマの手を取って強く握る。「エマ、あの頃のことを忘れたのか？　僕たちは深く愛し合っていたのに、その二人のせいで、君を手元に置きたいという身勝手な欲望のせいで、仲を引き裂かれたんだ。いとも軽々と、簡単に――」彼はいらだったようになり、言葉を切った。

「そうね」エマはつぶやいた。「どうしてあんなに簡単だったの？　わたしたちが本当に愛し合っていたのなら、どうして二人に引き裂かれてしまったの？」

二人は黙り込み、六カ月前のことに思いを馳せた。

過去のことを話すのは、自分で思っていたほど苦痛ではなかった。胸の痛みも、焦がれるような思いも感じなかった。驚いたことに、それは良い方向に働き、あの苦しみやつらさから抜け出せそうな気さえした。さらに驚いたのは、記憶の中のアダムが放っていた魔法のきらめきが、目の前のアダムからはほとんど失われていたことだ。エマが思い描いていた姿とは違い、彼はそれほどハンサムでも完璧でもなかった。むしろ、どこかくすんで見えた。そのことに気づいて、エマはひどく動揺した。アダムを前にしても、もはや胸がときめくことも、喜びに包まれて恍惚となることもなかった。

もう、あの頃みたいにこの人を求めることはない、とエマは思った。

「君は本当にきれいになった」アダムはエマを見つめてささやいた。「女王さまのように優雅だ」

「わたしはちっとも変わってないわ」エマはどぎまぎして言った。

「いや、変わったよ。以前の君には不安そうなところがあった。そこがかわいくもあったんだけど、世間から隠れたがっているような目をしていた。今はそういう感じがない。洗練されて……大人っぽくなって……堂々としている」

エマは鼻にしわを寄せて笑った。「堂々としている？　それは彫像とか、大きな船とか……山とかを形容するときに使う言葉よ！」

アダムも笑った。「君は咲き誇る薔薇のようだ。このほうがいい？」

「ずっといいわ」

アダムは二人の間に流れた雰囲気を喜んでいるようだった。

「二人とも笑っていて、互いに気を遣わずにいられる」感慨深げに言う。「昔みたいだ。あの頃のこと……一緒にいるのがどれだけ幸せだったか覚えているかい？　あとにも先にも、あんな気持ちになったことはないんだ」

「正直にいきましょう」エマは言い、アダムをまっすぐ見据えた。「あなたがわたしを求めたのは、お金のためでもあったわ。わたしにそれなりの持参金があることがわかっていなければ、わたしに興味を抱くこともなかった」

「僕はまず、君と結婚したかったんだ。高額の持参金があるなら、ますますいいと思った。それが、そんなにひどい考え方か？　お金とそれに伴う安定や快適さが欲しいと思うのは、いけないことか？」

「今のあなたにはお金があるわ。お金持ちの女性と結婚したんだから」

アダムの目に見慣れない色が浮かんだ。険しく、傷ついたような表情だ。

「だからって君を失ったことの埋め合わせにはならない。何があってもその穴が埋まることはないんだ」

二人の間に突如訪れた緊張感をやわらげようと、エマが言葉を探していると、誰かが応接間に入ってきた。頼んでいた紅茶の盆をメイドが持ってきたのだと思い、エマはほっとして顔を上げた。ところが、驚いたことに、ドアを数歩入ったところに立っていたのはニコラスだった。

このささやかな幸運を、嬉しいと感じるはずだった。こんなにタイミング良く、元恋人と楽しくおしゃべりしているところに、ニコラスが踏み込んでくるとは思ってもいなかった。ところが、込み上げてきたのは冷たい不安だった。自分から騒ぎを起こそうとしたのに、今はそれでよかったのかどうかわからなくなっていた。

ニコラスの顔は上気していた。感情を隠すのが得意な彼には珍しいことだった。だが、確かにニコラスは怒っていて、今にも悪魔じみた凶暴なものが体から飛び出してきそうに見えた。アダムはこぶしを固めて立ち上がったが、言い訳を試みるどころか、ニコラスと同じくらい激怒しているようだった。憎しみが生き物のように、空気中に渦巻いている。爆発寸前の沈黙に、エマは唖然とした。さっきまでの自分なら、二人の男が一戦交えるようけしかけ、それを見て喜んだかもしれない。だが、今はただこの場を収めたかった。

「ニッキ」エマは顔に笑みを貼りつけて言った。「早かったのね。ちょうどミルバンク卿とおしゃべりをしていたところよ。もうすぐ紅茶が運ばれて――」

「悪いが、紅茶をいただいている時間はない」アダムが口をはさんだが、相変わらずニコラスとにらみ合ったままだ。「急用を思い出したんだ。すぐに帰らないと」

「まあ、それは残念」エマは即座に言い、アダムをドアのほうに引っぱっていった。「会えてよかったわ。レディ・ミルバンクによろしく伝えておいて」

そのとき、ニコラスが怒りに煮えくり返った声で言った。

「ミルバンク、妻の周りを嗅ぎ回るのはこれが最後だ。次にこんなことがあれば、手足をばらばらにしてやる」

それを聞いても、アダムはひるむことなく、激しい敵意をあらわにした。ドアの前で足を止め、エマがつかんだ腕を鋼のようにこわばらせる。

「あんたが僕に会うのはこれが最後じゃない」押し殺した声で低く言う。「かつてはあんたに夢を粉々に打ち砕かれたが、あれは僕があんたを恐れていたせいだ。でも、もう恐れてはいない。やられたことはやり返す。長くは待たせないと約束するよ。これは自分のためでもあるが、エマのためでもあるんだ」

エマはアダムから手を放し、ぎょっとして彼を見つめた。アダムのこんな物言いは聞いたことがなかった。彼はすたすたと歩き去り、エマは夫の目の前に残された。ニコラスは軽蔑するように唇をゆがめ、アダムの後ろ姿を見守った。

「ジェイクはどこ？」エマはたずねた。気楽そうにふるまおうとしたが、実際には不安が針のようにちくちくと胃を刺していた。

「ミルバンクが来ているとスタニスラスに聞いて、上に行かせた」ニコラスはエマの全身をざっと眺めた。「君が呼んだのか？」

「いいえ、アダムが遊びに来たの……でも、わたしはアダムだろうと誰だろうと、自分が呼びたい人を呼ぶし、あなたに許可をもらうつもりはないわ！」

ニコラスは険しい顔つきになり、エマに一歩近づいた。

「わたしの家にあいつを入れることは許さない」

「あなたがわたしにしてきたことを考えれば、わたしが誰とつき合おうと、その人と何をしようと、文句を言われる筋合いはないわ！」

「文句を言ってるんじゃない。あいつに近づくなと言っているんだ」

「傲慢な、思い上がった人ね……ほかの人にはいばりちらせても、わたしには通用しないわよ！　ばかにするのもいいかげんにして。わかってるのよ、そんなふうに嫉妬したふりをしても、本当はわたしのことなんかどうでもいいと思ってる――」

「君を愛してるんだ」ニコラスはうなった。「どうして信じてくれないんだ！」

エマは辛辣な笑い声をあげた。「何てすてきな愛情表現なんでしょう」

「本当に愛してるんだ」ニコラスはささやくように言った。「今にも爆発しそうなくらい。わたしがどれだけ君を必要としているかわかってるのか？　毎晩毎晩、気が狂いそうになる。

こんなに近くに君がいるのに、一人でベッドに寝ているなんて――」

ニコラスは言葉を切ると、後ずさりする隙を与えず、エマの体をがっちりとつかんだ。

「エマ」そう言って、エマを抱き寄せた。ニコラスの体は震えていて、あふれ出る想いを固く閉じ込めているようだった。彼は激しく高ぶっていて、硬く張りつめた部分が、エマの脚の間で燃えている。それに応えて自分の体が震えるのを感じ、エマはぎょっとした。共鳴する弦が体内で弾かれるように脈打つ。とたんに、こんなふうにニコラスに抱かれることを望んでいる自分に気づいた。もう何週間も、こんなふうにしてほしかったのだ。

唇にニコラスの唇が熱く、激しく、甘く重ねられるのを感じた。彼の手に力が入り、体に沿って引き上げられる。ニコラスは安堵のため息をもらし、さらに深く口づけをし、温かな口の中を貪欲に探った。彼の服からは外の冷たい空気の匂いと、ウールと紅茶が混じり合った心地よい懐かしい香りがした。エマはニコラスの体に手足を絡ませ、腕に力を入れて脚を押しつけ、彼を自分の体で抱き留めた。喜びと興奮に、息づかいが荒くなる。こんなふうに、技能やテクニックではなくむき出しの感情で、彼にキスをされるのは初めてだった。あまりに大きな衝撃が急激に高まってきて、エマは恐怖にすすり泣きながら、彼を押しのけた。

ニコラスはあっさり手を放し、熱い黄金色の目でエマを見つめた。

エマは呼吸を整えようとあがき、自分の体を抱きしめた。これほどまでに無防備で、恐ろしいくらい心許ない気分になったのは初めてだ。自分がニコラスに立ち向かおうとしていたことも、彼をたしなめようとしていたことも、瞬間的に頭から吹き飛んでいた。正気を保つためには、ニコラスには近寄らないほうがいい。

「こんなふうにわたしを困らせるのはやめて」エマは震える声で言った。「そんなに女が欲しいなら、別の人を探してちょうだい。わたしはあなたが欲しくないの。もし快感を覚えたとしても、そのあと自己嫌悪に陥るのよ」喉が詰まってそれ以上何も言えなくなると、応接間をあとにした。

ニコラスはエマの跡を追った。まだ気がすんでいない。エマとミルバンクが何を話したのか、彼女が元恋人のことをどう思っているのか、正確に知りたかった。エマは外に出て動物園に向かっていた。緑のスカートが凍てつく地面にこすれ、激しい風にふくらむ。

「エマ」ニコラスが呼びかけると、エマは肩越しに振り返ってにらみつけた。

「ついてこないで！　話したくないの！」

「ミルバンクは何をしに来たんだ？　何をしようとしている？」

「わたしと仲良くしたがっているの」エマは吐き捨てるように言った。「それだけよ」

「最悪だ」ニコラスはぼそりと言い、エマについて動物園に入った。

「ニッキ、入ってこないで！」エマの声が、虎の檻のほうから聞こえてきた。「ここでしばらく、静かに落ち着いて過ごしたい……」

突然、沈黙が訪れた。

「エマ？」ニコラスは顔をしかめ、慎重な足取りで建物の中に入った。そして、エマが黙り込んだ理由がわかった。マンチューの檻を見て、心臓が止まりそうになる。

ジェイクが檻の中で、虎と一緒にいた。

11

ニコラスは息をすることも考えることもできず、これまでに感じたことのない恐怖に体が凍りついていた。檻の扉を留めるピンは引き抜かれ、ジェイクは掛け金を上げて中に入ったようだ。囲いの端に立ち、虎は中央にうずくまっている。マンチューは戸惑い、いらだったようにうなりながら、自分の縄張りに侵入してきた小さな生き物を見つめていた。

エマはゆっくりと振り向き、ニコラスを見た。彼女の顔は真っ青で、弧を描く鳶色の眉が際立って見える。こわばった唇が何か言おうとするようにぴくりと動いたが、ニコラスと同じく言葉を発する気力はないようだった。

エマの頭はいつもの一〇〇倍の速さで回転していた。恐怖を押し殺して虎を見つめ、機嫌を測ろうとする。マンチューがジェイクを注視しているのが気がかりだった。このように鋭く粘り強く相手を見つめるのは、急襲をかける前触れであることが多い。虎は白いひげを逆立て、足を一歩ずつ出して、慎重にジェイクに近づいていった。マンチューに鉤爪はないが、歯はある。上下に一五本ずつ生えていて、頸椎を突き通して獲物を手早く仕留める犬歯と、刃のような裂肉歯がついていた。虎のあごの筋肉は力強く、もがく獲物をしっかり捕らえることができる。あとは、首筋に嚙みついて脊髄を切断するか、喉を押しつぶして窒息させるかだ。

ジェイクほど小さな生き物が相手なら、虎はおそらく首に嚙みつくだろう。けれど、マンチューの動きはどっちつかずに見えた。もしかしてまだ攻撃態勢に入っていないのではないかと、エマは恐怖の中にも希望を抱いた。そこで、明るく口笛を吹いて虎の注意を引きつけながら、空になった肉片用のバケツのもとに大股で歩み寄り、肉がどっさり入っているかのように持ち上げてみせた。

「マンチュー！」ジェイクとは反対側の檻の端にバケツを運び、マンチューに向かって叫ぶ。檻の外側から虎に話しかけた。「こっちにおいで、ハンサムさん……ごちそうを持ってきたわ！」

マンチューはゆっくりと、ぐずるような低い鳴き声をあげながら、エマのほうに歩いてきた。その瞬間、ニコラスが檻に駆け寄り、掛け金を上げて中にすべり込んだ。自分の檻にまたしても闖入者が現れたことに気づいたマンチューは、いらだたしげにうなり、エマの声を無視してすばやく振り向いた。ニコラスは痣になりそうなくらい強く息子をつかみ、檻の外に連れ出して、虎が追いつく直前に扉をぴしゃりと閉めた。

「お父さま」ジェイクは怒ったように叫び、ニコラスから逃れようともがいた。「まだ出たくなかったのに！　放して、お父さま！」

だが、ニコラスはジェイクを放すことができず、息子をきつく抱きしめて安堵に身を震わせた。エマはバケツを落とし、近くの壁に寄りかかった。心臓の鼓動と、全身に押し寄せる恐怖の波に、めまいがしそうだった。

口が利けるようになると、ニコラスはジェイクを放してしゃがみ込み、小さな顔をじっと見つめた。

「ここで何をしていた？」くぐもった声でたずねる。「子供部屋に戻れと言ったじゃないか」

「戻りたくなかったんだもん。虎が見たかったんだ」ジェイクの顔は反抗的だったが、みじめそうでもあり、自分が危険にさらされていたことがまだ理解できていないようだった。

「エマかわたしが一緒じゃないときは、動物園に行くなと言ってあるだろう」

「マンチューは僕に悪いことはしないよ。僕のことが好きなんだ」

ニコラスは青ざめ、険しい顔をしていた。

「ジェイク、お前は言うことを聞かなかったんだ。罰を与えたくはないが、こうなったら仕方がない。これから一カ月、動物園に来てはいけない」ニコラスは、いやがって暴れる子供を膝の上でひっくり返し、大きな音をたてて尻をたたいた。驚いたジェイクはわめき、泣き出した。ニコラスは息子を自分の前に立たせて、しゃがれた声で言った。「この虎も、ほかの動物と同じように危険なんだ。お前はエマとわたしに怖い思いをさせた。お前を危険な目に遭わせるわけにはいかない……だから、お前はわたしたちが決めた規則を守らなきゃいけないんだ。どうしてそんな規則があるのかわからなくても」

「わかったよ、お父さま」ジェイクはすすり泣き、涙を隠すようにうつむいた。

ニコラスが引き寄せて強く抱きしめると、ジェイクは父親の首に腕を回した。

「もういい」ニコラスはささやいた。「今回のことはこれで終わりだ。これからは言うことを聞くんだぞ」

「子供部屋に行って遊んでいい？」

ニコラスはうなずき、最後にもう一度、息子をぎゅっと抱きしめた。

「ああ、行っていい」

ジェイクは後ろに下がり、小さなこぶしで涙を拭った。ニコラスを不思議そうに見つめる。

「どうしてお父さまが泣いてるの？」

つかのまの沈黙のあと、ニコラスはぶっきらぼうに答えた。

「お前をお仕置きするのがいやなんだ」

ジェイクの顔が、遠慮がちにほほえんだ。「僕もお仕置きはいやだよ」そう言うと、エマに駆け寄り、腰に抱きついた。「ごめんなさい、エマ」

胸がいっぱいで言葉を発することができず、エマはジェイクの髪をくしゃくしゃにし、頭のてっぺんにキスをした。ジェイクはぱたぱたと走っていった。その足音が消えると、ニコラスは立ち上がり、両手で顔をこすって短くため息をついた。

エマはためらいがちにニコラスに近づいた。

「わたし、ちゃんとあの子に言い聞かせたつもりだった――」

「ここに一人で来ちゃいけないってことは、あの子もわかっていたはずだ」ニコラスはエマのほうを向いて言った。「ただ、ジェイクは気が強くて、好奇心旺盛な子供だ。わたしもこうなることは想定しておくべきだった」

なぜニコラスはいまだに青ざめ、目に苦悶の色を浮かべているのかと、エマはいぶかった。

「とにかく、これで一件落着ね。何事もなくてよかったわ」

ニコラスはそうは思っていないようだった。じっとりした眉を袖で拭い、汗に濡れた髪をかき上げる。「子供に手を上げたのは初めてだ」

エマはようやく合点がいった。この一件で、ニコラスは弟のミハイルのこと、弟が父親に虐待されていたときのことを思い出してしまったのだ。

「あなたはジェイクに手を上げたわけじゃないわ」エマは静かに言った。「あれはお仕置きだし、その中でも軽いものよ。あの子が二度と危ないことをしないよう、念を押すためにしたことだわ。ジェイクはわかってくれてるわよ。あなたはあの子を傷つけたわけじゃない……」言葉を切り、ごく穏やかな口調になって続ける。「それに、あなたはあなたのお父さまとは違うわ」

ニコラスは黙り込み、ぼんやりした目をしていて、距離も時間も超えた記憶に浸っているようだった。

「親になるって難しいわね」エマはそっと問いかけた。「心配しなくちゃいけないことも、思いがけないことも山ほど起こるし、子供のためだと思ってやったことも、本当にそれでよかったのかと――」

自分の父親のことを思うと、たちまち懐かしさと後ろめたさが込み上げてきて、エマは言葉に詰まった。ルーク・ストークハーストは過保護なところはあるが、たえず親としての愛情を注ぎ続けてくれた。なのに、自分はそんな父親を人生から切り離すようなことをしてしまったのだ。父に会いたかった。家族と自分自身を罰することにはもう疲れた。仲直りがしたかった。

「後ろめたく思う必要はないわよ」

エマはつぶやいたが、自分のことで頭がいっぱいだったため、ニコラスの返事は聞こえず、そもそも返事をしたのかどうかもわからなかった。

その晩八時、エマは子供部屋に上がった。ジェイクにきちんと話をするつもりだった。自分はよくマンチューのことをかわいいペットだと言うが、それでも虎が危険な動物であることに変わりはない。サムソンのような犬と違って、虎は飼い慣らされてはいない。マンチュ一には、愛情と同時に恐怖心を持って接しなければならない。なぜなら、虎は予想もつかない行動に出るものだから、と。もっと早くジェイクにはっきり言い聞かせておくべきだったと思うと、罪悪感に駆られた。

あと少しで階段を上り終えるというところで、子供部屋の戸口から、ジェイクのゆったりした眠そうな声が聞こえてきた。

「お父さま、子守の人が来るようになっても、お話を読んでくれる？」

「もちろんだよ」ニコラスの返事が聞こえた。「でも、子守の人もお前に面白いお話をしてくれると思うよ」

「僕、ロシアのお話のほうが好きなんだ」

「わたしもだ」ニコラスは笑いながら言った。「どこまで読んだかな?」

「イワン王子が灰色狼に会うところ」

「そうか」本のページをめくる音が聞こえる。「実は、この狼は魔法をかけられた狼だったので、イワン王子の魔法の火の鳥探しの旅のことを全部知っていました。『火の鳥の居場所ならわかるよ』狼は叫び、イワンをそこに連れていってやると言いました。イワンは狼の背中に乗り、夜通し走って、高い金色の壁に囲まれた庭に着きました。そこはアフロン王の宮殿で……」

ジェイクがベッドで体を丸め、父親の心落ち着くバリトンを聞いている様子が思い浮かび、エマはそっとその場を離れた。寂しくて、みじめで、言葉では言い表せないほどだった。グラス一杯の赤ワインを味わうことなく飲み干して、早めに寝支度をする。薄いコットンのねまきを着て、重ねた毛布の中に潜り込み、ひんやりしたリネンが温まるのを待った。部屋は静かで暗く、暗がりからあざけるような声が聞こえてきた。

タシアが訴えている。

〝エマ、誰もあの人を信じてはいけないの。ニコラスは危険な人よ〟

父親は静かに苦悩していた。〝いつでも帰っておいで。両手を広げて歓迎するから〟

そして、ニコラスが懇願する。〝二度と君を傷つけない。信じてくれ〟

エマはこれらの記憶にしばらく悩まされていたが、やがて眠りに包まれていった。けれど、眠っている間も気が休まることはなかった。見たことがないほど不穏な夢が詳細に、鮮やかに襲ってきて、心底恐ろしかった。

エマがいるのは寒くて暗い小部屋で、木の壁と石の床、小さな四角い窓がついていた。壁には十字架とイコンが並び、エマの悲しみに呼応するかのように、陰気な顔がこちらを見下ろしてくる。エマは絶望の涙を流し、暗い色のドレスを床に引きずりながら、狭い部屋の中を歩き回っていた。ニコラスが苦しんでいるのがわかっているのに、そばに行くことができない。エマにできるのはただ、無力感に苦しみながらここで待つことだけだった。室内には灰色の服を着た修道女と、あと一人女性がいて、エマをなぐさめようとしてくれた。だが、エマは二人の優しい手を振りほどき、思いやりに満ちた顔から顔をそむけた。〝あの人は死にかけてるわ〟エマはすすり泣いた。〝わたしを必要としているの。一人ぼっちなの。あの人のところに行かないと！　こんなの耐えられない、こんな――〟

エマははっとして目を覚まし、ベッドの上に起き上がった。見慣れたスイートは、不気味なくらい静まり返っていた。「ただの夢よ」自分に言い聞かせ、顔に流れた涙を拭う。だが、どういうわけか涙は止まらず、本当に誰かが死んでしまったかのように胸が締めつけられた。この痛みを消す方法がわからない。エマはベッドから這い出し、気づくとニコラスのスイートに向かって歩いていた。ねまきの袖で顔を拭き、ニコラスの寝室の戸口に、暗闇をふわふわとさまよう細身の幽霊のように立ちつくした。窓から月明かりが差し込み、絨毯の床を照らし出している。

「ニッキ」エマはささやきかけた。

シーツがこすれる音と、ニコラスのぼんやりした声が聞こえた。

「誰だ……？　エマか？」

「怖い夢を見たの」エマは小声で言った。こんなにも絶望的な悲しみを感じたことはなかった。それはもう一人の人影のように室内に存在し、ニコラスにも伝わっているに違いなかった。

「話してくれ」ニコラスは言った。

「あなたが死にかけているの……あなたに呼ばれているのはわかるのに、わたしは行くことができない。修道院の小部屋にいて、外に出してもらえないの」

ニコラスは何も答えなかった。どういうわけか、エメリア、とだけつぶやいた。

涙があふれ、言葉につまって、エマはしばらく黙っていた。やがて、いらだちと切望に満ちたこの数週間、さいなまれ続けてきた疑問が口からほとばしり出た。

「どうしてあなたはそんなにも変わったの？　肖像画の前で気を失った日、何があったの？」

ついにエマが問いかけてきた。ニコラスはすぐには答えなかった。あふれんばかりの熱意と欲望に、このまま説明しようとしても、つかえるばかりで言葉になりそうになかった。これまで、頭の片隅でエマに説明する方法を何百通りも試し、彼女が受け入れ、信じてくれる言葉を探してきた……が、望みはないような気がした。自分も理解できていないことを、どうやって彼女に理解してもらえばいい？

かろうじて聞こえる程度の声で、ニコラスは答えた。

「意識を失っている間、わたしはロシアにいる夢を見ていた。自分が先祖のニコライになった夢だ」

「ニコライ？」エマはためらいがちに繰り返した。「五〇〇人の乙女の中から花嫁を選んだという人？」

「どうして知ってるんだ？」ニコラスは突如強い口調になってたずねた。

「ラシェル・シダロワが話してくれたの。ニコライが乙女の一人と結婚したときのこと――」

「そうだ。夢にはその一部始終が出てきた。花嫁は君だった。エメリア・ヴァシリエフナという名で、わたしは君のことを愛していた」

「それで、どうなったの？」エマは不安げにたずねた。

「わたしたちが一緒にいられたのは短い間だけだった。わたしが反逆罪の疑いをかけられて投獄されたからだ。君はその道連れにならないよう、ノヴォデヴィチ女子修道院に入って、わたしの子供を産んだ。その後、君がどうなったのかはわからない」ニコラスは静かにつけ加えた。「今、調べているところだ」

当たり前のことを話すようなその口調に、エマはぎょっとした。

「ちょっと……あなた、もしかしてそれが現実に起こったと思ってるの？　単なる夢じゃないって」

「あれは現実だった」

ニコラスは認め、エマは驚いた。手を口に当て、恐怖と不信の念とともに込み上げてくる笑いを抑える。「あなた、頭がおかしい人みたいよ！」

「一七〇〇年前、わたしは君を愛していた。そして、再び出会えたんだ」

エマは混乱のあまり震え始めた。「違うわ」

「怖がらなくていい」ニコラスはそっと言った。

「そんなの筋が通らない！」

「じゃあ、どうして君は修道院にいる夢を見たんだ？　エメリア」

「その名前で呼ばないで！　それはただの偶然よ！」全身を恐怖が駆け抜け、エマは息を荒らげた。「ニッキ、こんなのあなたらしくない。あなたは何よりもまず、論理的な人だったじゃない。そんな話を作り上げて、それが現実だと言うなんて……わたしを怖がらせようとしているのね！　その手には乗らな――」

「これは本当のことだ」

ニコラスはベッドから起き上がり、エマのほうに近づいてきた。引き締まった体にはひそやかな光と影が宿り、裸であることがわかる。エマは逃げようとしたが、足が動いてくれず、啞然としたままその場に立ちすくんだ。

硬く熱い腕がエマの体に回され、片手が髪に入り込んできてうなじをつかむ。エマはたじろいで息をのみ、体を震わせた。「信じないわ」ささやき声で言う。「あなたの夢の話は信じない」

エマに打ち明けることができて、ニコラスは大きな安堵に包まれていた。彼女の匂いと感触、意思を通じ合わせるために必要なものが、急激に押し寄せてくる。今すぐエマを奪いたかった。ニコラスはロシア語で、エマには通じない柔らかな、喉から出る言葉で話しかけた。

「何て言ってるの？」エマはせがむように言った。

ニコラスは英語で言い直し、エマの首に熱い息がかかった。

「信じてくれなくても構わない。今夜、君をベッドに迎えたい。君の中に入って、絡みつく腕と脚を感じたい」

エマは背をそらしてニコラスから離れようとしたが、彼の力は強く、筋肉は張りつめたままだった。「君が欲しい」いつもより訛りの強い英語で、ニコラスは言った。「妻と愛し合いたい」

胸に唇が触れ、熱が薄いねまきの生地を貫く。乳首を探り当てられて、硬くなったそこに歯が立てられて吸われるうちに、エマは抵抗をやめ、心ならずも喜びにうめいた。ニコラスの手が太ももの間にすべり込み、体を包む薄いコットン越しに柔らかなくぼみを愛撫する。

「エマ」彼はうなるように言うと、指をヒップに食い込ませ、エマの体を自分の充血した部分に押しつけた。

「ええ」エマはささやいた。ニコラスを受け入れる気持ちと、自分から求める気持ちが、体の中で絡み合っている。

ニコラスはエマをベッドに連れていき、四つん這いにさせて、ねまきの裾を荒々しくつかんだ。エマが丸まったリネンに顔を押しつけて太ももを開くと、ニコラスはのしかかってきた。攻め込むように押し入り、喜びの声をもらす。エマの体は彼を受け入れて包み込み、暗く甘美な場所に深く引きずり込んだ。ニコラスに力強く貫かれ、ヒップを突き出す動きに合わせてリズミカルに侵入されるうち、やがてエマは身をよじりながら絶頂を迎えた。むせび泣きながら動きを止め、ニコラスの情熱が体内にほとばしるのを感じると、喜びに体が震えた。

二人は手足をぐったりさせ、疲れきって、ベッドの上で寄り添って体を丸めた。エマは背中全体にニコラスのぬくもりを感じた。脚の裏には彼の脚が重なり、首の後ろには腕が回されている。小さな余波に、エマの体は今もひくひくと震えていた。長い時間が経ったあと、か細いささやき声で言う。

「怖いわ」

「ダ、シ、エ、ン、カ、怖いって何が？」

「それはどういう意味なの？」

「わたしの魂」ニコラスは即答し、エマの乱れた髪を指ですいた。「何が怖いんだ？」

涙がエマの頬を伝い、あごの先で震えた。「あなたを愛したくないの」エマはあえぐように言った。

「愛してしまえば、わたしはあなたに振り回されて、ぼろぼろに傷つくわ。ニッキ、わたし、そんなふうになりたくないの」

ニコラスはそっとささやいてエマを黙らせ、両手を脇に押しやった。エマの喉元のレースの端から肌が出ている部分にキスをする。鼻をすりつけるようにキスをしていると、エマの息づかいは荒くなり、布地の下で胸の先端がつんと立った。エマの上で動くニコラスのたくましい肩が、月光で銀色に輝いている。残酷で力強いはずの彼の手が、優しくヒップから胸へと這い上った。ニコラスは時には英語、時にはロシア語でささやきかけ、言葉はエマの体にたっぷりと降り注いだ。彼はエマのねまきの裾を少しずつまくり上げ、新たに現れた肌を称えるように、そっと歯を立て、唇をつけた。エマは手を伸ばしてニコラスの背中の筋肉をつかみ、なじみ深い傷跡の感触を探った。

ねまきは頭から抜き取られ、エマは生まれたままの姿になった。ニコラスに手足を絡め、全身で抱きしめる。二人は熱くキスをし、ベッドの上で一度、二度と転がった。エマの手に愛撫され、硬い部分をそっと握られると、ニコラスはうなった。エマの引き締まった腹に顔を寄せて、太ものの間の柔らかなくぼみまで這い下り、すべての喜びの中心となる繊細な部分に巧みに舌を潜り込ませた。

エマは欲求に震えながら、ニコラスの髪に触れ、さらさらした毛に指をうずめてきつく絡みつけた。「来て」唇の要求に応えるように身をよじり、せっぱつまったささやき声で言う。

「お願い、早く……」

ニコラスはエマの上で体を起こし、ゆっくり中に入り、しっかりと奥まで突き進んでエマに喜びの声をあげさせた。二人は完全につながったまま、じっとしていた。ニコラスの目のきらめきとぼんやりした顔の輪郭が、暗闇に浮かび上がる。そこにいるのは、エマの知らない男性だった。エマが想像したこともないほど優しく、情熱的な男性。「あなたは誰？」エマはつぶやいた。

「君を愛する男だ」ニコラスはささやいた。「愛してるよ、いつまでも」

彼はさらに奥に押し進み、エマが喜びにあえぐのを楽しんだ。エマはニコラスに身を任せるようにしがみつき、大胆に、包み隠さず、すべてを彼に捧げた。ニコラスも同じようにし、炎を思いきり燃え立たせた。記憶はあとかたもなく焼き尽くされ、そのあとには真っ白な新しい世界が広がっていた。


エマは初めて夫の腕に抱かれて朝を迎えた。最初の混乱が通り過ぎるのを待ってから、姿勢を変えてニコラスの顔に目をやる。夫の黄金色の目は開いていて、探るようにエマを見た。

「おはよう」寝起きのかすれた声が言う。

ニコラスは一晩中エマを抱き、時折顔や喉にキスをして、エマの夢に割り込んできた。明け方近くに、二人はもう一度愛を交わした。体はけだるいリズムで動き、二人とも身を震わせながら絶頂を迎えた。あれほど無防備な官能の夜を過ごしたあとで、何を言えばいいのだろう？　エマは頬を染めて顔をそむけ、ベッドから転がり出ようと動いた。

ニコラスはエマを引き留め、マットレスに押しつけた。エマの目を見つめる。

「気分はどうだ？」

「どうかしら。これからどうすればいいのか、どんなふうにあなたと接すればいいのかわからない。四六時中けんかをするのは簡単よ……今までと同じだもの。でも、穏やかに過ごすとなると……わたしたちにできるのかどうかわからない」

ニコラスの温かな手が、むき出しになったエマのヒップを包み、丸みをおびた曲線を揉んだ。「ルイシュカ、単純なことだよ。一日ずつそうやっていけばいい」

二人の間で彼が、力強く脈打つものが動くのを感じ、ニコラスが情欲に目覚めたことがわかった。ニコラスはエマの腰をつかみ、自分の上にのせたまま、濡れた唇を胸に這い回らせた。

エマは息を切らして抗議した。「だめよ、ニッキ。朝食の時間――」

「腹は減っていない」

「今朝はまだ動物の様子を――」

「動物は待ってくれる」

「ジェイクがあなたを探しに――」

「来ないよ。あの子もだてにわたしの息子をやってない」

エマは最後にもう一度、ニコラスの気をそらそうと試みた。「ひりひりするんだけど……」

「治してあげるよ」ニコラスはささやき、ごろりと転がってエマを仰向けに押し倒した。太ももを広げ、エマがここに留まるよう説得にかかった。エマは喜びにうめいて屈服し、ニコラスは必ず満足させてやると、手と口を使って約束した。

それ以降、ニコラスはエマがベッドに迎えてくれるのを当然だと思っている様子で、エマも拒もうとはしなかった。あっというまに一週間が過ぎ、毎日のように新たな発見があった。結婚してから数カ月間は想像もしなかった夫の姿を、エマは次々と知ることになった。ニコラスは時に、驚くほどの優しさを見せた。夜、たっぷりとした髪を下ろすのを手伝ってくれ、ヘアピンやコームで痛くなった部分をマッサージしてくれた。動物園での作業中にすり傷や引っかき傷ができたときは軟膏を塗り、エマの入浴中に入ってきて子供にするように髪を洗ってくれることもあった。

獰猛な気分になったニコラスはある日、エマを動物園の隅に追いつめた。驚いて抗議する声を無視し、エマを壁に押しつけてズボンを下ろさせ、その場で襲いかかった。やがて二人とも汗まみれになり、満足感にあえいだ。ニコラスはエマを容赦なく焦らし、挑発しながらも笑わせようとしてくるので、エマは彼にキスしたいのか彼を殺したいのかわからなくなった。

午後にロバート・ソームズがエマの肖像画を描いていると、ニコラスはその様子を見物しに来た。けれど、あまりに熱心にエマを見つめるので、最後は部屋から追い出された。「あなたに見られていると、すました顔で座っていることができないの」エマはそう言い、ニコラスをドアのほうに押しやった。彼はしぶしぶ出ていき、目の前でドアを閉められると、しかめっつらをしてみせた。

あれからもう一度、ニコラスはエマに夢の話をした。うっすらと雪に覆われた地所の周りを歩いていたときのことだ。雪が空から舞い落ちる中、ニコラスは足を止め、エマの顔の上で溶けていく雪片にキスをした。「天使みたいだ」そうささやき、エマの髪にまとわりついた雪に触れた。

「あなたもね」エマは答え、ニコラスの黄褐色の髪についた雪を払いながら笑った。「堕天使だけど」

突然、ニコラスは黙り込んだ。身じろぎもせずにエマを見つめている。

「どうしたの？」エマはおそるおそるたずねた。

「前にも、ロシアでこんな君を見たことがある。わたしが白いレースのショールを買ってあげて、君はそれを頭にかぶった」

わたしはロシアなんて行ったことがないわ、とエマは言いたかったが、その言葉をのみ込み、考え込むように夫を見つめた。そんなにもしょっちゅう、過去の夢を見たあの謎の時間のことを思い出すのだろうか？　ニコラスの抑えた表情の奥に、焦がれるような思いが、失ったものを取り戻したいという欲求が潜んでいるのが感じられた。自分たちは前世で愛し合っていたと、本気で信じているのだ。エマはその信念を支持しようとは思わなかったが、そのことで彼をばかにする気にもなれなかった。

「あなたは夢の中の女性を愛したんでしょう？」エマは静かに言った。

ニコラスの目に、正体不明の感情が燃え上がった。「あの女性は君だった」

「もしそうだったとしても、今のわたしたちには関係のないことよ」エマは言った。「それがわたしたちのつながりに影響するわけじゃないもの」

「わたしには大きく影響することなんだ。君を愛し、君に愛された、その感覚が忘れられない」

「わたしにそれを望んでいるのなら、残念だけど」エマはこわばった声で言った。「ありえないことよ。今のままじゃ満足できないの？　友達みたいな関係のまま、一緒にいることを楽しめばいいじゃない」

「だめだ」重々しい答えが返ってきた。「それでは満足できない」

二人は無言で歩き続け、やがて小さな石造りの建物に行き当たった。もとは家族用の礼拝堂だったが、今はロシア人の使用人たちが使えるように改装されている。

「ここには来たことがないわ」エマは言った。「中はどうなってるの？」

ニコラスは無表情で礼拝堂に目をやり、小さなアーチ形の入り口にエマを連れていった。ドアを開けて押さえ、エマを中に入れる。エマは青のウールのスカーフで髪を覆いながら、礼拝堂の中を見回した。イコンと、ろうそくが並ぶ祭壇がいくつも見える。数本のろうそくは少し前に灯されたらしく、小さな炎があたりに柔らかな光を投げかけていた。もの悲しくも厳粛な空間だ。四方の壁はこれまでに訪れた人々の懺悔や訴えを吸い込んでいるような気がした。

「ろうそくを灯していい？」エマは声を潜めてたずねた。

ニコラスは答えなかった。黄金色の顔は、二人を取り巻くイコンのように動かない。

「構わないわよね」エマは言い、細長いろうそくを一本選んだ。燃えているろうそくから火を灯し、聖母子像のイコンの前のろうそく立てに注意深く立てる。振り向いてニコラスを見ると、息が止まった。

ニコラスは目に、燃えるような熱い涙を浮かべていた。エマがイコンとろうそくの光に囲まれている光景に、思わず反応してしまったのだ。これほどの責め苦が存在するとは知らなかった。エマには自分の生死を左右するほどの力があるように思えた。もし、彼女がこのまま一生愛してくれなければ、自分はどうなるのだろう？　どんな人間になってしまうのだろう？

永遠とも思える時間が流れたあと、ニコラスは自分を制して、低い声で淡々と言った。

「あの日、自分に何が起こったのかはわからない。何が現実なのか、もうわからなくなってしまったんだ。ただ一つはっきりしているのは、わたしには君が必要だということだ」

エマは途方に暮れてその場に立ちつくした。自分を誘惑し、妻にし、裏切った男……今まで会ったことがないほど複雑で、心をかき乱すその男を見つめた。彼のそばで生きるのは、勇気のいることだ。柵もないところで、虎と顔を突き合わせることに似ている。彼に対する感情はいくつもあった……恐怖、欲望、怒り、思いやり。ニコラスほど自分を惹きつける人がいるだろうか？　彼が本当に自分のことを思ってくれているのか、危険を承知で探り出してもいいのだろうか？

エマはニコラスに近づき、あごにそっと手を触れた。大きすぎて体に収めきれない震えが伝わってくる。「わたしにもあなたが必要なのかもしれない」

ニコラスはエマの髪にきつく指を絡め、当然と言わんばかりにつかんで自分のほうに引き寄せ、エマの体を押しつぶさんばかりにした。くぐもった声で唇にささやきかけ、荒々しくキスをする。そして、決して離さないというように抱きしめた。

「どこに行くの？」次の日、ジェイクは小さな手でしっかりエマの手を握り、玄関前の私道で待つ馬車に向かいながらたずねた。「どうして僕たち、きれいな服を着てるの？」

エマはジェイクに小さな黒のブリーチズと青のベストをきちんと着せ、黒っぽい豊かな巻き毛に青い帽子をかぶらせていた。自分はすみれ色とグレーの縦縞の絹の裏地がついた、しゃれたグレーのフロックを着ている。髪をきれいに編んでピンで留め、リボンとラベンダー色の薄いスカーフが飾られたグレーのフェルトの帽子をかぶっていた。肩はフードとショールマントのついたベルベットのケープに覆われている。

「わたしの家族のところに行くのよ」エマはジェイクに説明した。「継母から手紙が来て、何日かロンドンにいるらしいの」

「エマにも継母がいるの？」ジェイクは驚いたようにたずねた。

「ええ、そうよ」エマはジェイクの帽子をていねいに直し、にっこりした。「継母がいるのはあなただけじゃないの」

「エマの継母はどんな人？」

「ロシア人よ。あなたやお父さまと同じ」

「ロシアのお話を知ってるかな？」ジェイクは興味深そうに目をきらめかせた。

エマはほほえんだ。「きっとたくさん知ってるわよ」

ジェイクが楽しげにしゃべってくるのも、馬車の中でポケットからおもちゃの兵隊を取り出して戦争ごっこを始めたのも、エマにはありがたかった。きりきり痛む胃から気をそらしてくれるものなら、何でも大歓迎だ。

四カ月半前にニコラスと結婚して以来、エマは両親に会おうとはしなかった。交流はほとんどなく、形式ばった手紙を何度かタシアと交わしただけだった。二人が自分を見てどんな反応を示すかわからない。温かく迎えてくれるだろうか？　それとも……。ジェイクのことは何と言うだろう？　一人で行ったほうがよかったのだろうが、ジェイクにそばにいてほしかった。それに、両親にもこの子のことを知ってもらいたい……そのほうが、自分が二人に伝えようとしていることを理解してもらいやすい気がした。ニコラスの変化には、ジェイクが重要な役割を果たしているように思えたからだ。

「弟のウィリアムとザッカリーにも会えると思うわ」玄関前の長い私道を進む馬車の中で、

エマは言った。「ウィリアムはあなたと同い年よ。遠すぎてたどるのは難しいけど、親戚みたいなものなの。ロシア人は血のつながりをとても大切にしていて、親戚を誇りに思っているから、ウィリアムはあなたに会えたら大喜びでしょうね」

ジェイクは不安そうな顔になった。「仲良くなれるかな？」

「もちろんなれるわよ」エマはきっぱり言った。「ウィリアムはいい子よ。人の悪口を言ったり、ほかの人をばかにしたりするような子じゃないの」

「でも、僕のしゃべり方は村の人みたいだし……私生児だし」

ジェイクが田舎の訛りを気にしていることを、エマは初めて知った。

「ジェイク、そのことはほかの人に言わなくていいのよ。あなたの生まれは恥じるようなものじゃないし、あなたにはどうすることもできないんだから。それに、ウィリアムは訛りなんて気にしないわ。大きくなれば訛りも少しは弱まるでしょうし」

「そうなの？」ジェイクはどこか嬉しそうな顔になり、戦争ごっこに戻った。

エマはますます神経を高ぶらせながら、テムズ川沿いにあるイタリア様式のストークハースト邸に向かった。円錐形の屋根がついたおなじみの美しい三つの円塔と、建物を取り巻く開廊《ロッジア》が見えてくる。馬車が邸宅の正面で停まると、分厚いブロケードの仕着せを着た従僕たちが出てきて、エマとジェイクが馬車から降りるのを手伝った。エマの不安を感じ取ったのか、あるいは自分も不安なのか、ジェイクはエマの手にそっと手をすべり込ませ、玄関までの道のりを歩いた。エマはジェイクと自分にちらりと目をやって、二人とも申し分のない身なりをしていることを確かめた。

玄関で応対に出てきた執事は、エマの姿を認めると、いつもの表情をかすかにほころばせた。「エマお嬢さま」そう言って、二人を玄関ホールに案内する。タシアがいそいそと出迎えに来た。

「窓から馬車が見えたの」タシアは言って、エマに駆け寄った。顔が喜びに満ちている。

「会えて本当に嬉しいわ！」

タシアはエマを抱きしめ、二人は嬉しそうに笑い合った。エマのマントつきケープが多少じゃまをしていたが、心のこもった抱擁だった。慣れ親しんだ家の空気とタシアの愛情に包まれ、エマの不安は薄れていった。

タシアは体を離し、値踏みするようにエマを眺めた。

「驚いたわ」彼女は言った。「笑ってるし、明るいし、すごく健康的……エマ、きれいになったわね」エマの隣の小さな人影に気づくと、青灰色の目がかすかに見開かれた。驚きのあまり、顔がいくぶん青ざめる。ふっくらした唇を震わせ、ロシア語で何やらつぶやいた。しばらくすると体勢を立て直し、不安げに言った。「この……この子は？」

「ジェイクよ」こわばったジェイクの肩に手を置いたまま、エマは答えた。「ニコラスの息子」

持ち前の自制心で、タシアは驚きを隠した。

「だと思ったわ……間違いなくアンゲロフスキー家の顔をしているもの。特に目が」ジェイクと目を合わせ、笑顔を作る。ごく優しい声で言った。「ニコラスの息子……ということは、わたしはおばあさまね？」タシアは衣ずれの音をさせ、良い香りを漂わせながらしゃがみ込んで、ほっそりした腕でジェイクを抱いた。

「こんなにきれいなおばあさまはいないよ」タシアにおとなしく抱かれながら、ジェイクは正直に言った。くぐもった声でつけ加える。「おばあさまはこんな匂いもしない」

タシアは笑った。「まあ、女の人の扱いがうまいのね……お父さまと同じ。よかったら、わたしのことはバーブシュカと呼んで。ロシア語でおばあさまっていう意味よ」立ち上がり、ジェイクの帽子を取って黒っぽい髪をすいた。「息子のウィリアムと家庭教師の横に座って、授業が終わるのを待つのはどう？　いらっしゃい、二人のところに行きましょう」

「ザッカリーは？」エマはたずねた。

「子供部屋にいるわ……お昼寝の時間なの」タシアが手を差し出すと、ジェイクは素直に手をつないだ。

三人は大理石と柱が並ぶホールを抜け、中世の社交風景を描いた豪華なタペストリーが掛けられた階段に向かった。タシアにうながされ、ジェイクはアンゲロフスキー邸の動物園のこと、父親と一緒にしたさまざまなことについて、熱心に話した。やがて、一同は勉強部屋に着いた。おもちゃと本でいっぱいのこぢんまりした部屋で、壁には地図と童話の場面を描いた額入りの版画が掛けられている。

まじめそうな学者風の青年とテーブルについていたウィリアムは、人の気配に顔を上げた。

最初にエマに目を留めると、はしゃいだ声をあげて椅子から飛び下りた。「エマお姉さま！」叫びながら、勢いよくエマに抱きつく。「お帰りなさい！」

エマは笑い、ウィリアムをぎゅっと抱きしめた。

「まあ、ウィリアム、二センチは背が伸びたわね」黒っぽい髪をした弟は、相変わらず元気いっぱいだった。エマがジェイクに目をやると、彼は数歩後ろに下がり、好奇心と嫉妬がないまぜになった目で二人を見ていた。弟と離れ、ジェイクを引き寄せて両手を彼の肩に置く。「ウィリアム、こちらはあなたの親戚のジェイクよ。ニコラスの息子」

二人の少年は互いをじろじろと眺め合い、その数秒間のうちに、相手を値踏みして受け入れる過程が終わった。

「じゃあ、君もアンゲロフスキーっていうの？」ウィリアムはたずねた。

ジェイクは控えめに自信をのぞかせてうなずいた。「半分ロシア人の血が入ってるんだ」

「僕もだ」ウィリアムは答え、二人はおずおずとほほえみ合った。

「これ見て」ジェイクがポケットからおもちゃの兵隊をひとつかみ取り出すと、ウィリアムは興味津々で眺めた。

そのときタシアが前に進み出て、家庭教師と短く言葉を交わし、ジェイクも授業に入れてくれるよう頼んだ。子供たちが並んでテーブルにつくと、タシアとエマは勉強部屋を出て客間に向かった。

「お父さまはいるの？」エマはたずねた。

「鉄道会社の重役会議に出ているわ。そろそろ帰ってくる頃だけど」タシアはエマの細い腰に腕を回した。「さあ、ジェイクのことを話してちょうだい」

「ニコラスは数週間前まであの子に会ったことがなかったの。母親はニコラスの地所内の酪農場で働いていた人よ。最近亡くなって、村の人があの子をわたしたちのところに連れてきた。ニコラスはジェイクを引き取って、息子だと公に認めることにしたの」

「それは意外ね」タシアは正直に言った。「ニコラスが子供好きだった覚えはないもの。しかも、あの子はミハイルによく似てる……ニコラスはずいぶん戸惑ったんじゃないかしら」

「そうなの」エマは真剣な口調で言った。「ニコラスは当初、ひどいショックを受けていたわ。最初はあの子の姿を見るのも耐えられなかったくらい。でも、今はジェイクをかわいがっているの。二人はびっくりするくらい仲がいいのよ」

タシアは驚いたように頭を振った。「子供には、その人の良いところを引き出す力があるんでしょうね。ニコラスに良くしてもらってると思っていいのかしら？」「エマ、すごく元気そうだし、幸せそうね。ニコラスのような人でも」彼女はしばらく黙っていた。「エマ、すごく元気

「最初は違ったの」エマはほのかに顔を赤らめて認めた。「でも、最近は……」さらに顔が赤くなる。「最近は良い感じになってきたわ。ニコラスは人が変わったみたいになったの。この状態がいつまで続くかはわからないけど。続けばいいなって願うことしかできない」

二人は客間に座って話を続け、タシアは針仕事を始めた。細やかで器用な手つきで、夫のシャツの破れたカフスを繕っている。打ち明けることで気が楽になると感じたエマは、ここ

数カ月間のニコラスの奇妙なふるまいについて話した。

「最初は、何か記憶にある光景が見えるっていうおかしな出来事が何度かあったの。内容を口にしたくないような幻覚が見えて、ニコラスはそのことですごく悩んでいるようだった」

「幻覚」タシアは繰り返し、繕い終えたシャツを膝に置いて、エマをじっと見つめた。「どんな幻覚？」

「はっきりとは知らないわ。でも、そういうとき、ニコラスの顔には妙な表情が浮かんでいた。すごく怯えていて、怒っているような……それから、わたしがあの絵を見つけたの。手紙にも書いたけど、古い風景画を修復してもらってるっていう話を覚えてる？　その絵の下に、アンゲロフスキー家の先祖の肖像画が隠れていたの……ニコラスの何代も前のおじいさまよ。ニコラスにそっくりな人。ニコラスは修復が終わった絵を初めて見た瞬間、顔面蒼白になって気を失ってしまった。一時間も意識が戻らなかったわ。ようやく目を覚ましたときには……別人になっていたの」

「別人？」タシアは仰天し、興味を示した。

「コインをひっくり返したみたいだったわ。さっきまでジェイクにもわたしにも無関心だったはずなのに、いきなり世界一大切なもののように接するようになったの。あとから聞いたんだけど、その……前世のことを思い出したっていうのよ。そのときもわたしたちは結婚していたんですって。ニコラスにとっては、それが人生を変えるほどの意味を持っていたみたい」エマは恥ずかしそうに顔をしかめた。「こんな話、普通は信じないわよね。おかしいのは、よりによってニコラスのような人がこんな作り話をするってことよ。ねえ、ベルメール、あの人はおかしくなってきているのかしら？　それとも、わたしをひどい大ばか者に仕立てようとしているの？」

タシアはしばらく黙ったまま、針仕事に集中していた。

「ニコラスが言っていることはわかる気がするわ」ようやく口を開くと、そう言った。

「冗談でしょう！」

「ロシア人というのは、そういうことを信じるものなの。矛盾だらけの民族なのよ。酒浸りで、神秘主義で、迷信深くて……」タシアは肩をすくめ、軽くほほえんだ。「もしかしたら、誰もが前世を生きているのかもしれないわ。それをわたしが否定するなんて、おこがましいことでしょう？」

「でも、あなたは信仰心の篤い人だわ！　聖書をそらで言えるくらいだもの！」

「ロシア人の信仰は融通が利くものなの。さまざまな信条や考え方を内包しているのよ」

「わたしは違う。こんな突拍子もない話を信じるわけにはいかないわ。でも、ニコラスは自分が体験したことが現実だと思い込んでいて、それが良い方向に働いたみたいなの」

「それなら、あまり深く考えなくていいんじゃないかしら。あなたは実際に起こったことを受け入れて、そこから始めればいいのよ」

「でも、どうやって――」エマが言いかけたとき、突然部屋に誰かが入ってくる気配があった。顔を上げると父親の顔が目に入り、エマはどきっとした。ルーク・ストークハーストは相変わらず、背が高くて気品があり、青い目は鮮やかで鋭かった。エマを見つめると、その表情は変化し、希望と愛情にやわらいだ。

「エマ――」

エマは弾かれたように立ち上がり、ルークに駆け寄って抱きついた。父はとても頼もしくて愛おしく、心地よかった。幸福の波に襲われたエマは、ルークの肩に顔をうずめた。

「お父さま、聞いて」早口で言い、首にきつく腕を巻きつける。「最近、気づいたことがたくさんあるの。わたし、これまで人に多くを求めすぎていて、一つでも欠点があると許せなかった。人間くさいところを見せられるとがっかりして、自分が愛する人たちにつらく当たったわ。お父さまはわたしを守り、助けようとしてくれていたのね。アダム・ミルバンクのことも、お父さまの言うとおりだった。ひどいことを言ってごめんなさい。怒りに任せて言っただけで、本気じゃなかったの。お父さま、愛してる。すごく会いたかった」

ルークは何も答えず、ただエマの髪にあごを深くうずめてぐっと唾をのみ、娘をつぶしかねないほど強く抱きしめた。エマは嬉し涙を拭った。家族のもとに帰ってこられて、ようやくすべてが丸く収まったのだ。

エマは腰を下ろし、アンゲロフスキー邸での暮らしについて、内容を選んで熱心に語った。父親が手を握ってくれるのが嬉しかった。タシアは二人に笑いかけ、父娘が絆を取り戻したことを喜んでいるようだった。しばらくすると、子供たちが客間に下りてきて、紅茶とケーキの時間になった。ウィリアムとジェイクはあっというまに仲良くなっていた。昼寝をしていたザッカリーは、眠そうな顔でタシアの膝に座った。

「ジェイクのおうちに行って動物園が見たい」糖衣のかかったケーキをジェイクとともにむさぼり、手と頰をべたべたにしたウィリアムが言った。「いつ行けばいい？　エマお姉さま、連れていってくれる？」

「すぐにでもいらっしゃい」エマはにっこりして答えた。「動物たちもあなたに会いたがっているはずよ」少しためらってから、両親に提案する。「休暇に入ったんだから、我が家のクリスマスパーティに来るっていうのはどうかしら？　そのあと食事をしましょう」

タシアはその話に飛びつき、アンゲロフスキー家のコックが作ってくれるであろうロシアのごちそうを想像して、舌なめずりをした。一同がその計画を練っていると、執事がやってきて、玄関で警部補が待っていると告げた。「そろそろ来る頃だと思っていた」ルークは言った。「失礼するよ。しばらく二人で話がしたい」

ウィリアムとジェイクも、それをきっかけに部屋を出ていった。警官を見物しに行くのだろう。

突然がらんとした居間で、エマは目を丸くしてタシアを見つめた。

「いったいどういうわけで、ここに警部補が来るの？」

タシアは顔をしかめた。「おとといの晩、寝ている間に泥棒が入ったの！　わたしと子供たちはすっかり怯えてしまって。ルークは激怒しているわ」内緒話でもするように、声を潜めて言う。「目の前で泥棒に入られれば、男のプライドは傷つくわ。ルークはスコットランドヤードをどやしつけて、巡査部長二人と警部補一人をよこさせたの。犯人が捕まるまで許さないつもりよ」

「お父さまに捕まる泥棒が気の毒だわ」エマはそっけなく言った。「何を盗られたの？」

「宝石がいくつかと、金庫と、拳銃が入ったケース」タシアは眉をひそめ、頭を振った。

「これほど簡単に盗られてしまったということは、犯人はこの家の間取りと貴重品のありかを知っていたんじゃないかと思うの」

「つまり、知り合いの可能性が高いってこと？」

タシアはうなずき、ザッカリーの頭のてっぺんにキスをして、守るように抱きしめた。

「使用人は古くからいて信頼できる人ばかりだから、以前この家に来たことがある人の仕業じゃないかと考えているの。食事やパーティでもてなしたことのある人かもしれないわ」

エマはかすかに身震いした。「いやな話ね」

タシアは肩をすくめ、いつものさばさばした調子に戻った。

「人生はいつだって驚きに満ちているものよ、ありがたいことに」


エマとジェイクがアンゲロフスキー邸に帰ったとき、ニコラスは不動産業者と会計士と弁護士の一団を送り出しているところだった。ニコラスの資産に関する半年に一度の報告会が行われていたのだ。最後の客が帰ると、ニコラスは息子を膝に抱き上げ、今日はどうだったかとたずねた。ジェイクは会ったばかりの親戚と祖父母のことを興奮気味に語り、ニコラスは辛抱強く耳を傾けた。「じゃあ、ストークハースト家の人たちのことは好きになれたんだな？」

「うん、そう」ジェイクは言った。「僕、あんな人たちには会ったことがない」

「よくわかるよ」ニコラスはそっけなく答え、横目でちらりとエマを見た。かすかに顔をしかめたエマを見て笑い、ジェイクのほうに向き直る。「ジェイク、そろそろ子供部屋に戻ったらどうだ？　新しいおもちゃが待ってるかもしれないぞ」

ジェイクはそれを確かめるため、階段を駆け上がった。おかしいくらいの急ぎように、ニコラスとエマは声をあげて笑った。

ニコラスは立ち上がり、物問いたげに黄褐色の眉を上げた。「どうだった？」

とっさにエマはニコラスに近寄り、彼はエマの引き締まったウエストに腕を回した。

「タシアはいつもどおり感じが良くて優しかったし、お父さまとの溝も埋めることができたわ。帰る前に、お前がそんなに元気そうなんだから、ニコラスはそこまで悪い夫じゃないんだろうな、とも言ってくれたのよ。お父さまはあなたと仲直りしたがっているんだと思う。そのうち、二人で話がしたいと言ってきても驚かないでね……あなたのことを義理の息子として受け入れるつもりでいるんだと思うの」

ニコラスは皮肉な笑みを浮かべた。

「その様子を想像すると、寒気がするのはどうしてかな？」

エマはニコラスの耳を軽く嚙んだ。「もし、お父さまが感じのいい態度であなたに接してきたら、あなたもできるだけ愛想よくしてほしいの。わたしのために」

ニコラスはエマの帽子を取り、両手で頭をなでた。

「こんなふうにきっちり髪を編んでピンで留めているのは気に食わないな」

「ちゃんとした格好をしようと思って」

「君にはちゃんとした格好は似合わない。自然にしているのが合ってるんだ。君の動物たちみたいにね。こら、噛みつくんじゃない……君に贈り物があるんだ」

「どんな贈り物？　どこにあるの？」

「自分で探してくれ」ニコラスは言い、エマがポケットを探り始めると笑った。「ルイシュカ、そんなに乱暴にしちゃだめだ……大事なものに傷がついてしまうよ」

エマはずっしりしたベルベットの袋を見つけると、得意げに取り出した。引きひもをほどき、袋を振って手のひらに中身を落とす。「まあ」エマは息をのみ、つぶやいた。それはサファイヤが一粒はめ込まれた金の指輪だった。豪華な輝きを放つその石は駒鳥の卵ほどの大きさがあり、深いきらめきはあらゆる青を内包しているように見える。エマは驚いた表情のまま、ニコラスのほうを見た。

「はめてごらん」彼は言った。

エマが見ていると、ニコラスは巨大なサファイヤをエマの指にはめてくれた。指輪はぴったりで、青い火の玉が手の上にバランス良くのった。

「どうしてこれを買ってくれたの？」畏れにも似た気持ちで、エマはたずねた。

「君の目の色によく似合うから」

「すごくすてきだけど……」エマはニコラスの胸に手をやり、くっきり浮き出た曲線をなぞった。「どうして買ってくれたの？」

「君がきれいなものを身につけているのを見るのが嬉しいから……それと同じくらい、何もつけていないのを見るのも嬉しいけどね」ニコラスはエマに愛の言葉をささやき、体を軽く愛撫しながら、ドレスの襟元の留め具を外していった。むき出しになった喉元に唇を這わせ、脈が激しく打つくぼみを舌でつつく。

エマはため息をつき、目を閉じた。「ニッキ、だめ――」

「上に行こう」

「まだ夕食前よ」エマは赤くなって叫んだ。

「君が裸になったところを見たい……指輪だけつけて」

「困った人ね」エマは言い、ニコラスに引っぱられて寝室に向かった。


クリスマスの一週間前、エマは忙しく動き回って、屋敷中に鐘と大量の赤いリボン、ヒイラギの枝、寄生木《やどりぎ》を飾りつけていた。シダロワ姉妹と二人の従僕がはしごを登り、中央ホールに置かれた背の高い松の木に飾りを吊している。使用人たちは作業をしながらロシアのクリスマスキャロルを歌い、エマを楽しませてくれた。

「この家がこんなに広くなければよかったのに」階段の手すりにヒイラギの枝を結びつけな

がら、エマは嘆いた。「少しでも見栄えがするようにと思ったら、普通の三倍の飾りつけをしなきゃいけないんだもの」

「そうですね。でも、とってもすてきです」

ラシェルは松の木の枝にジンジャーブレッドマンを飾りつけながら、嬉しそうに言った。さまざまな形のジンジャーブレッドマンが焼かれたが、そのぴりっとしたお菓子は困ったことに、すでに狙われていた。サムソンがたえず、クリスマスツリーの一番下の枝に吊されたジンジャーブレッドマンをむさぼるチャンスをうかがっているのだ。今は香ばしい匂いのする枝の下に寝そべり、時折首に巻かれた祝いの赤いリボンを引っかいている。

執事が鷹のような顔に困惑した表情を浮かべ、エマに近づいてきた。「奥さま」小声で言う。「玄関前にこの包みが置かれていました」

エマは手すりの飾りつけを中断し、階段を下りて執事から包みを受け取った。それは赤いリボンのかかった小さな白い箱で、〝エマへ〟とだけ書かれたカードがついていた。

エマの顔に笑みがよぎった。「贈り物をこんなふうに届けてくれるなんて、誰かしら」

エマはリボンをほどき、かすかに湿った冷たいボール紙の箱を開いた。そこにはベルベットの布きれと、血のように赤い摘み立ての薔薇、〝A〟というイニシャル入りの小さなカードが入っていた。エマの顔から笑みが消え、額にしわが寄る。誰がこんな贈り物を、このように謎めいた方法で届けてきたのだろう？　アダム・ミルバンクということはありえるだろうか？　一度、ずいぶん前に、これと同じような赤い薔薇を贈ってくれたことはあった。エマは薔薇に触れたが、人差し指の先にとげが刺さり、慌てて手を引っ込めた。ちくちくする部分を吸うと、塩辛い血の味がした。

スタニスラスは黒い眉をひそめた。「奥さま、失礼します……」エマから箱を取り上げ、ベルベットの布きれを広げて、中身をエマの手のひらに落とす。

輪がつながった形の真珠のイヤリングが一組、手のひらに冷たく、ずっしりと転がった。シダロワ姉妹が見に来て感嘆の声をあげる。「何てきれいなんでしょう」ラシェルが言った。

エマは寒々しく落ち着かない気分にとらわれていた。真珠は涙を意味すると、どこかで読んだことがある。箱に入った赤い薔薇と真珠……血と涙だ。エマはイヤリングを箱に戻した。

「ニコラスがここにいなくてよかったわ」小声で言う。「わたしがほかの男性から贈り物を受け取れば、いい顔をするはずがないもの」

「そうですね」スタニスラスは同意した。

エマはぞっとしたような目で贈り物を見た。

「これはミルバンク卿にお返ししてちょうだい。送り主はあの人だと思うから」言葉を切り、周りにいる使用人たちのほうを見る。「このことはニコラス公爵には言わないでね。嫉妬するか怒るかだろうし、わたしたちの初めてのクリスマスは無事に終わらせたいから」

一同はいっせいにうなずき、作業に戻って、さっきまでの明るい雰囲気を取り戻すことに努めた。エマは思いがけない贈り物に動揺していたが、この一件は忘れようと決めた。アダムは何を思ってこんなことをしたのだろう？　まだエマを思っていると伝えたかったのか？

エマに何かを、例えば関係を持つことを求めているのだろうか？　男性の中には、手に入らないものばかりを欲しがる人がいる。あるいは、この贈り物は心のこもった別れのあいさつなのかもしれない。だが、そんなことはどうでもよかった。これからは過去ではなく、将来のことだけを考えるのだ。今はニコラスと幸せに暮らしていて、この先はもっと大きな幸せが待っているに違いない。何があろうと、そのチャンスをふいにするわけにはいかない。それだけははっきりしていた。

12

翌朝、エマが自分の居間で紅茶を飲んでいると、スタニスラスがやってきた。

「奥さま」執事はそこで言葉を切り、どう続けようか迷っているようだった。眉間にしわが寄り、唇は固く結ばれている。

「スタンリー、どうしたの？　おかしな顔をして」

スタニスラスはエマがつけたあだ名には取り合わなかった。

「奥さま、玄関前にこれが置かれていました」そう言うと、手に持ったものを差し出した。

エマはティーカップを脇に置き、驚いてそれを見つめた。昨日届けられたのと同じ、血のように赤い薔薇だった。「これは返したんじゃなかったの？」

「はい、真珠と一緒に。今回はこの花だけが置かれていたようでした」

エマは頭を振り、かすかに汚れた薔薇を見つめた。

「贈り主が誰にせよ、しつこいわね」

「旦那さまにお伝えしますか？」

エマはしばらく考えた。薔薇の贈り主がアダムなのは間違いない気がした。ちょっかいを出しているつもりなのだろう。ニコラスが腹を立て、エマとの間にいさかいが起これば、さぞかし満足のはずだ。「やめて」エマはぶっきらぼうに言った。「つまらない意思表示だわ。捨ててちょうだい。このことはきれいさっぱり忘れましょう」

クリスマスイブになった。タペストリーが掛けられ、黄金色のオーク材の羽目板が張られたこぢんまりとした家族用の居間には、隅に小さなツリーが置かれ、松の匂いが漂っていた。窓にかかる赤紫色のベルベットのカーテンは開けられ、夜の星明かりが差し込んでいる。暖炉でぱちぱちと勢いよく燃える炎が、ゆらめく黄色の光を放ち、部屋をほのかに明るく照らしていた。

ニコラスは床に重ねたベルベットの枕にもたれ、室内を動き回る妻を眺めていた。ジェイクは子供部屋のベッドで眠り、明日の朝の夢を見ているはずだ。二人の夜はこれからだった。「こっちにおいで」内側がガラス張りのゴブレットでワインを飲みながら、ニコラスは物憂げに言った。ゴブレットの金と銀の表面にはダイヤモンドとルビーがはめ込まれ、きらきらと輝いている。

「あとでね」エマはクランベリーが連なるひもを調整しながら返事をした。「まだ終わってないの」

「この二日間、君はリボンを結び直して、花綱を二センチずつ上げたり下げたりしてるだけ――」

「明日は二〇〇人近くお客さんが来るんだから、すべて完璧にしておきたいのよ」

「すべて完璧じゃないか」ニコラスはワインのお代わりを注ぎ、ズボン姿で前かがみになった妻のヒップの形を堪能した。「早くおいで……プレゼントをあげたいんだ」

「プレゼントならわたしもあるわよ」エマは元気よく答えた。長椅子の裏に手を伸ばし、大きな四角いものを引き出す。ちょうど額縁に入った絵と同じ大きさと形をしていて、濃い色の布に包まれていた。

ニコラスは体を起こし、それを興味深そうに眺めた。「君の肖像画か？」

「ええ。ミスター・ソームズが昼も夜も作業をして間に合わせてくれたの」

「見せてくれ」

「わたしへのプレゼントが先よ」エマは言い、ニコラスの隣に座った。長い脚であぐらをかいて、ワインの入ったゴブレットを受け取る。

ニコラスは言われたとおり、房飾りのついた枕の下から包装されたものを取り出した。エマはこぶし大の箱を受け取り、子供のように喜んだ。

「わあ、よかった。プレゼントは小さいほうが好きよ」包み紙を破り、ベルベットが張られた箱を開けて、嬉しそうに中をのぞき込む。そっと取り出したものは、暖炉の炎に照らされて豊かな輝きを放った。ニコラスが作らせたブローチだった。虎の形をしていて、黒のオニキスと黄色のダイヤモンドが縞状にはめ込んである。

「ありがとう」エマはニコラスに笑顔を向けた。「あなたに似てるわ」

「マンチューに似せたつもりだったんだが」

「あなたとマンチューは似たもの同士だもの」エマは言い、手を伸ばしてニコラスのうなじの毛をなでた。「孤独で、過去に傷を負っていて、完全に飼い慣らすことはできない」

ニコラスは鮮やかな黄金色の目で、エマを見つめた。

「君はどちらも飼い慣らすつもりはないんだろう？」

事実を言い当てられてエマは苦笑し、そばに置いていた絵を再び手にした。「今度はあなたへのプレゼントよ」絵から布を外そうとして言葉を切り、顔をしかめる。

「少し……変わってるんだけど」

ニコラスは何も言わず、絵を見せるよう身振りで示した。

「わかったわ」エマは大げさな身振りで、肖像画からさっと布を外した。「どう思う？」

ニコラスは黙って肖像画に見入った。ロバート・ソームズが描いたエマは、窓辺に浅く腰かけていた。白いシャツの喉元を開け、薄いベージュのズボンをはいている。そこからはだしの脚が出ているのが、妙にエロティックだ。長い赤毛は背後から差し込む日光を浴び、腰まで垂れている。儚げな、どこか真剣な表情が、奔放なたたずまいと見事な対照を成していた。ニコラスはその肖像画を、胸躍る官能的な作品だと感じた。

「すごく変わってるわよね？」エマはたずね、ニコラスの反応を注意深く見守った。

ニコラスはほほえみ、エマを膝に引き寄せて、肖像画に視線を戻した。

「きれいだ。ありがとう、ルイシュカ。今持っているどの絵よりも大事にするよ」

「どこに掛ければいいのかわからないわ」エマは言い、ニコラスの胸にもたれた。「公爵夫人がズボンをはいているのを見て、不愉快に思う人もいるだろうし」

ニコラスはエマの活動的な脚を優しくなでた。「わたしにとっては理想の公爵夫人だ」

褒められたエマは嬉しそうにほほえみ、ニコラスのシャツをそわそわともてあそび始めた。

「ニッキ、実は……あなたに話したいことがあるの」

「何だ？」ニコラスはエマの様子が急に変わったことに気づいた。彼女が言葉を選んでいる間、腕に抱いたまま黙って待つ。

「どう言えばいいのかわからないわ」ようやく出た言葉はそれだった。

ニコラスはエマのあごに手を添え、顔を上に向けさせて、深い青色の目を見つめた。ニコラスの中で、畏怖と驚きが入りまじった何かが震えた。その正体は即座に確信へと変わったが、エマの口からはっきりとその言葉を聞きたかった。「エマ、言ってくれ」

「わたし……」エマはニコラスの柔らかなリネンのシャツをつかんだ。「わたし、たぶん……」最後まで言うことができず、黙ってニコラスを見つめる。

ニコラスはエマの平たい腹に手をのせ、問いかけるようにエマと目を合わせた。エマはそれに応えて小さくうなずき、頬を真っ赤に染めた。

ニコラスは深く息を吸い込んだ。自分とエマの子供、自分の一部が彼女の中にいる……。そう思うと、気分が高揚するというよりも、自分がそのようなチャンスを与えられたことに驚き、謙虚に受け止める気持ちになった。これまで、三人の子供に対する自責の念にさいなまれてきた。自分の無力さゆえに救えなかった弟のミハイル、自分が見捨て拒絶しようとした息子のジェイク、そして、決して会うことのできない息子のアレクセイだ。自分の子供が生まれ、自分の人生、そして彼女の人生の一部になるところを見ることができれば、悲惨な過去を拭い去り、新しいスタートを切ることができる……。ニコラスはエマに顔を近づけ、生き生きとした豊かな髪に顔をうずめた。

「喜んでくれてるの？」エマはたずね、ニコラスの首に腕を回した。

しばらくの間、ニコラスは答えることができなかった。「君はわたしのすべてだ」ようやくそう言った声は、込み上げる感情にかすれていた。

クリスマスの朝はにぎやかに過ぎていった。使用人たちが大ホールでプレゼントを交換し、アンゲロフスキー一家が居間で家族水入らずの祝いをしたあと、屋敷は破れた包み紙とリボンでいっぱいになった。豪勢なクリスマスパーティに客が集まる時刻が近づくと、エマは黒の細い編みひもに縁取られた青い絹のドレスに着替えた。スカートはひだが取られていないシンプルなもので、裾に太い黒の房飾りがついているだけだ。宝石は虎のブローチだけをつけ、喉元のふわりとした白いレースに留めた。

散乱した色とりどりの空き箱や包み紙はメイドたちが片づけ、コックと厨房のスタッフは約二〇〇人分のクリスマスのごちそう作りに追われた。イギリスらしい七面鳥と鵞鳥の詰め物ロースストの良い香りと、きのこのクリーム添え、風味をつけたキャベツ、ババオラムというラム酒に浸したレーズン入りのパンなど、ロシア料理の香りが混じり合う。ジェイクは浮かれて屋敷中を走り回り、新しいおもちゃを見せびらかしながら、ウィリアムたちはいつ来るのかと繰り返したずねた。

「もうすぐよ」エマは約束し、期待でいっぱいのジェイクとは対照的に、どうにでもなれといった雰囲気のニコラスを見て噴き出した。ニコラスがストークハースト家、特にルークと顔を合わせるのを躊躇しているのはわかっていた。二人は最初からそりが合わず、ニコラスは結婚式以来、義理の父親に会わずにすんでいることを喜んでいた。

面白がるようなエマの目つきに気づいて、ニコラスは顔をしかめてみせたが、それはむしろ笑顔に近かった。

エマはニコラスのもとに行き、頬にキスをした。「どうってことないわよ」小さな声で言う。「みんなお祭り気分になっているでしょうし、両親は今日のことを楽しみにしているわ。これから歯でも抜かれるような顔をするのはやめて」

「赤ん坊のことは家族に言うのか？」

「しばらくは内緒にしておくつもり」

ニコラスはエマの耳の近くで柔らかく縮れた髪に鼻をすり寄せた。彼が返事をする前に、ラシェル・シダロワが戸口に現れた。「私道に続々と馬車が入ってきています」彼女は息を切らして言った。

「ありがとう、ラシェル」エマは楽しげに両手を打ち合わせ、ニコラスを引っぱって客を出迎えに行った。

屋敷はたちまちおしゃべりの声と陽気な雰囲気に包まれた。中央ホールに置かれた大きなクリスマスツリーの周りには子供たちが群がり、大人たちは応接間に集まってスパイス入りワインやエッグノッグ、発酵させた蜂蜜で味つけしたロシアの飲み物を飲んだ。音楽家として知られるシェプレー卿がピアノでクリスマスキャロルを弾き、ほかの人々はそれに合わせて歌った。エマはゆったりした気持ちで、滞りなく過ぎていく午後のひとときを見守った。ルークとニコラスは礼儀正しく接し、互いに距離を保って、子供たちのおふざけを眺めることで間を持たせた。プラム色の絹のドレスを美しくまとったタシアは、エマと目を合わせてウィンクした。

ディナーの一品目の準備ができているかどうかを確認しようと、エマはそっと客間から抜け出した。「ヒイラギ飾ろう」をハミングしながら、厨房に向かって歩く。数小節歌ったところで、ひじを軽くつかまれた。驚いてすばやく振り向くと、ニコラスだった。問いかけようとして口を開いたが、両手で顔をはさまれ、情熱的にキスをされた。

「どうしていきなり？」ようやく話せるようになると、エマはたずねた。

ニコラスは天井に向かって手を上げ、誰かが廊下に吊した寄生木の小枝を示した。

「クリスマスに寄生木の下で出会ったら、キスをしてもいいんだよ。まあ、これがなくてもしていたけどね」

エマの口元に笑みが浮かんだ。「お客さまの相手をしてくれないと」

「君の相手をするほうがいい」

エマは笑ってニコラスの胸を押したが、彼は回した腕の力を強めた。「二人きりになりたい」そう言うと、唇を重ねてきた。

そのとき、思いがけないじゃまが入った。子供たちのやんちゃな笑い声が聞こえたのだ。エマは体をこわばらせてキスをやめ、闖入者のほうを振り返った。三人の子供の姿を見て、髪の生え際まで赤くなる。ジェイクと、エマの異母兄弟のウィリアムとザッカリー……そして、傍らにルークが立っていた。

父親の顔に表情はなかったが、黒っぽい眉が片方ぴくりと上がった。

ジェイクが沈黙を破った。「二人のことは気にしなくていいよ」あきれたように目をぐるりと回して言う。「いつものことだもん」

エマは顔を赤らめ、身をよじって夫の腕の中から抜け出し、身頃のウエストを引っぱって直した。「四人でどこに行くの？」気まずさを取りつくろうように言う。

ジェイクは嬉しそうに笑った。「ポニーのルスラーンを見せてあげるんだ」

「じゃあ、どうぞ行ってくれ」ニコラスがぶつくさ言った。

エマはつっけんどんな言い方をした夫をこっそりつねり、咳払いした。

「ニコラスがついていってくれるんじゃないかしら」

ルークは意味ありげな目つきでニコラスを見た。「ああ、それがいい」

子供たちもニコラスに一緒に行こうとせがみ始め、ニコラスはエマをじろりとにらんでから、しぶしぶついていった。エマはお返しにかわいらしくほほえみ、父親がニコラスに何か言葉をかけてくれることを願った。何はともあれ、二人が一緒にいられるだけでも収穫だろう。

エマは中央ホールを横切り、引き続き厨房を目指した。突然、首の後ろがざわめくような妙な感覚に襲われ、足取りが重くなった。何かがおかしい。屋敷全体が影に覆われていくような感覚に陥る。肩越しに振り返ると、スタニスラスが三人の客をホールに迎え入れているのが見えた。最初に目に入ったのは、ミスター・オリバー・ブリクストンだった。アンゲロフスキー邸に客として来たことのあるアメリカのほうろう鉄器の製造業者で、アダム・ミルバンクが結婚した女性の兄だ。次に、小柄で地味な顔立ちの女性が見えた。絹とレースの高価なドレスを着て、髪をきっちりと実用的なスタイルにまとめている。彼女が腕をかけている黒っぽい髪の男性の顔を、エマはよく知っていた。

アダムがクリスマスパーティに来たのだ……妻を連れて。

エマはその場に立ちつくし、頭が猛スピードで回り始めた。どうしてこんなことになったのだろう？　ミスター・ブリクストンには招待状を送ったが、ほとんど社交辞令のようなものので、本当に来るとは思っていなかった。だが、彼は出席を決めたうえ、ミルバンク夫妻を連れてくるという、驚くべきエチケット違反を犯したのだ。ブリクストンはのんきに笑っていて、エマとアダムの以前の関係のことはすっかり忘れているようだ。だが、シャーロット・ミルバンクは忘れてはいない。彼女は灰色の目に好奇心と疑いの色を浮かべ、エマを見つめていた。

エマの心臓は飛び出しそうな勢いで打ち始めた。顔に軽く汗が噴き出す。どうしてアダムはここに来たのだろう？　何が目的なのだろう？　これでは客の注目の的になってしまう。アダムとニコラスがいさかいを起こすのではないかと、誰もが息をつめてなりゆきを見守るだろう。エマは口元にほほえみを貼りつけ、前に進み出て三人を迎えた。ミスター・ブリクストンの素朴ながら優しげな顔が輝き、彼はエマの手にキスをした。

「メリークリスマス、公爵夫人」

エマはもごもごと返事をし、視線を落として、自分より頭一つ分は背の低いアダムの妻に目をやった。

驚いたことに、シャーロット・ミルバンクが先に口を開いた。抑えの利いた口調だが、険しさがにじみ出ている。小柄でぽっちゃりした女性には似つかわしくない、低い声だ。

「公爵夫人、飛び入り参加をお許しいただけるといいのですが。わたしがこちらのパーティにうかがいたいと、兄に頼み込んだのです。イギリスに来て以来、お噂をよく耳にしますもので。ニコラス公爵さまのこと、ご立派なお屋敷のこと……もちろん、奥さまと動物園のことも」

エマはシャーロットに視線を集中させ、アダムのほうは見ないようにした。「ご家族ともども、我が家のクリスマスのお祝いに歓迎いたしますわ、レ、レ、レ、レディ・ミルバンク」

その名前が口から出たあとも、エマの背筋には妙な感覚が走っていた。それはかつて自分が喉から手が出るほど欲しかった肩書きだった。

シャーロット・ミルバンクの顔はふくよかで、骨がその下にあるとは思えないほどだが、肌は透き通るような美しい乳白色で、頬はほんのりピンク色をしている。性格さえ明るければ、魅力的な女性の部類に入るのだろうが、火打ち石のような灰色の目は責めるようで、小さな唇は引き結ばれ、笑みはなかった。

エマはこの女性をなぐさめたいという、妙な衝動に駆られた。わたしのことを警戒する必要はまったくないのよ、そう言いたくてたまらなかった。だが、実際には礼儀正しくほほえんだだけで、応接間にいた手近な客の一団のほうに彼女を連れていき、紹介した。その間、ブリクストンとアダムは背後に控え、ブリクストンは中央ホールの大きなツリーを褒めていた。

エマはシャーロット・ミルバンクのそばを離れ、ほかの客と話を始めたが、目はせわしなく周囲の様子をうかがっていた。そろそろニコラスが戻ってくる頃だから、先に見つけなければならない。ブリクストンとミルバンク夫妻が来ていることを、あらかじめ知らせておきたかった。アダムのほうは見ないようにしたが、彼が自分を見つめているのは感じられた。

何なの、アダム？　エマは憤慨していた。どうしてわたしを困らせるの？　もう終わったことでしょう。あなたはわたしを捨ててほかの女性と結婚して、わたしはその心痛からどうにか立ち直った。わたしはわたしの道を行くんだから、もう放っておいて！

人ごみの中を移動して女主人役を務めているうち、ようやくアダムのほうを見ることができた。彼は感じのいい表情を装っていたが、雰囲気は硬く、笑顔は不自然だった。隣には妻がいて、ぽっちゃりした白い手を彼の腕にのせている。そばを通るとき、会話の断片が聞こえた。アダムがほかの客にえらく気取った従僕がいましてね。立派な青の仕着せを着て――」

「……友人の家にえらく気取った従僕がいましてね。立派な青の仕着せを着て――」

「黒の仕着せよ」シャーロットがそっと口をはさんだ。

アダムは妻の言葉が聞こえなかったかのように続けた。

「――それで、庭を歩いているとき、イチイの生垣のそばに――」

「あれは果樹だったわ」シャーロットが訂正した。

「――世にも恐ろしげな悲鳴と、大きな水音がしたんです。その従僕が馬車置き場に向かう途中、足をすべらせ、養魚池に落ちていました。あんなに笑ったことはありませんよ」

「品がないわね」シャーロットはつんとした顔で言った。

エマはひじを触られるのを感じ、振り向くとタシアがそばにいた。優しげな顔に心配の色を浮かべている。タシアは目でミルバンク夫妻を示した。

「予想外のお客さまがいらっしゃったみたいね」静かに言った。

エマはおどけた顔をしてみせ、ため息をついた。「ニコラスが知ったら――」

「ニコラスは騒ぎを起こしたりしないわ」タシアは安心させるように言った。「自分を抑えられる人だから」

「だといいんだけど」

「アダムは尻に敷かれているみたいね」タシアは感想を述べた。

「ええ、そうみたい」アダムはプライドの傷つきやすい繊細な男性だ。なぜシャーロットのような女性と結婚したのだろう？　彼女があのような態度をとるのは、不安だからだろう。夫をいびることで、自分の存在を主張しているのだ。「気の毒な人」エマは唐突に言った。「つかみどころのない男性にしがみつく気持ちはよくわかるわ。わたしも長い間同じことをしてきて、ようやくそのばかばかしさに気づいたの」

「誰のことを言っているの？」タシアはたずねた。「アダム？　ニコラス？」

エマは悲しげにほほえんだ。「たぶん、両方。でも、ニコラスは変わったけど、アダムは変わっていない。アダムは女性を不安定な状態に保っておくほうが調子が出るんだと思うわ。だから、女性はアダムを心から信じていいのかどうかわからない」

「それで、ニコラスのことは信じていいと思っているの？」タシアは穏やかにたずねた。

「ええ。ここ数週間のあの人を見ていたら、賭けてみてもいい気がしてきたの。ニコラスのことを信頼しよう、信じようと心を決めたわ。それが間違っていたと思うような出来事が起こらない限り」

タシアは探るような目つきになった。「エマ、ニコラスに愛情を持てるようになったの？」

エマは答えを迷い、口にするのをためらった。視界の隅で、アダムが妻から逃れて人ごみを抜け、庭に続くフレンチドアの前で足を止めるのが見えた。そこで振り返り、エマをまっすぐ見た。

二人きりで話したがっているのだ。エマは困ったように眉をひそめ、アダムから目をそらした。あとでここを抜け出し、アダムのもとに行くつもりだった。

「本当にそれが賢明なこと？」状況を正確に読み取ったタシアがたずねた。

「賢明ではないかもしれないけど、必要なことよ。ここできっちり片をつけないと」


ニコラスはほっとした気持ちで応接間に戻ってきた。ウィリアムとザッカリーにポニーを褒められて、ジェイクは喜んでいた。ストークハーストは礼儀正しく、どこか親しげですらあり、近々ブランデーでも飲みながら話そうと、ぼそぼそした口調で言った。エマの言ったとおりだと思いながら、ニコラスはおとなしくうなずいた。ストークハーストは確かにニコラスと仲直りしたがっているようだった。

応接間に足を踏み入れると、見知らぬ女性が近づいてきた。小柄でぽっちゃりしていて、丸い顔に、驚くほど鷹に似た目をしている。

「公爵さま」女性は低い声で言った。「レディ・シャーロット・ミルバンクと申します。先ほどから奥さまと夫の姿が見当たりません。わたしはこちらのお屋敷は初めてですので、二人を捜すお手伝いをしていただければと思うのですが」

庭は暗く、冬のそよ風にざわめいていた。地面はかちかちに固まり、生垣には霜が降りている。凍てつく夜気の中を歩くエマの吐息は白くくもった。

エマとアダムが確実に二人きりになれるのは庭だけだった。二人が会うのに、ここはふさわしい場所に思えた。ニコラスが二人の人生に入り込んでくる前、最後に会ったのがこの庭だった。

エマは探していた場所を見つけた。ヨーロッパイチイの生垣の裏にある狭い空間だ。アダムはそこで、長い髪を顔と首の周りになびかせながら待っていた。あれから数カ月しか経っていないのに、何年も過ぎたかのように、彼は老けて見えた。自分も同じくらい年を取ったように感じる。どうして二人ともこれほど急激に変わってしまったのだろう？

自分たちはもはや若く衝動的な恋人同士ではないし、二人の間に溝ができたのは、お互いに別々の人と結婚したせいだけではないのも確かだった。エマは本当の意味でアダムを愛してはいなかった。本物の愛とは、相手の欠点を受け入れ、相手が失敗しても許すものだ。互いの弱さを理解し合い、その弱さゆえにいっそう愛し合うものだ。エマとアダムが見ていたものは幻だった……だからこそ、初めての試練に直面したとたん崩れてしまったのだ。

エマはアダムから数歩手前で足を止めた。寒さで唇が震えている。

「アダム、どうしてここに来たの？」

アダムは片手を差し出した。その手のひらには、白くきらめく真珠がのっていた。

「これを君に渡したくて」

エマがアダムに送り返したイヤリングだった。エマは首を横に振り、両腕で自分の体を抱くようにした。「それは受け取れないわ」

「どうして？　あいつがくれる宝石ほど高価じゃないからか？」アダムはエマの喉元の虎のブローチに視線を落とした。

エマはごくりと唾をのんだ。アダムと二人きりでいるのが落ち着かない。

「わたしにどうしろっていうの？」いらだちと懇願の交じった口調でたずねる。

「僕と君がこの庭にいた夜に戻りたい。一からやり直したいんだ。今度は脅しに屈して君と別れるようなことはしない。気づくのが遅すぎたけど、僕を幸せにしてくれるのは君しかいないんだ」

「それは違うわ」

「そうか？　噂では、ニコラスは変わったらしいじゃないか。君と結婚したことで、ましな人間になったと聞いたよ。君と結婚したのが僕なら、僕もそうなっていたかもしれない。君は家族の反対を押し切って、世界中を敵に回してでも、僕と結婚してくれようとしていた。僕を愛してくれていた」

かつてのエマなら、アダムが自分を捨てて後悔している姿を見て喜んだだろう。だが、今は後悔などしてほしくなかった。二人とも心穏やかに過ごせるのが一番だと思った。「アダム、過去にこだわったところで、お互い何の得にもならないわ」

「僕は自分を抑えられないんだ、と言ったらどうする？」アダムは強い口調で問いかけ、エマの足元にイヤリングを投げつけた。あまりの勢いに、輪の一つがばらばらになり、真珠がエマのスカートの周りに飛び散った。「今夜君がこれを……僕がプレゼントしたものを身につけているところが見たかったんだ」

「それは奥さまにあげるべきものよ」

「妻のことは愛していない」アダムは言い、その目は悲しそうにくもった。「君をあきらめたあと、僕は魂を売ったんだ。シャーロットの財産がなぐさめになると思った。それで、どうなったと思う？」苦々しげに笑う。「僕が手にした財産には、胸がむかつくような義務がついてきたんだ。シャーロットは僕を猿回しの猿みたいに扱う。自分の思いどおりに動かそうとして、僕が満足いく働きをしたときだけ褒美を与える。僕はプライドも自尊心もすっかり失ってしまった」

「まあ、アダム」エマは悲しげにささやいた。「わたしにそんなことを言われても困るわ。あなたの力にはなってあげられないもの」

「そんなことはない」

エマが反論しようと口を開いたとき、硬い地面に響く足音と、誰かが庭の生垣をかすめる音が聞こえた。数秒後、シャーロット・ミルバンクが姿を現した。青ざめた顔に表情はないが、目には怒りと勝ち誇ったような光がにじんでいる。「いたわ」連れに向かって言うと、その人物は彼女の隣に姿を現した。

「ニッキ」エマは言い、心がずしりと重くなるのを感じた。

ニコラスはきわめて静かな口調でアダムに話しかけた。

「わたしの敷地から出ていけ。さもないと殺す」それが言葉のあやにしか聞こえない男性もいるが、ニコラスはどこまでも本気だった。

「やめて」エマはすばやく口をはさんだ。「ニッキ、騒がないで。これ以上ゴシップの種を増やすことはないわ。それに、あなたはミスター・ブリクストンとそのアメリカ人のお仲間と取引があるんでしょう？　妹さん夫婦を追い出したら、あの人を怒らせることになるわよ」

ニコラスは虎のような目でエマをじっと見た。

「どうしてミルバンクを引き留めようとするんだ？」

「どっちにしても、わたしたちはすぐに帰ります」シャーロットが言い、前に進み出てアダムの腕を取った。「頭が痛くなってきたの。それに、わたしがここに来た目的はもう果たせたわ。行きましょう、あなた」

最初、アダムはその場を動こうとはしなかった。沈黙が耐えがたいものになってくる。しばらくして、彼はようやく傲慢な妻に従い、腕を引っぱられて庭を出ていった。

ニコラスはエマの足元に飛び散った真珠をじっと見た。

エマは言い訳をしたかったが、実際にはその必要はないはずだった。気まずさを感じている自分に腹が立ち、攻撃的な態度になった。「で、どうするつもり？」歯切れよく言う。「言い合いでもする？　わたしを責める？」

「君があいつを招待したのか？」ニコラスはやはり真珠を見ていた。

「わたしがあの人に来てもらいたがったと思う？」

「わからない。エマ、わたしを試しているのか？」

その質問に、エマはかっとなった。「言い訳はしないわ。好きなように解釈してちょうだい」

「君の口から聞きたいんだ」

「本当に？」エマはたずね、とぼけた顔で嫌味を浴びせた。「自分で結論を出しているくせに、わたしの話を聞いてくれるなんてありがたいわね！　あなたもアダムも似たり寄ったりよ……一つの骨をめぐってけんかをしている犬みたいだわ。でも、わたしはあなたたちに引っぱり合いをされて、思いどおりにされるのはまっぴら。わたしのほうはあなたを信じようと頑張っているのに、よくもそんな疑いの目で見られるわね？　わたしも同じように考えてもらえないのかしら？　同じように無条件に信じてもらえないの？」

物音も言葉もなく、ただ静寂だけが流れた。ニコラスは内面の葛藤に全神経を集中させているようだった。エマはニコラスの厳しい横顔を、銀色の月明かりに縁取られた鼻と頬のラインを見つめた。

ニコラスは深く息を吸い、ゆっくり吐き出して、肩から力を抜いた。

「君があいつを招待したわけじゃないことはわかっている」ぶっきらぼうに言う。「君がここであいつと一緒にいるところを見たとき、二人とも首を絞めたくなった。その……嫉妬したんだ」

エマは怒りが引いていくのを感じた。「嫉妬する理由なんてないのよ」

「本当に？」ニコラスは再び長い間沈黙していた。「半年前、わたしはこの庭に立って、君がアダムに愛していると告げるのを聞いた……わたしには一度も言ってくれたことのない言葉だ」

「前世で言わなかった？」エマは冗談にしようと虚しい努力をした。

「ああ、言ってくれた」ニコラスはどこまでも真剣だった。「だが、それをもう一度聞きたいと思ってる。その望みだけがわたしを支えているんだよ、エマ」

その後、クリスマス休暇は何事もなく終わり、誰もが胸をなで下ろした。ニコラスは家族や借地人、事業のことで忙しくしている間に、ミルバンク夫妻のことはすっかり忘れていた。ようやくジェイクの家庭教師として申し分ない人物が見つかったので、ある日の午後にアンゲロフスキー邸に呼び寄せた。その年配の男性は、ニコラスとジェイクが待つ図書室に案内された。

ニコラスは自分の前の席に座るよう、手振りで男性をうながした。

「ミスター・ロビンソン、息子とわたしはあなたに家庭教師をお願いしたいと思っています。信任状は申し分ありませんでしたし、先週面接をさせていただいたあと、二人ともあなたしかいないということで意見が一致しました」

ロビンソンは恰幅のいい白髪の紳士で、四〇年間イートン校で教鞭を執ったあと、今後は家庭教師として平穏な生活を望んでいるとのことだった。ニコラスは彼の優しさと控えめなユーモアを気に入ったが、どことなく厳しい雰囲気もあり、規律性と良識を持ちあわせているように感じられた。何よりも大事なのは、祖父のような雰囲気を持つこの男性を、ジェイクが気に入ったことだった。

こぎれいに刈られたロビンソンの口ひげが、ほほえみに割れた。「お受けいたします」彼はすかさず言った。「このような状況に際して息子さんの決断を仰ぐというのは、変わっていると言わざるをえません……けれど、すがすがしさも感じます」ジェイクを見て目をきらめかせる。「ジェイク坊ちゃまとはうまくやっていけそうです」

「我々とどこかに滞在する際は、申し分ない環境を用意させます。時には一緒に旅をしていただくこともあるかと思います」

「公爵さま、そのときを楽しみにしていますよ。旅は何よりの学びの場です。わたしほどの年齢になっても」

「それは良かった――」図書室の戸口に執事が現れたのを見て、ニコラスは言葉を切った。

「どうした、スタニスラス?」

「郵便配達人がこれを持ってきました」執事は折りたたまれて封がされた手紙を銀の盆で差し出すと、部屋から出ていった。

「失礼」ニコラスはミスター・ロビンソンに言い、封蠟を切って、自分宛てになっている手紙に目を通した。

ニコラス殿

君に大事な話がある。エマのことだ。今日の午後四時、サウスゲート館の古い門番小屋に来てくれ。このことは誰にも言わないでほしい。

ストークハースト

「いったい何なんだ……?」ニコラスはつぶやき、もう一度手紙を読み直した。曖昧なそのメッセージは、いつも単刀直入なストークハーストらしくなかった。だが、それは娘のことを心配しているせいだろう。呼び出しに応じる以外、ニコラスに選択肢はなかった。エマの家族とはうまくやっていきたい。どこまでも父親の意に沿うことでそれが果たせるなら、努力する価値はある。

ジェイクは不思議そうにニコラスを見つめ、ミスター・ロビンソンは心配げな表情になった。「公爵さま、悪い知らせですか?」

「いいえ」ニコラスは考え込みながら言った。「驚いただけです」

おそらくエマは、父親がこのようなメッセージを送ってきたことを知らないのだろう。彼女は今日、RSHTAの会合に出かけている。こうした集まりは一日仕事になることが多いため、おそらく夕食前には帰ってこない。今すぐ出発すれば、田舎のストークハースト邸に行き、ストークハーストに会って、エマより先に自宅に戻ってくることができるだろう。

ニコラスは手紙をデスクの隅に突っ込んだ。「妻の実家というのは」さばさばした口調で言う。「婿に無理難題を押しつけなければ気がすまないようです」

ミスター・ロビンソンはにやりとした。「わかります。わたしの妻は一〇年前に亡くなりましたが、向こうの実家にはいまだに悩まされていますから」

ニコラスはほほえみ、息子の黒っぽい髪をくしゃくしゃにした。

「ジェイク、わたしは用事ができたから、お前がミスター・ロビンソンを勉強部屋に案内してあげなさい」ロビンソンのほうに向き直る。「スタニスラスに段取りをさせますので、今週末までに荷物をこちらに運び入れてください。必要なものがあれば、スタニスラスにリストを渡していただければ」

「ありがとうございます、ニコラス公爵さま。ジェイク坊ちゃまの教育を任せていただけて光栄です」

ジェイクがじれったそうにニコラスの袖を引っぱった。「お父さま、どこに行くの？」

「夕食までには戻ってくる」

「僕も行きたい」

「今回はだめだ。お前はここにいて、わたしが帰るまでこの家の主人役を務めてくれ」

「わかったよ」ジェイクは素直にうなずいたが、小さな眉間には不満げにしわが寄っていた。

エマはその日の成果に気を良くしながら、ＲＳＨＴＡから帰ってきた。会合自体は淡々とした、むしろ退屈とも言えるもので、目新しい話題も出てこなければ、進行中の計画にも進展はなく、会合は早々に終わった。収穫は、エマに対する会員たちの態度が変わったことだった。ニコラスが前に約束したとおり、彼の妻になったことで、社会的な影響力が少なくとも一〇倍に跳ね上がっていた。

今や全会員が、エマが結婚で莫大な財産と立派な爵位を得たことを知っていた。誰もがエマにへつらい、エマの提案には諸手を挙げて賛成し、何と知的で慈愛に満ちた人かと褒め称えた。そして今日、会長に協会一信望のある会員だと言われたのだ。エマはどぎまぎし、嬉しくもあったが、これまでの働きぶりよりもニコラスの妻になったことのほうがずっと評価されているような気がして、少し不愉快でもあった。

屋敷に入ったエマは、屋外の凍える寒さとはうって変わって暖かな屋内の空気に、心地よく体を震わせた。

「ただいま、スタンリー」執事に言い、彼の手を借りて外套を脱ぐ。グレーのフェルトの帽子と手袋も外した。「ニコラスは？　図書室？」

「数分前に出ていかれました」

「そうなの？　どうして？」

「行き先はうかがっておりません」

「エマ！」ジェイクの声が聞こえ、エマが振り向くと、大階段を駆け下りてくるジェイクと、その後ろを落ち着いた足取りでついてくる身なりの良い年配の紳士が見えた。「僕の先生、ミスター・ロビンソンだよ」

エマは紳士に向かってにっこりほほえんだ。

「ミスター・ロビンソン、夫から話は聞いております。引き受けてくださるのですか？」

「はい、公爵夫人」

「嬉しいですわ」エマはジェイクを見下ろし、何気なくたずねた。「ニコラスはいつ戻ってくるって言ってた？」

「夕食までには戻るって」

「どこに行ったか知ってる？」

「うん」

ジェイクがそれ以上説明する気配がないので、エマは重ねてたずねた。「教えてくれる？」

「教えられないけど……見せてあげる」

エマは困惑しながらジェイクのあとについて図書室に行き、家庭教師はスタニスラスと玄関ホールに残った。ジェイクはニコラスのデスクに向かい、紙を何枚かめくったあと、折りたたまれた紙を小さな指にはさんで戻ってきた。「これだよ」

エマはたしなめるように頭を振った。「ジェイク、人のお手紙を見てはいけないわ」

「でも、エマが知りたいって言ったから」

「ええ、でも……」エマは読みたくてうずうずしながら、その手紙を見つめた。「まあ、いいでしょう」小声で言い、にやりとしてそれを受け取った。「ジェイク、わたしが今しているのは、とても悪いことよ。どんなときも、プライバシーは尊重しないといけないの」
「わかったよ」猫のように金色にきらめく目で、ジェイクはエマが手紙を読む様子を見つめた。

手紙の内容に、エマは困惑した。「変ね」このようなメッセージを送ってくるとは、まったく父らしくない。なぜこんなことを、なぜ……。「これ、お父さまの字じゃないわ！」

エマは叫んだ。ぎくりとして胃が締めつけられる。おかしい……それはアダム・ミルバンクの筆跡だった。目の前が一瞬ぼやけ、黒いインクが紙の上を害虫のように這い回っている気がする。アダムの字なら、以前送ってきていたラブレターと、最後の別れの手紙で知っていた。

アダム・ミルバンクが、ニコラスと二人きりで会いたがっているのだ。

エマの手から手紙がすり抜け、ふわりと床に落ちた。ニコラスに関するアダムの発言が思い出され、頭の中で言葉が駆けめぐる……。

〝僕は自分が失ったもののことを考えずにいられない。ニコラスは僕たちの人生に入り込んできて、僕が求めていたものを根こそぎ奪っていった……〟

〝やられたことはやり返す。長くは待たせないと約束するよ。これは自分のためでもあるが、エマのためでもあるんだ……〟

〝ああ、誰か世の中のために、あいつを消してくれないだろうか……これ以上罪のない人が傷つく前に〟

「まさか」エマはこぶしを握りしめて言った。「そんなことありえない。あの人にそこまでできるはずがないわ」

だが、心の中では、ニコラスが危険にさらされていることはわかっていた。不思議がって質問をぶつけてくるジェイクには取り合わず、ニコラスが酒の入ったクリスタルのデキャンタと貴重品を置いている木製の飾り棚に向かった。

「ジェイク、これをわたしに見せてくれたのは正解だったわ」飾り棚を漁りながら言う。「もういいから、玄関ホールに行きなさい」

「どうして――」

「言うとおりにして、ジェイク」振り返り、安心させるようにほほえむ。「大丈夫だから」そっと言った。

ジェイクはしぶしぶ従い、絨毯敷きの床をのろのろ歩いていった。エマは探していたものを見つけた。マホガニーのケースに入った上質な拳銃だ。フランス製の針打ち式のリボルバーで、素材は金と銀、グリップは象牙でできている。手のひらにずっしりとした、心落ち着く重みが感じられた。装塡具合を確かめると、弾倉にはすべて弾が込められていた。

エマはドレスのポケットにリボルバーをすべり込ませた。深く取られたスカートのひだが拳銃の形を隠してくれる。玄関ホールに戻り、外套を取ってくるよう身振りで示した。自分では落ち着いた表情をしていたつもりが、心にあるものがにじみ出てしまったらしく、スタニスラスとミスター・ロビンソンが不思議そうにこちらを見た。

「スタンリー、もう一度馬車を回してちょうだい」エマはぶっきらぼうに言った。「まだ馬具は外していないはずだから」

スタニスラスは質問しようか、引き留めようか迷っている様子だったが、エマと目が合うとうなずいた。「かしこまりました」


古い門番小屋の前にはすでに馬車が一台停まっていて、冷たい空気に馬の吐く息が白かった。何世紀も前に建てられたこの小さな門番小屋は、サウスゲート館から何キロも離れたところにある。深い森の外れに位置し、そこから伸びる曲がりくねった小道は、以前は母屋に続く私道の役割を果たしていた。何年か前に新しい門番小屋が建てられて、直線状の道路が敷かれたため、今は使われていない。

ニコラスは一頭立ての馬車を降り、湯気を上げている栗毛の首をさすってから、門番小屋に向かった。寒い日だったが、人生の大半を過ごしてきたロシアの冬の猛烈な寒さに比べれば、どうということはない。それでも、この話し合いがすぐに終わって、エマの待つ自宅に帰れることを願わずにはいられなかった。こんなことに自分をつき合わせる義父が恨めしい……。それでも、ストークハーストに対してこれくらいのことをする義理はあると思っていた。

ニコラスは重い木戸を押し開け、薄暗い建物の中に入った。小さな四角い窓から差し込む日光だけが屋内を照らしている。まぶしいくらい白い屋外との違いに目を慣らそうと、ニコラスは何度かまばたきをした。

「さあ、ストークハースト」低い声で言う。「いったいどういうことか教えてもらおうか」

ところが、返ってきたのはストークハーストの声ではなかった。その声は低く、満足げで、敵意がこもっていた。

「あんたはこんな粗末な場所には慣れていないんだろう？　ニコラス公爵さまには最高級のものしか似合わないからな。豪華な屋敷に、贅沢品、美しい妻……だが、今からそのすべてを失うことになる。あんたにすべてを奪われた男の手によってね」

声の主が前に進み出ると、アダム・ミルバンクの顔が視界に飛び込んできた。

ニコラスはぎょっとし、混乱して、まばたきもせずミルバンクを見つめた。

「いったい何が目的だ？」

ミルバンクは手を振って、重い銃身のついた拳銃を示した。

「復讐だ。こいつを使ってね。あんたは僕とエマの関係に嫉妬して、彼女を自分のものにした。自分のほうが男として上だと思っているんだろう？　だがな、アンゲロフスキー、僕たち二人にたいした違いなんかないんだ。二人ともエマにはふさわしくないんだよ」ミルバンクは慎重に拳銃で狙いを定め、親指で撃鉄を起こした。「これはストークハースト家の拳銃だ。ここであんたを殺して、あいつの敷地内に死体を残す。あんたとストークハーストは共謀して僕を陥れた。正義の鉄槌を下すときが来たんだ」

「ばかめ」ニコラスは低い声で言い、拳銃を見据えた。銃を持つミルバンクの手が震え、彼がひどく動揺しているのがわかった。「誰もストークハーストの仕業だとは思わない」

「少なくとも、あいつが自慢している立派な家名には傷がつく。それに、あんたがいないほうが世の中は平和だ……この身勝手なロシア野郎！」

「そのあとどうなると思ってるんだ？」ニコラスはミルバンクの汗だくの顔に視線を移して言った。「お前は首をくくられて終わりだぞ。エマを自分のものにすることもできない。彼女はお前を求めていないんだ」

「あんたが僕たちの仲を引き裂くまで、エマは僕を求めていた！」拳銃ががくんと動き、ニコラスはひるんだ。ミルバンクは耳障りな声で笑った。「アンゲロフスキー、そうだ、怖がればいい。僕は本気だ。蠅をたたくのと同じくらい、何のためらいもなく殺してやる。だが、まずはひざまずけ」ニコラスがためらっているうちに、ミルバンクの怒りは倍増したようだった。「床にひざまずけ！　たまには謙虚なところを見せてみろ」

ニコラスはゆっくりと床に膝をつき、怒りのあまり拒絶したい衝動に駆られながらミルバンクを見つめた。

「あんたがエマと結婚したと聞いた日から、こうしようと思っていたんだ」アダムは言った。「あんたの人生はあれから一シリングの価値もなくなったんだよ」

ニコラスは乾いた唇をなめた。

「復讐のために人生を棒に振るのか？　奥方はどうするんだ？」

「奥方、ね」ミルバンクは繰り返し、辛辣な笑い声をあげた。「周りのことにくちばしを突っ込んで回っている、太った口うるさい雌鶏だ。シャーロットを見るたび、こいつと一緒になったのはあんたのせいだと思う。しかも、あんたにはエマがいる……世界中の誰よりも彼女にふさわしくない男だというのに」

「それは否定しない」ニコラスは静かに言った。

「僕が今からやることに、エマは一生感謝するだろう」

「アダム、それは違うわ」

割り込んできた新たな声に、二人とも驚いた。自分たちのやり取りに夢中で、半開きになったドアから細身の人影が忍び込んできたことに気づいていなかったのだ。エマのスカートは地面を引きずったせいで湿っていて、その顔は影が落ちて険しく見えた。ニコラスが見たこともないほど強く鮮やかな目をしていて、まるで催眠術にかかっているかのようだ。エマはリボルバーを構えて前に進んでいったが、その手元はミルバンクよりずっとしっかりしていた。

「こんなのどうかしてる。それをニコラスに向けるのはやめなさい。この人の髪一本でも傷つけたら、あなたを撃つから」

「エマ、ここから出ていけ！」突如恐怖に襲われ、全身に寒けを感じながら、ニコラスは言い放った。妻、子供……自分の身に何が起ころうと、二人が傷つくことがあってはならない。

ミルバンクはエマにはほとんど目を向けなかった。

「君の前でこいつを殺すのは気が進まない。でも、どうしてもというなら仕方がないな」

「何のためにこんなことをしているの？」エマは張りつめた声でたずねた。「ニコラスを脅したいの？　それなら、狙いどおりわたしたちは震え上がっているわ。だから、もう銃を置いて」

ミルバンクの顔は険しくなり、高まる不安に手の中で拳銃が震えた。

「こいつを始末してやるんだから、感謝してほしいね。それが君の望みじゃないのか？　君がこんな怪物を愛しているわけがない……こいつから逃れたいと思っているはずだ」

「こんなことはしてほしくない」エマのあごが震えていた。「アダム、ばかなまねはやめてちょうだい！」

「いいかげんにしろ、エマ、出ていけ」ニコラスはやけになって言った。何ということだろう。この時代でも彼女から引き離される運命にあるのか？　ここまで経験を積み、これだけ教訓も得てきたというのに、またも彼女を失うことになるのか？　過去の声が、悲嘆に暮れたエメリアのささやき声が、耳元で響いた……。

〝もうあなたに会えないの？〟

〝現世では〟

「エマ、ここから出ていってくれ」ニコラスはかすれた声で言った。

「お前は黙っていろ！」憎悪に目を光らせ、アダムが叫んだ。苦渋に満ちたまなざしをエマに向ける。「君を失って初めて、自分の本当の気持ちに気づいたんだ。僕はこれをやらなきゃいけない。こいつに勝たせるわけにはいかないんだ。こいつを罰しない限り、自分が男だとは思えないんだよ。僕は君を愛していたのに、誰も信じてくれなかった……君までもが。それを証明するには、こいつを殺すしかない。そうすれば君もわかってくれるはずだ」

「証明する必要なんてないわ」エマは言った。「あなたの言うことは信じてるから」目の縁に涙が湧き上がり、心の中で恐怖の叫び声が響いていた。お願い、ニコラスを傷つけないで、お願い……。エマはアダムにまっすぐ銃を突きつけたまま、まばたきをして涙をこらえた。

「でもね、アダム、わたしはあなたを愛していたわけじゃなかった。孤独で、自分に自信がなかったわたしを、あなたは褒めてくれて、自分は求められているんだと思わせてくれた。未熟だったわたしは、それを愛だと勘違いして――」

「そんな戯言を信じるなんて、こいつにだまされているんだ」アダムは熱っぽい口調で言った。

「あなたとわたしは友達としてお互いを思い合っていた。でもそれは愛ではないわ。今、わたしたちはそれぞれ別の相手と恵まれた生活を送っている。それを台なしにする必要はないの。こんなことをしても何にもならない。銃を下ろしてくれたら、わたしたちは出ていくわ。ど、どこかに行ってわたしと話を――」

「それはだめだ」ニコラスがすかさず言った。

「お前に発言権はない」アダムはせせら笑った。「指図するのは僕で、お前じゃない！」

「早くそれを下ろして」エマは言った。「アダム、わたしは本気よ」

「だめだ」アダムは強情に言い張った。

「早く」

アダムはエマの言葉など耳に入らない様子で、ニコラスだけを見つめていた。

「もう遅い」

このあと現実離れした時間の流れの中で起こった一連の出来事を、エマは一生忘れないだろう。数時間にも感じられた数秒間、何もかもがゆっくり動き、目に映り、理解することができた。アダムの目から何かを察したらしく、ニコラスが自分の死を覚悟したのがわかった。最後にエマに向けた目は色が薄く、刺すようだった。

エマはリボルバーの引き金を引いた。銃声は不自然に思えるほど大きく、エマの頭にぐわんぐわんと響いた。「ニコライ！」甲高い悲鳴が聞こえ、しばらくして、それが自分の声であることに気づいた。アダムは弾を撃ち込まれて身をよじり、肩の上部が弾けて赤いしぶきが上がった。次の瞬間、アダムの拳銃が火を噴き、弾道は大きくそれた。弾はニコラスの背後の壁にめり込んだ。

目の前でアダムが倒れても、ニコラスは動けなかった。体が凍りつき、一時は死を覚悟したことで頭がぼうっとしている。おかしなことに目も耳も働かず、暗闇の中に取り残されていた。少しずつ感覚が戻ってくると、自分がいまだ床に膝をつき、エマが目の前にしゃがんでいるのがわかった。彼女の手に顔をはさまれ、息が肌に温かく感じられる。

「ニッキ」青い目に涙をきらめかせながら、エマはささやいた。「ああ、愛してるわ！」ニコラスのまぶたに、頬に、唇にキスをする。「こっちを見て」泣きじゃくりながら言った。

「あなたを失うことなんてできない。わかった？　あなたを愛してるの」

　エマの体に腕を回すと、耳の奥でドクドクと轟音をたてる血流はしだいに収まった。うつ伏せになったミルバンクの体に目をやる。上腕か肩を撃たれたらしく、命に別状はなさそうだ。エマに視線を戻すと、頬を流れ落ちる涙を拭っているところだった。その様子はひどく心許なく、雌の虎が突然怖じ気づき、安らぎを求めているように見えた。二人の間にもはや壁はなかった。二人はようやく一つになり、身を寄せ合うことができた。過去は粉々になり、崩れ落ちていった。

「どうしてここが――」ニコラスはかろうじて声を発した。

「手紙を見たの。アダムの字だったから、あなたに危害を加えようとしていることに気づいて。あなたのもとに行かなきゃと思ったのよ」

　エマを抱きしめるニコラスの腕に、痛いくらい力がこもった。

「もう二度と、その身を危険にさらすようなことはしないでくれ。どんな理由があっても」

　エマは震える唇でほほえんだ。

「わたしに指図するのはやめて」そう言うと、袖で顔を拭った。

「泣くな」ニコラスはささやいた。「もう終わったんだ。二人とも大丈夫だ」

「あなたがアダムに殺されるかもしれないと思ったら、あなたがいない人生がどんなに虚しいものか気づいたの」エマは感情を抑えようとして、あごを震わせた。「だから、いつまでもわたしと一緒にいて、ニッキ……でなきゃ、あなたをひどい目に遭わせてやるわ」

「さっき、わたしのことをニコライと呼んだね」濡れた頬の曲線をなぞりながら、ニコラスは言った。

「本当に?」エマはきょとんとして、しばらく考え込んだ。「そうね、呼んだわ」ゆっくりと言う。「どうしてかしら。もしかして……あなたの夢を信じ始めているのかもしれない」

ニコラスは、そんなことはもうどうでもよくなっていた。熟れた甘い果実のような未来が目の前にぶら下がっているのだから。

「どっちでもいいよ。ルイシュカ、君が今、わたしを愛してくれているのなら」

「ええ」エマはささやき、ニコラスの顔を自分のほうに引き寄せた。

エピローグ

アダム・ミルバンク卿が殺人未遂罪で起訴され、裁判にかけられてから数カ月、妻のシャーロットは世間の詮索と社交界での軽蔑のまなざしに耐えきれなくなった。そこで、家族がいるアメリカに逃げ帰り、ブリクストン家に手厚く守ってもらうことにした。自分と同じ貴族である陪審に有罪判決を下されたアダムは、短期の懲役刑に処せられ、土地と財産の大半を没収された。

エマは一人になるとアダムに対して罪悪感を抱き、彼がニコラスの命を狙うようになる前に、何か自分にできること、言えることがあったのではないかと考えた。エマと同じく、アダムも幻想に恋をし、人生の不満を他人のせいにしていたのだ。ありがたいことに、エマのほうはやっと自分の間違いに気づき、苦労の末にニコラスと幸せになることができた。

臨月が近くなると、エマの世界は自宅と、家族と親しい友人の家だけに限られるようになった。妊娠中の女性は、ショールや分厚い布で体形を隠せる初期の段階が過ぎてからは、人前に出てはいけないことになっている。タシアを始めとして数人の女性が定期的に遊びに来て、家に閉じこもる退屈な生活を紛らわしてくれたが、劇場やパーティや舞踏会には出かけられず、公園で馬に乗ることも、ロンドンの街を散歩することもかなわなかった。何よりも堪えたのは、動物園での作業がいっさい禁止されたことだった。

新しい馬が来た日の午後、ニコラスは抱えるようにしてエマを馬屋から連れ戻した。その馬は気性が荒く、前の飼い主に虐待されて人間不信に陥っていた。化膿した脚の手当てをしようとしていた馬屋番を蹴ったと聞いて、エマは馬をなだめに行ったのだ。使用人にそのことを告げられたニコラスは、急いで馬屋に向かった。

エマは最初は後ろめたそうな顔をしていたが、背中に腕を回され、建物から引きずり出されそうになると、反抗的な態度をとった。

「二、三分でいいから、この子をなだめさせてくれればいいの」怒った声で言う。「わたしがほかの動物にいつもやってることじゃない……あなたも見てるでしょう！」

「あの馬は近寄ってくる人間全員に噛みついて、蹴飛ばしている」ニコラスはそっけなく言い、エマに反論する隙を与えないよう、早足で歩いた。

「自分のことは自分で決められるわ」エマは言い張ったが、ニコラスが正しいことはわかっていた。

「わたしの子供がお腹にいる間はだめだ」

その日、エマの機嫌はなかなか直らなかった。腹立たしいのは主に自分自身と、生まれて初めて身体面で人に頼っているという事実だった。最近はすぐに疲れてしまうし、普段は軽くさっそうとした足取りも、あひるのようによたよたしたものになってきていた。

「これがいつまでも続くわけじゃないよ」エマが午後の昼寝のためにベッドに横たわっていると、ニコラスが来て隣に寝そべった。後ろからエマを抱き、どんどん大きくなる腹と胸を優しくなでてくれる。後ろで彼がほほえむのが感じられた。「もうじき動物園の作業に戻って、噛まれたり引っかかれたり、楽しく糞を掃除したりできるよ」

エマはその光景を想像し、物欲しげにため息をついた。

「自分でやりたいことを使用人に任せるって、なかなかつらいことなのよ。しかも、動きは鈍くなるし、太るし――」

ニコラスは穏やかに笑い、手のひらをお腹のてっぺんに当てた。

「ルイシュカ、ここ以外は細いじゃないか。君は太ってるんじゃない、妊娠してるんだ。ロシア人は、妊娠中の女性ほど美しいものはないと考えている」

「ここはロシアじゃないもの」エマはぶつくさ言った。「ここはイギリスで、妊娠中の母親なんて完全に流行遅れなの」ニコラスがエマの背筋の根元を押して、凝っている部分を見つけては揉みほぐすと、エマは満足げにため息をついた。「ああ、あなたの手って最高」軽く背をそらせながらつぶやく。

「手だけか?」

「だって、今感じられるのは手だけだもの」

「これはどうだ?」ニコラスは股間をエマのヒップに押しつけ、そこが高ぶって硬くなっていることを示した。「君は魅力的で、きれいで……ぐっとくるよ」エマの首の側面にキスをしながら言う。「新米お母さん、この点についてはどう思う?」

エマはほほえみ、かすかに身をよじった。

「女性の趣味が普通じゃない、変な人だと思うわ」寝返りを打って反対側を向き、ニコラスの首に腕を回す。「あなたの妻になれるなんて、わたしは幸せ者よ」


二カ月後、エマは生まれたばかりの娘を抱いてベッドに起き上がり、傍らにニコラスが座っていた。人差し指の先で、赤ん坊の頭にふわりと生えた赤毛をなでる。三日月形の赤毛のまつげが、頰にピンクの影を落としていた。

「名前はどうする?」エマはたずねた。「なぜだか、わたしが考えていた名前のどれもぴんとこないの」

「一つ候補があるよ」ニコラスは毛布の上に手を置き、エマの膝をすっぽり包んでいた。「君のお母さんの名前を取って、メアリーというのはどうだろう」

エマはしばらく黙ったまま、赤ん坊の上にかがみ込んでいた。ニコラスに向き直ったとき、その目には幸せの涙が光っていた。

「ええ、それがいいわ。この子の名前は、メアリー・ニコライエフナ・アンゲロフスキーにしましょう。本人がつづりを覚えられるかどうか怪しいところだけど」

そのとき、寝室のドアがそっとノックされた。「何だ?」ニコラスは振り返り、戸口に現れたメイドに目をやった。

「つい五分ほど前、旦那さま宛てに小包が届きました。ミスター・スタニスラスは、差出人はサー・アルメイだと言っていました。図書室に置いておきましょうか？」

それを聞いたニコラスは、妙にうつろな表情になった。

「いや、ここに持ってきてくれ」

「何なの？」メイドが出ていってから、エマはたずねた。「サー・アルメイって誰？」

ニコラスは最初その言葉が耳に入らなかったようで、少し遅れてぼんやりと返事をした。

「歴史学者だ。ロシアでアンゲロフスキー家の記録を調べさせるために雇った」

「ああ」エマは表情のないニコラスの顔から、そわそわと寝具をつかむ手に視線を移した。そして、ぴんときた。「エメリアのことを調べてもらっていたのね」

「そうするしかなかったんだ」

「ええ、わかるわ」エマはニコラスの手を取り、力の入った指の背をさすった。この小包がニコラスにとってどれほどの意味を持つのかは、想像することしかできない。ニコラスは今もその時間を現実としてとらえていて、細かい部分で無数の影響を受けている。もし、エメリア・ヴァシリエフナが憂き目を見ていたとなれば、悲嘆に暮れるのは間違いない。「ニッキ、エメリアの身に何が起こっていたとしても……あなたのせいじゃないわ。それはわかってるわよね？」

ニコラスは答えを返さず、幽霊が現れるとでも思っているかのように、ドアを見つめていた。さっきのメイドが小包を持って戻り、前に進み出てニコラスに渡した。メイドはエマの身振りに応えて、赤ん坊を昼寝のために子供部屋に連れていった。

ニコラスはゆっくりと小包のひもをほどき、重なった茶色の紙を開いていった。エマは身を乗り出して興味津々に見守った。小包には折りたたまれた手紙が一通と、表にキリル文字が記された紙束が二、三束、あと一つ何かが入っていたが、それはエマからは見えなかった。ニコラスはそれを手に取ると、エマに背を向けて、手の中のものを見つめた。静かに立ち上がり、窓辺に歩いていく。手で顔に触れるのが見えたが、拭っているのが汗なのか涙なのかはわからなかった。

エマが手にした手紙は、英語で書かれていた。


ニコラス・ドミトリーエヴィッチ・アンゲロフスキー公爵殿

ご依頼の調査を終えた今、ロシアに派遣していただいたことを感謝せねばなりません。手配していただいた環境はすばらしく、通訳のミスター・シゲヨフは大いに力になってくださいました。お送りした資料についてご質問があれば、直接お会いして詳しく説明させていただきます。エメリア・ヴァシリエフナの人生に関する情報の大半は、ご子息のアレクセイ・ニコライエヴィッチ・アンゲロフスキー公爵が書かれた手紙からのものです。手紙はニコラスさまの姉君、カーチャさまが所蔵されていましたが、快くわたしに託してくださり、弟によろしくお伝えくださいと温かなお言葉をいただきました。手紙には、エメリアさまの後年のお住まいについても言及がありました。エメリアさまはモスクワの小さなお屋敷に住まわれ、エリザヴェータ女王陛下がアレクセイさまを伴って訪ねられたという話で――

「彼女はどうなった？」ニコラスは窓のほうを向いたまま、かすれた声で問いかけた。

エマは手紙にすばやく目を通し、一、二ページ先まで読み進んだ。

「エメリアはあなた……ニコライが亡くなった七年後、修道院を出たそうよ」エマは言った。「それからしばらくは、アンゲロフスキー家の親戚がエメリアと子供をサンクトペテルブルクに住まわせていたの。でも、親戚が市の役人や帝国政府の官吏に詮索されるようになると、エメリアと息子は姿を消して、一〇年間行方知れずになった。プレオブラジェンスコエの実家で生活していたのかもしれない……ある年の村の教会の名簿に、身元不明の女性と父親のいない子供の名前があったの。それがエメリアだった可能性はあるって」アルメイの報告書にもう一つ重要な箇所を見つけ、エマはそれを声に出して読んだ。

一七二五年にピョートル陛下が亡くなり、その二年後、エメリアさまとご子息はついに表社会に出てこられました。一九歳か二〇歳になられていたアレクセイさまは、アンゲロフスキー家の全財産の所有権を主張し、ニコライさまの正統な相続人として名乗り出られました。不可能だったのか、その意思がなかったのか、ご一族に異議を唱えられる方はいらっしゃらなかったようです。アレクセイさまの計らいで、エメリアさまはモスクワ郊外のお屋敷に住まわれ、生涯そこで平穏に過ごされました。それから二〇年間、アレクセイさまはアンゲロフスキー家の財産を増やすことに励まれました。この時期の手紙が何通か残っていますが、どれもアレクセイさま直筆のもので、母上のご自宅に宛てられたものです。お送りした資料の中に、これらの手紙も同封しています。このやり取りを見る限り、エメリアさまはアレクセイさまがピョートル陛下のご令嬢、エリザヴェータ陛下の愛人になられることには反対だったようです。けれど、アレクセイさまは母上がご存命のうちにロシアの貴族女性と結婚し、セルゲイとリダという二人のお子さまに恵まれました。エメリアさまが亡くなったのは、一七五〇年と記録されています。六三歳でした。姉君のカーチャさまの所蔵品の中に、エメリア・ヴァシリエフナさまの細密画がありました。亡くなる少し前に描かれたもので――

ニコラスが手にしているものの正体がわかり、エマの言葉はとぎれた。「ニッキ？」静かに問いかけ、手紙を脇に置く。ベッドから下り、窓辺のニコラスのもとに行った。最初、日光が反射しているせいで、絵はよく見えなかった。エマがニコラスの手に触れると、彼は細密画を傾け、顔がよく見えるようにしてくれた。

それは、銀色がかった桃色の髪をした年配女性の肖像画だった。年月の重みは刻まれているものの、堂々とした顔つきで、口元に笑みはなく、目は何色ともつかない色をしている。

何か、とても遠くにある懐かしいもの……あるいは、懐かしい人を見つめているようだった。

「この人、わたしに似ているかしら？」ニコラスの手に指を絡めながら、エマはたずねた。喉元がぎゅっと締めつけられる。「そうね、似ている気がするわ」

「再婚しなかったんだな」ニコラスはつぶやいた。

エマが顔を上げると、彼の頬に光る涙が目に入った。「ええ、しなかったみたいね」

「独りぼっちだったのか」

「子供がいたわ」エマは言った。「アレクセイも、もちろんニコライの思い出もなぐさめになったはずよ。何よりも、もう一度会えるとわかっていた……現に会えたじゃない」

ニコラスの緊張がほどけ、ほっとしたように指の力が抜けるのが感じられた。「本当に？」

手に細密画を握ったまま、エマのほうを向く。「どうしてそう言いきれる？」

エマはにっこりしてニコラスに身を寄せ、彼が腕を回してくると言った。「わたしにはわかるの」

ニコラスはエマの髪にキスをして、愛してる、とささやいた。寄り添って立つ二人の上に、温かな朝の陽光が降り注いでいた。

訳者あとがき

本作品『火の鳥と幾千の夜を（Prince of Dreams）』は、謎めいたロシア人女性タシアと男やもめのイギリス貴族ルークの恋愛を描いたヒストリカル・ロマンス『眠り姫の気高き瞳に』の続編にあたります。舞台は前作から七年後、社交界デビューを果たしたルークの娘エマと、前作でも重要な役割を果たしたロシア貴族、ニコラスのロマンスが描かれます。

一八七七年のイギリス。二〇歳のエマ・ストークハーストは、アダム・ミルバンクと結婚の約束をしています。裕福な貴族の家に生まれながら、赤毛と長身というコンプレックスを持ち、動物愛護運動に打ち込む菜食主義者という自他ともに認める変わり者のエマにとっては、三度目のシーズンにしてようやく訪れたチャンスでした。これを逃したら最後とばかりに、アダムとの恋にのめり込むエマですが、貧しい貴族であるアダムは財産狙いと見なされ、父親のルークに結婚を認めてもらえません。周囲に隠して関係を続ける二人は、人目を忍んで逢瀬を続けることしかできず、エマはそんな関係に不満を抱いていました。

そんなとき、ストークハースト家と奇妙な縁でつながるロシア貴族、ニコラス・アンゲロフスキー公爵がエマに近づいてきます。ニコラスはイギリスに渡ってきた七年前、まだおてんば少女だったエマに会った瞬間から、何か運命的なものを感じていました。エマが大人の女性となり、機は熟したと考えたニコラスは、エマとの結婚を画策します。その後、念願かなってエマと結婚することになるのですが、その結婚生活は決して平穏なものではありませんでした。母国ロシアで悲惨な幼少時代を過ごし、イギリスに渡ってくる前も凄絶な体験をしてきたニコラスは、他人に心を開くことも、愛情を注ぐこともできず、エマとの関係もどこかゆがんだものになってしまうのです。悪化するばかりの夫婦関係に心を痛めるエマですが、ある日、そんな二人の関係を根底から覆す出来事が起きて……。
『火の鳥と幾千の夜を』は、結婚をハッピーエンドとせず、むしろそこから始まる結婚生活の困難と、意外な展開によってその状況が打破されるさまを描く、どこかファンタジックながら地に足の着いた夫婦の愛情の物語となっています。

さて、本作では前作に引き続き、メインの舞台となるイギリス以外にロシアでの場面も登場します。前作に出てきたのは、物語の同時代である一九世紀後半のロシアでしたが、本作ではそこから一七〇年前、一八世紀初頭のロシアが描かれます。時はピョートル大帝の治世下、ロシアが正式に〝ロシア帝国〟と名乗る少し前のことです。権力争いを制し、ツァーリとして親政を行うようになったピョートルは、強い指導力で西欧化政策を推し進めます。近代国家ロシアの基礎を築いたピョートルですが、戦争や新首都建設のために、国民は大きな犠牲を強いられることとなりました。物語にはピョートル大帝その人と、その寵臣であるアレクサンドル・メーンシコフという実在の人物が登場しています。

また、過去のロシアの描写と並んで興味深いのが、エマが力を入れている動物保護活動です。イギリスは動物愛護の先進国とされ、その歴史は一八二二年に成立した動物保護法、通称〝マーチン法〟から幕を開けます。一八二四年には、世界に先駆けて動物保護団体〝王立動物虐待防止協会（ＲＳＰＣＡ）〟が設立されるのですが、物語中でエマが所属している〝王立動物の人道的待遇協会（ＲＳＨＴＡ）〟はこれをモデルにしていると思われます。エマが手引の作成に携わっている動物保護法というのは、一八七六年に制定された〝動物虐待防止法〟のことでしょう。自宅にも動物の保護施設を作り、菜食主義者でもある女性というと、当時の社会ではずいぶん進歩的で浮いた存在となるはずで、こうした要素がエマという個性的なキャラクターの形成に一役買っています。

本作品には、エマの父親と継母で、『眠り姫の気高き瞳に』の主人公であるルークとタシアも登場し、二人のその後の生活をうかがい知ることができます。また、前作で語られたロシアでのタシアとのいきさつが、ニコラスの過去として重要な役割を果たすことになります。本作で描かれるエマとニコラスのロマンスは、それだけでも独立した物語として読めますが、前作を読まれた方はいっそう楽しめることでしょう。

ライムブックス

火《ひ》の鳥《とり》と幾千《いくせん》の夜《よる》を

著　者　　リサ・クレイパス
訳　者　　琴葉《ことは》かいら

2012年2月20日　初版第一刷発行

発行人　　成瀬雅人
発行所　　株式会社原書房
〒160-0022東京都新宿区新宿1-25-13
電話・代表03-3354-0685　http://www.harashobo.co.jp
振替・00150-6-151594
ブックデザイン　川島進(スタジオ・ギブ)
印刷所　　中央精版印刷株式会社

落丁・乱丁本はお取り替えいたします。
定価は、カバーに表示してあります。
 ISBN978-4-562-04426-9　Printed in Japan